Zu diesem Buch

Der Schriftsteller Aubrey Blanford ruft Sutcliffe an, die von ihm selbst erfundene Romanfigur in «Monsieur». Er ist verzweifelt über den Tod Constances, der Herzogin von Tu. Er hat Constance geliebt. Aber geheiratet hat ihn Livia, ihre Schwester, damit die beiden nicht zusammenfänden. Denn auch Livia, eine verschwiegene Homa, hing an Constance. «Wir werden ein Buch schreiben», sagt Sutcliffe nun am Telefon zu seinem Schöpfer Blanford, ein Buch über die beiden Schwestern – die Grazien gleich aus dem Pantheon in die Alltagswelt der Menschen geschlüpft schienen. Ein reißender Strom der Erinnerungen setzt ein... «‹Livia› ist ein Leseerlebnis, weil es Schreiber wie Durrell nicht mehr gibt und nicht mehr geben wird.» («Tages-Anzeiger», Zürich)

Lawrence Durrell, geboren am 27. Februar 1912 als Sohn irischer Eltern am Südabhang des Himalaja, besuchte die St. Edmund's School in Canterbury, verbrachte aber im ganzen nur vierzehn Jahre in England. In Paris lernte er Henry Miller kennen, lebte in Athen, auf Korfu, in Ägypten und wurde später Presseattaché in Londons auswärtigem Dienst auf Cypern, Rhodos, in Argentinien und Belgrad. Lawrence Durrell, der die letzten Jahrzehnte in der Provence gelebt hatte, starb am 7. November 1990 in seinem Landhaus in Sommières.

Von Lawrence Durrell liegen vor das Alexandria-Quartett, mit dem er Weltruhm errang: «Justine» (rororo Nr. 710), «Balthazar» (rororo Nr. 724), «Mountolive» (rororo Nr. 737) und «Clea» (rororo Nr. 746), seine faszinierenden Reisebücher «Bittere Limonen. Erlebtes Cypern» (rororo Nr. 993), «Leuchtende Orangen. Rhodos – Insel des Helios» (rororo Nr. 1045), «Schwarze Oliven. Korfu – Insel der Phäaken» (rororo Nr. 1102), «Blühender Mandelbaum. Sizilianisches Karussell» (rororo Nr. 5690) sowie «Monsieur oder Der Fürst der Finsternis» (rororo Nr. 12909), «Tunc» (Rowohlt 1969), «Nunquam» (Rowohlt 1970), «Sebastian oder Die Gewalt der Leidenschaft» (Rowohlt 1986) und «Fünfauge oder Was der Frauenmörder erzählt» (Rowohlt 1989).

Lawrence Durrell

Livia

oder

Lebendig begraben

Roman

Deutsch von

Susanne Lepsius

Rowohlt

Die englische Originalausgabe erschien 1978
unter dem Titel «Livia or Buried Alive»
bei Faber and Faber, London

Veröffentlicht im Rowohlt Taschenbuch Verlag GmbH,
Reinbek bei Hamburg, Februar 1992

Umschlaggestaltung Britta Lembke
Satz aus der Garamond Monotype Lasercomp
durch LibroSatz, Kriftel
Druck und Einband Clausen & Bosse, Leck
Printed in Germany
1280-ISBN 3 499 13061 0

Für Denis und Nanik de Rougemont

«Im Namen des Hundes des Vaters,
des Hundes des Sohnes
und des Hundes des Heiligen Geistes,
Amen.
Hier beginnt die zweite Lektion.»

«Gibt es womöglich
zwischen dem vollkommen Unbestimmten
und dem vollkommen Bestimmten
einen Weg?»

«Fünf Farben gemischt machen Menschen blind.»
Chinesisches Sprichwort

I
Ein gewisses Schweigen

Als die Nachricht von Tus Tod ihn erreichte, wohnte Blanford gerade in ihrem Hause in Sussex und sah zu, wie der erste Schnee des Winters aus einem dunklen Himmel in noch dunklere Wälder fiel, die schon seit langem einen ockerroten Sonnenuntergang verschlungen hatten. «Eigentlich», weil seine eigene Version ein wenig anders lauten wird, sowohl zum Nutzen der Nachwelt wie auch aus stilistischen Gründen. Ein hoher Armstuhl schützte seinen Rücken vor der Zugluft, die – trotz der flackernden Eichenholzscheite im Kamin – in dem altmodischen hohen Raum mit der spitz zulaufenden Musikergalerie, spürbar war. Seine Krücken lagen neben ihm auf dem Teppich. Als er den Hörer auf das schwanenhalsige Telefon auflegte, hatte er das Gefühl, daß das Wissen in ihm dröhnte wie in einer großen, tropischen Muschel – das Aufschlagen der Brandung an weißen Stränden auf der anderen Seite der Welt. Sie würde darauf verzichten müssen, all das neue Material zu lesen (oh, Selbstsucht der Schriftsteller!), das er seinem Buch hinzugefügt hatte – einem Roman über einen anderen Romancier, Sutcliffe, der für ihn und Tu fast so wirklich geworden war, wie er, Blanford, es für sich selber war. Er zog sein Taschentuch aus dem Ärmel und betupfte seine trocknen Lippen – trocken von der ewigen Zigarre, auf der er beim Arbeiten herumkauen mußte. Dann ging er schwankend hinüber zum Spiegel über dem Bücherregal und starrte sich eine Weile lang an. Die Telefonklingel gab einen forschen Triller und ein Klicken von sich – Ferngespräche taten das immer: wie der letzte Blutspritzer aus einer Ader. Der Schriftsteller starrte sich weiter an und stellte sich vor, daß er Tu sei, die auf ihn zurückblickte. Das ist es also, was sie sah, was sie immer gesehen hatte! Auge in Auge und Geist auf Geist gerichtet – so war es immer zwischen ihnen gewesen. Ihm wurde plötzlich klar, daß er von den Büchern der Toten umgeben war. Unterstreichungen, Anmerkungen. Sie war noch immer da!

Er fühlte sein Bild plötzlich aufgefrischt und neuerschaffen durch ihren Tod – die neue Nachricht war so erschreckend, so schwer zu begreifen. Mein Gott, da war noch so vieles, was sie sich zu sagen gehabt hätten – und nun blieb nichts anderes übrig als eine Menge abgeschnittener Fäden, loser Enden unbeendeter Gespräche. Von nun an würde es niemand mehr geben, mit dem er wirklich reden konnte. Er machte eine Grimasse und seufzte. Nun, dann mußte er also all diese leidenschaftlichen und bereichernden Gespräche in seinem Schädel verschließen. Den ganzen Morgen lang hatte er auf der alten Orgel gespielt, froh, daß sein Gedächtnis und seine Finger noch gehorchten. Nichts läßt sich mit Musik in einem leeren Haus vergleichen. Dann das Klingeln des Telefons. Jetzt der Gedanke an Tu. Es nützt nichts – denn wenn du stirbst, gleitest du in die Erde und schmilzt einfach dahin. Eine Zeitlang liegen noch ein paar persönliche Sachen herum – Schuhe und Kleider und unbenutzte Notizblätter mit nicht mehr gültigen Telefonnummern. Als hätte man plötzlich Hunger auf größere Einfachheit gehabt.

Draußen kreischten Kinder, die auf dem gefrorenen See Schlittschuh liefen. Steine schlidderten und klirrten über das Eis. Wie würde Sutcliffe, sein Held, die Nachricht aufnehmen, fragte er sich. Sollte er ihn in dem Roman wimmern lassen wie einen gräßlichen Hund? In der vergangenen Nacht im Bett hatte er ein paar Seiten von dem lateinischen Poeten gelesen, den Tu am meisten geliebt hatte; es war, als hätte er an ihrer Seite geschlafen. Ihm kam der Satz in den Sinn: «Das dumpfe Pochen des lateinischen Verses ist ein Echo ihres Herzschlags. Ich höre ihre ruhige Stimme die Worte sagen.» Im Zimmer waren von der Hitze ausgebrütete Fliegen. Sie schienen Brailleschrift zu lesen. Die hohen Kinderstimmen draußen waren Marginalien. Wozu sind Bücher gut, außer um Schmerz und Reue zu vertreiben? Sein Rücken schmerzte plötzlich – sein Rückgrat schien so steif wie eine Fahnenstange. Er war ein alternder Kriegsheld mit einem Rückgrat voll Blei.

Er wünschte, er wäre selber bald an der Reihe. Von nun an konnte man ihn mit dem Etikett versehen «Während der Überfahrt nicht gebraucht» oder einfach nur «Unbegleitetes Gepäckstück» und ihn in den Schiffsrumpf werfen – ins Grab. In seinem Geist stieß er einen tiefen Schrei der Einsamkeit aus, aber kein Ton kam. Es war der schrille galaktische Schrei eines einsamen Planeten, der durch den Raum wirbelte. Tu war gern nackt in ihrem Haus in Italien herumgegangen, für sie gab es kein schlechtes Betragen, und hatte dabei den 16. Psalm rezitiert. Einmal hatte sie gesagt: «Es ist schrecklich, aber das Leben ist auf niemandes Seite.»

Und so hatte der Sutcliffe, den er für seinen Roman «Monsieur» erfand, sich in der früheren Version durch den Spiegel erschossen? «Ich mußte es tun», erklärte er und zeigte auf Blanford. «Es ging darum: entweder er oder ich.» Der Schriftsteller Blanford kam sich plötzlich vor wie eine ungeheuer kondensierte Version eines minderen Epos. Lebendig begraben! Die Krücken schmerzten ihn unter den Armen. Er stöhnte und fluchte, während er sich durchs Zimmer schleppte.

Die Tröstungen der Kunst sind überaus rar. Er hatte immer die schleichende Furcht gehabt, daß, was er schrieb, zu intim war, um den Leser zu erreichen. Stilisiert und gestelzt, das moderne Produkt – dürftig wie Spucke oder Sperma, das Resultat einer zu strengen Sauberkeitserziehung durch seine Mutter, die es nach Reinheit gedürstet hatte. Das Resultat war ein Zurückhalten fäkaler Substanz – eine private Prosa und Dichtung, typisch für den modernen schließmuskelverkrampften Künstler. Im täglichen Leben würde diese grundlegende Verweigerung, mit dem Universum zu arbeiten, sich zu ergeben, hinzugeben, in ihrem letzten Stadium auf Katatonie hinauslaufen! Auf der «akuten» Station in Leatherhead hatten sie einen Dämmerlicht-Katatoniker, den man an seinem Jackenkragen aufhängen konnte – an einem Fleischerhaken, an einer Stange baumelnd verharrte er, sanft schwingend in einer fötalen Position. Wie eine Fledermaus träumte er seine embryonalen Träume, eingelullt im imaginären Mutter-Wasser. Das war alles, was von einem einstmals guten Poeten übriggeblieben war. Sein ganzes Leben hatte er in kreativer Konstipation verbracht – sich geweigert, zu geben, und nun lebte er auf diese Art weiter – ein Leben in Hänge-Kom(m)as (oder Anführungsstrichen), um einen schlechten Scherz zu machen. Blanford streckte die Hand aus und berührte die frühere Manuskriptfassung seines Buches «Monsieur». Er hatte sie Tu geschenkt, und sie hatte sie binden lassen. Er fragte sich, wo, in seiner Imagination, die sein wirkliches Leben war,

Sutcliffe sein mochte – er hätte jetzt gern mit ihm gesprochen. Zuletzt aus Oxford von ihm gehört, berühmt für seine Mitarbeit an seines Freundes Untersuchung über die Häresie der Tempelritter. Die letzte Mitteilung von ihm an Blanford war eine kryptische Postkarte gewesen: «Einen Oxforder Professor kennt man unter allen anderen an seiner zurückziehbaren Vorhaut heraus.»

Er riskierte abermals einen Gedanken an Tu und fühlte sich plötzlich so, als hätte er Fieber. Atemlos stand er auf und schaffte es, die Tür zum Garten zu öffnen, um eine Wolke von Schneeflocken und einen kalten Windstoß hereinzulassen. Dann schwankte er mit gesenktem Kopf hinaus auf den Rasen und beobachtete dabei die Feder seines Atems vor seinem Mund. Er rieb sich in einer theatralischen Geste ein wenig Schnee an die Schläfen. Dann kehrte er mit schleppenden Schritten zu seinem Stuhl am Kamin und zu seinen Gedanken zurück.

Cade schob sich mit dem Teetablett ins Zimmer und stellte es wortlos neben ihn, sein gelbes, puritanisches Gesicht trug jenen Ausdruck inbrünstiger Konzentration, wie man ihn nur in den Gesichtern sehr dummer, aber verschlagener Menschen sieht. Er hielt in seinen Armen mit demütigem Stolz das neue maßgearbeitete orthopädische Korsett, das endlich eingetroffen war. Man konnte zuversichtlich hoffen, daß dieses raffinierte Ding es Blanford eines Tages gestatten würde, seine Krücken wegzuwerfen. Er stieß einen Freudenschrei aus, während Cade, ausdruckslos wie ein Mandarin, ihm aus der alten Tweedjacke half, die er so liebte (mit den Lederflecken an den Ellbogen), und ihm das neue Kleidungsstück aus weichem grauem Gummi und unsichtbarem Stahl anlegte. «Stehen Sie auf, Sir», sagte er schließlich, und der

Schriftsteller erhob sich verwundert lächelnd. Ja, tatsächlich, er konnte gehen, ohne Hilfsmittel, langsam auf seinen eigenen zwei Beinen herumgehen. Es war ein Wunder. Doch am Anfang war es ihm nur erlaubt, das Korsett eine Stunde täglich zu tragen – er mußte seine Muskeln an die ungewohnte Anstrengung gewöhnen. «Ein Wunder», sagte er laut. Cade beobachtete ihn aufmerksam einige Augenblicke lang und wandte sich dann mit einem kurzen Nicken ab, um seinen häuslichen Pflichten nachzugehen, während sich Blanford, der sich wie neugeboren fühlte, an den Kamin lehnte und auf seine hingeworfenen Krücken starrte. Cade würde nie begreifen, wie viel diese neue Erfindung für ihn bedeutete. Der Kammerdiener sah aus wie das unterkietige Frettchen, das er war. Blanford beobachtete ihn neugierig, als er durchs Zimmer ging, die Aschenbecher leerte und die Wasserbehälter an der Zentralheizung auffüllte und frisches Wasser in die Vase mit den Treibhausblumen goß. «Cade», sagte er, «Constance ist tot.» Cade nickte ausdruckslos. «Ich weiß, Sir. Ich habe am Nebenanschluß in der Halle mitgehört.» Das war alles. Das war ganz Cade. Nachdem er seine Arbeit getan hatte, zog er sich wie üblich schweigend und verstohlen zurück.

Kohlen zu Diamanten
Sand zu Perlen.

Jede Entwicklung verursacht Schmerzen, und wir sind Teil einer Entwicklung. Wie trügerisch die Tröstungen der Kunst angesichts des alles beherrschenden Horrors vor dem Tode – hineingesogen in den großen Ausguß wie ein Insekt, in die *cloaca maxima* des Todes, den *anus mundi*! Sutcliffe, als er über ihn schrieb, oder vielmehr er, als er in der Gestalt von Sutcliffe über sich schrieb, unter dem satirischen Namen Bloshford, in dem Roman «Monsieur», hatte irgendwo gesagt: «Frauen waren für ihn schlicht Gebrauchsgegenstände. Er war kein Narr, was sie betraf. Oh, nein! Er kannte sie in- und auswendig – so dachte er jedenfalls. Was heißt, daß er schlimmer war als ein Narr.»

Galt das auch für Constance oder Livia, ihre Schwester? fragte er sich. Für das blonde Mädchen und das dunkle. Für das Mädchen mit dem samtenen Geheimnis und das Mädchen mit dem Schwanenschnabel?

Mahl das Korn, preß den Wein,
Brich das Brot, du bist mein,
Atme ein, der Tod muß sein.

Wo hatte er diese Zeilen, von Constance in einem Buch unterstrichen, gesehen? In diesem Augenblick schien das Telefon wieder zu schrillen, und er wußte sofort, wer es war – es konnte nur Sutcliffe, seine Erfindung, sein. Er mußte durch Telepathie die Nachricht über Constance (Tu) erfahren haben. Jetzt wurde ihm klar, daß er den ganzen Tag lang auf diesen Anruf gewartet hatte.

Er murmelte nicht erst das übliche «Hallo», sondern sagte sogleich zu seinem *confrère*, seinem Bruder, seinesgleichen: «Sie haben von Tu gehört?» Und die Stimme Sutcliffes, heiser von einer schweren Erkältung und nervös von Trauer, erwiderte: «Mein Gott, Blanford, was soll aus uns werden?»

«Wir werden weiter herumsitzen und unseren Mangel an Talent bedauern; wir werden weiter versuchen, Menschen zu überzeugen. Ich bin so bekümmert wie Sie, Robin, und so, wie ich es nie geglaubt hätte. Ich habe so oft ans Sterben gedacht, daß ich dachte, ich hätte den Hippogryph unter Kontrolle; ja, aber natürlich habe ich mir selbst, wie jeder andere, vorgemacht, ich würde als erster sterben. Ich nehme an, Constance tat das gleiche.»

«Sie haben mein Leben zum Stillstand kommen lassen, als Pia starb», sagte Sutcliffe vorwurfsvoll und ernst zugleich, und er schnaubte sich laut die Nase. «Deshalb habe ich mich hier für einige Zeit etabliert, um Tobys Buch über die Tempelritter völlig neu zu schreiben – um ihm hier und da ein wenig Blattgold aufzulegen und ihm den vollen Ton zu geben, wie er einem zerstreuten Professor so wohl ansteht. Doch nun ist er berühmt, und mich verlangt nach einem Wechsel, nach einer neuen Umgebung. Tobias hat seinen Professorenstuhl für Geschichte, den er so begehrte. Warum nicht das Sofa? Er wird weiterleben in konischer Verzweiflung und der neuen Generation von Fixern und Fanatikern mit lauter Stimme Vorlesungen halten über die Plastizität des Schweinefleischs.» Er kicherte, aber freudlos. «Und was ist mit mir?» sagte er. «Haben Sie nichts, was ich tun könnte, außer in die Trappe einzutreten?» – «Sie sind tot, Robin», sagte Blanford. «Erinnern Sie sich an das Ende von ‹Monsieur›?» – «Dann holen Sie mich zurück», sagte Sutcliffe in heroischem Ton, «und wir werden weitersehen.»

«Was ist mit dem großen Poem und dem *Tu Quoque*-Buch?» fragte Blanford scharf, und Sutcliffe antwortete: «Ich wartete, daß ich über die Sache mit Pia ein wenig hinwegkäme, bevor ich es beendete. Es war sehr klug von Ihnen, Pia aus Constance und Livia zusammenzusetzen, aber ich hatte nie das Gefühl, daß mir ihr Porträt gelingen könnte, einfach weil ich durch Liebe geblendet war. Ich war nicht grausam genug. Und ich machte mir Gedanken über Schneppe, ihre schwarze Geliebte. Ich nehme an, Ihre Geschichte ist besser als meine, wahrscheinlich trauriger. Ich weiß nicht. Aber der Tod von Tu, der armen

Constance, sollte von einem Elisabethaner in Versen gewürdigt werden.»

Aus irgendeinem Grund irritierte dies Blanford, und er sagte schroff: «Nun, warum nicht ein Gedicht mit dem Titel ‹Sutcliffes salzige Tränen über dem Grabe Tus›?»

«Warum nicht?» sagte sein Schriftstellerkollege, sein Sklave. «Oder vielleicht im Stil des siebzehnten Jahrhunderts ‹Sutcliffes großes Ach und Weh›?»

«Poesie», sagte Blanford mit leiserer Stimme, fast als spräche er mit sich selbst, «die immer mit Traurigkeit einhergeht, Poesie in der Jumbo-Version der Supermärkte, genug für die ganze Familie. Die Großpackung. Robby, Sie können nicht dauernd fröhlich sein in Oxford. Soll ich Sie nach Italien schicken?»

«Ein anderes Buch? Warum nicht?» Aber es klang nicht ganz überzeugend. «Ich finde wirklich, daß Sie an der Reihe sind, eins zu schreiben – und diesmal die wahre Geschichte Ihrer Liebe, unserer Liebe, zu Constance und sogar zu Livia, trotz allem, was sie Ihnen, uns, mir angetan hat. Würde es zu weh tun, wenn Sie es versuchten?» Natürlich würde es das. Guter Gram!

Blanford gab lange keine Antwort. Dann sagte Sutcliffe in seiner üblichen frivolen Art: «Im letzten Frühjahr fuhr ich nach Paris, mit einem Mädchen, die etwas von Pia-Constance-Livia hatte. Das Wort *archi* war gerade als Vorsilbe für fast alles in Mode gekommen. Unser Äquivalent dürfte *super* sein, nehme ich an. Alles war plötzlich *archi*-dies und *archi*-das. Mir wurde klar, daß man mich als *archicocu* beschreiben konnte, nicht wahr? Ich ging so weit, mich selbst als absolut *archicocuphosphoreszent* zu sehen.»

«In gewisser Weise habe ich die Wahrheit über uns gesagt», erwiderte Blanford zögernd. «Livia hat mir den Boden unter den Füßen entzogen. Mich hatte immer nach einem unbeschwert-schlichten Mädchen verlangt, aber Livia taugte nur dazu, daß sie sich von einer Achtelnegerin den Schwanz spleißen ließ. Verdammt!»

«Aha! Aber Sie haben sie geliebt. Wir beide haben sie geliebt. Aber Ihre Lüge war, daß Sie ihr etwas von der Weiblichkeit ihrer Schwester aufgepfropft haben. Sie haben eine weibliche Schwule, nicht eine männliche aus ihr gemacht.» Nach einer Pause, in der beide Schriftsteller angestrengt über das Buch nachdachten, das Blanford «Monsieur» und Sutcliffe «Der Fürst der Finsternis» betitelt hatte, nahmen sie ihr stockendes Gespräch wieder auf. Wenn einsame Menschen ein Recht darauf haben, mit sich selbst zu reden, konnte dann nicht ein einsamer Autor mit einer seiner eigenen Schöpfungen streiten – mit einem Schriftsteller-Kollegen? fragte sich Blanford.

«Eine Jagd nach den Larvenformen einer Persönlichkeit! Livia war, was mich betrifft . . .» Sutcliffe stieß einen Seufzer aus.

«Ein Pulverjunge in der Hölle», sagte Blanford und schrie fast vor Schmerz, denn ihre Schönheit hatte ihn wahrhaftig verwundet, ihn tatsächlich in den Wahnsinn getrieben vor Qual.

«Ein trockenes Wasserloch», stimmte Sutcliffe zu. «Wer ist Livia, was ist sie?»

All unsere Schäfer loben sie

Affen-Perfektion, in einer Toga,
Und aufgepäppelt durch kurzes Yoga,
Ein Cuvier voll Sexualgehabe
Aus einem Mädchen wurde ein Knabe –
Du lenktest Fleisch und Knochen und Geist,
Sie war lieb, verstockt, aber voll Fleiß,

Doch heimlich – es war das alte Lied –
Suchte sie das dir fehlende Glied.

«Genug, Robin», rief Blanford überwältigt von Kummer und innerer Übelkeit bei dem Gedanken an Livias dunklen Kopf auf dem Kissen neben ihm. Sutcliffe lachte höhnisch und peinigte ihn mit einer weiteren Improvisation.

Ich liebe mehr, als ich kann ertragen –
Ich lebe versteckt hinter Niederlagen!
O!
Tra la la! Tra la la!
Toi et moi et le chef de gare
Quel bazar, mais quel bazar!

Blanford vermutete, daß er recht hatte, denn für ihn hätte die Geschichte in Genf anfangen können – an einem traurigen Sonntag in Genf. Es war kalt, und schlecht sortiert, schweifend und mit Gummi überzogen waren die doppelzüngigen Schweizer unter dem Schneemond. Er schloß die Augen, um besser das tumultuöse Geschnatter der Sterne zu hören, oder später, als er im Bavaria dinierte und ihr Gesicht das Zentrum seines Geistes besetzt hielt, verschlang er die siegreichen Geleetörtchen der obligaten Austern. Uff! Was für eine Prosa! *Nabokov, à moi!* In Hotels war ihrer beider Leben mit Seufzern tapeziert. Dann das Morgen auf dem See – die weiße Treppe zum Himmel bespritzt mit gekräuseltem Sonnenschein. «Meine Schwester Livia kommt morgen aus Venedig an. Sie möchte dich so gern kennenlernen.»

Das war Constance, geschaffen für starke Bindungen, wie ein Cello für Musik geschaffen ist – der tiefe Klang der

Viole bei gewissen Tönen, in gewissen Stimmungen. Es dauerte Jahrhunderte, bis sie beide begriffen, daß die Worte, die zwischen ihnen hin und her gingen, eine gewisse, spezifische Dichte hatten; sie wurden aufgenommen und verstanden auf einer Ebene irgendwo unterhalb der der normalen Rede. Die Schwestern hatten gerade das verfallene Schloß Tu Duc geerbt (daher der Spitzname Constances). Es lag in der Nähe des Dorfes Tubain in der Vaucluse, nicht sehr weit entfernt von eben der Stadt, die für ihn – mehr als alle anderen – die größte Zahl historischer Erinnerungen barg.

Hier drängte sich Sutcliffes ungeschickte Präsenz, schniefend und die oft reparierte Brille zurechtrückend, in Blanfords Gedankengänge. «Aber Livia hatte das, was Sie am meisten reizte – sie hatte den sexuellen Auslöser im Blut, sie verdiente es, daß man ihrer in einem Stil gedachte, den wir Metarealismus nennen könnten – besonders, wenn man sie als Osiris sah, dessen verstreute Glieder über das ganze Mittelmeergebiet verteilt waren. Genug der pornokratischen Launen, Blanford. Ich, für mein Teil, war auf der Jagd nach einer Prosazeile mit mehr Körper – nicht Wanst, verstehen Sie, sondern Körper, mein Junge.»

«Bedenken Sie, Rob», entgegnete Blanford, «daß alles, was Sie über mich schreiben, höchst verdächtig ist – bestenfalls höchst strittig. Schließlich habe ich Sie erfunden.»

«Oder ich Sie. Was war zuerst da, das Huhn oder das Ei?»

«Die Wahrheit ist, daß wir nicht viel über uns wußten in jenen vergangenen Tagen. Wie glücklich machte es uns, einfach nur unsere Jugend zu vergeuden, im tiefen Gras zu liegen und Kirschen zu essen. Die samtenen, englischen Sommer der Jugend, tiefes Gras und das Klicken der Kricketbälle, das die langsam vergehenden Stunden der Muße zwischen dem Unterricht markierte. Der ferne Applaus, wenn jemand einen Ball bis zur Spielfeldgrenze schlug, verschmolz mit dem stetigen Gezirpe der Grillen, ohne es je zu übertönen. Wir schliefen am Busen eines ewigen Sommers.

Tu sagte einmal, die Natur habe ihre Fruchtbarkeitsunausgeglichenheiten geheilt, indem sie ihr sterile Liebesaffären aufzwang – unerlaubt im biologischen Sinn. Was nützt uns unser Glaube an den freien Willen? Für sie waren wir Schlafwandler, die von der Strömung einer unwiderstehlichen Sexualität erfaßt worden waren.» Er sagte laut: «Ein recht armseliger Trost für den feigen Robin Sutcliffe, der in diesem trostlosen Haus sitzt und beharrlich auf sein Ziel lostrinkt – den Sprung von der Brücke. Sein Charon war die verschrobene schwarze Frau mit dem Krähenschnabel, die jedem Geschmack gerecht wurde.»

«So war es wohl», sagte Rob mit einem Seufzer. «Die Bandagen, die Peitsche, die Handschellen – ich hätte mehr davon in mein Buch nehmen sollen, statt es Ihnen zu überlassen. Sie vermietete ihre schmutzigen Zimmer stundenweise. Ich kam dorthin, als ich Pia suchte, so wie Sie Ihrerseits hinkamen, als Sie Livia suchten und sie auch fanden, im Bett mit diesem kleinen Buckeligen mit den Pistazienaugen.»

Blanford zuckte zusammen, er erinnerte sich an das krächzende, bronchiale Lachen, das zwischen Zigarettenrauch und Husten hervorbrach. Sie hatte von Livia gesagt: *«Une fille qui drague les hommes et saute les gouines.»* Er hatte ihr mit seinen Strickhandschuhen ins Gesicht geschlagen. In strengem Ton sagte er zu Sutcliffe: «Es ist

Ihre Pflicht und Schuldigkeit, darzulegen, wie Livia auf das traurige Maß von Pia zurechtgestutzt wurde.»

«Pia dolorosa», sagte Sutcliffe. «Das hieße also, mehr als nur ein Buch?»

«Ja, als ich um die Kurven der Zukunft schielte, erblickte ich so etwas wie einen Quincunx von Romanen, angelegt in guter, klassischer Ordnung. Fünf Q-Romane, geschrieben in einem hoch-elliptischen, quincunxialen Stil, eigens für diese Gelegenheit erfunden. Obwohl einer vom andern nur insoweit abhängig ist, wie Echos es sein könnten, würden sie nicht Ende an Ende gelegt werden, der Reihe nach, wie Dominosteine – sondern einfach derselben Blutgruppe angehören, fünf bemalte Tafeln, für die Ihr knirschender, alter ‹Monsieur› nur ein Bündel von Themen beisteuern würde, die in den anderen Bänden neu zu behandeln wären. An die Arbeit, Robin!»

«Und das Verhältnis von Form zu Inhalt?»

«Die Bücher würden miteinander verbunden sein wie Bergsteiger durch ein Seil, aber sie würden alle unabhängig sein. Das Verhältnis der Raupe zum Schmetterling, der Kaulquappe zum Frosch. Ein organisches Verhältnis.»

Sutcliffe stöhnte und sagte: «Die alte Gefahr – ein von theoretischen Erwägungen erdrücktes Werk.»

«Nein. Niemals. Nie im Leben. Einfach ein *roman-gigogne,* ein Roman-Set.»

«Je verzweifelter der Schriftsteller, um so echter die Musik – oder so glaubte ich damals. Heute weiß ich nicht recht. Ich denke viel nach über das Unrecht in der Kunst – auf eine Art, wie ich es früher nie getan habe.»

«Mein lieber guter Rob, das Verbrechen gibt der Haut einen wundervollen Schimmer. Das Blut gerät in Wallung, der Sex blüht im Verborgenen wie eine tropische Pflanze. Sehen Sie mich an.»

Den ganzen verschneiten Tag über sprach Blanford mit seiner Schöpfung. Er versuchte sich zu erklären, seine Gefühle und seine Gedanken zu rechtfertigen. Es war ein Versuch, alles zusammenzufassen – aus der Sicht des Todes.

«Aus dem Hinterhalt meines Unvermögens beobachtete ich, nahm ich wahr, hungernd nach einem Zweifel. Ich sah im Spiegel meine Livia kommen und gehen. Ich sah sie durch Venedig schlendern, von meinem hohen Balkon aus, und ich sah die Frau, die ihr auf mein Ersuchen hin nachspionierte – für einen stattlichen Preis. Livia blickte ständig zurück über ihre Schulter, um zu sehen, ob sie verfolgt wurde – schlau, schlank, nervös und sehr karyatidenhaft, hatte sie mit ihrer ungezwungenen Sinnlichkeit mein Herz erobert. Was für eine wunderbare Totenmaske dieses verschlossene Gesicht abgeben würde – asketisch, herzförmig und blaß. Ihre Lippen und Hände zitterten, wenn sie leidenschaftlich wurde.

Mein Gott, was für ein Durcheinander – in Wirklichkeit liebte ich Constance. Sie hätte meine zweite Haut sein können. Was für eine seltsame Formulierung: ‹Der Rest meines Lebens›. Was heißt das? Sicher doch, daß dieser kleine Rest – dieses ständige Weniger-Werden der Zeit – bei der Geburt beginnt? Was haben Sie getan, Robin, als Sie entdeckten, daß Sie eine Homosexuelle geheiratet hatten?»

«Der verrückte Vogel setzte sich eine Pistole an die Braue.»

«Selbst ein Schriftsteller muß wahrhaftig sein bis ans Ende. Sie brachen zuerst in Gelächter aus – die Situation war so lächerlich.»

«Aber schlimmer noch, ich habe Pia wirklich geliebt»,

sagte Sutcliffe. «Es war eine unglückselige Schmach, die mir aufgezwungen wurde. Aber haben Sie je mit einer gelebt? Sie verbrennen Ihren Sauerstoff, unangepaßt und unaufrichtig, wie sie sind. Sie entfernen das klassische Mitleid, das Liebe erzeugt. Die Traurigkeit, die heilt. Und ihre Schönheit ist wie ein Speer, Blanford.»

«Wie ein Speer, mein Junge, wie ein Speer.»

«In der Regent Street, in einem trostlosen Pub, hörte sich eine Frau, von der ich niemals geglaubt hätte, daß sie im geringsten intuitiv sei, aufmerksam meine Klagen an und sagte: ‹Jemand hat Sie sehr tief verletzt und aus äußerst frivolen Gründen. Sie sollten versuchen zu lachen und sich sagen, daß man für Unaufrichtigkeit immer bestraft wird.› Verdammt schlau!»

«Sie hatte recht. Aber sie hatte Livia nie in bedrängter Lage gesehen, mit blitzenden Augen, wenn sie um ihr liebes Leben log – Sie sehen, sie konnte sie im Grunde nicht ertragen, ihre Homosexualität. Sie hätte es niemals zugegeben. Mit dem Rücken zur Wand wehrte sie sich verzweifelt. Angebunden an das Ruder des untergehenden Schiffes ihrer Selbstachtung – und wer wäre das nicht? – sank sie in meine Arme. Ich hatte sie eine Weile lang streng überwachen lassen, als eines Tages . . . mein Diener Cade mußte zur Beerdigung seiner Mutter nach England fahren, und ich zog, für die Zeit seiner Abwesenheit, ins Lutèce, das in einer schmalen Gasse lag; dort saß ich des Abends und beobachtete das Sinken der Dämmerung und das Aufleuchten der Lichter über den Kanälen. Die Straße war so schmal, daß die Balkons gegenüber den unseren fast berührten (so schien es jedenfalls). Drei Stockwerke höher saß Lord Galen und las die *Financial Times* im Vollgefühl seiner Einzigartigkeit. Ich gesellte mich zu ihm, zu einem Cocktail, und während wir auf seinem Balkon standen, blickte ich über die Straße hin und sah in einem dunklen Zimmer gegenüber das Licht angehen. Zwei Frauen erwachten gerade von ihrer Siesta – sie gähnten und streckten sich. Eine stand auf und ging zum Balkon, um die Fensterläden aufzustoßen. Und während sie dies tat, hob die Maus ihr Gesicht, und unsere Blicke trafen sich. Es war meine Spionin, nackt, und hinter ihr auf dem zerwühlten Bett döste Livia, die Finger auf ihrem Geschlecht, träumend – so als fingerte sie an einer Geige herum, ehe sie zu spielen begann. Ihre Augen waren halb geschlossen, vermutlich blätterte sie im Portefeuille ihrer Phantasie. Sie hatte augenscheinlich meine Spionin verführt! Eine Sekunde später war alles vorbei. Das Mädchen zog sich zurück, und ich tat desgleichen. Wütend und wie vom Blitz getroffen sagte ich nichts zu dem alten Bankier, der sich an diesem Tage speziell über die Kupferpreise Sorgen machte – er hatte sich einst um einige der bescheidenen Kapitalanlagen meiner Mutter gekümmert und war nie ganz frei von dem köstlichen, analen, nagenden Schmerz des Geldes.»

Sutcliffe: «Sie waren also niedergeschmettert vor Wut und gingen hinunter in die Bar; der Portier übergab Ihnen einen prallen Umschlag voller köstlicher Zeitungsausschnitte – Geschmacklosigkeiten, Interviews und Bilder. Ich habe Sie schon immer danach fragen wollen. Zum Beispiel sollen Sie gesagt haben: ‹Ich habe nie Ruhm und Reichtum in meiner Arbeit gesucht. Ich suchte Glückseligkeit.› »

«Ja, ich habe das gesagt. Ich habe das gedacht.»

«Und Sie haben Glückseligkeit gefunden?» Sutcliffe hatte den näselnden Ton eines Interviewers angeschlagen.

«Sie finden sie nur, wenn Sie aufhören, danach zu suchen, Rob.»

«Und Sie fanden sie?»

«Nein.»

«Warum nicht?»

«Zwar würde es sich lohnen, darauf zu antworten, doch wüßte ich um mein Leben nicht, wie.»

«Das habe ich mir gedacht. Später, als Sie in die Wohnung zurückkehrten, spielten Sie auf dem kleinen Harmonium eine schauerliche Toccata.»

«Ja, die Hintergrundmusik für einen Nervenzusammenbruch. Und ich dachte an all den psychoanalytischen Quatsch über unsere ozeanischen sexuellen Begierden. Und in meiner männlichen Agonie rief ich: ‹O Gott, mein Gott, warum hast Du mich eine Schauspielerin, die einen Knaben spielt, heiraten lassen?› Wenn Livia mit mir schlief, wen liebte sie dann wirklich in ihrer Vorstellung, ihrer Phantasie? Wer war mein Rivale – die dunkle Dame der Sonette? Und wie konnte ich es herausfinden? Sie hatte ihre Batterien sorgfältig getarnt. Wenn sie erst einmal durch den Auslöser eines schlichten Kusses auf Touren gekommen war, wandte sie ihr Gesicht dieser verschleierten Gestalt zu und benutzte mich als die *machine à plaisir*.»

«Und doch war sie voller Ideale – Livia.»

«Alle Ideale sind unerreichbar – deshalb lohnt es sich, sie zu haben. Wir müssen uns nach dem Apfel strecken. Wenn Sie warten, bis er herunterfällt, werden Sie enttäuscht sein – Sie werden erkennen, daß er imaginär ist.»

«Der Apfel der Gravitation? Newtons Wunsch?»

«Genau. Und im übrigen vergessen Sie nie, wie sehr wir, was uns selbst betraf, unsere Voreingenommenheiten, unsere dominierenden Leidenschaften, im dunkeln tappten. Es bedurfte einer Reise nach Wien mit Constance, um uns ein klein wenig aufzuklären.»

«Es löste keines Ihrer Probleme, es brachte Sie nur durcheinander, die Wahrheit über Ihre sexuellen Veranlagungen zu erfahren.»

«Möglich, aber Wissen ist eine Art Exorzismus. Ich bin Constance sehr dankbar, sie war die einzige unter uns, die deutsch lesen konnte und so direkten Zugang hatte zu dem, was in Wien und Zürich geschrieben wurde; überdies war sie trotz des abgebrochenen Studiums bereits eine sehr gute Ärztin. Sie hat mir zufriedenstellend Auskunft über Livia gegeben.»

«Mit welchem Gewinn?»

«Mit keinem Gewinn; es reichte natürlich nicht aus – das tut es nie –, aber es befähigte mich, für Livia Sympathie zu empfinden, vieles zu verstehen, so zum Beispiel ihre gelegentliche vorsätzliche Schlampigkeit – die Revolte gegen ihre Weiblichkeit, den Wunsch, die Männer zu kränken. Und dann ihre ständige Unruhe, der ständige Wunsch, in Bewegung zu sein. Mehrere Male am Tag mußte sie ins Dorf gehen, weil sie vergessen hatte, dies oder das zu kaufen. Das irritierte mich, es schien mir fast Absicht zu sein, und das war es natürlich auch. Wie Constance es ausdrückte: Sie war wie ein Wachtposten auf Ausguck nach einer Zufallsbekanntschaft! Sicher waren sie wertvoll, alle diese Informationen? He?»

Sutcliffe überlegte einen Augenblick, und Blanford zündete sich eine Zigarre an und sagte: «Bald wird es niemanden mehr geben, mit dem ich sprechen kann außer mit Ihnen. Es ist überaus traurig – wie soll ich mir Gesellschaft suchen? Sie langweilen mich so! Vermutlich wird es zum Irrsinn führen.»

«Wir werden ein Buch schreiben.»

«Und wovon soll es handeln?»

«Von der Fortdauer der Verzweiflung, der Widerspenstigkeit der Sprache, der Unerforschlichkeit der Kunst, der Schalheit der menschlichen Liebe.»

«Livia und Constance, die zwei Gesichter? Vertauschte Köpfe!»

«Die zwei Gesichter. Sehen Sie, Aubrey, der männliche Homo liebt seine Mutter, die weibliche Homa haßt die ihre unversöhnlich. Das ist der Grund, weshalb sie keine Kinder gebären will, und wenn sie es tut, bringt sie Wechselbälger oder Hexen hervor. Wir glaubten herauszufinden, daß Livia im Grunde ihre Schwester Constance liebte – darum legte sie es darauf an, Sie zu heiraten und Constance auszustechen. Sie konnte den Gedanken, daß Sie beide zusammenkämen, nicht ertragen.»

«Aber Livia hat mit vielen Männern geschlafen?»

«Sicher, aber sie tat es mit tapferer Verachtung, um sich ihre eigene Männlichkeit, ihre männliche Überlegenheit zu beweisen. Eine talentierte Chartreuse. Jedesmal eilte sie mit den blutigen männlichen Skalps davon und zeigte sie ihren Freundinnen. Es war ihre Art, ihre Ware anzupreisen: ‹Schaut her! Mehr sind sie nicht wert, die Männer, so leicht zu skalpieren!› »

«Leider war es nur zu wahr.» Sutcliffe kratzte sich die kleine Tonsur seines riesigen Schädels, wo seit kurzem die Glatze durchschimmerte. «Nach Pia mußte ich mir ein Toupet kaufen», gestand er. «Und besonders nach all diesem psychoanalytischen Geschwätz. Alles, was ich lernte, war, daß männliche Lesbierinnen bekanntermaßen nett zu Hunden seien – aber ich bin kein Hund und tauge nicht dazu. Eine andere Frage – war Jesus eine Lesbierin?»

«Genug», sagte Blanford, «ich kann eitle Blasphemien nicht ertragen.»

An dieser Stelle sang Sutcliffe das kleine psychoanalytische Liedchen, das er sich einst ausgedacht hatte, um die großen Männer dieser Wissenschaft zu ehren. Es ging so:

Joy, Jeune und Fränzi
Fränzi, Groddeck und Joy.

Er brach ab und sagte plötzlich: *«Et le bonheur?»*

«Genau.»

«Es kann doch nicht unmöglich sein, es zu finden? Es muß sich doch irgendwo herumtreiben, gleich um die nächste Ecke. Warum schreiben wir nicht eine dicke Autobiographie? Lassen Sie uns alle miteinander strafen!»

«Auf zum letzten Gefecht! Alle Mann an Bord zum letzten Alibi!»

«Was sagt ein Mann, wenn seine Frau ihn verläßt? Er schreit auf in Wut und Verzweiflung: ‹Dreimal vermaledeiter Gasometer! Wer will Zucker rösten für diese Mandeln abschnippelnde Hure?›»

«Oder den Trost der Kunst suchen: Beim leisen, erstickenden Schrei Desdemonas ist angenehm verweilen.»

«Oder er wird Witwer werden und es vor lauter Verzweiflung mit einem pelzigen Hausmädchen aufnehmen, die dann im gegebenen Augenblick von einem rhabarberfarbenen Würmchen entbunden werden wird.»

«Das Kismet für Romanschriftsteller mit Köchinnen und Haushälterinnen. Aber ich habe nur Cade, und der kann nicht kochen . . .»

Draußen fiel noch immer Schnee in dem Park mit seinen resignierten Ulmen voller Saatkrähennester. Blanford grübelte angestrengt über die menschliche Natur und ihre unfaßbare Vielfalt nach, während Sutcliffe in seinen Oxforder Räumen sich umwandte und ein Scheit aufs Feuer legte. Toby wollte zum Mittagessen kommen mit einer jungen Studentin. Dann nahm er wieder den Hörer auf und sagte: «Die Beziehung zwischen unseren Büchern wird dann wohl inzestuös sein, wenn ich recht verstehe? Sie werden ineinander verschachtelt sein, ohne sich indessen zu ergänzen. Da würde Raum für alles sein: Poesie, Autobiographie, Short story und so fort.»

«Ja», sagte sein Schöpfer leise. «Ich nehme an, Sie haben von diesem seltsamen medizinischen Phänomen namens Teratom gehört? Es ist buchstäblich ein Beutel voller unfertiger Ersatzteile – Nägel und Haare und halbgewachsene Zähne –, der wie ein gutartiges Gewächs irgendwo im menschlichen Körper sitzt. Er wird chirurgisch entfernt. Anscheinend ist es ein Zwilling, der in einem frühen Stadium beschlossen hat, mit dem Wachsen aufzuhören . . .»

«Eine Kurzgeschichte, die mitten in einem Roman sitzt?»

«Ja. Wissen Sie eigentlich, zu welchem Zeitpunkt Pia Sie zu lieben begann? Ich wette, Sie wissen es nicht. Es war damals, als Sie sich bei der UNESCO so haarsträubend aufführten und in die große Trommel fielen.»

«Sie meinen, an Shakespeares Geburtstag? Sie hätten mich nicht einladen sollen.»

«Sie hätten nicht hingehen sollen. Und dann auch noch stockbetrunken zu erscheinen und Ihren Platz auf der Tribüne unter den größten, modernen Dichtern einzunehmen, die alle entschlossen waren, dem Barden Ehre zu erweisen. Und mit Toby im Saal, der laut jubelte und die britische Fahne schwenkte. Es war obszön.»

«Nicht unbedingt», sagte Sutcliffe leicht beleidigt. «Es gab einen Moment der Wahrheit. Abgesehen davon, daß niemand meine zwölf Gebote* widerlegen konnte – die unerläßlichen Voraussetzungen für diejenigen, die Kunstwerke schaffen wollen. Mit heiserer, gequälter Stimme ins

* Der volle Wortlaut der 12 Gebote findet sich im Anhang.

Megaphon gebrüllt, wirkten sie besonders eindrucksvoll. Warum haben Sie sie nicht angewandt?»

«Ich werde es eines Tages tun, wenn ich diese lächerliche Szene beschreibe. Sie sind schuld daran, daß Ungaretti in Ohnmacht fiel. Und dann, nachdem Sie das ganze peinlich dumme Geschwätz von sich gegeben hatten, fielen Sie, mit Drähten und Mikrofonen behängt, in das große Fagott der Elisabethanischen Madrigal-Gesellschaft.»

«Fast wie Ophelia», sagte Sutcliffe. «Aber ich stehe zu meinen Geboten, was immer die Franzosen sagen. Lassen Sie sie mich für Sie wiederholen, falls Sie sie vergessen oder verlegt haben.» Er räusperte sich energisch und rezitierte sie für Blanford, der sie auf dem Notizblock neben seinem Ellbogen mitstenographierte.

Er machte, nach Bewunderung oder Beifall heischend, eine lange Pause und sagte dann: «Leider nahm es ein böses Ende, aber das war nicht mein Fehler.»

Wieder entstand ein längeres Schweigen. Sutcliffe schnaubte sich wehleidig die Nase, da er das Gefühl hatte, daß sein Schöpfer und Freund sein Verhalten nicht billigte. Dann sagte er: «Wo wird Tu bestattet werden, und wann?»

«Heute abend», sagte Blanford kühl mit einer Zurückhaltung, die nicht seinen Gefühlen entsprach. «Im Schloßgewölbe, mit besonderem Dispens und ohne offizielle Feier, ohne Blumen, ein paar Laternen, nehme ich an, vielleicht ein paar Fackeln.»

«Werden Sie nach Tu Duc fahren?»

«Später, sobald alles geregelt und das Schloß für den Winter dichtgemacht ist. Ich liebe es, wenn der Regen auf Avignon mit all seinen Erinnerungen fällt. Es liegt ein gewisser melancholischer Luxus darin, wenn man fühlt, daß alle dahingegangen sind, daß man vollkommen allein ist. Am besten spürt man dies auf verlassenen, nächtlichen Bahnhöfen, in leeren Flughafenhallen, in die Nacht hindurch geöffneten Cafés in der Stadt.»

Sutcliffe sagte: «Und Livia, die sich in meinem eigenen Leben und Buch in Sylvie verwandelte und wahnsinnig wurde? Was ist mit ihr in diesem Zusammenhang?»

«Livia verschwand, war, als man das letzte Mal von ihr hörte, auf dem Weg nach Spanien mit dem alten Neger-Pianisten. Die letzten Nachrichten, die ich über sie erhielt, von einem Mädchen, das sie gekannt hatte, liegen inzwischen ein ein paar Jahre zurück; es war in einem dieser Häuser, die auf besondere Neigungen spezialisiert sind – genau gesagt, in eben dem Haus, in dem Sie mit dem alten Weib wohnten. Ich ging dort von Zeit zu Zeit vorbei, nur um Erkundigungen einzuziehen, weil ich einst Livia dort angetroffen hatte, zitternd vor Erschöpfung oder Drogen, zitternd am ganzen Leib. Sie sagte in einem trüben, tränenerstickten Ton: ‹Wenn sich nicht jemand um mich kümmert, bin ich am Ende.› Da wurde mir klar, daß ich sie liebte und nie verlassen würde, und die ganze Zeit tobte und schrie eine Stimme in mir: ‹Du Narr!›»

«Dort suchte ich auch Pia.»

«Wir führten die Schwankende in die Küche, setzten sie auf einen Hocker und flehten sie an, etwas zu essen. Die alte Hexe strich ihr ein Butterbrot. Livia brach plötzlich in Tränen aus und sagte: *‹J'ai failli t'aimer.›* Und die Tränen rannen über ihre lange, hübsche Nase in den Teller. Immer noch weinend, begann sie zu essen, und sie sah so klein aus in ihrem tränenreichen Hunger, daß ich ganz gerührt war. Ich saß da, biß mir auf die Lippen und erinnerte mich an so vieles, das sie mir erzählt hatte.

Eines Tages in einem dunklen Kino legte eine Frau ihre

Hand leicht auf ihren Schenkel, und sie spürte, wie ihr ganzes Wesen sich neigte wie eine Galeone im Wind und schäumend durch neue Meere fuhr. Sie rührte sich nicht. Sie sagte nichts. Sie reagierte nicht. Dann stand sie auf und ging, ohne sich umzublicken, aus dem Kino. Im Vestibül wurde ihr so übel, daß sie ihren Kopf an die kühle, gekachelte Wand lehnen mußte. Eine Hand berührte ihren Ärmel, und eine Stimme sagte: ‹Kommen Sie, lassen Sie mich Ihnen helfen?› Und so begann es. Und als sie weniger wurde in meinem Leben, fing ich an, sie auf Papier neu zu erfinden, so akkurat wie ich konnte. Einmal, als sie fortgegangen war und ich mich allein fühlte, nahm ich ein Mädchen aus demselben Etablissement mit in ein Hotel – nur weil ich es tröstlich fand, mit jemandem zu schlafen, der sie kannte und über sie sprechen konnte, obwohl das, was sie mir zu sagen hatte, schmerzhaft war. Zynisch und in einem näselnden Französisch erzählte mir die arme Person in allen Einzelheiten von Livias Heldentaten und fügte dann hinzu: ‹Die ist ihr Geld wert. Die, Mädchen, die sowas mögen, nennen sie Moustache.› Mein lieber Rob, meine Geliebte war unter ihresgleichen als Moustache bekannt!»

«Vielleicht war es klug von Ihnen, aus Pia eher eine passive als eine aktive Gestalt zu machen. Es verlieh ihr eine Dimension, die Livia fehlte – ein gewisses Pathos.»

«Aber Livia war faszinierend, sehr viel schwerer zu malen. Ich habe immer versucht, wieder ein wenig Weiblichkeit in die Dame hineinzustopfen, so wie man versucht, eine Puppe mit Sägespänen zu füllen, ein Auge mit Tropfen zu füllen, einen Kopf mit Gebeten zu füllen. Dann verschwand sie wieder für ein paar Tage und wurde entweder stockbetrunken von der Polizei zurückgebracht oder in einer Bar aufgestöbert, ein Häufchen Elend, ein

Häufchen Schmutz. Sie wissen, ihr Gesundheitszustand machte mir Sorgen, sie war nie sehr stabil, und sie strapazierte sich ständig. Aber ihr Charme! Sie war unwiderstehlich; sie roch nach Gefahren und Enttäuschungen. Männer konnten ihr nicht widerstehen, und sie sehnte sich danach, dafür empfänglich zu sein. Ja, sie gab sich hin, aber es war nur der Abklatsch einer Frau, die den Kuß erwiderte. Sie war, was ihre Gefühle betraf, unempfindlich, ihre Seele war vulkanisiert.»

«Wie komisch», sagte Sutcliffe. «Ich nehme an, Sie entdeckten die wahre Wahrheit erst, als der Ehering an ihrem Finger steckte. Bei Pia war es genau das gleiche. Ich hatte alle möglichen vagen Hoffnungen, daß sie, obwohl unbändig und wankelmütig, dennoch zu retten sei – ein wenig geordnete Bahnen und ein geregeltes Eheleben ... Ich hätte damals schon wissen müssen, woran man eine Lesbe erkennt (weibliche Version des Schwulen). Schließlich konnte sie weder schwimmen noch tanzen, und in der Liebe reagierte sie unempfindlich, aber freundlich – ihre Küsse waren eindimensional und weicher als Nachtfalter.»

«Das war nicht so bei Livia. Ihr Lieblingsnagellack hieß ‹Sadistisch Rot›, und sie war beim Küssen leidenschaftlich und eifrig wie ein Schweinchen an der Zitze. Ein regelrechtes Raubtier. Sie trug gern Pelze wilder Tiere. Ein magerer Wildfang, eine Sexbombe – *sie* imprägnierte mich mit ihrer verzweiflungsvollen und schmerzstillenden Phantasie und Sinnlichkeit.»

«Warum haben Sie sich dann über den Ring so geärgert? In meinem Fall hatte ich das Gefühl, daß Pia mich auf unfaire Art ausgenutzt hatte und ihren früheren Lebenswandel unter dem Mantel des Status und der Stabilität, die ich ihr bot, fortsetzen wollte. Ich fühlte mich beschwindelt.»

«In meinem Fall ging es um den Ring selbst – er hatte meiner Mutter gehört. Ich hatte all die quälerischen und wirren Impulse von Einzelkindern – kränklich in der Jugend und entsprechend verzogen. Die Schule war eine Tortur, andere Menschen waren eine Tortur. Sie war mein einziges Mädchen, Mama, und ich blieb ein *vieux garçon,* ein Junggeselle, bis sie starb; da erst dachte ich, daß meine Einsamkeit vielleicht weniger unerträglich sei mit einer Frau im Haus. Gewiß, ich hatte inzwischen diese lange Liebesaffäre mit Constance gehabt, aber sie wollte sich nun einmal nicht wieder verheiraten. Im übrigen war Livia irgendwo in Asien verschwunden, und damals dauerte es noch Jahre, bis ein mutmaßlicher Tod es einem erlaubte, von einer Scheidung auch nur zu träumen. Sie haben sie in Pia ein wenig entstellt.»

«Aber Ihre Schuld ist es, sie passiv statt aktiv gemacht zu haben. Pia – die so lieblich aussah in ihrem weißen Nachthemd – versetzte sich artig in einen Zustand der Abstraktion, um ihren Gatten auszupumpen (zärtlich, pflichtbewußt), aber wie ein Sammler, der ein Vogelei ausbläst. Sonst spielte sie, wenn sie warm in ihrem Bett lag, mit einer masturbatorischen kleinen Locke ihres Schamhaars und träumte vermutlich von ihrer *fouetteuse* oder ihrer *frotteuse.* Warum auch nicht? Was ist billiger als ein Traum? Doch infantile Träume, die ein früheres Sexleben wiedererwecken, sind fiebrig wie die Träume eines Einsiedlers. Großer Eiersäcke-Amputator, erlöse uns! Die Lady war lediglich eine *station de pompage.*»

«Die Kindheit mit ihren groben sexuellen und psychischen Schäden, die sie der Seele zufügt – was für eine schreckliche Sache, die man da gezwungenermaßen durchmachen muß. Nein, Rob, wirklich, man hat nicht die geringste Chance!»

«Sie glaubten an Gott. Jesus im Himmel! Wie konnten sie?»

Blanford warf seine Zigarre ins Feuer und dachte in einer plötzlichen Anwandlung von sehnsüchtiger Leidenschaft an Tu. Sie erstand vor seinem inneren Auge, wie sie an dem See entlangging, wo sie einst und für immer Anspruch auf Geist, Seele und Leib des anderen erhoben hatten, er hörte ihre leise Stimme aus dem Buch über Nietzsche vorlesen, den zu suchen sie gekommen waren.

«Was geschieht», sagte Sutcliffe nachdenklich, «nach Meinung der Oberweisen, die Sie mit so wenig Gewinn konsultierten – was geschieht mit dem Penis; folgt der Krönung die Enthauptung, verbeugt sich der König so tief vor den Damen, daß seine Krone abfällt, auf den roten Teppich? Ist es so?»

Blanford stimmte zu und verstärkte die Feststellung mit einer Stimme voller Ekel. «Der Kopf eignet sich besonders gut zur Darstellung bisexueller Konflikte und kann listigerweise beides versinnbildlichen, die männlichen wie die weiblichen Genitalien. Beide Mädchen waren hochspezialisiert auf heftige Migräneattacken. Es gibt vaginale Blutungen, die durch einen Kokainbausch im Naseninneren zum Stillstand gebracht werden können. Die Guillotine, erinnern Sie sich, wurde *la Vierge* genannt.»

«Zum Teufel mit all dieser Folklore», rief Sutcliffe. «Alles wird in Geschmatze enden, und Sie wissen das auch. Die schwarze Fahne des reinen Kannibalismus wird entrollt werden. Wenn Narzißten (Artisten) nicht lieben können, welches Recht haben sie, ein solches Theater zu machen?»

«Sie haben recht.»

«Si on est Dieu, pourquoi cochonner?»

«Sie haben recht, todsicher – wie man so sagt. Was für ein nützlicher Satz.»

Blanford konnte hören, wie seine Schöpfung eine Tüte Kartoffelchips aufriß und laut zu kauen anfing, während er wütend über diese allzusehr aus der Retorte kommenden Ideen nachgrübelte. Blanford dachte an seine Kindheit. «Ein Einzelkind ist zu Wehmut und Unsicherheit verdammt. Niemand wird je erahnen, was es mich gekostet hat, mir all meinen Ängsten und Verzweiflungen zum Trotz den Beruf des Literaten beizubringen. Solo, Solitüde, Solitär – alles beginnt mit Sol dem Vater, Sol dem Sohn und Sol dem Heiligen Geist. Sie war jahrelang bettlägrig, meine Mutter, sie litt an einer nicht klar erkannten Krankheit, angeblich einem Herzschaden. Ich glaube heute, daß es eine ernste Drüsenstörung war – eine Störung der Thymusdrüse vielleicht. Es machte sie gleichgültig, es verlieh ihrer Haut etwas Magnolienhaftes, ihre Brüste blieben fest und ihre Zähne gut, bis an ihr Ende. Wir lebten, sie und ich, ohne Vater, im Haus Nummer siebenundzwanzig der Ruskin Road in South Norwood – einem düsteren Haus, ‹Die Lärchen› genannt, mit lustigen Statuen auf dem Rasen und einem Springbrunnen, der verrostet war und nicht mehr funktionierte. Wir teilten alles, sogar den Schlaf – so wie man Geschichten gemeinsamen Schweigens teilen mag. Und doch höre ich jetzt ihre Seufzer in meinen Träumen. Welche Qual war es, meine kleine Brottasche zu füllen, mein Geld zu zählen und in die Schule zu fahren, nachdem ich meine Bücher zusammengesucht und Mama zum Abschied geküßt hatte. Sterling, der alte Butler, fuhr mich zittrig in dem alten Morris aufs Land hinaus – meine Schule lag in der Nähe von Arundel. Sterling war ein geiler alter Cockney, und er pflegte zu sagen: ‹Wissen Sie, was ich nächste

Woche mache, Master Aubrey? Ha, ich werde auf die Pauke hauen. Sagen Sie Ihrer Mutter nichts davon. Sie glaubt, ich sei ein ehrbarer Mann. In gewisser Weise hat sie recht, ich bin's. Aber nicht in meinen Ferien. Ich kenne da zwei Bienen in Brixton, die immer für mich da sind, und ich lechze einfach nach ein bißchen Gerammel, Master Aubrey, ja wirklich, ich lechze danach.›

Mein Vater war Naturwissenschaftler gewesen, Professor an einer unbedeutenden Universität; die Fotografien zeigten einen großen, unzufrieden blickenden Mann mit schwarzen Schnürstiefeln. Ich starrte und starrte auf die vage Erinnerungsbank seines Gesichts, aber es strahlte nichts aus. ‹Komm, gib mir die Stecknadeln, mein Schmetterlingsnetz und meine tödliche Flasche und laß mich in Frieden.› Er sagte das einmal zu meiner Mutter, die es rücksichtslos fand. Es regte sie auf. Das ganze Haus war voll von schlecht ausgestopften Wildgänsen und anderen Vögeln, und in seinem Arbeitszimmer befand sich ein Glasschrank mit Fächern über Fächern voll von schillernden Schmetterlingen, die fachmännisch auf Korkscheiben montiert waren. All dies würde ich vermissen müssen, bis das Schuljahr zu Ende war und die Weihnachtsferien begannen. Wieder einmal! Die schmucke Spielzeugkrippe, und schon erwachte Sex in irgendeinem alten Mistelzweigmännchen mit roter Kappe, des Nachts, im Schnee, das sein klingelndes Ren über die verschneiten Dächer lenkte.

Gelegentlich schlenderte ich nachts durch London, um Scharen schweigender, halberfrorener Mädchen zu beobachten, die unter Lichtkegeln gelblicher Gaslaternen ihre Körper zum Kauf anboten. Dann hastete ich nach Hause zurück zu Mutter, mit niedergeschlagenen Augen, bebend vor unterdrücktem Verlangen und der allzu realen

Furcht vor Syphilis. So nahm mein ganzes Leben damals eine bestimmte Richtung – meine Mutter hatte mich zu einem Lamm gemacht, reif, geschlachtet zu werden; Livia steuerte die Schere bei. Ursache und Wirkung, mein Junge, das ist der Grund, warum ich Sie ermutigen mußte, eine reichere und robustere Kindheit zu haben. Sagen wir, Sie stammen aus einer Müllerfamilie aus dem Norden, einer Familie mit solidem Vermögen – Bauern von echtem Schrot und Korn. Ich sah einst Ihren Prototyp, er speiste am Nebentisch in einem Restaurant in Avignon, und ich kritzelte in mein Notizbuch: ‹Sie ist eher zierlich, er dagegen riesig, mit einem Eierkopf und einem Gesicht mit seltsamem und einigermaßen weltfremdem Ausdruck. Sie rochen nach fleißigem Liebesspiel und gähnten während der ganzen Mahlzeit.›»

«Vielen Dank. War ich auf der gleichen Schule mit Ihnen?»

«Wir waren auf verschiedenen Schulen zusammen.»

Sutcliffe ging an die Tür – es hatte geklingelt – und kam dann wieder ans Telefon und sagte kurz: «Toby ist gekommen. Ich für mein Teil habe allen erzählt, daß ich in Irland in der Achselhöhle einer Fee gelebt habe. Sie machten mir den Eindruck, als glaubten sie mir, ich hatte nie Schwierigkeiten wie Sie. Bei Ihnen war das Lachen Strategie, bei mir kam es aus vollem Herzen.»

«Ich bin mir da nicht so sicher», sagte Blanford nachdenklich, «obwohl es stimmt, daß ich von einer Mami grenzenlos geliebt wurde. Das Resultat: Ich schrieb tonsurierte Gedichte im Stil von Morris. Doch ich kam bald zur Vernunft. Das Resultat unterschied sich nicht wesentlich – wir beide begegneten Livia, doch ich stellte eine sehr leicht zu treffende Zielscheibe dar, und der Grund dafür war natürlich meine uneingestandene Liebe zu Tu.

Sie waren, als Sie an die Reihe kamen, weniger verletzlich, wegen Ihrer härteren Jugend, und vermochten die Katastrophe mit löblichem Humor zu überwinden. Sie waren immerhin fähig, auf der Seufzerbrücke zu stehen und Ihren Stock zu schwingen und laut zu rufen: ‹Hilf mir, Pia, hilf mir! Ich gehe achterwärts unter, wie Laurel und Hardy!› Ich hätte das nie fertiggebracht. Ich war hinter etwas anderem her – einem Kumulus von Gedanken, in eine kühne Metapher zusammengefaßt. Ich hatte etwas Konkretes erkannt, nämlich, daß kleine Kunst Herzklopfen, große Kunst ein heilsames Schwindelgefühl hervorruft. Ich versuchte, Ihnen dies für Ihren Umgang mit anderen Menschen beizubringen, damit Ihr Schreiben Kraft und Ironie besäße. Aber da das menschliche Bewußtsein sich beim Beobachten verzerrt, sind Sie und ich, von einem Dritten gesehen, spiegelverkehrte Abbilder voneinander. Wir tauschen höchst abwechslungsreiche Bemerkungen über den Zustand unserer Verbundenheit aus, genau wie wirkliche Liebende in jenen Zustand eintreten, der vermutlich nie existierte. Poeten tauschen Muschelgeld aus, nicht wirkliche Münzen. Es sei denn, die Bilder piksen Sie wach. Robin, bevor Sie sich gehorsam umbrachten, kritzelten Sie an den Rand Ihres unvollendeten, mit der Hand geschriebenen Poems – *Tu Quoque* – die Worte: ‹Natürlich habe ich, wie Teiresias, Brüste, die alles sehen, und einen gegabelten Schwanz in der Form eines Blitzableiters. Und, ja, Hufe!›»

Sutcliffe brach in dröhnendes Gelächter aus und kaute weiter seine Kartoffelchips, während Blanford im Hintergrund das Bärengebrumm von Toby hörte, der sich räusperte, und die Stimme eines Mädchens. Er konnte sich ihr Gesicht nicht vorstellen, da er sie noch nicht erfunden hatte. Das würde noch kommen, nahm er an. O Gott!

Schriftsteller! Sutcliffe sagte: «Toby hat einen imaginären Nachruf auf Sie für die *Times* geschrieben – Sie wissen ja, er verdient sich ein wenig, indem er auf dem Friedhof arbeitet und Nachrufe auf dem laufenden hält. Hier ist eine Passage, die Ihnen gefallen wird: ‹Als er reich war, lehnte er, einem *on dit* zufolge, zweimal die Distel, den schottischen Ritterorden, ab.›»

«Aber das Geld verhalf nur zu Büchern, Reisen und Ungestörtheit. Und überhaupt, man kann nichts Besseres geben als sein Bestes. Was sonst würden Sie noch gern von mir hören, falls ich Sie zum Leben wiedererwecke?»

«Mehr über Tu, über Livia, über Hilary, den Bruder, und Sam. Über den See und über Tu Duc und über das Avignon unserer Jugend. Über uns, die einzig Wirklichen.»

«Dann erlauben Sie mir, daß ich Ihnen eine Frage stelle», sagte Blanford streng. «Als wie wirklich empfinden Sie sich, Robin Suttcliffe?»

«Ich habe nie innegehalten, um darüber nachzudenken», sagte sein einziger Freund nach einer Pause. «Und Sie?»

«Und Sie wollen etwas über Ihre eigene Jugend erfahren? Ich habe Sie natürlich mit meiner ausgestattet, da wir ungefähr gleichaltrig sind.»

«Aber wir sind in verschiedenen Milieus aufgewachsen.»

«Ja, aber das Alter war das gleiche, und das Alter ist ein Geisteszustand. Die zwanziger Jahre – das war nichts anderes als ein Geisteszustand.»

«Erzählen Sie mir die Einzelheiten, das wird mir helfen, zu handeln.»

«Also gut.»

Blanford schloß die Augen und ließ sich von seiner Erinnerung zurückführen an den Anfang der Geschichte:

«Es sollte ihr letztes Semester in Oxford sein, und Hilary lud sie beide ein, für die langen Sommerferien mit ihm in die Provence zu fahren. Weder er noch Sam hatten bis dahin seine Schwestern Constance und Livia getroffen. Sie wußten absolut nichts über die beiden. Doch kürzlich, nach dem Tod einer alten Tante, hatte die junge Constance das Schlößchen Tu Duc in der südlichen Vaucluse, nicht weit von Avignon, geerbt. Die Herzogin von Tu – dies war der auf der Hand liegende Spitzname für sie. Die Geschwister hatten dort einst in ihrer frühen Jugend öfter die Ferien verbracht; aber die Tante wurde mit fortschreitendem Alter zuerst exzentrisch und dann geistig labil; sie zog sich von der Welt zurück, schloß sich ein und ließ es zu, daß der Besitz verfiel. Regen und Wind vollendeten schließlich, was die Nachlässigkeit begonnen hatte; die Last des winterlichen Schnees zerdrückte die schwarzen Dachschindeln. Feuchtigkeit drang in die Räume mit ihren seltsamen, mit Schneckenornamenten verzierten Butzenscheiben. In dem weitläufigen, ungepflegten Park lagen überall umgestürzte Bäume, versperrten die Wege und hatten den Pavillon zermalmt. Die einst gepflegten Rasenflächen waren jetzt eine Ansammlung von Maulwurfshügeln, und wohin man sah, überall tummelten sich Hasen. In jenem Sommer ernährten sie sich hauptsächlich von geschmorten Hasen!

Hilary, um ihm Gerechtigkeit widerfahren zu lassen, verschwieg ihnen nicht die Unbequemlichkeiten, die ihrer harrten, aber die Aussicht auf südliche Sonne und guten Wein genügte, um alle Bedenken zu zerstreuen. Und es gab noch einen anderen wichtigen Faktor: Sie waren jung und gesund. Constance würde sie in Lyon treffen, während Livia später zu ihnen stoßen sollte, sobald sie Zeit hatte. Hilary erwähnte Livias Namen und runzelte liebevoll die Stirn – als fände er die Tatsache ihrer Existenz irgendwie beunruhigend. Seine tiefe, vertrauliche Zuneigung zu ihr hatte etwas Gemäßigtes, Förmliches, als hätte er kein so inniges Verständnis für sie wie Constance. So wie er redete, konnte man meinen, daß Livia die Wilde und Unberechenbare sei, Constance dagegen die Beständige und äußerst Verläßliche. Das sollte sich später als mehr oder weniger richtig erweisen, als sie die Wahrheit über die beiden erfuhren – was immer das bedeuten mochte. Aber Livia verbrachte inzwischen all ihre Zeit in Deutschland.

Diese Aussicht auf wilde und irgendwie primitive Ferien erklärte all das schwere Campingzubehör, das sie bei ihrer Ankunft in Lyon aufgehäuft vorfanden – sie hatten es vorausgeschickt: massive Campingbetten, Tropenhelme, Schlafsäcke, Moskitonetze – absolut lächerliche Sachen, die für Safaris in Löwenländern oder für eine Himalajabesteigung erfunden worden waren. Aber keiner von ihnen kannte die Provence, und so waren diese Vorkehrungen vielleicht verzeihlich.

Heute ist die Welt, die sie hervorbrachte, versunken und vergessen; es war eine Welt, die noch im Kielwasser des einen Krieges schlingerte und versuchte, ihre Kräfte zu sammeln, bevor sie sich unabwendbar in einen zweiten stürzte. Ihre Jugend hatte sie vor den Schützengräben bewahrt – 1918 waren sie noch nicht im wehrpflichtigen Alter, obwohl es Sam unter einem Vorwand fast gelungen wäre, einzurücken; doch man kam ihm auf die Schliche, und er wurde wieder in die Schule geschickt und von da nach Oxford, wo die drei, obwohl so verschieden, unzertrennlich wurden. Hilary war der Anführer der kleinen Gruppe, denn er hatte mehr Erfahrung als die beiden anderen, und er gab immer den Ton an. Als Knabe war er blond und groß und hatte eisblaue Augen wie ein Teutone. Sam hatte Strubbelhaar und war eher vierschrötig auf seine linkische freundliche Art. Ich war . . . wie war ich, Aubrey Blanford? Lassen Sie mich nachdenken.

Ein bißchen schlafmützig, nehme ich an. Sam boxte, und Hilary ruderte, während wir alle drei ein wenig ritten und, wenn möglich, an Parforcejagden à la Surtee teilnahmen.

Ich war der am wenigsten Quecksilbrige, der Ruhigste der drei und gab wegen meiner schlechten Augen nur einen mittelmäßigen Sportler ab, auch wenn ich gut im Fechten war und sogar in die Universitätsmannschaft aufgenommen wurde. Die nach-Wildesche Dämmerung Oxfords war nicht mehr ein Schauplatz, wo man sich ausleben konnte – die Anspannung und der Druck der Kriegsjahre lasteten indirekt noch immer auf uns, denn viele der Männer, die 1918 blutige Kämpfe erlebt hatten, waren an die Universität zurückgekehrt, um ihre im Krieg abgebrochenen Studien zu beenden. Eine verstörte und wilde Horde waren sie, wie fremdländische Barbaren.

Ja, es ist schwierig, diese inzwischen so vergessene Welt zu beschreiben; ihre Werte und Gewohnheiten scheinen sich in die fernsten Winkel der Zeit verkrochen zu haben. Erinnern Sie sich noch daran – eine Welt in einem sonderbaren Übergangsstadium? Das Neue war gewalttätig und frech, das Alte erstarrt. Alle, die der Krieg nicht getötet hatte, lebten in einer Art Vorhölle. Im geistigen Bereich befanden sich Anatole France und Shaw auf dem Höhepunkt ihres Ruhms; Proust hatte, trotz aller Lobeshymnen, das allgemeine Publikum noch nicht für sich gewonnen. Henry James stand gegen Wells.

Bin ich alt geboren? Ich scheine nie eine richtige Jugend gehabt zu haben – meine begann in Oxford, als ich Hilary kennenlernte. Wenn er der bei weitem brillanteste von uns dreien war, verdankte er das dem Zufall. Sein Vater war Diplomat gewesen, und die Kinder waren immer mit ihm zu seinen verschiedenen Posten gereist. Der steife alte Herr war ein Verfechter der guten alten Formen, und wo immer sie hingingen, bekamen sie Hauslehrer und lernten die Landessprache. So beherrschten Hilary und seine Schwestern mehrere Sprachen und fühlten sich völlig zu Hause an Orten, die für mich fast etwas Mythisches hatten – Mitteleuropa, zum Beispiel, oder die Balkanländer, Rumänien, Rußland, Griechenland, Arabien . . . Gewiß, auch Sam und ich sprachen ein holpriges Französisch und Italienisch und ein paar Brocken Deutsch. Aber Hilary ‹besaß› die Sprachen, wie die Franzosen sagen, und radebrechte in vier anderen. All dies wußte er zu nutzen und machte glänzende Examen in Oxford. Sein Ziel damals war die Archäologie, sein Held Evans, und sein großer Traum war es, das Labyrinth von Gortymna zu erforschen, das wegen seiner gewaltigen Ausdehnung bis auf den heutigen Tag kartographisch nicht erfaßt worden ist.

Und Sam? Ich bewahre ein Bild von ihm in einem Winkel meiner Erinnerung, wie er im hohen Gras am Rande eines grünes Kricketfeldes liegt, einen Apfel kaut und über ein Buch von Wodehouse oder Dornford Yates vor sich hinkichert. Sie müssen bedenken, daß wir damals hoch aufgeschossene Schuljungen waren, für die sogar das langweilige, aber rauhe London eine Sensation war, ein Traum. Paris dagegen war Babylon. Sams Ambitionen waren klar: Er wollte den Everest im Alleingang erklimmen und bei der Rückkehr eine schöne blonde Maid aus einem Turm befreien, in den ein Zauberer sie eingesperrt hatte, und sie heiraten. Später dann wollte er seine Reisen zusammen mit ihr fortsetzen – sie als sein Page verkleidet

– und sich den Rittern der Tafelrunde des Königs Artus zugesellen. Sie sehen, was für eine verheerende Wirkung Malory auf ein argloses Gemüt haben kann. Ich selber wollte Historiker werden – zu jener Zeit verspürte ich wahrhaftig keinerlei Neigung zu dieser sklavischen Ergebenheit gegenüber Tinte und Papier. Ich malte mir aus, daß ich ein abschließendes Buch über irgendeinen Aspekt der Geschichte des Mittelalters schreiben und ein Stipendium für das Wadham-College in Oxford erhalten würde oder irgend etwas dergleichen. Wie Sie sehen, war Hilary der brillanteste von uns dreien mit seinem – wie er es nannte – ‹Hang zum Minoischen› – denn seine Pläne und Projekte eröffneten Fenster auf die Welt Europas. Habe ich recht?»

«Vermutlich, aber Ihr Expose ist ein bißchen lahm – es beweist mir, daß der trockene Historiker noch nicht ganz dahingeschieden ist in meinem armen Aubrey. Ich für mein Teil hätte es anders angepackt.»

«Sagen Sie mir, wie.»

«Ich hätte andere Dinge aufgezählt, zum Beispiel Schulkrawatten, lange Wollschals, weite Oxfordhosen, College-Blazer, schwere Motorräder à la T. E. Lawrence, Rennwagen mit Lederriemen über der Motorhaube, Lagondas, Bentleys, Amilcars . . . Der Garçonnetyp war gekommen und gegangen, aber der Vamp mit dem Glockenhut und der langen Zigarettenspitze war nach wie vor unvermindert da.»

«Das alles hatte ich vergessen.»

«Es sind die kleinen Dinge, die das Bild ausmachen.»

«London.»

«Ja, und die Lokale, die wir in London besuchten, die meisten von ihnen sind verschwunden – zerstört, möchte ich annehmen, durch die Bombardierungen?»

«Wie das Café de Paris?»

«Ja, und Ciro's und das Blue Peter, die Criterion-Bar, Quaglino's, Stone's Chop House, Mannering's Grill, Paton's, The Swan . . .»

«Gut, Robin, und dann die Nachtlokale wie das Old Bag O'Nails, The Blue Lantern, The Black Hole und Kiki's Bar . . . Wir haben nie geschlafen.»

«Die Musik von Shows wie Funny Face (‹Wer hat mein Herz gestohlen?›). Charlot, und der göttliche Hutch, der so sanft auf dem großen Flügel spielte und auf seine herbe, unterkühlte Art ‹Das Leben ist nur eine Schale Kirschen› sang.»

«Und dann, kurz bevor der Morgen dämmerte, im Lyons' Corner House! Alle mit gelben, müden Gesichtern, Huren, Studenten, Nachtwächter und Arbeiter, die zur Frühschicht gingen. Die ersten Zeitungen erschienen in den eisigen Straßen. Und der Nachhauseweg im fahlen, nervösen ausgewaschenen Morgenlicht, der endlose Rückweg quer durch London – über die Westminsterbrücke und in die elenden Vororte der Hauptstadt, im Kopf vielleicht die Erinnerung an eine Hure und die ständige Furcht vor dem Tripper. Heirate oder infizier dich, mein Junge, heirate oder infizier dich.»

«Ich tat beides.»

«Ich auch, ich auch.»

«Und so kommen wir zu der im Dunst liegenden Pier in Lyon, wo wir ungeduldig auf Constance warteten und die Zeit damit ausfüllten, daß wir unsere lächerliche Ausrüstung an Bord der *Mistral* brachten, eines großen flachen Küstenmotorschiffs mit viel Laderaum und genügend Platz an Deck, um einige Passagiere mitzunehmen. Der Laderaum war bereits dichtgemacht und mit einer Persenning zugedeckt, die uns eine große ebene Fläche bot, auf der wir uns lagern und essen konnten; die Nacht, so war es vorgesehen, sollten wir nicht an Bord, sondern an Land verbringen. Und dann, mitten während all dieser albernen Überlegungen und während wir unsere Sachen verstauten – man hätte meinen können, wir führen zum Pol –, erschien das Mädchen, und mit ihr war auch plötzlich der ganze Sommer da – ich meine, er kam uns erst jetzt zu Bewußtsein in der ganzen Dichte seines Gewichts. Bisher befanden wir uns erst in dem Maulbeerbaumgürtel rings um das ungepflegte Lyon mit seiner weitläufigen grünen Umgebung. Noch weit weg von den staubigen Garigues, dem Olivenöl und dem Anislikör. Doch mit Tu sah man, was es wirklich war: Es war Sonnenlicht, das durch einen Sommerhut aus feinem Stroh auf gebräunte Schultern und einen gebräunten Nacken sickerte und einen Schatten schuf, der so dunkel war wie reife Pflaumen. Es war aschblondes Haar, spröde geworden, aber trotzdem seidig, durch zuviel Sonne und Salzwasser. Es war ein Hals, der vollendet auf schmalen, aber kräftigen Schultern saß, es war ein meerblaues Auge, das sich im hellen Licht grün färben konnte, ein Auge voller Neugier und Humor. Sie hatte sich beim Baden den Fuß verletzt, und aus einem Verband erklärte sich, daß sie humpelte. Sie musterte uns, ohne große Begeisterung oder Neugier, glaube ich, aber freundschaftlich, da wir Freunde ihres Bruders waren. Ich fühlte sogleich, daß sie uns ähnlich überlegen war wie ihr Bruder, daß sie etwas von dem hatte, was ich heute Weltläufigkeit nennen würde. ‹Es tut mir leid, ich habe mich verspätet; es lag wie üblich am Zug.›

Unser Skipper war ein ernster rundlicher Mann, der aussah wie ein großer Charakterdarsteller ohne Engagement. Seine alte Seebären-Segelmütze hing ihm keck auf dem Kopf, und seine Freigebigkeit stand außer Frage, denn er kam immer wieder mit Gläsern starken Weins an, den er uns förmlich aufnötigte als bestes Mittel gegen die Unbilden des Wetters. Was für Unbilden? Das Wetter hätte nicht besser sein können, der alte Mann phantasierte offenkundig. Wie auch immer, die vollen Bechergläser Côtes du Rhône versetzten uns alle in die beste Stimmung. Constance trank aus dem Glas ihres Bruders und bat um Erlaubnis, sich Shorts anziehen zu dürfen, was ihr feierlich zugestanden wurde. Wir zwinkerten einander zu. Die Frau des Skippers stellte ihr zum Umkleiden die kleine Kabine unter Deck zur Verfügung, in der sich ein Vogelkäfig befand und ein paar alte Stiche aus den Tagen, als auf der Rhône noch getreidelt wurde – was noch gar nicht so lange her war.

Wir waren voll beladen für Arles, warteten jedoch noch auf zwei weitere Passagiere, die sich verspätet hatten. Aber sie ließen nicht lange auf sich warten und entschuldigten sich wortreich. Der eine war ein schlaksiger, schlampig aussehender Mensch mit gelblicher Haut und Haaren, die ihm in Büscheln über den Kragen seines Überziehers hingen. Er hatte etwas Schäbig-Majestätisches an sich, aber erst sehr viel später, als er nach vorn zum Bug schritt und mit mächtiger Stimme eine Arie von Verdi schmetterte, wurde uns klar, daß wir uns in der Gegenwart eines Stars der Oper von Marseille befanden. Der andere war ein bescheidener, älterer Mann mit einer Mähne weißen Haars und dem ehrwürdigen Aussehen eines Kirchendieners. Er hatte ein bräunliches altes charaktervolles Gesicht und betrachtete seine Umwelt mit einem Ausdruck leicht blasierter Belustigung. Doch schien er ein recht kultivierter Mann zu sein, nicht nur seinem Benehmen nach, sondern auch weil er einen Gedichtband unter dem Arm und an seinem Rockaufschlag (das fällt mir erst jetzt, rückblickend, auf) die goldene Zikade zur Schau trug, das Abzeichen der Mitglieder der berühmten neuprovenzalischen Dichtergesellschaft Félibre. Alles an unserem Skipper, seine Rundlichkeit, sein Dialekt, seine Gesten, schienen diesen alten Herrn zu entzücken. Ich verstehe jetzt auch, warum: Sie stammten beide aus Avignon, das auch unser Ziel war und wo wir einen Wagen zu bekommen hofften, der uns nach Tubain bringen würde, falls Felix nicht mit seinem stotternden kleinen Konsulatswagen am Treffpunkt war.

Die Sirene zischte und dröhnte, während Dampftropfen am Schornstein herunterliefen; wir hatten abgelegt und waren unterwegs, fast ehe wir es wußten oder spürten. Bequem auf dem geräumigen Deck liegend, sahen wir zu, wie die sonnenbeschienene Welt sich langsam um uns drehte und dann schneller und schneller, bis sie achterwärts davonzugleiten begann. Wir rauschten unter einer großen Brücke durch, wo sich die Silhouetten einiger Zuschauer vor dem Himmelsbogen von tiefstem Blau abhoben. Constance legte sich in die Kissen, die der galante alte Skipper fürsorglich zur Verfügung gestellt hatte, und sank offenbar in Schlaf, was mir die Gelegenheit gab, sie zu betrachten, und ich war wiederum erstaunt über ihre Schönheit und die Ähnlichkeit mit ihrem Bruder. Das feine blonde Haar an ihren Schläfen kam mir noch feiner vor als das Gespinst der Seidenraupen; ihr Schlaf war leicht, und sie lächelte über irgendeinen glücklichen Traum oder Gedanken. Ich hätte mir nie träumen lassen, daß sie ebenso schüchtern war wie Hilary – so ungeheuer selbstsicher wirkte sie auf uns arme Engländer, die vor Konventionen und dem Verlangen, jemanden zu verehren, fast platzten. Viele Jahre später, als ich in einem Brief auf diese erste Begegnung anspielte, schrieb sie auf einer Postkarte nur das eine Wort: ‹Schüchternheit›.

Doch für all das gab es keinerlei Anzeichen in der Pose des ruhig an Deck schlafenden Mädchens. Hilary, wenn ich mich recht erinnere, hatte sich bald mit dem alten Poeten angefreundet und bestürmte ihn mit Fragen nach der Landschaft, durch die wir so sanft dahinglitten auf einem Fluß, der plötzlich breiter wurde durch die Vereinigung mit dem grünen Wasser der Saône. Wohl erinnerte ich mich jedoch an die dröhnende Stimme meines Geographielehrers, als er uns die Geschichte des Flusses erzählte und dabei vorsichtig die große Wandkarte mit seinem schwarzen Malakkastock berührte, der ihm unter gewissen Umständen auch dazu diente, uns die brutalen Prügel zu verabreichen, die damals an den meisten Schulen gang und gäbe waren. Sie haben uns nicht geschadet, möchte ich hinzufügen, und waren eigentlich ganz nützlich, eine rauhe, aber schnelle Absolution – denn auf diese Art waren die Sünden gebüßt und vergessen, sobald die blauen Striemen nicht mehr zu sehen waren. Während die hundert Strafzeilen oder die hundert Ave Marias dieses Kunststück nie so recht zuwege brachten.

Doch diese erste verführerische Erkundungsfahrt in den Süden, dem Mittelmeer entgegen, vermischt und überlappt sich mit den vielen anderen Malen, die ich später nach Tu Duc reiste, um den Sommer dort zu verbringen. ‹Die Rhône entspringt im Genfer See›, verkündete die dröhnende Stimme meines Geographielehrers.»

An dieser Stelle der Blanfordschen Erzählung räusperte sich Robin Sutcliffe und kicherte und machte ein Geräusch wie jemand, der schniefte. «Ich wette, ich kann

Ihnen sagen, woran Sie in diesem Zusammenhang jetzt denken.»

«Nur zu. Sagen Sie es», erwiderte Blanford.

Sutcliffe sagte: «An die Chambre froide des Zentralschlachthofs in Genf. Ein höchst außergewöhnlicher Platz, um dort zu sitzen und zu betrachten, wie die Rhône entspringt. Ausgerechnet dorthin führte mich Pia, um mir zu erzählen, daß sie die arme Schneppe kennengelernt hatte. Seltsam, sich gerade diesen Ort auszusuchen, der jedoch vielleicht passender war, als es auf den ersten Blick den Anschein haben mag. Die große Fabrik, denn das ist der Schlachthof, wurde oberhalb des Sees errichtet, und an der hinteren Seite befindet sich ein kleines verglastes Restaurant unmittelbar über dem Wasser, wo die Angestellten ihre Mahlzeiten einnehmen. Sie nennen es, wenn ich mich recht erinnere, den Vogelkäfig, und es ist zweifellos klein. Natürlich ist das Hauptnahrungsmittel Fleisch. Schneppe hatte es eines Tages bei ihren Streifzügen entdeckt – sie war losgeschickt worden, um eine Ochsenhälfte für die Geburtstagsfeier der alten amerikanischen Dame zu bestellen, ein Fest, das alle Schwulen und Tunten und Lesben der Stadt vereinen sollte. Hier, inmitten der an ihren großen Haken schwingenden Kadaver boten die Fleischer mit ihren blutbesudelten Schürzen einen fast festlichen Anblick. Schneppe war ganz nach ihrem Geschmack, und nachdem mehrere der jüngeren sich mit ihr verlustiert hatten, luden sie sie zu einem Glas Wein in die Kantine ein.

Ohne diese Einladung wäre es unmöglich gewesen, das Restaurant zu finden, da man nur durch eine riesige Kühlhalle dorthin gelangte, die gewöhnlich verschlossen war. Natürlich war das Restaurant der Allgemeinheit nicht zugänglich, es war für die Fleischer und ihre Freunde reserviert. Aber ein paar Leute hatten es entdeckt, und die Überwachung war sehr lax. Nun, ich weiß noch genau, wie ich über dem Wasser saß und mir Pias traurigen Bericht über ihre Ängste und Kümmernisse anhörte – und vor allem über ihre Liebe zu mir, worauf ich mir die Nase ziemlich laut schneuzte, weil ich gerührt war und mich schauderhaft fühlte, als ob mein Herz mit einem Schmiedehammer zertrümmert worden wäre. Von einem Jungen mit einer blutbefleckten Schürze umarmt zu werden – igitt! Natürlich war es Schneppe, die umarmt worden war, aber jetzt wollte Pia das gleiche versuchen unter der Anleitung der Negerin. Dieser Bericht regte mich so sehr auf (das närrische Mädchen bat mich auch noch, sie zu ermutigen, und ihr zu verzeihen, und sagte immer wieder, daß sie ohne mich nicht leben könne und daß ich sie verstehen müsse) . . . Ich war so verdammt wütend über ihre Dummheit – wie konnte sie nur auf die Verlockungen dieses männlichen Sukkubus mit einem Schlitz hereinfallen –, daß ich aus dem Lokal stürzte und ein Taxi zu Schneppes Hotel nahm, mit der Absicht, Schneppe zur Schnecke zu machen. Glücklicherweise war sie nicht da, und mein Zorn verrauchte, während ich am See entlangging.»

«Glücklicherweise ist das richtige Wort», sagte Blanford. «Als ich mit einer Hundepeitsche auf Livia losging, wegen einer ihrer Untaten, versetzte ich sie in einen sexuellen Freudentaumel. In Tränen des Schmerzes und der Dankbarkeit gebadet, fiel sie nieder auf ihre Knie und leckte meine Schuhe. Sie sei jetzt mein Sklave, sagte sie, bedingungslos mein Sklave. Und sie sagte immer wieder: ‹Oh, warum hast du das nicht früher schon getan?› Ich empfand nur Ekel.»

«Und das Schlachthof-Restaurant?»

«Wenn ich Livias Gedanken ausgraben muß – sie, die

Original-Pia, nahm mich dorthin mit –, muß ich hier festhalten, daß der Geruch von Blut und frischem Wasser eine wahre Wonne für sie war. Ja, alles, was mit frischem Blut zu tun hatte, entzückte sie. Es erinnerte sie an ihre erste Periode – sie war unzureichend aufgeklärt worden und so unschuldig, daß sie gedacht hatte, sie würde verbluten wie Petronius. Und dazu kam natürlich noch der Kummer, weil dies der erste physische Beweis für den Mangel an Männlichkeit war, die sie so sehr begehrte. Die unendliche Traurigkeit, mit der sie erkannte – wie sie in ihrer eigenen pittoresken Ausdrucksweise sagte –, daß sie ein Pfadfinderjunge mit einer Vagina war. Mein lieber Robin, sie ließ sich zwar nicht in Wirklichkeit von blutbefleckten Jungen umarmen, aber sie träumte davon – nur daß in ihrem Fall der Schlachter ein älterer Mann war, der wie ihr Vater aussah. Während wir über dem Wasser saßen und ich sah, wie ihr Gesicht plötzlich ausdruckslos wurde und sich in das resolute Gesicht eines hartgesottenen kleinen Matrosen verwandelte, verlosch etwas wie eine heruntergebrannte Kerze. Meine Liebe wurde wie ein kranker Fisch an die Oberfläche getrieben, mit der Bauchseite nach oben. Unter dem Boden unseres Vogelkäfigs nahm das Seewasser, eingeengt und zwischen zwei Dämmen hindurchgeschleust, Geschwindigkeit auf, so als könnte es bereits Arles riechen.

Der ungestüme Kanal war dunkel amethystfarben und grenzte ans Ultramarine; doch genau in der Mitte war ein Strang, der wie ein Muskel in einem Unterarm herausragte, ein grüner Wassermuskel, der mehr Stoßkraft zu haben schien als der Wasserlauf, in den er eingebettet war. Meinem Blick folgend, sagte Livia: ‹Siehst du das grüne Band da? Das ist die Rhône, die sich aufmacht, um zum Meer zu eilen.› Ich höre ihre Stimme, ich sehe das Wasser vor mir, und tausend Gedanken drängen sich in meinem Kopf. Die großen Ströme der menschlichen Sensibilität schlängelten sich durch die Dschungel und Sümpfe und Wälder verlorener Kontinente. Die großen Flüsse wie der Nil oder der Mississippi beförderten ihre menschliche Fracht von einer Welt in die andere. Und trotz ihres kurzen Laufs war die Rhône ihnen ebenbürtig, genauso wie ihr Cousin, der Rhein . . .

Livia erzählte mir, daß sie eines Nachts von ihrer Geliebten nach La Villette mitgenommen worden war, wo ein altmodischer Schlachter mit dem Gesicht ihres Vaters auf ihre Bitte hin einer Kuh, die geschlachtet werden sollte, die Hinterhufe zusammengebunden und ihr mit einem schnellen Schnitt die Kehle geöffnet habe, so wie man einen Umschlag aufschlitzt. Er hielt sie bei den Hörnern, obwohl das Tier nichts spürte. Doch der Blutstrahl schoß in die hohen Weinkelche, die sie hinhielten. Sie tranken reichlich davon, während der alte Mann ihnen freundlich zusah. Später hatten sie Ärger mit einem Polizisten, denn sie waren beide mit Blut bespritzt, und es war schwierig zu erklären, wie sie zu diesen Flecken gekommen waren. Aber Sie vor allen anderen, Robin, werden sich inzwischen mühelos Livias Abirrungen zufriedenstellend erklärt haben – haben Sie nicht Philosophie und Psychologie studiert?

Was mich immer beschäftigte, war die Frage eines stabilen Egos – gab es so etwas überhaupt? Die alte Vorstellung von diesem Unikum war eher primitiv, besonders bei Schriftstellern, die es juckte, diese oder jene Handlung zu erklären. Ich persönlich kann kaum den Namen einer Romangestalt hinschreiben, ohne plötzlich von einem Ozean möglicher Attribute überschwemmt zu werden, ein jedes so zutreffend und wahr wie das andere.

Die menschliche Psyche ist fast unendlich variabel – so variabel, daß sie es sich erlauben kann, widersprüchlich zu sein, sogar im Hinblick auf sich selbst. Wie armselig ist doch die klägliche kleine Typologie unserer modernen Psychologie – ja, sogar die Astrologie, wie suspekt sie als Wissenschaft auch sein mag, macht zumindest den Versuch, die unendliche Vielfalt rein menschlicher Attribute einzubeziehen. Und das ist der Grund, warum unsere Romane, Ihre und meine, Robin, auch so armselig sind. Es gab viele Livias, von denen ich einige liebe und bis an mein Ende lieben werde; andere fielen von mir ab und vertrockneten wie tote Blutegel. Andere waren nur Larvenformen im Sinne des Paracelsus – Schatten, Vampire, Gespenster. Als sie mich endgültig verlassen hatte, schickte sie mir das spöttische Telegramm, das sie zu amüsieren schien.

Der Leere näher um keinen Deut
Bringt dich ein Häppchen verfaulter Freud.

Aber der Brief, zu dem dieser Gedanke gehörte, war in Gantok geschrieben worden, und sie hatte darübergeschrieben: ‹Auf dem Wege nach Tibet.› Er war lang, weitschweifig und sprunghaft, und er bedrückte mich so sehr, daß ich ihn zerriß. Doch ich erinnere mich an eine Stelle, wo sie schrieb: ‹Du kannst Dir nicht vorstellen, was es für mich bedeutet, mich in einem Land zu befinden, wo die schöne, sechsarmige Tsungtorma ihre lotosweichen Handflächen in die Höhe reckt.› Es war eine berechtigte Kritik an meiner literarischen Methode – warum keine sechsarmigen Psychen? Ist es möglich, fragte ich mich, einer Vielfalt von Attributen gerecht zu werden und dennoch den Anschein einer figurativen Einheit der beschriebenen Person zu wahren? Ich träumte von einem Buch, das, obwohl vielfältig, eine organische Einheit verkörperte. Die Glieder des Osiris, verstreut wie sie waren über die ganze bekannte Welt, wurden eines Tages vereint. Aus dem Ei der Zukunft stieg dieses dunkle und ernste Mädchen, das eines Tages mit selbstsicherer Verachtung sagen würde: ‹Jedermann kann sehen, wen von uns beiden er liebt.› Man entdeckt solche Dinge Jahre später, in einem anderen Zusammenhang, vielleicht sogar in einem anderen Land, am Strand liegend, warme Kiesel an die Wange pressend. ‹Was taten Sie?› fragte ich Constance. Und sie antwortete: ‹Ich erkannte plötzlich, daß ich mich von ihr lösen mußte; sie würde immer meine Sicht, meine Entwicklung blockieren. Ich umarmte sie so fest, daß es ihr allen Atem nahm.›

Die Livia dieser Epoche war dunkelhaarig und eher dünn – im Gegensatz zu der Blondheit ihrer Schwester. Sie hatte schön geschnittene Wangenknochen und grüne Augen, während ihr schwarzes weiches Haar aus ihrer Schädeldecke zu lodern schien und seitlich in Locken herabfloß, was an die Medusa erinnerte – die Schlange ist eine durchaus passende Metapher. Ihre Schönheit war nicht ins Auge fallend, man wurde ihrer in einer plötzlichen Offenbarung gewahr. Aber natürlich schlurfte sie mit den Füßen, hatte immer die Hände in den Taschen und eine Zigarette zwischen den Lippen. Wir waren konventionell genug, um davon schockiert zu sein. Aber ich war geblendet von ihrem Verstand und von ihrer ätzenden und gewandten Redeweise. Die Stimme war tief, und von Zeit zu Zeit trat ein Ausdruck in ihre Augen, ein angespannter wilder Ausdruck, und plötzlich sah man einen Ritter vor sich, der aus den Augenschlitzen seines Helms auf einen starrte. Ich war zu unerfahren, um den Schutzschild ihrer defensiven Männlichkeit zu durchschauen. Doch wann immer sie in Constances Richtung blickte, wann immer sie sah, daß wir lachten oder uns angeregt unterhielten, kam ein anderer, mehr berechnender Ausdruck in diese klugen Augen. Sie konnte die Selbstverständlichkeit unserer offensichtlichen Freundschaft nicht ertragen, deren Herzlichkeit damals unschul dig und frei von allen weitergehenden Absichten war.

Livia machte sich ganz bewußt meine offensichtliche Unschuld zunutze. Ich war ein leichtes Opfer. Später, als ich mir Gedanken darüber machte, welche Gestalt die Ereignisse in unser aller Leben annahmen, sagte ich mir, daß Livia ihre Rolle vielleicht weniger bewußt gespielt hatte, als ich angenommen hatte; auch sie war nur ein Instrument, das die elektrischen Impulse registrierte, die durch eine unterdrückte Kindheits-Eifersucht ausgelöst wurden. Hinterher klug zu sein ist eine der Spezialitäten ältlicher Romanschriftsteller. Quak! Quak! Natürlich hatte sie keine Wahl, keiner von uns hatte die Wahl. Es war die unvergleichliche Schönheit und Brillanz der älteren Schwester, die die jüngere magnetisch anzog und, wie ich hinzufügen muß, ihren Bruder ebenfalls. Denn auch Hilary war ein Teil der Konstellation, und ich nehme an, auch er fand die selbstverständliche Vertrautheit zwischen Tu und mir beunruhigend, gelinde gesagt. Aber sobald ein Bruder und eine Schwester sich sehr nahe sind, fürchten sie natürlich, daß eine Heirat, ob ihre oder seine, sie unweigerlich trennen wird. Doch Livia war eine geborene Verschwörerin, und in dem Moment, da sie beschlossen hatte zu verhindern, daß zwischen Constance und mir irgend etwas heranreifte, setzte sie alles daran, unsere Beziehung zu untergraben – mit welchem Erfolg, wissen Sie nur zu gut; ich war verzaubert von diesem eidechsenwendigen Mädchen – sie schmeichelte mir auf eine Art, die ich heute als sehr durchsichtig empfinden würde. Aber gehemmt, wie ich damals war, war ihr Lob Manna für mich.

Damals machte Tu ihre ersten scheußlichen Erfahrungen als Medizinstudentin und hatte bereits beschlossen, nicht bis zum Schluß durchzuhalten. Die derben Witze ihrer Kommilitonen, wenn sie mit den Teilen menschlicher Körper umgingen, widerten sie an. Sie verrieten damit nur ihre Furcht vor dem Tod, das innerliche Zurückschaudern, wenn sie die Leichen von Ertrunkenen, Namenlosen, Landstreichern oder Selbstmördern zerlegen mußten. Körper – aufgedunsen, entstellt oder bis zur Unkenntlichkeit zermalmt. Und dann der Geruch von Formaldehyd, der einen durch die zugigen Räume verfolgte! Er setzte sich in Kleidern, Schürzen, Röcken, weißen Kitteln fest. Es war ihr unmöglich, diesen Abscheu ganz zu überwinden, doch zunächst einmal machte sie weiter. Die einzige Anregung kam von ihrem Anatomieprofessor, der von seinem Fach so besessen war, daß seine Begeisterung sie anfeuerte. Einmal, nach einem besonders schlimmen Unfall in der Gower Street, sah sie, wie er einen abgetrennten Arm aufhob, ihn verstohlen in eine Abendzeitung wickelte und damit in das in der Nähe befindliche Labor eilte. Vielleicht gab es noch eine Hoffnung, daß eine weniger belastende Wissenschaft wie die Chemie ihr Befriedigung schenkte, wo allgemeine Medizin und Chirurgie sie enttäuscht hatten? Sie beschloß abzuwarten.

Als Livia und ich einmal allein in einem der vielen Felsenseen am Pont du Gard schwammen, während die anderen den hohen Aquädukt erklommen, entdeckte ich eine andere Person – nicht weniger rührend und anmutig als ihre Schwester, aber aus einem härteren und festeren Holz geschnitzt. Diese Nüchternheit hatte etwas sehr Anziehendes, und selbst später, als ich sie küßte, wirkten die Lippen, auf die ich die meinen preßte, bewußt kühl und forschend beherrscht. Doch ihre Finger waren immer kalt – heute würde ich dazu neigen, diesen Umstand mit Schuldgefühlen wegen ihres Verrats zu assoziieren; damals nicht. Livia war ein Traum, unmöglich zu bereuen, selbst heute.»

Sutcliffe räusperte sich und sagte: «Pia hatte nur wenig von Livias Direktheit, noch hatte sie ihre tiefe Stimme. Ihre Stimme war ein melodisches *contralto,* ein geeignetes Instrument, um darauf die passive Begleitmusik zu spielen, die Sie für sie geschrieben haben – und mit der ich persönlich nie ganz einverstanden war. Ich kann mir eine Livia in Tränen nicht recht vorstellen. Man sah sie immer nur allein spazierengehen oder allein mitten in der Nacht in verlassenen Cafés sitzen, einfach nur dasitzen und in ihren Kaffee starren. Ihre Lippen waren dünn, wenn sie sie spitzte – das vergaßen Sie zu sagen –, und ihre Augen hatten einen bitteren Glanz. Ich mag das. Sie haben sie unvorteilhaft mit ihrer Schwester vermischt, um Pia zu erschaffen, oder vielmehr ich hab es getan, aber ich folgte dabei den Hinweisen, die Sie in dem schwarzen oder dem grünen Notizbuch hinterlassen hatten. Livia hatte einen besonderen Ausdruck, ein leicht verächtliches Lächeln, wenn sie eine Küche sah, während Constances Gesicht vor Freude aufleuchtete – als hätte ein Musiker plötzlich einen vollendet gestimmten Konzertflügel entdeckt.»

«Ich glaube, der Haken ist der, daß Sie die ganze Zeit eindimensional denken, wie ein altmodischer Romancier. Sie scheinen nicht in der Lage zu sein, eine Folge von Büchern ins Auge zu fassen, in denen immer wieder dieselben Personen auftauchen, wie um den Gedanken der Reinkarnation zu illustrieren. Schließlich sind Männer wie Frauen polyphone Wesen. Sie wissen, daß sie frühere Leben hatten, aber sie sind sich nicht sicher, was sie waren; alles, was sie empfinden, ist das Gewicht ihres Karmas, die Poesie früherer Existenzen, registriert im Halbschatten vergangener Zeiten.»

«Alle diese Zeitvorstellungen langweilen mich zu Tode.»

«Mich ebenfalls, aber sie sind die Obsession unserer Epoche. Zumindest haben wir uns damit eingerichtet, wir wissen, daß die Kalenderzeit eine Übereinkunft und nicht eine Wahrheit ist. Zeit ist ein einziges Blatt – und so, wie die Bazillen einer Krankheit, sagen wir, der Tuberkulose, in uns sind und nur darauf warten, von den Umständen aufgerufen zu werden, so sind, von einem zeitlichen Standpunkt aus gesehen, die Maden bereits im Fleisch und warten geduldig auf den zeitlichen Umstand des Todes, der sie freisetzt. Pia in Livia verwandelt, Livia in Pia, was macht das schon? – Irgendwo in dieser Nische der Zeit sind sie sich ihrer gegenseitigen Existenz, ihres Ursprungs bewußt.»

«Man könnte also noch weiter zurückgehen?»

«Genau.»

«Dann wären wir also simultane Künstler, die ‹symmetrisch zugrunde gehen›, um einen Satz Madame de Staëls zu entlehnen?»

«Aber Livia – sogar Livia konnte weinen, auch wenn Sie es nicht glauben werden. Das erste Mal liebten wir uns als Kinder unter den Rhododendronbüschen am Pont du Gard, als sie anfing, mich von meiner Bewunderung für Tu abzubringen. Selbst damals war sie der Experte, der Anführer, der Anstifter – und ich folgte halb benommen ihrem Beispiel. Ich bedurfte danach Dutzender von Liebesaffären, um zu erkennen, wann eine Liebende mit einer eingebildeten Phantasiegestalt schläft oder sogar mit sich selbst. Heute würde ich nicht so leicht zu täuschen sein. Aber damals? Doch hinterher ging sie und legte den Kopf an einen Baum und gab einen leisen, trockenen Schluchzer von sich. Es wirkte so vertraulich und war überaus eindrucksvoll – denn selbst bei dieser Zurschaustellung von Schwäche schimmerte ihre Selbstsicherheit durch. Bevor ich ihr liebevoll den Arm um die Schulter legen konnte, war der Anfall vorbei und vergessen. Auch hätte ich damals nicht erkennen können, daß es eindeutig ein Ausdruck der Reue war – schließlich liebte sie Tu und haßte es, sie zu hintergehen. Ja, sie liebte sie zu sehr, um sie mir zu überlassen. Ich erkannte all dies erst Jahre später. Und wenn ich darüber nachdachte und es bedauerte, fragte ich mich, ob sie mir nicht vielleicht einen Dienst erwiesen hatte, indem sie mich vereinnahmte – und mich davor bewahrte, eine Liebe zu Tu zu entfalten, die sich möglicherweise als verfrüht, als kurzlebig hätte erweisen können? Wenn ich schon für Livia nicht erfahren genug war, dann doch gewiß noch weniger für Tu. Vielleicht ist es ebenso gut, in einem alten oder zumindest gebrauchten Auto fahren zu lernen, bevor man sich ein teures neues zulegt? Ich weiß es wirklich nicht. Aber ich glaube, es war heilsam für mich, zu jener Zeit diese Erfahrung mit Livia zu haben – obwohl die Verlagerung sofort andere Veränderungen nach sich zog, besonders was Tus Verhalten betraf. Ich fragte sie einmal, ob sie mich in dieser frühen Zeit geliebt habe, und sie schrieb zurück: ‹Ja, vermutlich, obschon ich damals noch nicht wußte, was das Wort bedeutete. Ich litt an einem nicht diagnostizierten Schmerz, der mit Deiner Existenz verbunden war. Es brauchte einige Zeit, ihn zu überwinden. Es war ein Fall von Verbrennungen dritten Grades. Aber Du siehst, ich bin noch immer am Leben, ich atme und bin glücklich.›

Später, sehr viel später, im Rausch ihrer neuen Wiener Erkenntnisse, war Tu in der Lage, sich mit größerer Selbstsicherheit über ihre Schwester zu äußern – obwohl das natürlich gar nichts veränderte. ‹Man muß sie mit viel Mitgefühl behandeln, denn sie gehört zu dem großen Heer derer, die schon verwundet in den Lebenskampf gehen. Unsere Mutter ließ uns im Stich und starb weit weg, in einem andern Land, ohne je das geringste Interesse an unserem Wohlergehen oder auch nur an unserer Sicherheit während des Krieges gezeigt zu haben. Wir haben ein Recht auf Groll und ein Gespür für Unsicherheit. Livia war gezwungen, sich einen männlichen Panzer zuzulegen, um sich gegen das Leben zu wehren. Es ist eine große nervliche Anstrengung für sie, weiter den Mann in ihr zu unterstützen. Vielleicht ist es ihr sogar bewußt. Wie dem auch sei, jetzt ist nichts mehr daran zu ändern – sie ist festgelegt wie ein schlecht eingerenkter gebrochener Knochen. Man müßte ihn neu brechen und neu einrenken, und wenn es um die menschliche Persönlichkeit geht, ist das unmöglich. Es wäre sogar gefährlich, es zu versuchen, besonders durch eine Analyse. Man könnte ihren Verstand ruinieren.›

Und natürlich, wenn ich über Tu selbst nachdachte, fragte ich mich, warum sie nicht die gleichen Symptome eines schädigenden milieubedingten Erbes zeigte. Und letzten Endes ist dies der Punkt, wo ihre neue Baby-Wissenschaft, der Freudianismus, auseinanderfiel. Wenn zwei Menschen das gleiche Milieu und die gleichen Lebensumstände teilen, warum erkrankt dann der eine und der andere nicht? Es ist eines der größten Rätsel und Ärgernisse – denn wer kann an der grundsätzlichen Richtigkeit der Diagnose zweifeln? Ich grübelte lange Zeit darüber nach, ohne zu einer wirklichen Lösung zu kommen; doch die Tatsachen waren klar: Tu war eine Frau und besaß die Furchtlosigkeit einer sich ihrer selbst voll bewußten Frau. Auf irgendeine seltsame Weise hatte sie den Haß auf den Schatten ihrer Mutter überwunden, der sich auf Livia so lähmend ausgewirkt hatte.

Doch all das kommt lange nach jener sonnenbeschienenen glatten Fahrt unter den Brücken von Lyon hindurch, die an Schwung gewann, als die Strömung stärker wurde und der Fluß seinen ungestümen Abstieg durch eine Kalksteinlandschaft von so reicher Vielfalt begann, daß es nicht einen Moment gab, in dem nicht irgend etwas Neues unsere Aufmerksamkeit erweckte und anfeuerte – es waren nicht nur die rosig gebackenen Städtchen mit ihren Burgen und Zinnen, die uns begeisterten. Sie waren wie Satzzeichen in einem edlen Gedicht – in einer Ode von Pindar, zum Beispiel. Es war das Bewußtsein, daß wir den Norden hinter uns ließen und nun ins Mittelmeergebiet kamen; die zahllosen Maulbeerbäume, die die Lyoner Seide weltberühmt gemacht hatten, wichen bald dem strengeren Dekor der Olivenbäume, die im Mistral, der uns flußabwärts folgte, silbrig erzitterten – einem Wind von so reiner Stärke, daß, wenn man den Mund öffnete, er sofort mit Wind gefüllt war. Wir bewegten uns von einer mehr auf Sahne und Butter basierenden Küche einer magereren, strengeren entgegen, die auf Olivenöl und den anderen Früchten des athenischen Baums basierte. Wir fuhren dem Meer entgegen – blaue Körper von Schwimmern im Golf, blaue Wellen, die an die Buchten und *calenques* von Cassis trommelten. Wir bewegten uns von Likören auf den allgegenwärtigen Anisette des Südens zu.

Die Rhône bescherte uns in schneller Folge ihre historischen Stätten und kleine trunkene Städtchen, eingekuschelt zwischen Weinbergen und gebadet in der Unbekümmertheit träger Tage und trägen Schweigens, das nur unterbrochen wurde durch das Schnippschnapp der Scheren in den Weinbergen – die heilige Beschneidung, die den elegischen Sommer in der Provence beendet. Allein schon die Namen waren eine Herausforderung an unsere Phantasie und unser Wissen – gemeinsam fügten wir bruchstückhafte Erinnerungen und Kenntnisse zusammen, die aus alten Reiseführern stammten. Ja, Vienne war die Nachfolgerin des zerstörten Mornas – schon der Name schien die Trauer über frühere Kriege und die ruinierte Landwirtschaft heraufzubeschwören; dann Vienne mit seinem seltsamen Reiz – doch keine Spur mehr von der klassischen Pracht, die in den Chroniken vermerkt ist. Vienne muß das Bournemouth der Welt der Antike gewesen sein – pensionierte Diplomaten ließen sich dort nieder, der berühmteste unter ihnen war Pontius Pilatus, der hier einen ruhigen Lebensabend verbrachte, nachdem er den Nahen Osten mit all seinen lästigen und ärgerlichen Problemen und seinen törichten Agitatoren verlassen hatte. Wir gedachten seiner bei einem Glas rosigen Weins. Der Fluß floß durch eine Anzahl von Schleusen und Stauwerken, und jedesmal notierte ein in seinem eingeglasten Häuschen hockender wachsamer Wächter unsere Personalien, bevor er uns durch die Schleusentore auf ein anderes Wasserniveau entließ, damit wir weiter südwärts eilen konnten.

Als Vienne hinter einer der weiten Biegungen des Flusses verschwand, blickte Hilary nachdenklich zurück und sagte: ‹Dort wurde der Orden der Tempelritter offiziell aufgelöst.› Er sprach davon, als sei es ein Ereignis von größter Bedeutung. Aber ich wußte damals noch nicht viel über die Templer – wußte nur in großen Zügen von dem einstigen skandalösen Verbrechen, das ein französischer König angezettelt hatte und das von den kapuzentragenden Monstren der Inquisition ausgeführt worden war. Hilary stand da und blickte gedankenverloren zurück über das Wasser. Doch inzwischen war Constance aufgewacht, und es war ihr gelungen, den alten Félibre – den Poeten aus Avignon – zu bezirzen. Angefeuert durch ihre Schönheit und entzückt, daß sie etwas Französisch sprach, begann er zu rezitieren, das Gesicht zerknittert wie ein dünnes weiches Taschentuch. Es war das erste Mal, daß ich jemanden Provençal sprechen hörte, zwischen jede Silbe schien Moos gepackt. Der weiche rhythmische Schwung ließ ans Gälische denken; es war wie ein Gegenstück zu den Windungen des großen Stroms mit seinen unerwarteten kleinen Nebenflüssen und den geheimnisvollen, mit Riedgras und Trauerweiden bewachsenen Inseln, die hin und wieder aus dem fernen blauen und weinblattgrünen Dunst vor uns auftauchten. Von Zeit zu Zeit stieß der magere, wolfsgleiche Mann am Bug einen Triller oder eine Reihe himmelerschütternder hoher Töne aus und sah sich nach jedem dieser Ausbrüche beifallheischend um. Es dauerte eine ganze Weile, bis wir plötzlich begriffen, daß wir uns in Gegenwart eines Meisteralkoholikers, eines *pastis*-Amateurs befanden. Was machte es? Er war enorm in Form.

Um ein Uhr wurden unsere Picknickkörbe an Deck aufgeschnallt, und die beiden Franzosen gesellten sich erfreut zu uns; Hilary hatte die Einkäufe vor unserer Abfahrt in der Stadt getätigt mit der Umsicht, die Erfahrung verrät. Nie hatten die Köstlichkeiten der französischen Küche so gut geschmeckt, weder davor noch danach, hinuntergespült mit dem reinen Sonnenlicht eines edlen Weins. Nie hatte französisches Brot so gut geschmeckt wie dieses. Das also war die Provence! Wolkenloser Himmel, hohe Platanen mit ihrer gefleckten, äußeren Haut, schimmernd wie Forellen im Bach – widergespiegelt in der fließenden grünen Strömung. Dann Trauerweiden, in ihr eigenes Blattwerk verstrickt, wie große Charakterdarsteller, und später, als wir Schleuse um Schleuse nach Valence hinabkletterten, der Geruch von Staub, Geißblatt, Winden. Jedes Ding beanspruchte einen Platz ganz für sich. Ein kleiner Esel – der einzige Esel im ganzen Universum, die Essenz aller Esel – trottete mit vollen Körben einen Pfad entlang, eine Wolke von Staub aufwirbelnd. In Tournon ließ unser Poet eine Geschichte des Weins vom Stapel – während am gegenüberliegenden Ufer wie Juwelen die Weinbeeren schimmerten, aus denen vorzügliche Weine wie Côte Rôti, St. Joseph und so fort gekeltert wurden. Wir probierten einige, wir tranken, wir kehrten in Hochform an Bord zurück, drauf und dran, in die Oper mit einzustimmen, aus der unser Mitpassagier auch weiterhin einzelne Fetzen sang. Die Sonne brannte wie ein Kohlenbecken. Die Frau des Skippers spannte einen Sonnenschirm auf – der Mistral hatte uns eine Atempause gewährt – und nahm sich ihr Strickzeug vor. Wir glitten durch die mächtigen Biegungen der Rhône, machten, wie ich vermutete, nahezu zwanzig Knoten Fahrt mit der Strömung im Rücken. In Condrieu winkte uns ein alter, gebeugter Mann, der eine Kapitänsmütze trug, mit einer Papierfahne zu – offenbar hatte er einen von unserer Gesellschaft wiedererkannt. Wir winkten alle zurück.

An diesem Abend erreichten wir, als die Dämmerung sank, Valence. Unser Skipper schien Eile zu hassen, und wir hatten eine Menge Zeit in Tournon verloren. Leicht benommen trotteten wir an Land, ganz ermattet von Sonne und Wein, und fanden eine schmutzige Unterkunft in einem kleinen Hotel – Valence war enttäuschend, trotz der napoleonischen Assoziationen, und wir gingen zeitig zu Bett, da der Skipper uns darauf aufmerksam gemacht hatte, daß die Reise früh am nächsten Morgen fortgesetzt würde.

Doch als wir uns im kühlen perlfarbenen Morgenlicht zum Schiff begaben, stellten wir fest, daß der Skipper unter wilden Flüchen irgendeinen mysteriösen Maschinenschaden zu beheben versuchte, der die Motoren daran hinderte anzuspringen. Und hier kam zu jedermanns Erstaunen Sam zur Geltung, und nach einer kurzen und gründlichen Untersuchung der Eingeweide lieferte er eine Diagnose und verordnete ein Heilmittel, das, alsbald angewandt, die ganze Angelegenheit im Nu in Ordnung brachte. Und so fuhren wir aufs neue rhôneabwärts, besprühten den Himmel mit Verdi-Fetzen, leicht verwirrt von den reichen Versen des Mistrals. Aber wir hatten Zeit verloren, wir hatten ziemlich viel Zeit verloren, und so war es schon spät am Abend, als wir plötzlich eine Biegung des großen Flusses durchfuhren und mit einem Schauspiel belohnt wurden, das noch eindrucksvoller gemacht wurde durch einen plötzlich sichtbaren Vollmond, der in rhetorischer Pracht über den Wällen Avignons emporstieg. Hoch über der Stadt hockte der Rocher des Doms – die hängenden Gärten dieses verlassenen Babylons. Es war fast so, als hätte das Schicksal uns aufgehalten, um uns mit diesem erhebenden Einzug in die Stadt zu belohnen, die uns später einmal so viel bedeuten sollte – was wir damals nicht ahnten. Jetzt, wenn ich zurückdenke, versuche ich, diesen ersten Eindruck zu rekonstruieren – die wunderbare Silhouette der Stadt, magisch vom Mondlicht beleuchtet, das sich von den Alpilles her über die Dächer ergoß. Es ist noch immer die beste Art, die Stadt zu sehen – vom Wasser her und aus der Ferne und mit der historischen, halb zerstörten Brücke, die mit ihrem Finger über den Fluß hinüberzeigt. Und mit dem kleinen Schrein des heiligen Nikolas mit seinen hellen Lichtern zum Segen der Schiffer. Wir waren fast eine Stunde lang zwischen schweigenden Inseln und verlassenen Kanälen hindurchgeglitten und hatten die nackten Grate der Cevennen in den nächtlichen Himmel aufragen sehen. Und nun plötzlich diese strenge Magie. Man mußte die Stadt sehr viel besser kennen, um zu der erstaunlichen Schlußfolgerung zu gelangen, daß sie nur im Profil schön war – die eigentlichen Papstpaläste sind abscheuliche Packkisten von ungeschlachter Häßlichkeit. Nichts wurde hier um der Anmut oder der Schönheit willen erbaut – alles wurde für die Sicherheit der Schätze geopfert, die diese Gebäude bargen. Aber man muß durch die Stadt wandern, um das herauszufinden. Sie ist eine Kathedrale des Mammons. Nirgendwoanders als hier hat unsere judäisch-christliche Kultur das sinnenfreudige Heidentum des Mittelmeergebiets endgültig ausgemerzt! Hier wurde der große Gott Pan in die Gaskammern der Päpste geschickt. Und doch, aus weiter Ferne gesehen, sind das Profil und die Verheißung der Stadt herzzerbrechend in der Lieblichkeit ihrer Konturen – und im Licht des Mondes marmorgleich in ihrer Pracht.

Wir waren am Ziel angelangt. Die Maschinen heulten auf, als der Rückwärtsgang eingelegt wurde, um unsere Fahrt zu bremsen, um sicher am Ufer dieses reißenden Stroms anlegen zu können. Das Schiff dröhnte und klopfte. Ein Grüppchen von Herren, alle dem Anlaß entsprechend mit Orden geschmückt, erwartete unseren Mitreisenden am Kai – sein Name übrigens, sagte er, sei Brunel. Sie wirkten, wenn überhaupt, eher leicht bedrückt – ein Ausdruck liebevoller Trauer lag auf ihren Gesichtern, während sie auf ihren Freund warteten. Dann, als der Abstand geringer wurde, trat einer von ihnen, ein großer, distinguiert aussehender Mann in Mantel und mit einem langen Bart (sehr viel später sollte ich ihn auf Fotos als den Dichter Peyre wiedererkennen) auf den Laufsteg und sagte mit leiser Stimme die Worte: ‹Er ist tot.›

Eine für mich damals rätselhafte Szene, und doch spürte ich, daß sie irgendwie etwas Bedeutsames hatte, obwohl ich nicht hätte sagen können, was es war. Sehr viel später las ich eine moderne Geschichte der Félibre, der neuprovenzalischen Poeten, die der Lebenssaft der Literatur der Gegend gewesen sind, und stieß auch auf die Namen des traurigen Grüppchens von Männern, die unterhalb der Stadtwälle auf Brunel gewartet hatten. Sie umarmten ihn lange und herzlich zur Begrüßung – man spürte so etwas wie eine Abschiedsstimmung, vielleicht für ihren toten Freund.

Doch hinter ihnen im Schatten lauerte Felix Chatto mit dem plumpen alten Wagen, der uns über den Fluß hinüber zu dem verfallenen Landhaus bringen sollte, das Constance geerbt hatte. Felix, der auch frisch von Oxford gekommen war, hatte trotz seines leidenschaftlichen Wunsches, Bankier zu werden, dem Drängen seiner Familie nachgegeben und war in den konsularischen Dienst eingetreten. Sein Onkel, der große Lord Galen, besaß ein ausgedehntes Landgut ganz in der Nähe von Tubain, während Felix selbst kürzlich zum amtierenden Konsul in Avignon ernannt worden war. Beide sollten sich uns auf vielerlei Art als überaus nützlich erweisen in der Zeit – fast den ganzen Sommer hindurch –, die es brauchte, um aus Tu Duc eine einigermaßen menschliche Behausung zu machen. Nein, ich übertreibe. Das alte Gebäude war baulich noch durchaus in Ordnung, obwohl man überall auf Folgen der Vernachlässigung stieß, die es fast unbewohnbar machten. Das Wasser, zum Beispiel: An der Pumpe des artesischen Brunnens fehlte ein wesentliches Ersatzteil, das (wieder half Sam) mehr oder weniger neu erfunden werden mußte. Am äußersten Ende des Besitzes befand sich ein Wasserlilienteich voller Karpfen. Die hohen Bogen des Brunnens bildeten ein höchst dekoratives Ornament am Abendhimmel – doch obwohl es genug Wind gab und obwohl die Flügel sich brav drehten, floß kein Wasser in den Turm und daher auch nicht in die Küche des alten Hauses. Einige Tage lang waren wir gezwungen, mit Eimern Wasser aus dem Lilienteich zu schöpfen, der uns im übrigen, wenn wir von dieser Tätigkeit sehr erhitzt waren, Gelegenheit zu köstlichen eisigen Bädern bot. Die Schlüssel paßten zwar in die Türschlösser, aber nur sehr ungefähr: Felix hatte sie mitgebracht. Und es dauerte eine Weile, bis wir herausfanden, daß es kein Schloß im Haus gab, das nicht verkehrt herum eingesetzt war und folglich nur gegen den Uhrzeigersinn geöffnet werden konnte. Später hatten wir uns so sehr daran gewöhnt, daß wir es bei Türschlössern in der Provence immer zuerst mit einer Drehung gegen den Uhrzeigersinn versuchten.

In den ersten Nächten schliefen wir auf der Terrasse im Mondlicht – und fingen damit an, die Küche in Ordnung zu bringen, damit wir unsere Mahlzeiten kochen konnten. Ein kleines Ponygefährt hielt die ständige Verbindung mit Tubain aufrecht, wo wir genügend Läden fanden, um uns unsere bescheidenen Wünsche erfüllen zu können. Hier wiederum beschämte uns der erfindungsreiche Sam, indem er zusammen mit Constance bemerkenswerte Mahlzeiten kochte. Die hohen schattigen Räume standen voller schwerer, langweiliger Möbel, die mit Staub imprägniert waren, und wir mußten all den alten Kram in den Patio schleppen, um ihn dort auszuklopfen und zu polieren. Die Dielenfußböden knarrten zwar gemütlich, waren aber voller Flöhe und bedurften dringend einer Behandlung mit paraffingetränkten Lappen. Die Tapeten waren zerschlissen. Auf den steilen Terrassen kamen große grüne, unersättlich neugierige Eidechsen zum Vorschein, um uns bei der Arbeit zuzusehen; sie waren es offenbar gewohnt, gefüttert zu werden, und schienen vollkommen zahm zu sein. Die Schränke in den Schlafzimmern waren voller Leinen, weiß von Staub, während der große zentrale Eßtisch mit seinem scharlachroten Tischtuch noch mit Tellern und Gläsern gedeckt war – als ob ein offizielles Essen plötzlich unterbrochen und die ganze Tischgesellschaft vom Teufel geholt worden sei. Tatsächlich war die alte Dame sehr plötzlich krank geworden, und zum Glück für sie war eine Freundin bei ihr zu Besuch gewesen, der es gelungen war, einen Arzt zu finden. Die alte Dame war in ein Krankenhaus in Avignon gebracht worden und von dort nicht wieder zurückgekehrt.

‹Wie atavistisch dieses Besitzgefühl ist›, sagte Constance. ‹Ich bin ganz verrückt mit diesem Haus, nur weil es meines ist. Dabei ist es scheußlich. Ich wäre nicht im Traum darauf gekommen, es zu kaufen. Und eigentlich halte ich überhaupt nichts von Besitz. Ich schäme mich richtig, daß ich es schon so sehr liebe.›

Wir lagen im Teich, bis zum Hals im kühlen Wasser, und plauderten inmitten von Wasserlilien. Sie trug ihren Strohhut schräg nach hinten geneigt auf dem Kopf. Ihr

Haar war naß. Jeden Abend verbrachten wir auf diese Art, solange das Mondlicht anhielt. Hilary und Sam spielten Schach auf der Terrasse mit einem kleinen Reiseschachspiel – Hilary achtete auf das Abendessen. Wir hatten den in der Gegend gebrauten Anisette entdeckt, den *pastis* der Region – bestimmt das ausgefallenste aller Getränke, denn es überzieht den Gaumen mit einer Schicht und verändert erheblich den Geschmack guten Weins und guten Essens.

Im Turm hausten Eulen, in den Bäumen kurvten quietschende Fledermäuse, und solange die Hitze der langen Gräser die Insekten in den Abendhimmel trieb, jagten Schwalben und Mauerschwalben dicht über unsere Köpfe hinweg – sie schossen hin und her wie Pfeile, und ihre offenen Schnäbel erwischten die tanzenden Insekten mit erstaunlicher Zielsicherheit und Präzision. Von Zeit zu Zeit konnte man das Klicken ihrer kleinen Schnäbel hören, wenn sie ein Insekt geschnappt hatten. Und dann natürlich das stetige Geriesel, das stetige Gezirpe der Zikaden in den hohen Platanen und Kastanienbäumen des Parks. Und alles erlag und ergab sich der Stille des Vollmonds, den nur die Hunde laut feierten, hier und da zusammen mit einer Nachtschwalbe und der klagenden kleinen Athenischen Eule, Skops genannt. Aus dem kalten Norden kommend, staunten wir immer wieder über die Schönheit und Vielfalt der Landschaft. Nur ein alter Mann arbeitete auf dem Besitz, und er wohnte weit entfernt im Tal; doch nach der ersten Woche brachte er einen ehrwürdigen blinden Gaul mit und spannte ihn an, damit er das Wasserrad drehte, das an einem der weniger tiefen Brunnen befestigt war. Mathieu – so wurde er genannt, und er war sehr schwerhörig.»

Armer Blanford! Seine Träumereien hatten ihn so weit weg in die Vergangenheit getragen, daß er nicht gemerkt hatte, daß die Telefonleitung längst tot war. Er legte unwirsch den Hörer auf, nachdem er nach Cade geklingelt hatte, damit er den Teetisch abdeckte. Dann bewegte er sich mit der steifen Unsicherheit einer Puppe in die Bibliothek, die sie über die Jahre hin geteilt hatten; er hatte hier während seiner Reisen seine eigenen Bücher untergebracht – Tu hatte ihm zwei große Bücherschränke reserviert, für die nur er den Schlüssel besaß. Schon seit langem hatte er ihre Briefe binden lassen, da er sich nicht trennen wollte von diesen Zeugnissen einer für sein inneres Leben und für seine Entwicklung so bedeutsamen Freundschaft und Liebe. Inzwischen waren es bereits eine Anzahl schmaler Bände, in glänzendes venezianisches Leder gebunden und geprägt und mit Emblemen verziert, wie sie zu einer solchen intimen Korrespondenz paßten; die kleinen Bücher steckten in hübschen Schubern aus teurem Leder. Er schloß den Bücherschrank auf und nahm ein oder zwei heraus, um in dem stillen Raum darin zu blättern. Sie wurden, das ahnte er, fast seine einzige Lektüre sein; jetzt nachdem sie «fortgegangen» war. Er konnte voller Grimm das Auf und Ab seiner Karriere in ihren Briefen verfolgen, vom allerersten Erfolg bis zu der Zeit der Q-Romane. Tu war seine älteste und innigste Freundin gewesen. Beim Lesen einiger freundlich-ironischer Passagen hörte er geradezu wieder das Timbre dieser unsterblichen Stimme.

Und seine Antworten? Auch sie waren da – in ihrem Teil der Bibliothek, einer umfangreichen Sammlung von Büchern und Manuskripten, denn er war nicht ihr einziger Künstler-Freund gewesen. Auf die eine oder andere Art war Constance mit mehreren der berühmten Männer ihrer

Zeit befreundet gewesen. Ein kleiner Stich von Eifersucht durchzuckte ihn bei diesem Gedanken. Aber es war ihr nie in den Sinn gekommen, seine Briefe binden zu lassen, sie lagen in ganz gewöhnlichen Aktendeckeln, als warteten sie darauf, endgültig sortiert zu werden. Noch waren ihre eigenen etwas unordentlichen Bücherschränke verschlossen. Er nahm einen der Ordner heraus und stieß, als er ihn öffnete, zufällig auf einen Brief, den er unlängst aus der Stadt an sie gerichtet hatte – irgendwann im letzten Jahr mußte es gewesen sein. Er hatte die schlechte Angewohnheit gehabt, seine Briefe selten zu datieren. Er stocherte im Feuer und setzte sich hin, mit dem Aktendeckel auf seinen Knien, und versuchte, den Brief «frisch» zu lesen, so als wäre er Tu und als wäre der Brief gerade eben angekommen.

«Wieder einmal bin ich hier allein in Avignon und gehe durch die verlassenen Straßen, die voller Erinnerungen sind an unsere vielen Besuche, voller Gedanken an Tu Duc und an Sie. Ja, ich bin wieder hier, an dem Ort, wo ich, nach den Karten, die mein schrecklicher Kammerdiener Cade gelegt hat, durch meine eigene Hand sterben soll, irgendwann in meinem neunundfünfzigsten Jahr. Danach bleiben mir noch ein oder zwei Jahre Uhrzeit; doch das, wovon Cade spricht, hat sich doch bestimmt schon vor längerer Zeit angebahnt?

Wie soll ich es Ihnen erklären? Für den Schriftsteller jedenfalls ist alles, was man schöpferische Arbeit, was man gelungen oder ästhetisch vollendet nennen könnte, an irgend jemanden gerichtet, an seine Leserin und seine Muse von der anderen Seite des Vorhangs. Von der anderen Seite eines hypothetischen Selbstmords – fragen Sie Sutcliffe! Ja, dies ist der Ausgangspunkt des Kunstwerks. Es muß dem Ausführenden nicht unbedingt leibhaftig widerfahren. Aber es ist unerläßlich für die Kunst, sofern an dem, was er hervorbringt, irgendwelche Kunst ist. Päng!

Constance, der Dichter wählt nicht. Der Dichter denkt nicht an Berühmtheit, denn sogar die Stimmen, die am weitesten tragen, sind nur die Echos einer früheren, halb vergessenen Vergangenheit. Die poetische Realität, von der ich spreche und die Sutcliffe womöglich in seinen ungeschriebenen Büchern entfaltet hätte, ist ein bißchen so wie die Definition, die das Schulkind von einem Fischernetz gibt: ‹Eine Menge Löcher, die mit Stricken zusammengebunden sind.› Genauso ungreifbar, und doch genauso zutreffend für unsere Arbeit. Kunst ist nur dazu da, um zu erinnern.

Ich denke, wenn Cade recht hat, werde ich Zeit genug haben, dieses Projekt vom Stapel zu lassen; danach kann Sutcliffe es dann ausbauen und die Einzelheiten einarbeiten. Kommt, laßt uns ein bißchen Zeit für unsere Uhren kaufen – eine schöne, saftige Scheibe Zeit. Ich muß um der Ehrlichkeit willen hinzufügen, daß der Gedanke Sutcliffe etwas verschreckt. Als ich ihm davon sprach, sagte er: ‹Aber Aubrey, das kann weiß Gott wohin führen.› Ich sagte: ‹Natürlich. Ich habe uns beide befreit.› Die Vorstellung einer absoluten Freiheit im nicht-deterministischen Sinne beunruhigte ihn. Wie gewöhnlich wurde er geschwätzig, um sich Zeit zum Nachdenken zu verschaffen. Dann sagte er: ‹Was würden Sie mir geben, wenn ich ein Buch schriebe, in dem ich beweisen würde, daß der berühmte Blanford lediglich die Fiktion einer seiner eigenen Fiktionen ist? Na?› Sie kennen die Antwort so gut wie ich, doch ich konnte es mir nicht verkneifen, sie laut auszusprechen: ‹Den höchsten Preis, Robin Sutcliffe, Unsterblichkeit hier und jetzt. Wie würde Ihnen das gefallen?›

Daraufhin wurde er sehr nachdenklich auf eine etwas wehmütige Art. Er ist faul, er will nicht das geringste zur Zusammenarbeit beitragen. Ihm fehlt der Ehrgeiz, der mich antreibt.

Nein, Constance, meine Liebe, das unsrige soll ein klassischer Quincunx werden – ein Q; vielleicht wird ein *Tu Quoque* wie ein Echo durch das Ganze hindurchhallen. Wir werden versuchen, die Poesie aufzufrischen und sie mehr in den Mittelpunkt des alltäglichen Lebens zu rücken.

Später dann, wenn meine Stunde schlägt und ich von der Bühne abtrete, wird es, so wie es ist, seine Aufgabe als meine *Sternen-Pyramide* erfüllen müssen. Immer Ihr ergebener A.»

II
Bescheidene Anfänge

Blanford irrte gereizt im Haus umher, leise mit sich selbst sprechend, Constance im Sinn – er hätte ihr noch so viel zu sagen gehabt. Seine Finger glitten an dem Fach entlang, in dem ihre lateinischen und griechischen Dichter standen, zu den Bänden hin, die ihre beider Korrespondenz enthielten. «Ich weiß, bei den Poeten gibt es mehr Aufschwung und Absturz, aber Romanciers können Personen erschaffen, die man verabscheut oder anbetet.» Er blätterte in den bunten Seiten und las dann mit lauter Stimme: «Ihre Vorstellung von Sutcliffe macht mich neugierig. Mehr Einzelheiten, bitte. Ich hoffe, er wird kein provinzieller Heathcliff.»

Er hatte erwidert: «Sie fragen nach Sutcliffe? Ich kann Ihnen nicht sagen, seit wie vielen Jahren er ruht und ein Larvenleben in dem Kokon meines alten schwarzen Notizbuchs führt. Ich wußte nicht, was ich mit ihm machen sollte – obwohl ich mir, wie geheißen, ständig Notizen machte. Wesentlich war, daß er ganz anders als ich sein mußte, so daß ich ihn mit Abstand und freundlicher Objektivität betrachten konnte. Er repräsentierte meine Besonderheit, nehme ich an, den Teil meines Seins, der dank Ihnen den schwarzen Pessimismus dem Leben gegenüber umgewandelt hat in einen Glauben an die kosmische Absurdität. Er war das Ich, das bis zur Frevelhaftigkeit vernünftig ist. Oft habe ich Sie mit seinem Mund geküßt, nur um zu spüren, wie es sich anfühlte. Er hat es mir nie gedankt.»

Er setzte sich, den Band auf den Knien, hin und starrte wieder ins Feuer – in den züngelnden Flammen sah er Schlangen und Feuerleitern, einen Kreuzritter, der auf einem Scheiterhaufen verbrannte, einen Skorpion, eine Kreuzigung.

Ja, eine andere Vergangenheit. Sutcliffe konnte irgendwo nördlich von Loughborough geboren worden sein, sagen wir, als Kind solider Quäkereltern. Kornmühlenbesitzer? Er war ein Stipendiat, erst auf dem Gymnasium und später in Oxford und hatte sich dann, wie so viele andere, auf dem Sklavenmarkt der Pädagogik wiedergefunden. Er hatte ein paar Übersetzungshilfen herausgegeben, die von einem langweiligen, viel Lärm machenden Professor schlecht besprochen worden waren – und verlor so die Chance, einen Posten als Übersetzer zu bekommen. Armut kehrte bei ihm ein, und da es nichts Besonderes gab, für das er Hungers hätte sterben wollen, nahm er die erstbeste Stellung an, die sich ihm bot. Er wurde Französisch- und Musiklehrer an einer Mädchenschule in Hymendale, einem kirchlichen Waisenhaus, wo die Hälfte des Personals geistlich und die andere Hälfte weltlich war. Und das war sein Verderben. Denn Nonnen und Lehrer und Lehrer und Nonnen gesellten sich ebenso wie die Frommen und Frommen und die Dummen und Dummen . . . Es war wirklich nicht sein Fehler.

Hymendale war ein Vorort von Bournemouth, dem Heilbad an der Südküste Englands, das damals schon auf die Ruhestandsbedürfnisse pensionierter Akademiker und Kolonialbeamter abgestimmt war. Ligusterhecken, Augen, die hinter Gardinen hervorlugten, eine zugige Vornehmheit; stille Straßen, die nur von dem Klipp-

Klapp des kleinen Wagens des Milchmanns geweckt wurden. Ein idealer Ort, um dort innere Werte zu entwickeln, sagte er sich grimmig, während er grimmig seine täglichen Spaziergänge machte: zweimal um die Abwasseranlage herum und einmal hin und zurück an den Klippen entlang im Regen. Oh, dieser ewige Regen! Und acht Stunden in der Woche verschwendet an seine bläßlichen, spießförmigen Mädchen mit dem glatten Haar und dem trägen Verstand. *Que cosa fare?* Er sah sich damals schon als eine eher tragische Figur, vom Schicksal eingesperrt in diese religiöse Tretmühle. Er spielte sich selbst die Rolle vor, so gut er konnte, und manchmal hörte man ihn laut lachen – ein hartes, höhnisches Bellen, gegen den trüben, wolkenverhangenen Himmel gerichtet. Die Pubs in dem Städtchen schlossen früh und waren voller Tabakrauch, der in die Augen biß und die Kehle austrocknete. Aber es gab eine recht ordentliche Buchhandlung, Commin, und auch eine Leihbücherei, und natürlich zwei Kinos. Er vergrub sich in Büchern und dankte Gott, daß er gut genug Französisch las, um Spaß daran zu haben. Wir müssen uns einen eher breiten, kurzsichtigen Mann vorstellen, gekleidet in unförmige Tweedjacken mit zahllosen Löchern von Zigaretten und Pfeifentabak. Er hatte einen stolzierenden Gang, dessen Lebhaftigkeit einen inneren Überschwang vermuten ließ, der ihm jedoch völlig fern lag. Nein, er machte sich der Überkompensierung schuldig.

Einsamkeit trieb ihn zu dieser leidenschaftlichen Beschäftigung mit sich selbst, was wiederum zu einem gewissen exzentrischen Verhalten führte – zumindest nach den Maßstäben einer solchen Institution. Am Sonntagmorgen, zum Beispiel, wenn die Klasse sich im viereckigen Hof versammelte, um in einem ungeordneten Gänsemarsch zur Kapelle zu trotten, malte sich Sutcliffe (der die Prozession im Talar und mit Schärpe anführte) gern aus, daß er anderen, mehr romantischen Beschäftigungen nachginge. So führte er an einem Sonntag seine Kricketmannschaft aufs Spielfeld, um die Niederlage gegen Australien wettzumachen, atmete schnuppernd den Wind ein, blinzelte ins Licht, befeuchtete den Zeigefinger nach Pfadfinderart und hielt ihn hoch, um die Windrichtung festzustellen (bevor er seine Ballmänner losschickte). Er räusperte sich und gab unsichtbaren Schiedsrichtern mehrere Zeichen mit den Fingern, dirigierte die Aufstellung der Holz- oder Stoffwände auf dem Spielfeld . . . und so weiter. An anderen Tagen war er der Häuptling eines afrikanischen Stammes, nur mit einem Tigerfell bekleidet, und schwang beim Gehen einen Knüppel mit Knauf, während er im Rhythmus unhörbarer Trommeln summte. Er war der Anführer der jungen Jäger, und sie gingen auf Löwenjagd – unter dem tat er's nicht! Bei anderen Gelegenheiten spielte er einen Priester, der die Opfer der Schreckensherrschaft zur Guillotine führte. Das Klappern des Schinderkarrens auf dem Kopfsteinpflaster von Paris war praktisch deutlich hörbar für den Lauschenden. Es bedarf kaum der Erwähnung, daß diese auffallenden mimischen Gebärden und die seltsamen Posen bei seinen Vorgesetzten Mißbilligung hervorriefen. Aber sie waren nur die äußerlichen und sichtbaren Zeichen eines regen Innenlebens.

Es war niemand da, mit dem er sprechen konnte, und so hatte er die Gewohnheit entwickelt, mit sich selbst zu reden – in einem endlosen, leisen Monolog des Geistes. Die anderen sahen nur das Mienenspiel, das die Gedanken, die durch sein Inneres schwammen wie Fischschwärme, begleitete. Ein erstaunter Blick, gespitzte Lippen, Augenbrauen, die sich hoben und senkten. Seine Nase zuckte. Oft (er führte dies auf die eintönige Ernährung mit Rosinenpudding und Siruptörtchen zurück) hatte er Hämorrhoiden, die er in drei Kategorien einteilte, nämlich die juckenden, die blutenden und die schlicht schmerzhaften. Bei seinen Spaziergängen trug er einen schäbigen alten Golfschirm und riesige Stiefel mit Haken und Ösen. «Doktor Arnold hat meine Persönlichkeit geformt», pflegte er zu sich selbst zu sagen, «dessen Frau sein melancholisches, langgezogenes Gebrüll sehr genoß.» Wenn ihn eine Depression übermannte, ging er zuweilen in die Stadt, und für zehn Schilling und einen Devonshire-Tee liebkoste ihn Effie flüchtig, was seine Verzagtheit und das Gefühl des Entfremdetseins nur noch verstärkte. Effie war Bardame in «The Feathers» und eine gutmütige Seele, sehr bescheiden in den Ansprüchen, die sie ans Leben stellte. Sie war wirklich lieb, aber oh, dieser kalte Apfelkuchen zwischen ihren blassen Froschschenkeln. Er kaufte ihr Geschenke, weil er ein schlechtes Gewissen hatte, wenn er sie auf Abwege führte – sie war im Grunde genommen ein braves Mädchen und keine Hure. Sie neigte sehr zu Blasenkatarrhen. Aber die Stadt, die Monotonie, der Regen und die Menschen können einen zum Äußersten treiben. Eines an ihr faszinierte ihn – die Art, wie sie mit gesuchter Vornehmheit den kleinen Finger abspreizte, wenn sie eine Teetasse hielt . . . Sie tat das gleiche im Bett, so als wollte sie dem Liebesakt etwas von der gleichen Vornehmheit verleihen. Er fand das entzückend. Aus irgendeinem, der Wissenschaft unbekannten Grund hatte Sutcliffe die Gewohnheit, zwei Briefchen mit Präservativen in den Aufschlägen seiner weitgeschnittenen Hosen bei sich zu führen. Sie waren sehr teuer, diese Dinger, und er hatte sie nur für Effie.

Nach Gebrauch wusch er sie aus und hängte sie zum Trocknen eine Stunde lang an den Kaminsims seines kleinen Zimmers. Sie trugen den Aufdruck STETS SICHER. Effie legte großen Wert auf Schutz und reagierte mit Zärtlichkeit auf kleine Aufmerksamkeiten. Sie mochte diesen Mann, der so oft unter Frostbeulen litt und der auf seinen Zehenspitzen herumlief mit einem leicht verwirrten Ausdruck. Sie hätte gern davon geträumt, ihn zu heiraten, aber er war ein Gentleman, und eine Ehe mit ihm wäre nicht möglich gewesen.

Seine Pflichten berechtigten ihn zu einem kleinen Zimmer mit Kamin und mit einem separaten Ausgang auf den Hof, und er träumte immer davon, irgendeine Frau dazu zu verführen, ihn dort heimlich zu besuchen. Aber wen? Er besaß ein kleines Harmonium von der keuchenden Sorte und die Noten von Bachs 48 Präludien und Fugen, die er zu seinem eigenen Vergnügen spielte, aber nicht zu laut. Sonst las er abends Opernpartituren und aß einen Apfel dazu; gelegentlich hob er die Augenbrauen und stieß einen Schrei aus, um der großen Klangfülle beim vollen Einsatz des Orchesters zu entsprechen. Irgendwo in seinem Kopf formte sich vage ein Plan: eine neue Biographie über Wagner zu schreiben.

Warum nicht? Manchmal sah er auf seinen Spaziergängen einen dunklen Punkt, der sich undeutlich am Horizont bewegte, wiederholt verschwand, undeutlich wurde und wieder auftauchte. Ein Schiff, fürwahr! Er schwenkte seinen Regenschirm und rief: «Hurra!» All die Monotonie mochte eine gute Speise für einen Poeten sein, aber wenn man kein Talent hatte? Manchmal fühlte er sich so einsam, daß er sein Bett hätte in Brand setzen können.

Schwester Rosa mußte auch unter Einsamkeit gelitten haben, vielleicht sogar noch stärker als er, denn sie war aus irgendeinem dunklen Land nach England gekommen. Sie war hübsch, hatte ein schelmisches Gesicht und den Teint eines Mischlings mit Negerblut. Er ertappte sie dabei, wie sie ihn in der Kapelle eingehend musterte, und eine dunkelrosa Röte überzog ihr Gesicht. Er lächelte sie an, und sie lächelte zurück, auf eine Art, die ihm verriet, daß der Frühling für sie noch nicht weit zurücklag. An diesem Tag hatte er mit der sechsten Klasse irgendwelchen Ärger gehabt und war zur Schulleiterin gerufen worden, die ihn fragte, ob er wirklich Mallarmé «durchnehme»? «Ich gebe nur einen Überblick über die Epoche», hatte er erwidert. Die Oberin hatte ihren weißen Finger erhoben und gesagt: «Mr. Sutcliffe, ich weiß, ich kann mich darauf verlassen, daß Sie nichts zu Französisches oder zu Anzügliches durchgehen lassen. Es ist ein Zeichen unseres großen Vertrauens in Sie, daß wir Ihnen die sechste Klasse gegeben haben. Bitte, geleiten Sie die Kinder auf den Pfaden der Schuldlosigkeit, auch wenn das heißt, daß Sie die Klassiker nur flüchtig durchnehmen und nicht auf Einzelheiten eingehen können.»

«Sie meinen, ich soll sie zensurieren?»

«Ja, das meine ich wohl damit.»

«Also gut», sagte Sutcliffe grimmig und ging. Er hatte bereits in weiser Voraussicht einen «gereinigten» Mallarmé vorbereitet. *«Le chien est triste. Hélàs! Il a lu tous les livres»,* schrieb er im Klassenzimmer an die Tafel. Für heute mußte das genügen. *Daran* konnten die Engländer mit ihrer Tierliebe doch gewiß nichts auszusetzen haben? Aber er witterte, daß irgend etwas in der Luft lag. Die Frömmigkeit des Instituts verhieß Freidenkern nichts Gutes. Er dachte darüber nach, als ... Aber das bedarf eines neuen Absatzes.

Die arme Schwester Rosa war ebenfalls zu Tode gelangweilt. Ihr Englisch war miserabel, und so kam es, daß sie in der Hoffnung, jemanden zu finden, mit dem sie in ihrem Kongo-Pidgin sprechen konnte, Sutcliffe eingehend gemustert hatte, der, wie sie wußte, Französisch unterrichtete; sie inhalierte ihn fast mit ihrem Gemüt, als sie ihre niedliche kleine Schnute und ihre Himmelfahrtsnase hob. Die Innenseite ihrer Lippen war schwärzlich rot, ihre Zähne waren klein und ebenmäßig, ihr Lächeln köstlich – zumindest nach Ansicht des zitternden Magisters. Langeweile schafft seltsame Bettgenossen, dachte er unwillig bei sich, denn er wußte, daß seine leidenschaftlichen Gefühle nicht ganz echt waren. Wenn er die Augen schloß, sah er sie nackt auf dem schäbigen Feldbett in seinem Zimmer, auf dem Rücken liegend, mit geschlossenen Augen. Ihre dunkle Haut hatte die Farbe von Rum, Melasse, Ingwer . . . und so weiter.

Sie ihrerseits fand es äußerst entmutigend, stundenlang gewachste Früchte auf dem Hochaltar anordnen zu müssen. Allerdings konnte sie sich auf diese Weise Sutcliffes Kirchenbank nähern, was ihr sehr gelegen kam. Beim nächsten Gottesdienst fand er eine Blume auf seinem Kniekissen und ein sehr vielsagendes katholisches Buchzeichen in seinem Liederbuch. Die Erfindungsgabe der Frauen! Sutcliffe errötete vor Vergnügen. Es war eine Sache von Sekunden, da hatte er bereits auf das Vorsatzblatt des Liederbuchs in Französisch die magischen Worte «Wie? Wann? Wo?» gekritzelt. Wenn er nicht noch «Wieviel?» hinzufügte, dann nur, weil er ihre Gefühle nicht verletzen wollte, in dem er sich *zu* französisch gab. Immerhin *war* sie eine verdammte Nonne. Danach trat eine kurze Stockung ein, aus welchem Grund, wußte er nicht zu sagen – das Werk der Natur vielleicht oder das Gefühl, sie sei zu weit gegangen, oder irgend etwas Verwaltungstechnisches? Schwer zu sagen. Jedenfalls hinterließ er eine zweite Botschaft – mit der Aufforderung zu engerer Zusammenarbeit – und versuchte sie anzuheizen, indem er besonders laut bei Chorälen mitsang, deren Text («Näher, mein Gott, zu dir!») in mehr als einem Sinne verstanden werden konnte.

Schließlich gab sie nach – allerdings war ihre Handschrift so krakelig, daß er Schwierigkeiten hatte, die Worte «Heute abend, Zimmer 5» zu entziffern. Sutcliffe schwoll an vor Lust und Stolz. An diesem Abend spielte er Bach – unbarmherzig und mit feuriger Ungeduld. Er war bisher noch nie im Nonnentrakt der Schule gewesen, und obwohl er vermutete, daß die Nonnen ziemlich früh zu Bett gingen, hielt er es doch für weise, ihnen Zeit zum Einschlafen zu lassen, ehe seine Invasion des Terrains begann, STETS SICHER in der Hand, sozusagen. Ihm war, um die Wahrheit zu sagen, nicht ganz wohl bei der Aussicht, durch die düsteren Korridore eines Nonnenklosters zu irren. Er wartete bis Mitternacht, ehe er sich «einschiffte».

Er überquerte den Innenhof und betrat das stille Gebäude, das nirgendwo auch nur ein Fünkchen Licht sehen ließ. Er machte kurz seine Taschenlampe an und stieg zum ersten Stock hinauf. Die Zimmernummern waren nicht nur abgeblättert und fast verwischt, sondern auch in falscher Reihenfolge angebracht – so schien es ihm zumindest. Doch schließlich kam er an eine Zimmertür, die wie er meinte, mit der richtigen Nummer versehen war, drückte die Klinke und fühlte, wie die warme Luft in den Korridor strömte. Er trat in die Schwärze hinein und blieb einen Augenblick lang stehen, damit sich seine Augen an die Dunkelheit gewöhnten. Eine Gestalt bewegte sich im Bett, und er hörte einen Laut, den er für einen

Willkommensseufzer hielt. «Schwester Rosa», flüsterte er und knipste seine kleine Taschenlampe an.

Die Oberin starrte ihn in stummem Entsetzen mit weitaufgerissenen Augen an. Hätte sie ihre Zähne im Mund gehabt, sie hätten bestimmt geklappert, aber sie lagen grinsend in einem Zahnputzglas neben dem Bett. Sutcliffe stieß, von Panik ergriffen, einen gurgelnden Schrei aus. Ihre Perücke hing auf einem Ständer neben dem Bett, und sie trug eine Nachtmütze. Er war im Begriff, sich umzudrehen und davonzulaufen, als sie das Licht anmachte und rief: «Mr. Sutcliffe, was machen Sie hier?»

Das war schwierig zu erklären. Er breitete die Arme aus und gab sich schlafwandelnd. Dann riß er in gespielter Überraschung die Augen auf und fragte: «Wo bin ich?»

Es war alles andere als überzeugend.

Im Laufe der Zeit veränderte sich die Geschichte fast so oft, wie sie in andere Hände oder Münder überging; zum Teil lag das an Sutcliffe selbst, der die eingefleischte Angewohnheit aller Schriftsteller hatte, jede Begebenheit im Hinblick auf künftige Romane auszuschmücken. So zog sie in einer Version einen Revolver mit Perlmuttgriff hervor und durchschoß seinen Rockschoß – tatsächlich trug er gar keinen Rock. In einer anderen, gleichermaßen unglaubhaften Version öffnete sie weit ihre Arme und Beine und rief: «Endlich bist du gekommen, mich zu nehmen!» und zwang ihn so zu einer widerwärtigen und unheiligen Vereinigung von Seelen und Körpern. Es war die einzige Möglichkeit, seine Stellung zu behalten.

Aber was passierte in Wirklichkeit? Sie rief: «Mr. Sutcliffe, Sie verlassen auf der Stelle dieses Zimmer!» Was er mit einiger Bereitwilligkeit tat. Am Morgen wurde er vor den Verwaltungsrat zitiert und entlassen. Die Kündigung trat vor dem Mittagessen in Kraft, so daß ihm kaum Zeit zum Packen blieb, ehe er den Zug nach London nahm. Außerdem kam er sich schlecht vor, weil er Rosa verraten hatte, denn auf dem Weg zum Bahnhof hatte er sie flüchtig zu sehen bekommen, wie sie aufrecht zwischen zwei granitgesichtigen Kartäusermönchen in dem kleinen schwarzen Schulbus saß, der, wenn die Umstände es verlangten, in einen Leichenwagen verwandelt werden konnte. Ihre Wangen waren stark gerötet, und ihre Augen blickten zu Boden.

In London ging er wieder zu der schäbigen Agentur, die ihm die Stellung vermittelt hatte, und beschrieb dem kleinen Cockney-Manager, dessen Katarrh und Polypen abwechselnd seine Artikulation störten, die Umstände seiner Entlassung. Der Mann hörte Sutcliffe mit traurigem Kopfschütteln zu. «Nicht sehr gescheit», sagte er mehr als einmal. «Wissen Sie, was ich an Ihrer Stelle getan hätte? Ich wäre sofort zum Arzt geradelt und hätte ihn um ein Rezept gegen Schlafwandeln gebeten.» Er hob die Hände. «Und wenn ich dann vor den Verwaltungsrat zitiert worden wäre, hätte ich eine wasserdichte Ausrede gehabt.» Sutcliffe pfiff durch die Zähne. «Auf die Idee wäre ich nie gekommen», sagte er.

«Das nächste Mal seien Sie schlauer», sagte der kleine Mann.

«Oder weniger empfänglich für weibliche Reize.»

«Genau.»

Der Mann griff nach seinem schmuddeligen Eintragungsbuch und fuhr mit einem gebrochenen Daumennagel durch die Liste der offenen Stellen.

So setzte sich der lange kulturelle Leidensweg unseres Helden fort, bis er (nach vielen Demütigungen) dank seiner herausragenden Vorzüge zu Ruhm und Wohlstand gelangte. Doch wenn er später auf diese Episoden zurückblickte, war er mit einigen seiner Formulierungen durchaus nicht unzufrieden. Als die Klasse ihn zum Beispiel einmal fragte, welches die letzten Worte Verlaines gewesen seien, hatte er geantwortet: «Das Glück ist ein kleines parfümiertes Schwein.»

Doch Aubrey Blanford überließ Sutcliffe seinen pikaresken jugendlichen Abenteuern und wandte seine Gedanken wieder jenen frühesten Erinnerungen an Frankreich und an die Provence zu. Sie waren immer noch erstaunlich frisch – als wäre das alles gestern gewesen:

Wie sie zum Beispiel in dem Teich lagen, zwischen den geöffneten Lilien, während das kühle Wasser an ihre Kehlen schwappte, wie sie die Stille des verlassenen Gartens einatmeten, der, wie das Haus selbst, voller Spukgestalten war, die, hätte man sie nur sehen können, wohl richtige Gespenster gewesen wären. Türen, die sich ohne Zutun öffneten und schlossen, Schritte auf der Haupttreppe um Mitternacht, Stimmen, die Namen flüsterten, so leise, daß man das Geräusch auch dem Rascheln des Efeus im wechselnden Wind zuschreiben konnte. Bei Temperaturveränderungen – wenn die Hitze aus der Küche in den ersten Stock stieg – knarrten alle Schränke und sprangen auf, als wollten sie einen umarmen. Im dichten Laub im Garten sah man aus den Augenwinkeln immer etwas flattern und flackern. Drehte man sich aber um und blickte scharf hin, war nichts zu sehen. Und auf dem Weg am Gemüsegarten, wo eine Platte locker war, hörte man abends in der Dämmerung, wie jemand über die Platte ging, so daß sie *klick* machte.

Manchmal, wenn man die Kellertür öffnete, sprang eine schwarze Katze heraus, die auf keinen Namen hörte, auf keine Schmeichelei, auf keine Liebkosung reagierte. Sie durchquerte auf leisen Pfoten die Halle und verschwand durch eine Seitentür. Ein Tier? Oder der Geist eines Tiers? Sie war wie eine ganze Mappe mit Zeichnungen graziöser Posituren – eine Zierde für jedes Modebild.

Hilary sagte – aber das war Jahre später –, er habe einmal ein Mädchen in einem weißen Abendkleid am Lilienteich entlanggehen und einen Brief lesen sehen; was ihn stutzig machte, war, daß die Schwarzdrosseln anscheinend kein menschliches Wesen bemerkt hatten, sogar durch sie hindurchgeflogen waren – zumindest hatte es so ausgesehen. Sie verschwand zwischen den Bäumen und schlug den Weg zum Haus ein, er wartete nervös auf dem Balkon auf sie, doch sie war niemals erschienen. Nachmittags klopfte oft jemand neben der kleinen Remise den Staub aus einem unsichtbaren Teppich. Überall schien die Stille von Dingen erfüllt, die nur darauf warteten, Gestalt anzunehmen. Ein Gefühl der Immanenz. Constance liebte all dies – nachts machte sie immer das Licht aus und saß dann im Dunkeln da und versuchte zu «sehen». Aber Livia konnte es nicht ertragen und brach meist nach wenigen Tagen unter irgendeinem Vorwand zu einer Zeltreise auf oder verbrachte ein paar Tage im nahen Avignon, wo Felix ihr sein winziges Gastzimmer überließ.

Und dann die Porträtgalerie, die drei Köpfe! Der lange Raum mit den breiten Fenstern an beiden Seiten war ein Anbau des Hauses. Beleuchtet wurde er durch Deckenlampen, die mit weißen Scheiben verkleidet waren; Bäume boten Schutz vor direktem Sonneneinfall. Die Galerie war jetzt leer, denn die alte Dame hatte all ihre Porträts vor langer Zeit verkauft – eine uninteressante Sammlung nach allem, was man hörte – und nur diese drei rauchgeschwärzten Köpfe behalten, typische Werke strenger Akademisten des 19. Jahrhunderts. Und inzwischen fast zerstört durch die Zersetzung der Farbe. Auch die Namen waren kaum noch lesbar, obwohl man auf dem Porträt des bleichen Jünglings mit dem kränklich-schwindsüchtigen Ausdruck den Namen Piers entziffern konnte und unter dem eines dunkelhaarigen lebhaften Mädchens, die gut seine Schwester hätte sein können, den Namen Sylvie. Das dritte Bild war am schlimmsten mitgenommen, und es war absolut unmöglich festzustellen, ob es einen Mann oder eine Frau darstellte – man sah nur, daß die Haarfarbe blond und nicht dunkel war und die Augen so blau und klar wie die Hilarys. Alle drei Bilder waren mit schwarzem Samt drapiert, was bei dem Betrachter den Eindruck des Ungewöhnlichen hervorrief, so daß man sich unwillkürlich fragte, warum. Trauerte jemand um die drei? Sollte die Drapierung eine religiöse Geste sein – eine Weihe? Wer waren die drei? Wir konnten es nicht herausfinden. Auf der Rückseite eines der Bilder stand in gelber verblichener Tinte geschrieben: «Chateau de Bravedent». Um die Porträts genauer zu betrachten, mußte man die Samtvorhänge mit einer goldenen Kordel zurückziehen.

Felix Chatto, nicht minder fasziniert als wir, hatte viel Zeit und Energie darauf verwandt, den Sinn dieser lakonischen Beschriftung und, wenn möglich, die genaue Lage eines solchen Schlosses herauszufinden. Vergeblich. «Ich schwöre, daß es in der Provence ein solches Schloß nicht gibt», fügte er mit einem Seufzer hinzu, «obwohl der Name natürlich eines Tages als in Vergessenheit geratener mittelalterlicher Name eines Schlosses wieder auftauchen könnte.» Wir saßen unten an dem Küchentisch aus Eichenholz beim Mittagessen. «Und vielleicht ist es sogar besser so – nicht Bescheid zu wissen, meine ich, und sich weiterhin über die drei Gedanken zu machen. Es wäre schwierig, eine Geschichte zu erfinden, die romantisch genug wäre, um diesem seltsamen Trio gerecht zu werden. Und meiner Meinung nach irrt ihr euch, was die dritte Person betrifft – es ist eine Frau, kein Mann. Die Fingernägel sind nicht angemalt.» Aber natürlich bewies das nichts, und er wußte es. Doch dann: warum die verstaubten Samtvorhänge? Waren sie tot?

Nun, jedenfalls übte die Existenz dieser drei und der Name des anscheinend nicht existierenden Schlosses auf Blanfords Gedankenwelt einen starken Einfluß aus; sie waren die hartnäckigen Symbole für etwas, zu dem der Schlüssel verlorengegangen war. Er sagte traurig zu sich selbst: «Wenn ich nur an den Roman als ein *Mittel* glaubte! Dann würde ich ihre Geschichte in ein Buch aufnehmen, das nichts mit dem wirklichen Leben zu tun hätte. Bravedent!»

Livia wandte ihm das Gesicht zu; sie lutschte einen bunten Bonbon, den sie im Laden im Dorf gekauft hatten. Mit einer schnellen Bewegung ihrer Zunge ließ sie ihn in seinen Mund gleiten und versiegelte seine Lippen mit einem bitter-süßen Kuß. Er war verloren, Blanford. Er fand solch müheloses Glück fast schmerzhaft.

Erst jetzt, in diesem Rückstrom von Zeit und an Hand dieser so verschiedenartigen Dokumente, konnte er den langsamen Bogen dieses *amor fati* verfolgen – diese klassische Bindung an Livia. Als er sie zum Beispiel fragte, wie ihre Mutter sei, war es Constance, die ihm die Antwort gab, allerdings zu einem anderen Zeitpunkt, in einem anderen Zusammenhang, denn Livia hatte ihn nur angeblickt mit diesen dunklen Augen, die plötzlich wie tote Schnecken aussahen, und hatte sich die Lippen befeuchtet, als wollte sie etwas sagen, doch es war nichts gekommen. Constance schrieb in einem Brief: «Ich erinnere mich an eine alte, alte Frau mit einem stechenden blauen Auge, deren Wangen eingefallen waren wegen der fehlenden Zähne – die schlecht sitzenden falschen erfüllten nie ganz ihre Funktion. Sie war, ehe sie heiratete, eine schlechte Schauspielerin gewesen. Sie klagte unentwegt und sprach immer nur von vergangenen Freuden, die ihre krankhafte Eitelkeit befriedigt hatten. Die Welt der Diplomatie – eine Welt freundlicher Neunaugen – lieferte die Scheinkulisse für ihre Ambitionen. Aber unter der Oberfläche von Aufregungen hielt der Dämon der Apathie sie beim Schopf. Sie war immer auf das Verführerische, Verlockende aus gewesen, und als ihre schale Schönheit schwand, schlug bei ihr alles in Haß um, der sich jedoch hauptsächlich gegen ihre Kinder richtete, weil diese jung und schön waren. Dunkles Ahnen war nicht ihre Sache! Hier war sie und zerfiel Tag für Tag mehr zu Asche, während wir in der Blüte unserer Jugend standen. Bald barst sie vor schierer Mißgunst, einem Haß, der, wie sie hoffte, über ihr Grab hinaus wirken würde, um unser Leben zu vergiften, unsere Seelen zu verkrüppeln. Sie klagte, daß ihre Brüste schlaff seien, weil sie uns zu lange genährt hätte, und probierte alles aus – alles außer einer Operation –, was es damals gab, um sie zu straffen. Sogar die absurde *ventouse,* die sie durch Saugen festigen sollte. Wir mußten durch diesen mächtigen, auf uns projizierten Haß waten, ohne ihn je ganz zu verstehen – außer, jetzt, rückblickend. Ihn zu vergeben – das ist eine andere Sache. Sehen Sie sich Livia an!»

Er sah Livia an, sah dieses Gesicht an, das für ihn ein unbesiegbares Glück verhieß. Er war weniger verletzt als vielmehr erstaunt, als der junge Sam sagte, ihre Augen seien wie tote Fischaugen und ihr Haar sei voller Schuppen, und hinzufügte, daß er sich um ein Mädchen wie sie nie bemühen könnte. Es ist alles eine Frage des Blickwinkels. Die dichterische Vision ist dazu geschaffen, Wünsche zu befriedigen. Diese Erfahrung formte ihn und sollte ihm zu seiner ersten Kurzgeschichte verhelfen, die auf die Dauer gesehen das war, was wirklich zählte. Denn ohne Livia und ohne den furchtbaren Schlag, den sie ihm versetzte, hätte er vermutlich nie seine Ansprüche auf Unsterblichkeit angemeldet mit seiner ersten Studie über den Kreis, in dem sie in Paris verkehrte, wo sie zu jener Zeit als Malerin lebte, mit einem Hang zum Kubismus. Seine Unerfahrenheit schützte ihn davor, die Gruppe charmanter, wenngleich unfruchtbarer Personen als das zu erkennen, was sie waren – und sie hüteten sich davor, ihn aufzuklären. So lebte sie in glücklicher Ambiguität in dieser freundlichen Clique homosexueller Freunde, deren Charme und Sensibilität unbestreitbar waren. Als kleine Schar von Außenseitern traten sie gemeinsam auf, als spielten sie eine wichtige Rolle in der Gesellschaft; das geschah in weiser Voraussicht, denn sie waren zum größten Teil ziemlich fade Leute, und sie wußten es. In ihrem gesellschaftlichen Umgang verrieten sie eine gewisse fragile Unsicherheit . . . sie fühlten sich irgendwie eindimensional, fast undurchsichtig. Sie telefonierten mehrmals am Tag miteinander, als wollten sie sich gegenseitig ihrer Existenz vergewissern. Sie gaben Bulletins über ihren Gesundheitszustand und den Stand ihrer Kunst heraus, die sich wie Identitätsbescheinigungen lasen.

Später, von ihrem Wissen erfüllt (und etwas zu voll), erklärte Constance das grausam Paradoxe an Livias Fall sehr viel deutlicher; der totale Narzißmus, der sich in Homosexualität offenbart, entsteht aus dem Gefühl, von der eigenen Mutter verstoßen worden zu sein. Aber grausamer noch: Der sexuelle Antrieb, der allein ihn befriedigen kann, besteht aus einem Pseudoinzest mit eben dieser Verstoßerin. Doch eine solche Behauptung hätte Livia nur dazu veranlaßt, laut zu fluchen – und die Flüche, die sie zu sagen pflegte, wurden in ihrem Munde häßlich, da sie von Gesichtsausdrücken begleitet waren, so widerwärtig wie die eines kranken Vogels. Ihm kam ein Satz aus dem schwarzen Notizbuch in den Sinn, wo er versucht hatte, sich ein paar Anhaltspunkte für eine Charakterskizze von ihr zu notieren. Den Blick auf Constance gerichtet, voller Reue, Bedauern und Haß, dachte Livia: «Nichts ist ärgerlicher als der Anblick eines Menschen, der unerschütterlich, selbstverständlich und hilflos ist in seiner Güte.» Immerhin mußte Constance mit ihren eigenen Selbsttäuschungen fertig werden, wenn sie auch zumindest imstande war, deren Absurdität und Anmaßung zu erkennen und zu schreiben: «Liebe ist die Bananenschale, welche die schadenfrohe Wirklichkeit auf dem Bürgersteig liegen läßt, damit Männer und Frauen auf ihr ausrutschen.» Der springende Punkt war nämlich der, daß sie ihre Schwester verstand und ihr verzieh, weil sie sie liebte und ihretwegen gegen jede Hoffnung immer noch hoffte, daß unsere Beziehungen trotz aller Hindernisse fortbestehen würden. Blanford konnte sich nicht mehr genau daran erinnern, wann er eine Eintragung in sein Tagebuch gemacht hatte, in der es hieß: «Ich fürchte, sie lebt von Klatsch und Rauch – ich habe eine Schwätzerin und einen Snob geheiratet.» Aber selbst das war noch nicht das Schlimmste an der Sache; das zentrale Gefühl des Verlustes, das tiefer und stärker wurde, als Livia nach und nach immer selbstsicherer wurde, immer achtloser im Verbergen von Dingen.

Der Geist hat Grenzen, der Körper hat Grenzen; die

Gleichung ist leicht aufgestellt, die Grenzen sind schnell erreicht. Es war alles mein Fehler, dachte Blanford und beugte sich vor, um im Feuer zu stochern. Es war ein Fall von vertauschten Köpfen. Constance und ich brauchten lange, um einander zu erkennen. In all dieser dilettantischen Glückseligkeit hörte ich Livia eines Tages mit Schwämmchen telefonieren, der kleinen Geliebten aus Martinique, was mich die Ohren spitzen ließ. Mit völlig anderer Stimme, einer Stimme, die ich nie zuvor vernommen hatte, sagte sie: «Ich habe einfach beschlossen, ihn dazu zu bringen, mich zu heiraten.» Sie wandte sich um, sah mich in der Tür stehen und legte den Hörer auf. Ich sagte nichts, und nach einer Weile schwand ihre offensichtliche Besorgnis – vermutlich weil ich nichts zu der Bemerkung gesagt hatte. «Es war nur Schwämmchen», sagte sie, «wir gehen heute abend in die Oper.» Sie wußte, daß ich Opern noch niemals ausstehen konnte. Doch gerade dieses eine Mal hatte ich mir die Nummern ihrer Plätze notiert und mir eine Karte für einen Platz im Olymp gekauft. Ich ging am Abend hin und machte ohne Mühe die Parkettplätze ausfindig, die Livia reserviert hatte, aber sie waren von anderen Leuten besetzt, deren Gesichter ich nicht kannte.

Es sind nur die Umstände, die solche Dinge qualvoll oder angenehm machen – im Grunde lag alles nur an Blanfords erschreckendem Mangel an Erfahrung. Jetzt wußte er das. Es war die Bestimmung der geschmeidigen und lieblichen Livia, ihn einzuführen – und natürlich prägen wir diejenigen, die wir einführen, fürs ganze Leben. «Du Laie der Natur, du Idiot, ich lehrte dich zu f....n», hätte sie ausrufen können, wie Sutcliffe es bei einer anderen solchen Gelegenheit tat; noch hätte man den flüchtigen Abglanz von John Donne außer acht lassen dürfen, nein. Aber die Zeit der Leidenschaft und der Illusion dauerte fort, länger als einen Sommer – hätte sie vielleicht ein ganzes Leben währen können? –, bis er durch einen unglücklichen Zufall auf den Brief stieß, den zu verstecken oder zu vernichten sie vergessen hatte und in dem alles klar und deutlich wurde. Sein Herz brach vor Kummer und Ekel; es war nicht die Reaktion eines Moralisten – es war nur, daß er die Täuschung grausam und unnötig fand. All das löste in ihm plötzlich einen übertriebenen Haß auf die kleine Gruppe von Neutren aus – *les handicapés* – und dann auch auf die Stadt Paris, die er zwar immer grotesk, aber kraftvoll, lebendig und anregend gefunden hatte. Wie sollte er jetzt den August überstehen, mit der Last des Wissens, daß er mit irgendeiner schwarzherzigen Pariserin im Gespann gefahren wurde? Er fing an, ihr Briefe zu schreiben und sie überall in der Wohnung herumliegen zu lassen. Er war in ein möbliertes Zimmer gezogen, hatte aber den Schlüssel zur Wohnung behalten, um in seinem mit Büchern gefüllten Studierzimmer arbeiten zu können. Er war noch geschunden von den Wonnen ihrer Schönheit und der Vorzüglichkeit ihres Liebesspiels; es gab ein Gedicht aus dieser Zeit, in dem er sie trefflich als «ein Sternbild der Leidenschaften» beschrieb. Es wurde in der *Critic* veröffentlicht, aber er zeigte es ihr nicht. Schwämmchen machte also den Zirkusdirektor? Es war, als würde man plötzlich kopfüber aus einem Baum hinabgestoßen oder als machte man einen Kopfsprung in ein leeres Schwimmbecken. Mit der einen Hand versuchte er sich im automatischen Schreiben in seinem schwarzen Notizbuch. («Das neue Sexualmodell wird sich den Tod irgendwie als zentrale Erfahrung einverleiben. Die Liebenden werden mit dem Bauch nach oben an die Oberfläche treiben, tot vor Erschöpfung.») Er schrieb einen empörten Bericht über seine Entdeckung an Constance, schickte ihn aber nicht ab. Und Jahre später, als er über diese Zeit mit ihr sprach, war er froh, daß er es nicht getan hatte, denn Constance war damals mit profunderen Dingen beschäftigt und noch stark gehemmt durch ihre sexuelle Unerfahrenheit. Es war wohl in dem gleichen Sommer, daß sie beschloß, Sam zu heiraten – was ebenfalls später lange und komplizierte Überlegungen auslösen sollte. Aber in einer Hinsicht war der Schock äußerst heilsam für Blanford: Er war plötzlich fähig, alles um sich herum zu sehen – ihm war, als hätte er in einem dichten Nebel gelebt, der sich plötzlich gelichtet hatte. Es war eine wirkliche Initiation gewesen, ein wirkliches Erwachen. Zum Beispiel sah er plötzlich, was die beiden Liebenden Schwämmchens Ehemann angetan hatten. Er war ein frommer, dunkelhäutiger kleiner Mann, hübsch negerbraun und mit dichten Locken. Es ist zweifelhaft, ob er tatsächlich wußte, was gespielt wurde – der Gedanke ruhte in einer Ecke seines Bewußtseins wie eine drohende Vorahnung. Er fühlte als erstes eine erdrückende Lethargie – der Affekt hatte zu bluten begonnen, die beiden Vampire verstanden ihre Sache!

Doch zuallererst machten sie ihn reich und mondän, machten ihn zum Berater von Filmstars und Bankiers und dergleichen hohen Tieren. Sie verschafften ihm alle möglichen Orden und bestanden darauf, daß er zu allen Uraufführungen und Cocktailparties ging. Es war ungefähr sechs Jahre her, daß er zum letzten Mal mit Schwämmchen geschlafen hatte, obwohl sie in zärtlichem Einvernehmen miteinander lebten; aber er begann sich immer früher zurückzuziehen, geplagt von Müdigkeit und den Vorboten von irgend etwas wie Diabetes – bis er schließlich mit den Kindern im Kinderzimmer zu Abend aß und zur gleichen Zeit wie sie zu Bett ging; er gähnte immer häufiger und blickte ins Leere. Und so verschwand er jeden Abend von der Bildfläche und überließ die *champs d'honneur* den beiden Liebenden und ihrem Treiben. Ein- oder zweimal sprachen sie über die Möglichkeit, ihm eine Ersatzfrau zu finden – ein hübsches *repoussoir* wie Livia, aber er besaß für ein solches Projekt nicht mehr genügend Energie. Sie hatten das Werk der Affekt-Kastrierung so gründlich besorgt, daß er vollkommen gefühllos geworden war. Was Schwämmchen betraf, so hielt sie ihn, *animatrice de petit espace,* die sie war, besänftigt und ruhig in seinen gestreiften Pyjamas. In ihr hatte er einen Impresario, der ihn zu Reichtum und gesellschaftlichem Erfolg geführt hatte – was will ein Mann mehr? Doch Blanford sah voraus, daß das gleiche traurige Schicksal des Zagreus auch ihm bevorstand, wenn er nicht aufpaßte. Was tun? Wie er in einem seiner Briefe an Livia schrieb: «Natürlich ist die Ehe mit all ihrem Auf und Ab, ihren Versäumnissen, Versuchungen, Erneuerungen ein unmöglicher Zustand. Doch das einzige, was dieser lumpige alte Vertrag für sich hat, ist, daß man jemandem in seinem Herzen den ersten Platz einräumt, ohne ihn zu vergöttern. Der Betrug war, daß Du über Deins nicht mehr frei verfügen konntest. Nur das verbittert mich.»

Ihm blieb ein Haufen vollgekritzelter Schulhefte – ein versuchter Exorzismus. Aber es half wenig. Es war so vergeblich wie die Gründung einer Gesellschaft zur Abschaffung schlechten Wetters. Doch die Einsamkeit lehrte ihn Disziplin. Es gibt nichts Schöneres als Methode.

Was Blanford betraf, so pflegte er, bevor er die ersten Worte eines Romans aus seiner Q-Serie niederschrieb, die Augen zu schließen, gelassen durch die Nase zu atmen und an die Plejaden zu denken. Für ihn symbolisierten sie die höchste Form der Kunst – ihre besondere Art der Ruhe und Reinheit. Nichts kam ihnen gleich an edler Strenge, an Eleganz. Um sich diesen eher gefährlichen Hang abzugewöhnen, hatte er das Bündel von widersprüchlichen und gegensätzlichen Veranlagungen und Neigungen namens Sutcliffe erfunden – einen Schriftsteller, der das Vaterunser aufsagte und dabei nach jedem Wort ein «Verflucht» einschob, ehe *er* seinen Roman begann.

Blanford nahm eine Überdosis Schlaftabletten und hatte schreckliche Träume, in denen er ständig zwei Nymphen mit Flügeln weiterhalf, die sie gar nicht wollten. Er malte sich aus, wie sie zusammen im Sand lagen – Livias Gesicht wie ein leerer Spielplatz, der auf Kinder wartete, ihre breite, vage, blasse Augenbraue ... Der lange Mittelfinger, der heimliche Lust verschaffte.

Auch war es kein Trost, mit Groll an Schwämmchen zu denken, denn abgesehen von der mißlichen Situation fand er sie entzückend. Obwohl er sich oft sagte, daß sie ihren Mund so weit aufriß, daß sie aussah wie ein Nilpferd, das sein Futter verschlang. In Wirklichkeit riefen ihre Augen, selbst wenn sie lachte, «Hilfe!» Er ahnte dunkel die schreckliche eifersüchtige Unsicherheit, die die beiden Homas peinigte – das Negativ seiner eigenen, sozusagen. Einmal in der Rue St.-Honoré, als er auf einen massigen amerikanischen Geschäftsmann wartete (sie hatten die schlichte Autorität von Straßenbahnen – sehr beruhigend), kam der Zahnarzt in einer Bar auf ihn zu und fing eine Unterhaltung an. Sie kannten sich bis dahin nur vom Sehen, und Blanford hatte das Gefühl, daß die Begegnung etwas Zähes, Flehentliches an sich hatte – so als hoffte der Mann, im Gespräch mit Blanford irgendeine Lösung für seinen Fall zu finden. Doch sie waren die falschen Partner für einen Austausch von Tröstungen. Er sagte sich, daß Schwämmchen ein lasterhaftes, gieriges kleines französisches Gesicht hatte, aber das stimmte nicht, und er wußte es. Er hatte ein Gefühl, als wäre sein Gehirn abgekühlt und tropfte in seine Socken. Er hätte eine Ode schreiben können mit dem Titel: «Des Kastraten Zähre unter der Schere» – aber der Ton war falsch, und er delegierte die Aufgabe an Sutcliffe, der eines schönen Tages mit seiner eigenen Sorte Gewimmer ankommen würde. Und obendrein war er noch unfair gegen das arme Paris, das ihm plötzlich hassenswert erschien. Er bemerkte jetzt die schmutzigen Haare, billig gefärbt und aus Geiz nie nachgefärbt – so viel messingblondes Haar mit schwarzen Ansätzen. Und im August die Weigerung, sich die Achselhöhlen zu rasieren ... Die Stadt roch wie eine einzige, dampfende Achselhöhle. Säuerlich wie der schäumende Schweiß von Tänzern. Und dann die Auswahl an sexuellem Futter – Perversionen für Papierasseln. Nun, schließlich war er an erster Stelle der Ruchlosigkeit wegen hergekommen, warum zum Teufel beschwerte er sich dann darüber? Er würde, wie Sutcliffe, in den Armen eines lesbischen Tambourmajors sterben, während er sehnsüchtig von heißem, gebuttertem Toast zwischen ganz normalen Schenkeln träumte. Er würde sogar noch weiter gehen und Katholik werden und die angstvolle Szene auf dem Todesbett spielen – die Spinne an der Decke und die Schatten eines Priesters und eines Notars ... Das würde nicht helfen, sagte Constances Stimme, und er wußte, daß es nicht helfen würde. Eheu!

Unter dem Schock dieses Mißgeschicks stellte Blanford plötzlich fest, daß er die Gedanken anderer Menschen lesen konnte, und eine jähe Scheu überfiel ihn; er ertappte sich neuerdings dabei, daß er die Augen senkte, wenn er

Fremden gegenüberstand – um dem Klang ihrer Stimmen besser lauschen zu können. Es war die Stimme, in der er so unfehlbar las. Die Leute glaubten, daß er plötzlich ungewöhnlich schüchtern geworden sei. (In irgendeinem spießigen Schlafzimmer hörte Sutcliffe seine flatterhafte Frau sagen: *«Chéri, as-tu apporté ton Cadeau Universel?«* Und er antwortete: *«Oui, chérie, le voilà.»*)

III
Der Konsul ist wach

Der stellvertretende Konsul wurde vom Dämon der Schlaflosigkeit, der königlichen Krankheit, beherrscht. Er lag mit fest geschlossenen Augen in seinem kleinen Käfig von einer Villa mit ihrem knarrenden Bett, den alten Kommoden und dem fleckigen Spiegel – schwebend mit seiner eigenen Angst wie in einer wolkigen Säurelösung – und sah die düsteren Gedanken in Schwärmen über die Leinwand seines Bewußtseins huschen. Die Stunden lasteten wie Jahrhunderte auf seinem Herzen. Erinnerungen aus verschiedenen Perioden seines Lebens stiegen auf, drängten sich in den Vordergrund seines Bewußtseins, erheischten Aufmerksamkeit. Sie hatten keine Form, keine Ordnung, aber sie waren lebendig und erschöpfend – zugleich seidig und stachlig wie Disteln. Jede Nacht hielt für ihn eine Fülle von Gefühlen und Empfindungen bereit, die nur Hoffnungslosigkeit und Hilflosigkeit ankündigten. Dieser gutaussehende und sehr kultivierte junge Mann, der von nichts so sehr träumte wie von einer Stellung bei der Bank of England (seine vorzüglichen Examen berechtigten ihn zu einer solchen Hoffnung), war unwissentlich in die Sklaverei verkauft worden, und zwar von einer Mutter, die ihn anbetete mit all der Leidenschaft, die nur Einzelkindern zuteil wird. Wie war das alles gekommen? Er wußte es nur zu gut. «Für dich ist der diplomatische Dienst gerade das richtige», hatte sein Onkel, Lord Galen, eines Tages erklärt und dabei das volle Orchester seines Eigendünkels erklingen lassen. Niemand hatte ihn je nach seiner eigenen Meinung gefragt, und er war zu schwach, um dem kleinen Korsaren zu widersprechen, der nach dem Tod von Felix' Vater der Liebhaber seiner Mutter geworden war. War schon der Knabe schwach und unentschlossen gewesen, der erwachsene Mann war es noch mehr. Und so fand er sich hier auf einem unbedeutenden Konsularposten in Avignon wieder – als stellvertretender Konsul im diplomatischen Dienst, wenn Sie nichts dagegen haben, aber für seine Dienste mit einem wahren Hungerlohn bezahlt. Ja, hier war er, halbtot vor Langeweile und Selbstverachtung.

Das Foreign Office hatte nicht einmal den Anstand besessen, den Posten zu einem ehrenamtlichen zu erklären – was Galen vielleicht gezwungen hätte, ihm einen monatlichen Zuschuß zu gewähren. Er wurde bezahlt wie ein Kanzleischreiber. Er hatte nur Anspruch auf eine Halbtagskraft, die seine kleine Kasse verwaltete und die wenigen Berichte tippte, die er schrieb. Es gab nichts zu berichten. Und falls in Avignon britische Staatsangehörige lebten, so hatten sie sich nie blicken lassen. Die Villa lag vergraben in staubfangenden Oleanderbüschen und Euphorbien. Wenn nur seine Mutter ihn jetzt hätte sehen können – ein Diener der Krone! Er brach in ein heiseres, höhnisches Gelächter aus und legte sich auf die Seite. Doch sie war bestimmt stolz auf ihn. Eine Flut unformulierter Wünsche und Hoffnungen stürmte plötzlich auf ihn ein und lenkte seine Erinnerung auf ein Bild, das ihm vor Schmerz jedesmal den Atem verschlug, als hätte er sich einen Dorn unter den Fingernagel gerammt. Er öffnete die Augen und sah sie verwelkt in ihrem Rollstuhl sitzen. Er blickte zu der staubigen Glühbirne, die nackt an der Decke hing, hinauf und ging zum tausendsten Male seine Lebensgeschichte durch. Sein Vater war gestorben, als er noch sehr klein war; Jahre später hatte seine Mutter eine lange und dezente Affäre mit dem Bruder seines Vaters gehabt, dem feschen Galen (überaus diskret, überaus unklar), bis die zunehmende Paralyse sie an diesen Stahlkarren fesselte, der von einem behandschuhten Bediensteten mit Melone und in einem langen grauen Staubmantel geschoben wurde. Felix konnte das Knirschen der schmalen Reifen auf den Kieswegen in den Parks in Felixstowe, Harrogate und Bournemouth hören. Sie war zu stolz gewesen, ihre Affäre mit Galen fortzusetzen, als ihre Krankheit zu schlimm wurde – sie konnte den Gedanken nicht ertragen, ein Hemmschuh für ihn oder für seine Karriere zu sein. Er akzeptierte diesen Entschluß mit schuldbewußter Erleichterung, gelobte aber, daß es ihr nie an etwas fehlen sollte. Er blieb durch die Ärzte mit ihr in Verbindung, schrieb jedoch nicht mehr direkt an sie – er hatte immer einen abergläubischen Haß auf Tinte und Papier gehabt. Man hatte ihn gelehrt, daß Schriftliches vor Gericht gegen einen verwendet werden kann – das war die Wurzel dieses Gefühls. Aber selbst wenn er geschrieben hätte, hätte sie nicht antworten können, denn sie konnte keine Schreibfeder mehr halten; und was das Sprechen betraf, so war es ein Nuscheln und schwer zu verstehen. Ihr Kiefer hing an einer Seite herunter, und sie hatte Schwierigkeiten mit dem Speichel. Sie war zutiefst entsetzt über ihren eigenen Zustand und in ihren dunklen Augen flackerte eine Art gequältes Staunen. Ihr Pfleger wurde Wade genannt. An seiner Melone trug er eine Fasanenfeder. Er war ihr inzwischen weit näher als ihr Sohn oder ihr Liebhaber. Sie wartete jetzt nur noch voller Ungeduld auf eines – zu sterben und alles hinter sich zu bringen ... Wade las ihr jeden Abend zwei Stunden lang aus der Bibel vor.

Felix stöhnte und wälzte sich im Bett und starrte auf die scheußliche Tapete mit dem rauhen Kutschenmuster. Er atmete tief und versuchte, sich in den Schlaf zu stürzen wie von einer hohen Klippe – doch vergebens, denn andere, seichtere Gedanken bedrängten ihn wie die Flöhe in seinem Bett – trotz des Keating-Pulvers. Diesmal waren es erbitternde Erinnerungen an die offiziellen Sticheleien, die er auf sich gezogen hatte, als er versuchte, einen neuen Union Jack für die Fahnenstange zu bekommen, die so unsicher am Balkon im ersten Stock der Villa befestigt war. Bei den üblichen Pfingstfeierlichkeiten, die mit einer triumphalen Gallopparade der *gardiens* der Camargue abgeschlossen wurden, hatte irgendein Idiot mit der Flinte in die Luft geschossen – *un feu de joie* –, und die Ladung hatte die heilige Fahne mit Schrotkugeln durchlöchert, so daß sie jetzt aussah wie eine Reliquie aus der Schlacht von Fontenoy. Felix konnte eine so zerfetzte Fahne einfach nicht mehr hinaushängen und hatte in einem Brief, in dem er die näheren Umstände beschrieb, London gebeten, sie zu ersetzen. Aber weit gefehlt! Es entwickelte sich eine umfangreiche und immer schärfer werdende Korrespondenz um dieses Symbol des Empire; das Foreign Office beharrte darauf, daß der Schuldige gefunden und für seine Sünden vor Gericht gestellt und so schließlich gezwungen werden sollte, den Gegenstand zu ersetzen; andernfalls, so hatte das Office of Works (Abteilung für die Ausstattung von Botschaften) verlauten lassen, müsse er, Felix, die Fahne aus eigener Tasche bezahlen – eine Zumutung, die ihn verrückt machte vor Wut. Hin und zurück gingen diese bissigen, auf offiziellem Papier geschriebenen Briefe. London war unnachgiebig. Der Schuldige müsse gefunden werden. Felix lächelte grimmig, wenn er an den Reiter mit dem ledernen Kinnschutz dachte, dessen Pferd beim Vorbeipreschen ganze Funkenbüschel aus den Pflastersteinen geschlagen hatte. Den Mann nämlich, der ihn nur knapp verfehlt hatte – denn er hatte auf dem Balkon gestanden, um sich die Parade anzusehen. Ein kleiner Schritt nach rechts, und es wäre eine Konsularstelle frei geworden – die Crown Agents hätten sich glücklich geschätzt, sie in der *Times* auszuschreiben. Er hatte sogar den Luftzug von dem Schuß gespürt und das Kordit der schlecht dosierten handgemachten Ladung gerochen. Und die Fahne?

Und die Fahne! Sollte er vielleicht versuchen, sie kunststopfen zu lassen? Es gab einen neuen Laden in der Stadt, der diesen Dienst versprach. Aber ein lächerliches Schamgefühl hielt ihn zurück. Würde es nicht komisch aussehen, wenn ein schäbiger Konsul sich mit einer zerfetzten Fahne durch die Stadt stahl und sich bemühte, sie billig reparieren zu lassen? Ja. Andererseits, wenn er sie, so wie sie war, hinaushängte, nur um das Foreign Office zu ärgern, bestand die Gefahr, daß irgendein Konsularspitzel aus Marseille sie sah und einen nachteiligen Bericht über ihn schrieb. Seufzend drehte er sich abermals um und kehrte diesem nutzlosen Austausch von Briefen sozusagen den Rücken. Und so hatte dann Galen in aller Stille den Platz seines Vaters eingenommen und sich um alles gekümmert: Schulgelder, Erbschaftssteuer, Mieten und so fort. Faktisch war er sein Vater geworden und als solcher unfehlbar. Er äußerte sich jetzt kurz und barsch über alles und jedes; sein Wille geschah, fast so wie der des Allmächtigen. Das niedergedrückte und verängstigte Kind konnte nichts anderes tun als gehorchen. Galen hatte eigentlich Verehrung verlangt, doch alles, was Felix ihm bieten konnte, diesem kleinen Mann mit den vielen goldenen Zähnen, die im Schein des Kaminfeuers blitzten und blinkten, wenn er das glanzvolle Leben schilderte, das das Foreign Office für den Jungen bereithielt, war schweigender Gehorsam.

So war Felix nun hier und lauschte dem mürrischen Schnauben des Mistrals, der durch die Stadt blies, an den Verankerungen der Fensterläden rüttelte und die fahnenlose Fahnenstange vibrieren ließ wie eine Maultrommel. Das Konsulatsschild unten hatte auch ein paar Schrotkörner abbekommen, aber der Schaden war nicht sehr groß. Es sah lediglich so aus, als hätte ein hungriger britischer Untertan sich in verzweifelter Notwehr darin verbissen. «Was Sie auch tun, Mr. Chatto», hatte der Außenminister ihn ermahnt, ehe er ihm sein Beglaubigungsschreiben und seine Ernennung zum Konsul aushändigte, «hüten Sie sich vor Zynismus, solange Sie im Dienst der Krone stehen. Es wird viel Verdruß geben, ich weiß, und Sie werden Ihre Selbstbeherrschung brauchen, aber geben Sie sich Mühe und stehen Sie über den Dingen. Im Ernst.» Nun, wäre ihm zum Lachen zumute gewesen, er hätte vielleicht ein leises Kichern zustande gebracht. Tatsächlich bewegten sich seine Schultern auch in simulierten Zuckungen, aber sein Gesicht hatte nach wie vor den bleichen, benommenen Ausdruck eines Menschen mit einer Stirnhöhlenentzündung, dem mit Aspirin nicht zu helfen war. Er konnte den Staub riechen, der vom Garten hereinwehte – Staub und Mimosenduft. In den Flauten zwischen den Böen trat völlige Windstille ein und hinterließ eine Leere in der Luft, in die Bruchstücke von Alltagsgeräuschen sickerten, wie etwa das Glockengeläut von St. Agricole. Die Theaterbesucher würden jetzt auf den Platz hinausdrängen, und trotz des unangenehmen

Windes würden die Cafés für einen geisterhaften Moment zum Leben erwachen; es war zu kühl, um sich hinzusetzen, man konnte sich nur an der Theke oder der Bar aufhalten und *le grog* trinken. Es war noch früh, viel zu früh. Wie alle, die unter Stirnhöhlenentzündung und Migräne leiden, war er es gewohnt, die dunklen Nächte sich wie ein Band der Trostlosigkeit vor ihm entrollen zu sehen.

Doch sein eigentlicher Leidensweg begann erst nach Mitternacht, wenn er aufstand und sich eine Kanne *Verbena tisane* machte, sich umständlich anzog, unter langen Pausen, in denen er in den Badezimmerspiegel starrte oder in sinnendem Schweigen vor dem Schrankspiegel stand und sein Spiegelbild betrachtete, beobachtete, wie er sich langsam ankleidete, seine alte Schulkrawatte band, sich seinen schäbigen Collegeblazer mit der wappengeschmückten Tasche anzog. Wer war dieser vertraute Schatten? Er fühlte sich ganz und gar entkörpert, während er sich ansah, während er seinem eigenen verängstigten, ihm fremd erscheinenden Gesicht gegenüberstand. Er setzte seinen schwarzen Filzhut auf, steckte sich seine Brieftasche in die Westentasche; dann ging er ins Wohnzimmer und starrte auf den Druck, der über dem Kamin hing – eine idyllische Szene mit Ziegen und Zypressen. Mit halbem Ohr lauschte er dem Dröhnen des Windes und stellte mit Befriedigung fest, daß es nachließ. In zwanzig Minuten vielleicht würde eine der plötzlichen Windstillen eintreten. Er würde so lange warten, ehe er sich zu einem seiner nur zu häufigen Spaziergänge durch diese Stadt aufmachte, die er inzwischen als die melancholischste Stadt der Welt betrachtete. Ihr Ruhm, ihre Geschichte, ihre Bauwerke – all das langweilte ihn zu Tode; innerlich schrie er dauernd hysterisch auf, obwohl seine

Lippen sich natürlich nicht bewegten und sein Konsulgesicht ausdruckslos blieb, wie es sich für einen Diener der Krone geziemt.

Ja, der Wind flaute allmählich ab; irgendwo schlug eine Uhr, und vom Fluß hallte das langgezogene Stöhnen eines Schleppkahns herüber wie das Muhen einer gequälten Kuh. Er befeuchtete seinen Zeigefinger und zog Linien in den Staub auf dem Kaminsim. Das kleine bucklige Dienstmädchen, das jeden Morgen eine Stunde zum Staubwischen kam, kämpfte vergeblich gegen die schlecht schließenden Fensterläden an. Was seine Ernährung betraf, so bereitete er sich entweder selbst eine leichte Mahlzeit zu oder ging über den Platz hinüber zu dem kleinen dürftigen Café «Chez Jules», wo es Sandwiches gab oder auch einmal ein warmes Gericht mit Chili und Piment. Er stieß die Tür zum Büro auf und stand einen Augenblick da und starrte auf seinen eigenen, imaginierten Geist – er sah sich selbst eine Depesche wegen der Fahne schreiben. Was für ein Mobiliar, welch eine überwältigende Häßlichkeit! Er zählte jedes Stück einzeln auf, während er seinen Tee schlürfte und eine lose Kachel mit der Spitze seines Wildlederschuhs bewegte. In der Wand war ein Mauseloch, das er mit einer Papierkugel, einer besonders ärgerlichen und dümmlichen Depesche des Londoner Büros, zugestopft hatte. Das hatte seine Wut gemildert und die Maus anscheinend entmutigt – obwohl Gott allein wußte, was die arme Kreatur hier an Eßbarem zu finden gehofft hatte. Bücher? Die Konsulatsbibliothek stand ihr gern zur Verfügung. Seine privaten Bücher, zumeist Gedichte, hatte Felix in einem Koffer unter seinem Bett. Doch jetzt betrachtete er die schmalen Regale im Büro mit den Nachschlagewerken, die offenbar das einzige waren, was ein Konsul brauchte, um ein fähiger Konsul zu bleiben. Die Verzeichnisse des Foreign Office mit ihren Ergänzungen waren keine üble Lektüre. Es beschwichtigte ihn, dort die derzeitigen Aufenthaltsorte lange vergessener Londoner Kollegen zu entdecken. Und wenn er etwas Schadenfreude brauchen konnte, schlug er einen grauenvollen Langweiler wie zum Beispiel Pater nach und las (seine Lippen bewegten sich dabei) den kleinen Absatz, in dem all seine früheren Posten aufgeführt waren – ein stetiger Abstieg bis zur letzten fatalen Entsendung. Konsularagent in Aden. Fast hätte er lauthals aufgejubelt, so sehr hatte er Pater verabscheut, als er im Londoner Büro «eingefuchst» wurde. Dann war da auch Sopwith – ein weiterer Sieg des gesunden Menschenverstands. Er war nach Rangoon versetzt worden. Alles in allem war Avignon vielleicht nicht einmal so schlecht. Aber er hatte kein Geld, um nach Nizza oder Paris fahren zu können, und Galen hätte ihm nie den großen langsamen Hispano geliehen, der mit dem kulleräugigen Negerchauffeur überall an der Küste entlangfuhr und lange weiße Staubwolken über den frühlingsgrünen Olivenhainen hinterließ. Was gab es sonst noch für eine ehrbare, sich selbst achtende Maus zu essen? «Konsularische Pflichten», in sechs Bänden? Ein Band mit Konsularbriefmarken und ein paar verblichene Rollstempel, die, wenn mit genügend Farbe versehen, eine nach außen gebogene Krone aufs Papier druckten? «Wagners Grundlagen des Internationalen Rechts» – ein riesiges und unverständliches Sammelwerk? «Der britische Staatsangehörige im Ausland» – ein Führer für Gesandte der britischen Regierung? Skeats «Die englische Umgangssprache», «Das Konsular-Register», die kleine Ausgabe des «Oxford Dictionary» – lauter Bücher, um seinen Berichten den letzten Schliff zu geben. Daneben standen noch einige Grammatikbücher und Detektivromane. Das Ganze war ziemlich schäbig, und jeder, der sich hier umsah (sagte er sich), mußte sofort erkennen, daß Chatto arm dran war und daß Lord Galen entweder blind für diese Tatsache war oder es dabei belassen wollte. Stellvertretende Konsuln auf so entlegenen Posten wie diesem wurden so gut wie überhaupt nicht bezahlt und erhielten schon gar keine konsularischen *frais* – Spesengelder – bewilligt, die sie womöglich auf der Jagd nach Vergnügungen ausgeben konnten. Außerdem hatte Felix keinerlei private Einnahmen, so daß er ständig von dem Gedanken gepiesackt wurde, er lebe über seine Verhältnisse. Selbst wenn Leute ihn nett fanden und ihn, unabhängig von seinem Amt, einluden, war er geneigt abzulehnen, da er befürchten mußte, daß er sich nie revanchieren könnte. Nichts gibt einem einen so gehetzten Blick wie die Armut; aber noch bitterer ist es, arm zu sein und dazu noch die Taktlosigkeiten extravagant reicher Verwandter schlucken zu müssen, die gar nicht anders können, als sich gönnerhaft zu verhalten, selbst wenn sie sich die größte Mühe geben, es nicht zu tun. Und mit einem dürftigen Budget an einem entlegenen Ort wird alles zum Alptraum: der unbedingt notwendige Besuch beim Arzt, eine Operation, ein neuer Zahn, ein zerbrochenes Brillenglas, ein Wintermantel. Alle diese beängstigenden Möglichkeiten nagten an ihm, untergruben sein Selbstbewußtsein, vergifteten die Quellen seines Glücks.

Nun denn, Nacht für Nacht, wenn er zwischen seinen groben Laken lag, grübelte er über diese Tatsachen in einem Trancezustand schlafloser Trübsal nach; seine Leidensgeschichte schien sich wie ein nicht abreißendes Band aus Kummer und Furcht bis zurück zum Tod seines Vaters und zu seiner traurigen Schulzeit zu spannen. (In seinen Zeugnissen hatten immer Sätze gestanden wie: «Könnte Besseres leisten, wenn er weniger träumte!») Seine einzige Zuflucht waren Bücher gewesen; und neuerdings fing er an, ein geheucheltes Interesse am Katholizismus zu bekunden, weil er dadurch Freunde gewann und Zeit totschlug. Er hatte das Gefühl, wenn er sich nicht ständig beschäftigte, würde ihm der Druck der immer gegenwärtigen Langeweile und Seelenqual den Verstand rauben und ihn in etwas treiben, was man damals «Gehirnfieber» nannte. Er flüsterte jedesmal, wenn dieser Gedanke ihm kam, mit erstickter Stimme: «O Gott, bloß das nicht.» Wenn er nur jemanden hätte, mit dem er reden könnte, um des barmherzigen Gottes willen! Als er einen Brief von Blanford bekam, in dem dieser ihm schrieb, daß er den Sommer in der Nähe von Avignon verbringen wolle, traten ihm Tränen in die Augen, und vor schierer Erleichterung schluchzte er trocken auf.

In diesen langen nächtlichen Stillen fühlte er sich fast so wie die Stadt selbst – alles vergangen, nichts erkennbar gegenwärtig. Wußte Galen davon, daß sie in den Süden kamen – er wußte nicht, ob Blanford ein Bekannter des alten Mannes war. Wie sollte er auch? Galen hielt es für überflüssig, ihn über seine häufigen Abwesenheiten und seine Rückkehr zu informieren – er verbrachte mehrere Monate im Jahr in dem verfallenen Chateau, das er, wie Felix annahm, aus Geiz nicht restaurieren ließ. Er reist in ganz Europa herum, folgte den Fäden des Spinnennetzes, das er mit seinem Reichtum gesponnen hatte, spielte das Spiel der Finanzen und der Politik. Wo immer er war, begleitete ihn Max, sein schwarzer Diener-Chauffeur, der bei bestimmtem Licht dunkelviolett aussah; und sein (buchstäblich) stummer Sekretär, den Galen sich mit Vorbedacht ausgewählt hatte, weil er, wie er mit einem Lachen zu sagen pflegte, wisse, wie man Befehle gebe und dafür sorge, daß sie befolgt würden. Ein Sekretär brauchte keine Stimme, ein Nicken genügte.

Ebenso sollte erwähnt werden, daß, wo immer Galen war, auch Wombat war, thronend auf einem verstaubten grünen Samtkissen mit Monogramm und Krone, wie es sich für ein Tier mit Stammbaum schickte; denn Wombat war der hochherrschaftliche Kater dieses seltsamen, ziemlich traurigen mutterlosen Haushalts. Max, der das Tier liebte, trug es überall feierlich herum, als wäre er ein Kammerherr, der den erlauchten Nachttopf eines königlichen Herrschers trägt. Wombat war halbblind und starb fast vor Asthma, und wenn jemand ihm die geringste Aufmerksamkeit schenkte oder höflich die Hand ausstreckte oder einen freundlichen Laut von sich gab, riß er unliebenswürdig den Rachen auf und fauchte, oder er machte einen zornigen Buckel. Wenn Galen abends ein oder auch zwei Gläser getrunken hatte, wurde er oft sentimental und erklärte Max, der Kater sei sein einziger Freund – alle anderen liebten ihn nur seines Geldes wegen. Bei Wombat sei es wahre Liebe. Doch sobald er die Hand ausstreckte, öffnete das Tier den Rachen und richtete sich auf wie eine Kobra, die zischend ihren Nacken spreizt – um so den Liebkosungen des alten Mannes zu entrinnen.

Nein, er dachte selten genug an Felix, auch wenn er ihm zu Weihnachten immer eine billige Weihnachtskarte von Woolworth schickte, mit Stechpalme und einem Rotkehlchen oder dergleichen. Sie war immer von Galen unterzeichnet, aber der Umschlag trug die linkische Handschrift des Sekretärs. Im Sommer also hieß es Staub und Wind und Lärm und Keating-Pulver und feierliche Prozessionen von schmuddeligen Nonnen und Priestern; und im Winter Frost und Eis und ein angeschwollener Fluß, der dreimal soviel Wasser führte wie im Sommer. Kurz: *Le cafard* in seiner übertriebensten Form. Kinderwagen-Paranoia, so würde man seinen Fall eines Tages taufen, davon war er überzeugt.

Er hatte Blanfords Postkarte als Talisman auf seinen Schreibtisch gestellt; er beugte sich vor, um sie erneut zu lesen, und versuchte, seine Ungeduld zu zügeln, indem er mehrere Male tief einatmete. Dann verschloß er seine kleine Kasse mit den Briefmarkenbögen und den sechs Blankopässen in dem kleinen Wandsafe. Er ging hinaus in den Garten des Hauses und zog die Tür mit einem leisen Klicken hinter sich zu. Wie er diese Tür mit dem schlecht schließenden Schloß haßte! Es war eine Glastür mit einem aufgeregten Muster aus viereckigen Kirchenfensterscheiben. Wenn Sonnenlicht hindurchfiel, brachte es auf dem Gesicht eines jeden, der die Halle durchquerte, um die Tür zu öffnen, außergewöhnliche Farbeffekte hervor. Gesichter nahmen plötzlich die Farbe von Blutorangen an und wurden dann in schneller Folge blau, grün und knallgelb. Diese Theatereffekte versetzten ahnungslosen Besuchern oft einen Schreck.

Er schlug seinen Mantelkragen hoch, klemmte seinen Spazierstock unter den Arm, zog sich die Handschuhe an und trat den langsamen Leidensweg seines nächtlichen Marsches durch die Stadt an.

Der untergehende Mond sank über den Festungsmauern, und als er um die dunkle Ecke am Schlachthof bog, der die ganze Nacht vom Geräusch fließenden Wassers hallte wie eine öffentliche Bedürfnisanstalt, sah er die vertraute, kleine Gestalt des Laternenanzünders vor sich hertrotten, mit dem Schäferstab in der Hand, mit dem er die Straßenlaternen löschte – denn die Stadt hatte sich die neue saubere elektrische Beleuchtung nur an wenigen Kreuzungen leisten können. Er ertappte sich bei dem egoistischen Gedanken, daß er es bedauern würde, wenn die ganze Stadt elektrifiziert würde, denn die kleinen Laternenanzünder signalisierten ihm nicht nur die Uhrzeit (die Lichter wurden um zwei Uhr gelöscht), sondern waren ihm auch willkommene nächtliche Gesellschaft auf seinen Rundgängen. Er ging außen an den rauchgrauen Festungsmauern mit ihren Zinnen entlang. Inzwischen hatten sich vielleicht sogar die Zigeuner schon in ihre Zelte und Wohnwagen zurückgezogen – sie blieben am längsten auf in der Stadt, soweit er es beurteilen konnte; er folgte dem kleinen Laternenanzünder, der fast geräuschlos vor ihm hertappte und nur innehielt, wenn er mit seinem kleinen Stab eine Lampe löschte. Es war, als ob jemand eine Blume nach der andern köpfte; plötzlich brach die violette Nacht herein mit ihren unheimlichen Schatten. In der Rue St.-Charles sagte er seinem Freund im Geiste Lebewohl und bog scharf nach rechts ab, zur Porte St.-Charles, die hier die mächtigen Stadtmauern durchbrach. Man gelangte sozusagen auf das Vorfeld der Bastion, ein staubiges *terrain vague* mit einigen hohen Platanen, deren Blätter zu grünen begannen. Hier lagen große Flächen im Schatten, und es gab nur wenige Lichter – der geeignete Platz, um Missetaten zu begehen, eine Ecke wie geschaffen dafür, jemandem die Kehle durchzuschneiden, alte Rechnungen zu begleichen oder Hurerei zu betreiben. Die Zigeuner hatten das bald spitz bekommen und sich hier niedergelassen – der Stadtverwaltung zum Trotz, die ihnen von Zeit zu Zeit die Anweisung erteilte, abzuziehen. Vergeblich. Doch jetzt waren ihre Feuer niedergebrannt, und sie hatten sich in ihre Wohnwagen zurückgezogen, wo schwache Nachtlichter hinter

Vorhängen brannten. Ein, zwei Lichtpunkte waren auch in den Zelten zu sehen und in den behelfsmäßigen Unterkünften, wo sie dicht aneinandergedrängt lagen wie ein Wurf junger Katzen, wegen der Wärme. Felix beneidete sie ein bißchen, aber er fürchtete sie auch; und jedesmal, wenn er das große Tor passierte und hörte, wie das Geräusch seiner Schritte dumpfer wurde, griff seine Hand unwillkürlich nach der Taschenlampe in seiner Tasche, obwohl er bisher noch nie die Gelegenheit gehabt hatte, sie in einem Notfall zu gebrauchen.

Ja, ihre Feuer waren niedergebrannt, und sogar ihre paar Esel und Hunde schienen zu schlummern. Doch vor einem der kleineren Zelte erhob sich, von dem Echo seiner Schritte geweckt, ein Mädchen, als sei sie soeben der Erde entwachsen, und machte sich, um Almosen bettelnd, an ihn heran. Ja, sie machte sich gähnend an ihn heran wie ein niedliches Kätzchen und streckte ihm ihre schmächtigen Arme entgegen. Sie konnte kaum älter als sechzehn sein und sah in ihrem Flickenkleid so farbig aus wie ein Pierrot. Ein Wirbel der Leidenschaft ergriff ihn, als er ihr bildschönes Gesicht sah, aus dem das ganze sexuelle Selbstbewußtsein ihres Volkes sprach. Ihm war, als fiele er fast in Ohnmacht. An dieser Stelle warfen die mächtigen Vorschanzen ganze Hügel von tiefblauen Schatten – die undurchdringliche Dunkelheit war ein sicherer Schutz vor neugierigen Blicken. Warum lockte er sie nicht einfach in einen dieser schwarzen Pfuhle und grub seine Konsulskrallen in dieses geschmeidige dunkle Fleisch? Sie würde ihm doch auf das bloße Versprechen von Gold hin bestimmt folgen?

Ah! Da lag der Hase im Pfeffer – Gold! Wieviel würde sie für ihre Liebkosungen verlangen? Er ahnte es nicht. Im übrigen wußte er, daß er nicht den Mut hatte, so etwas zu tun, er hätte die Zwänge seiner Erziehung überwinden müssen. Tiefste Verzagtheit überkam ihn, als er dem verführerischen Geschöpf abwinkte. Er eilte an ihr vorbei, fühlte, wie ihre räuberischen Finger seinen Ärmel streiften. Sie war barfuß und bewegte sich geräuschlos. Warum versetzte sie ihm nicht mit irgend etwas einen Schlag und vergewaltigte ihn fröhlich, während er bewußtlos dalag? Dann brauchte er sich wenigstens nicht schuldig zu fühlen bei einem so natürlichen Vorgang. Aber was sollte er gegen den Tripper tun, den ein solcher Akt unvermeidlich zur Folge haben würde? Es würde sehr kostspielig sein, sich hier von einem Tripper kurieren zu lassen, und auch unerträglich schmerzhaft. Es war ein Thema, über das er mitfühlend reden konnte, da er einmal einen verzweifelten Kommilitonen ins Lock-Hospital in der Greek Street begleitet hatte. Der arme Junge büßte für eine Fete anläßlich eines einundzwanzigsten Geburtstags, die auf die übliche Weise im Old Bag O'Neils begangen worden war. Felix hatte seinen Freund aus Mitleid zu den ersten paar drastischen Behandlungen begleitet – er hatte die ganze qualvolle Prozedur mit Grauen und Ekel beobachtet. Schon die Umgebung war abstoßend gewesen: die langen, marmorverkleideten Latrinen, wo ständig Wasser rauschte, die Reihen der hohen, weißen Behälter mit ihren langen dünnen Gummischläuchen . . . War das wirklich die einzige Art, diese widerliche Krankheit zu heilen? Zuerst wurden die Eingeweide wieder und wieder mit Permanganat (Condys Liquid) gefüllt, und der Patient wurde angewiesen, es so kräftig wie irgend möglich auszupissen. Danach mußte er das Reinigen und Auskratzen der empfindlichen Schleimhäute innerhalb der Harnröhre, wo die Infektion saß, über sich ergehen lassen. Der Arzt führte einen dünnen Katheter, der wie ein stählerner

Regenschirm aussah, in das Organ ein und öffnete ihn vorsichtig wie einen Schirm, um das Glied zu weiten. Das sollte angeblich die infizierten Stellen aufbrechen und ablösen, so daß sie ausgestoßen und abgesondert werden konnten. Es war qualvoll für den Patienten. Einmal gesehen, nie vergessen.

Und der bloße Gedanke an diese Sitzungen verlieh ihm jetzt Flügel und bestärkte ihn in seinem Entschluß, das Mädchen abzuweisen. Er beschleunigte seine Schritte und schlug den abwärts führenden Weg zu dem hübschen kleinen Bahnhof mit den dunklen Palmen ein. Das Mädchen machte zuerst einige Anstalten, ihn zurückzuhalten, wurde dann aber von ihrem Gähnen übermannt und begnügte sich damit, ihm nachzuspucken, ehe sie sich abwandte und zurückging zu den Zelten. Der letzte Zug war längst abgefahren, der erste des neuen Tages noch in weiter Ferne. Irgendwo von den dunklen Kais her drang das metallische Scheppern von Milchkannen an sein Ohr, die abgeladen und bis zur Ankunft der morgendlichen Milchwagen in den dunklen Schuppen gestapelt wurden. Das Bahnhofsbuffet war ebenfalls geschlossen um diese Stunde, aber drinnen brannte eine einzelne nackte Glühbirne, so daß er durch das Milchglas den alten Bauern und seine Frau sehen konnte, die Gläser und Teekannen abwuschen und die Fliesen mit einem zerfransten Strohbesen fegten. Er hätte gern einen Grog getrunken, aber sie würden ihm erst öffnen, wenn der erste Zug mit seinem Geratter und Gepfeife den stillen Bahnhof aufrüttelte. Die *fiacres* standen draußen vor dem Haupteingang unter der Uhr, deren Zeiger seit drei Monaten auf zwei Uhr zwanzig standen. Würde sie je repariert werden? Die Kutscher waren in alte Decken gehüllt und wirkten wie Skulpturen, die Pferde schienen im Stehen zu schlafen.

Porte St.-Roche, Porte St.-Charles, Porte de la République – die letzte führte direkt ins Herz der Stadt, zu dem pulsierenden kleinen Platz, um den sich alles, was von gesellschaftlicher Wichtigkeit war, gruppierte: die Mairie, das hübsche alte Theater, das Monument des Morts mit schändlichen, aber ergötzlichen Blechfresken symbolischer Löwen und der fahneschwenkenden Marianne ... Wie gut er das alles inzwischen kannte! Er war kein zögernder, von der romantischen Vergangenheit der Stadt bezauberter Tourist mehr, sondern längst einer der vierzigtausend in ihr lebenden Einwohner; und sein Geist war wie einbalsamiert in der Langeweile ihrer Stille, ihrer finsteren Kirchen, ihrer Läden und Cafés. Das erschreckende war, daß diese Art Leben, verglichen mit den anderen Möglichkeiten, die einem jungen Konsul offenstanden, höchst angenehm war – es sei denn, man arbeitete in den Metropolen oder in großen Städten wie Marseille, Lyon oder Rom. Nach Jahren, wenn er seine Sünden wie diese an Orten wie diesem abgebüßt hatte, konnte er vielleicht den Rang eines Generalkonsuls anstreben, würde allerdings auch dann noch nicht zur Elite der Berufsdiplomaten gehören, denn die «wirklichen» Diplomaten waren eine auserwählte Rasse, eine Gewerkschaft, ein geschlossener Kreis.

Er wandte dem Bahnhof den Rücken und begab sich zu dem zweiten mächtigen Tor, der Porte de la République, und betrat das Innere der Festungsanlagen. Im Sommer schlug er oft die entgegengesetzte Richtung ein und ging über die Hängebrücke zur Insel hinüber; aber dort war es ziemlich unheimlich und stockdunkel, und er hatte nicht den Mut, sich Wegelagerern auszusetzen. Im übrigen konnte er sich bei dem augenblicklichen Wind und der Temperatur, wenn er diesen dem Uhrzeiger entgegengesetzten Weg nahm, innerhalb der Mauern vor den schlimmsten Unbilden der Witterung schützen. Er ging auf die kleine Kapelle der Grauen Büßer zu, die sich irgendwie unharmonisch über dem dunklen Kanal erhob, in dem sich starke hölzerne Wasserräder immer und ewig mit ihrem plätschernden und planschenden Geräusch drehten. Von St. Magnagnen tauchte man in die beängstigend kleine Rue Bon Martinet ein (der Name kam ihm immer irgendwie vertraut vor, obwohl ihm die genaue Assoziation im Moment nicht einfiel; später lieferte Blanford ihm das fehlende Stück des Puzzlespiels). Sie war so eng und dunkel, daß man mit den Schultern entweder die eine oder die andere Seite der Mauer streifte, und wenn man an einem dunklen Hauseingang vorbeiging, betete man, daß einem dort niemand mit einem Messer oder Strick auflauerte. Sie führte – man konnte das Licht am Ende des Tunnels sehen – direkt zu den Kanälen; dieser Teil der Stadt war die Domäne der Gerber und Färber, und die Schaufelräder, die einen mittelgroßen Dampfer angetrieben hätten, drehten sich Tag und Nacht, obwohl das Gewerbe selbst ziemlich außer Gebrauch gekommen war.

Hier war die Dunkelheit wie nasser Samt. Er blieb, wie immer, vor dem Eingang der Kapelle stehen und rezitierte flüsternd die Inschrift über der Tür. Meist zog er hier herum seine Taschenlampe hervor, um solche Dinge zu lesen. Dies war die Kapelle der Grauen Büßer – die der Schwarzen befand sich in einem anderen Stadtteil. Er drückte gegen die Tür, und sie öffnete sich quietschend in schwarze Dunkelheit. Manchmal setzte er sich einen Moment lang in eine der Bänke. An der Wand befand sich eine elektrische Klingel mit dem Namen eines Priesters – ein diensthabender Priester sozusagen, immer bereit, einem die Beichte abzunehmen, wenn man ihn herbeirief. Eines Nachts hatte er sich «erniedrigt», wie er gesagt haben würde, wenn er es jemand anders erzählt hätte. In einem Anfall von Verzweiflung hatte er mit der vagen Absicht, zu beten, die Kirche betreten; doch als er auf der Bank saß, der kalten, abstoßenden Statue gegenüber, die eigentlich als Mittelpunkt dieser neuen Garnitur von Gefühlen hätte dienen sollen, erdrückte es ihn innerlich, und er bekam keine Luft mehr. Er hatte das Gefühl, als glitte das Zentrum aus seinem Verstand heraus. Er verstand plötzlich, was die Worte vom «Kampf mit dem dunklen Engel» bedeuteten. Doch in seinem Fall hatte er eher das Gefühl, daß es die glitschigen Fangarme Laokoons waren, die ihn umfangen hielten und aus denen er sich nicht selbst befreien konnte. Es war niemand außer ihm in der Kapelle, und sein tiefes Keuchen hallte in der Stille. Schließlich, übermannt von seinen Ängsten, durchquerte er das Seitenschiff und drückte die Klingel, unter der sich eine Karte mit dem Namen des diensthabenden Priesters befand: *Menard.* Dann stand er da, entsetzt über das, was er getan hatte. Der Grabeston der Klingel verklang allmählich im tiefen Inneren des Gebäudes, ohne jemanden zu wecken, ohne den Laut einer Reaktion auszulösen. Er stand da und kam sich jetzt so töricht und unzurechnungsfähig vor, wie er vorher verzweifelt gewesen war. Nach einem Priester zu klingeln um zwei Uhr nachts – es war ein Skandal! Und doch, wenn seine religiöse Krise eine echte, eine ernste Krise war, würde sich kein Priester über die späte Stunde beschweren – so wenig wie ein Arzt sich über den nächtlichen Anruf eines Patienten *in extremis* beschweren würde. Aber er kam sich trotzdem schuldig und töricht vor, daß er die Kirche zu dieser Nachtzeit belästigt hatte. Doch die Stille blieb die einzige Antwort auf sein ungestümes Klingeln. Er stand da, den Kopf zur Seite geneigt. In der dunklen Straße draußen stimmten zwei Katzen ihr makabres Liebesgejammer an. Wo mochte er sein, der Priester? Er kam sich dumm und tadelnswert vor, er verdiente keine Rücksicht, da er selbst so wenig Rücksicht genommen hatte. Er drehte sich um, lief zur Tür und öffnete sie und blickte auf den dunklen Damm mit dem plätschernden Kanal und den sich gleichgültig drehenden Schaufelrädern. Dann schloß er lautlos die Tür und lehnte den Kopf an die Eichenfüllung, als wollte er seine fiebrige Stirn durch die Berührung mit dem kalten Holz kühlen. Während er noch dort stand, hörte er schlurfende Schritte in der Kapelle und das Klicken des Beichtstuhlpförtchens. Also hatte doch noch ein Priester auf sein Klingeln reagiert. Der Gedanke versetzte ihn erneut in Panik, und er drehte sich um, lief davon in die Finsternis und überließ den Priester und die Kapelle der Dunkelheit und der Stille. Was für eine jämmerliche Figur er gemacht hatte! Es kostete ihn Überwindung, die Sache zu beichten – nicht dem Priester, sondern Blanford, der ihn später, als sie beide Livias Spuren verfolgten, auf diesen nächtlichen Wanderungen begleitete. Und hier entwirrte Blanford auch die Assoziationsstränge, die bewirkten, daß die Rue Bon Martinet so vieles beschwor. Der Marquis de Sade!

«Eines hat diese Stadt für mich. Die enorme Spanne menschlichen Trachtens und menschlicher Schwäche wird symbolisiert durch zwei Gestalten aus ihrem Bestiarium, sozusagen. Ich meine Petrarcas Laura, welche die vollkommene romantische Liebe erfand, und den Marquis de Sade, der sie geradewegs mit der Peitsche in ihre trostlose Kindheit zurückversetzte. Was für ein Paar von Schutzengeln!»

Felix eilte jetzt verbissen auf die nächste Bastion zu, die finstere Porte Thiers, von wo aus er diagonal durch die schlafende Stadt ging. Hin und wieder traf er auf Anzeichen von Leben, einen alten Mann auf einem Fahrrad, zum Beispiel, der so langsam an ihm vorbeifuhr, als hätte er seine Fahrt vor ewigen Zeiten angetreten – vielleicht schon im Pleistozän. Das Fahrrad hüpfte auf dem holprigen Kopfsteinpflaster der Straße auf und ab, aber vollkommen geräuschlos. Der alte Mann blickte weder nach rechts noch nach links – schlief er womöglich? Plötzlich hustete er laut, und Felix geriet fast außer sich vor Schreck. Die kleine buschige Place Bon Pasteur lag verschlafen zwischen den dichten Platanen, unter denen die Anwohner ihre Kinderwagen, Fahrräder und Karren abgestellt hatten, die bald, wenn der Markt begann, wieder in Dienst genommen würden. Am Ende der Straße sah er einen schwachen Lichtschimmer in dem höhlenartigen Blechschuppen, der die drei Straßenbahnen beherbergte. Um fünf würde ihr Gequietsche auch die zähesten Schläfer wecken – denn sie durchquerten die ganze Stadt. Sie waren das einzige öffentliche Verkehrsmittel für die Bewohner der Stadt – die zwei großen, wackligen Omnibusse waren eine Neuerung und blieben den Touristen vorbehalten: Sie parkten vor dem Hotel Crillon, und um zehn Uhr würden sie ihre Fahrgäste zur Besichtigung von Aigues-Mortes und der Camargue entführen. Da war eine schattenhafte Gestalt mit einer Sturmlaterne, die mit einer Ölkanne zwischen den schlummernden Straßenbahnwagen hin und her ging, um sie für ihre tägliche Arbeit zu warten. Noch war die Morgendämmerung nur eine Vorahnung am klaren sternfunkelnden Mistral-Himmel – ein kaum wahrnehmbares Hellerwerden des Himmels an den fernsten Rändern der Zukunft; aber sie war wie ein leiser

Akkord, der irgendwo in weiter Ferne geschlagen wurde und bis hierher nachklang, denn die Vogelkolonien im dichten Blätterwerk der Bäume, die den schönen alten Platz beschirmten, fingen an, sich zu regen und zu recken und zu schilpen. In der Clinique Bosque sah er eine flackernde Flammenknospe unter einem gläsernen Kaffeegefäß – ein Spiritusbrenner. In der Banque Foix setzte sich ein Nachtwächter in Bewegung und schob rasselnd schwere Riegel auf, um zwei unförmige ältere Damen hereinzulassen – die Putzfrauen. Irgendwo in einer nahen Straße pfiff ein unsichtbarer Pfeifer ein paar Takte aus einem beliebten Tango und brach dann ab, als sei er plötzlich verlegen geworden.

Dies war die Stunde, zu der Quatrefages im Princess Hotel endlich in Schlaf sank, bei brennenden Lampen – er konnte Dunkelheit nicht ertragen. Was hätte Felix getan ohne den *Gedanken* an den armen Quatrefages, das Wissen, daß der arme Quatrefages einsam und allein war unter den vierzigtausend Seelen und jede Nacht wach lag wie er selbst? Die Wärme dieses Gedanken machte seine Wanderungen irgendwie erträglich; der schmächtige Jüngling war sozusagen ein symbolischer Begleiter des Konsuls, ein armer Gelehrter, der ebenfalls, wie er selbst, ein Sklave Lord Galens war. Quatrefages sah wie ein schläfriger Rabe aus in seinem abgetragenen schwarzen *tablier,* den er bei der Arbeit über seinen Kleidern trug; an diesem Arbeitskittel wischte er, wenn er innehielt, seine Schreibfeder mit der Stahlspitze ab; seine Schrift war wie die Kursivhandschrift eines Kopisten – schön wie arabische Schrift oder wie ein chinesisches Ideogramm. Doch warum Galen diesen armen Gelehrten in seinen Diensten hielt und ihn mittelalterliche Dokumente entziffern und abschreiben ließ, war lange Zeit ein Rätsel . . .

Der dunkelhaarige, verhungert aussehende Jüngling hatte ein recht wechselvolles Schicksal gehabt, bevor er sich hier wiederfand – eingekerkert in einem schlecht beleuchteten Zimmer im Princess Hotel, wo er mit dem wilden Eifer eines Sklaven an den Aufgaben arbeitete, die Lord Galen ihm zugewiesen hatte. Seine Geschichte begann mit der Kirche – er war einst Küster gewesen und später Hilfspfarrer. Aber ein Skandal, begleitet vom giftigen Getuschel eines kleinen Dorfes, hatte ihn um seine Stellung gebracht – er war des Priesteramts entkleidet worden, zu Unrecht, wie er fand. Daraufhin erstarb die tiefe Gläubigkeit in ihm, und an ihre Stelle trat ein qualvolles Gefühl des Verlustes – als wäre die ganze tiefe Dunkelheit, die außerhalb des engen Feldes der Glaubenslehre herrschte, plötzlich in ihn eingedrungen und hätte von seiner Seele Besitz ergriffen. Man kann durchaus von «Besessenheit» sprechen, denn er war nun überzeugt, daß Gott gar nicht existieren könne und daß der Atheismus die einzig annehmbare Philosophie für einen logischen Menschen wie ihn sei. Er hatte seine ganze Jugend mit Hokuspokus vergeudet. In den Klauen dieses verzweiflungsvollen Glaubens – denn seine Gedankengänge machten ihn nicht glücklich – richtete er seine Aufmerksamkeit mit der gleichen Ausschließlichkeit auf das Böse, mit der er sich früher einer orthodoxen Rechtschaffenheit gewidmet hatte. Sein Weg führte ihn über obskure Stationen zur symbolischen Mathematik, zum Mysteriösen, Sinnbildlichen und in die zwielichtigen Bereiche der Alchimie und Astrologie. Dabei entdeckte er die orthodoxe Mathematik und wurde – zu seinem eigenen Erstaunen – ein sehr guter Mathematiker. Es war reiner Zufall, aber ein fruchtbarer, der dazu führte, daß er in der Abteilung von Lord Galens Unternehmen, die «Trends und Tendenzen» hieß, aufgenommen wurde; hier analysierte eine Gruppe von vier jungen Mathematikern Voraussage-Diagramme auf ihre künftigen auf- und absteigenden Tendenzen hin. Über diesen großen, hübschen Diagrammen brütete Galen nachts und überlegte, ob er kaufen oder verkaufen sollte. Seine kleine Schar von Statistikern versorgte ihn mit Unterlagen für die Entscheidung über seine Börsengeschäfte, und wenn sie auch nicht unfehlbar waren, so erwies sich doch ein großer Teil von dem, was sie herausfanden, als richtig. Hier sah sich Quatrefages in kongenialer Umgebung; seine Kollegen behandelten ihn, relativ gesehen, gut. Und da er Angst vor der Dunkelheit hatte und nicht vor Morgengrauen einschlafen konnte, tat er seine Arbeit meistens nachts. Dann saß er über den alten Teakholzreißbrettern gebückt in den wenig inspirierenden Büroräumen der Firma, und seine lange, spitze Nase berührte fast das Papier. Er sah aus wie ein schläfriger Rabe; seine Fingernägel waren bis an die Haut abgeknabbert, die Finger immer ein bißchen mit Tinte beschmiert, die Hosen ausgefranst an der Stelle, wo die Fahrradklammern saßen. Seine kleinen schwarzen Mäuseaugen glänzten mürrisch und flackerten ungeduldig. Sein trockener Husten und sein ständiges leichtes Fiebern deuteten auf Tuberkulose hin; tatsächlich war seine ganze Physiognomie die eines typischen *poitrinaire,* und er war einmal in ein Sanatorium geschickt worden, wo man eine Lunge stillegte, damit sie heilen konnte. Vergeblich.

Doch der verräterische Husten, der ihn manchmal zusammenkrümmte und ihm Tränen in die Augen trieb, beeinträchtigte nicht die entschlossene Beharrlichkeit seiner Arbeit – trotz der quälenden Langweiligkeit des Materials, das er zu analysieren hatte. Am Ende seines nächtlichen Streifzugs machte der junge Konsul immer einen kleinen Umweg und blieb einen Augenblick lang unter dem beleuchteten Fenster stehen, um etwas von der gespenstischen Courage und Angst dieses Sklaven seines Onkels sozusagen einzuatmen. In einem solchen Moment stiegen und verebbten seine geteilten Gefühle für seinen Onkel – Haß und Zuneigung und Belustigung – wie ein Meer bei Flut und Ebbe. Ja, er haßte ihn; nein, denn wie konnte man ihn hassen? Wie jeder Mensch, der eine alberne Seite hat,war Galen irgendwie liebenswert. Jeden Nachmittag boxte er zwei Runden mit seinem violetten Neger, wobei er schnaubte und keuchte und sich die Nase mit dem Fausthandschuh abwischte wie ein Profi. Sein Partner war einst Berufsboxer gewesen und bewegte sich im Ring (der im Garten aufgestellt worden war) so träge wie ein Nachtfalter, wohl wissend, daß er seinen Boss nicht schlagen durfte – denn Galen wäre auf der Stelle tot umgefallen. Und so umtänzelten sie sich wie in einem seltsamen Ballett, der dunkle Boxer mit dem Rücken immer dicht an den Seilen. Er trug geschnürte Glacélederschuhe und einen reich verzierten Gürtel, an dem die Medaillen funkelten und glänzten. Hin und wieder holte er zu einem geschauspielerten Schlag aus – einem Schattenschlag sozusagen, der kurz vor dem kleinen Kinn seines Gegners stoppte. Galens Gegenschläge hätten dem Mond gelten können, so schlecht gezielt waren sie. Der Neger bewegte sich zur Seite, aber hin und wieder nahm er einen leichten Hieb auf seine violette Stirn hin und stieß ein tiefes bewunderndes Grunzen aus.

Es war wunderschön, Max zuzusehen. Ein Neger kann nichts tun, was ihm nicht mehr oder weniger zum Tanz gerät. Sogar sein übertriebenes Hinundhergehopse im Ring mit der Andeutung einer gorillaartigen Drohung – das Ganze war so leicht wie Luft, so beschwingt, heiter und unbewußt; man hatte das Gefühl, daß es fast so zufällig war wie das Geflatter eines Kohlweißlings zwischen den Blüten. Und doch lag Kunstfertigkeit darin, auch wenn er die Arme herunterbaumeln ließ wie leere Ärmel. Plötzlich entwickelte sich dieser klassische Faustschlag wie ein Bienenstich. Max pfiff kleine violette Melodien vor sich hin, Blues. Hin und wieder gab er seinem Partner mit leiser Stimme einen Rat. «Sie müssen mit den Knochen atmen», sagte er etwa und fügte kopfschüttelnd hinzu: «Verdammt wichtig, das.» Und Galen versuchte gehorsam, mit seinen Knochen zu atmen. Nach zwei Runden wandte sich der alte Mann, sprachlos und keuchend, an den jeweiligen Zuschauer (meist war es der arme Felix) und sagte: «Siehst du, das ist das Geheimnis meiner eisernen Konstitution.»

Galen pflegte sehr früh am Morgen aufzustehen und ließ sich dann zum Hauptbahnhof chauffieren, um die Abfahrt des ersten Zuges nach Paris zu sehen; das hatte er sein Leben lang getan, wo immer er auch gewesen war. Züge waren eine Besessenheit von ihm. Der Rausch der Bahnsteige mit ihrem Geruch von Kohle und Öl, das Gedränge und Geschrei der Passagiere und der Gepäckträger, die Koffer und Frachtgut verluden – das ganze unbeschreibliche Chaos und die Ordnung in dem ganzen Betrieb ließen ihn jedesmal wieder bis ins Mark erbeben. Und die Abschiede! Ein ganzes Leben, eine ganze menschliche Situation wird illustriert, wenn Liebende, Freunde, Ehepaare, Kinder, Hunde Abschied nehmen. Das Knallen beim Schließen der Türen, die Küsse, die gellenden Pfiffe, die rote Flagge und das gleichmäßige Stampfen der Lokomotiven, die weiße Rauchfahnen in den blauen Himmel ausspien – all das trieb ihm noch immer Tränen in die Augen. Es war wohl einer der grausamen Widersprüche, in denen sich das Schicksal zuweilen gefällt, daß die Eisenbahn eng verknüpft war mit der einzigen Tragödie in Galens Leben – dem unerklärlichen Verschwinden seiner heranwachsenden Tochter. Er hatte ein Vermögen ausgegeben, um sie ausfindig zu machen oder zumindest das Geheimnis ihres Verschwindens aufzuklären. Man könnte meinen, so etwas passiere alle Tage – zumindest der Presse nach zu urteilen, die eine Weile darüber berichtet und den Fall dann vergißt. Fünfzehn Schulmädchen, begleitet von zwei Nonnen des Heiligen-Herz-Klosters, hatten einen Sonntagsausflugszug von Sidcote nach London genommen. Als sie am Waterloo-Bahnhof ankamen, fehlte ein Mädchen – Galens Tochter. Man kann sich vorstellen, welche Maßnahmen ergriffen wurden, um den außergewöhnlichen Vorfall aufzuklären. War sie aus dem Zug gefallen? Nein. War sie ausgerissen? Der Zug war ein durchgehender Zug. Ihre Mitschülerinnen sagten aus, sie habe sich auf dem halben Wege nach London entfernt, um zur Toilette zu gehen. Sie war niemals wieder erschienen. Galen war außer sich vor Entsetzen und vor Ungläubigkeit. Er ließ alle erdenklichen Nachforschungen anstellen, mit der wilden Unnachgiebigkeit eines fast um den Verstand gebrachten Vaters. Inzwischen waren Jahre vergangen, aber die Erinnerung war noch frisch, sein Zimmer war voller Fotos und selbstgemalter Weihnachtskarten von ihr. Er weinte ungeniert, wenn er von ihr sprach. Eines Tages, in London, schüttete er seinem Angestellten Quatrefages sein Herz aus, der sich damals intensiv mit alchimistischen Studien beschäftigte. Irgendwie hoffte Galen, wenn er den Grad seiner emotionalen Schwäche bekannte und wie sehr er der Erinnerung an seine Tochter verhaftet war, könnte er den Jüngling rühren und ein wenig Sympathie bei ihm gewinnen – er war eine so wortkarge Kreatur mit seinen abgeknabberten Fingernägeln. Zu Galens Erstaunen zog Quatrefages einen Ring an einem Pendel hervor und bat um einen Plan von London und Surrey – damit sein Wahrsageapparat die Route dieser unglückseligen Reise nachzeichnen und vielleicht eine Antwort finden könne.

Galen beobachtete fasziniert, wie das Pendel in der schmalen Hand seines Angestellten hin und her schwang. Schließlich sagte Quatrefages in einem Ton, der keinen Widerspruch duldete: «Sie war nicht in dem Zug; den Kindern ist befohlen worden, zu sagen, daß sie drin war. Die Nonnen haben gelogen, um ihre Nachlässigkeit zu vertuschen; sie wurde auf dem Bahnhof von einer Zigeunerin geraubt.» Galen war außer sich vor Hoffnung und Freude. Also war sie vielleicht noch am Leben! Schließlich waren durch die ganze viktorianische Literatur hindurch immer die Zigeuner für das Verschwinden von Kindern und oft auch von Erwachsenen verantwortlich gewesen. «Ist sie noch am Leben», fragte er mit bebender Stimme, «und wenn ja, wo sollte ich sie suchen?» Aber das wußte Quatrefages nicht – so sagte er jedenfalls. Die Wahrheit war, daß er es nicht zu weit treiben wollte, er hatte nämlich das Ganze erfunden, um diesen komischen, aggressiven kleinen Mann ein wenig unter seinen Einfluß zu bekommen. Und das war ihm gelungen. Von nun an erschien Galen des öfteren, um mit ihm zu plaudern, und unweigerlich wandte sich das Gespräch jedesmal seiner großen Obsession zu – wo konnte Sabine sein? Er regte eine ausführliche Studie über alle Zigeunerstämme an, eine Art Sternkarte ihrer Wanderungen durch Euopa, und sandte seine mit Fotos versehenen Agenten aus, damit sie ihnen nachjagten. Beim jährlichen Welttreffen der Zigeuner lauerten seine Agenten bereits in Saintes-Maries-de-la-Mer auf die Wohnwagen, die aus allen Teilen Europas kamen. Galen entdeckte überragende Fähigkeiten an seinem französischen Angestellten – der Junge wurde ihm wertvoll, einfach weil er vielleicht eines Tages den fehlenden Schlüssel zum Aufenthaltsort seiner Tochter finden würde. Als die Vertrautheit zwischen ihnen wuchs, bot er ihm eine neue geheime Aufgabe an – eine Sache, die er so leicht keinem anderen anvertraut hätte. Quatrefages suchte nunmehr, so hirnverbrannt das auch klingen mag, nach nichts Geringerem als einem vergrabenen Schatz in der verwirrenden Menge von Dokumenten über die Tempelritter und ihre Häresie.

Manchmal stand Felix eine Weile unter dem tröstlichen gelben Lichtviereck auf dem kleinen Platz, auf dem einst ein Galgen gestanden hatte, und erhängte sich im Geiste; im fahlen Mondlicht schwang sein Körper im Winde hin und her, leise quietschend und rasselnd in seinen Ketten. Ein Ausbund an Faulheit und Feigheit, der nicht seinesgleichen hatte. Und untüchtig noch dazu. Quatrefages dagegen hatte sich – trotz all seiner offenkundigen jugendlichen Unerfahrenheit und trotz seines Strebens nach esoterischem Wissen – den feinen französischen Sinn für Proportionen bewahrt, wo es um eigene Interessen ging. Glücklicherweise. Denn Felix verdankte es hauptsächlich ihm, daß er zeitweise den kleinen Morris benutzen durfte, eine Annehmlichkeit, die sie freundschaftlich miteinander teilten. Der Angestellte hatte Galen um irgendein Gefährt gebeten, damit er in der Provence herumfahren und antike Stätten und Ruinen besichtigen und mit Gelehrten sprechen konnte. Er brauchte den Wagen ziemlich oft, aber in der übrigen Zeit stand er dem Konsulat zur Verfügung und diente anderen Zwecken. Felix fuhr selbst mit ihm ziellos durch die bezaubernde Landschaft, geplagt von seinem Gefühl der Einsamkeit, das er durch die Untersuchung der berühmten Gerichte und der erlesenen Weine der Gegend erträglicher zu machen versuchte. Denn wenn Avignon sich auch nicht mit Lyon messen konnte, was Reichtum und Vielfalt der Küche betraf, gab es doch vieles im Bereich der ländlichen Küche, worüber man nur staunen konnte. Selbst die ärmsten Ecken in Frankreich schienen schier unerschöpflich zu sein für jemanden, der mit der gewöhnlichen englischen Kost aufgewachsen war.

Dennoch blieb das Gefühl der Leere, und der gesunde Schlaf, auf den ein Jüngling seines Alters ein Recht hatte, stellte sich nicht ein; daher die nächtlichen Wanderungen durch die Stadt, in der nach Einbruch der Dunkelheit so wenig Leben zu existieren schien. Die wenigen durch den Schmutz gezogenen und scheuen Damen der Nacht waren liebenswürdig, aber kaum appetitanregend; sie machten um zwei Uhr Schluß – mit dem letzten *café dansant*. Nur die Zigeuner brachten Farbe und Bewegung und hatten den Mut, der ihm selber fehlte. Nachtschwärmer waren daher gezwungen, «zu den Zigeunern zu gehen», und riskierten eine Polizei-Razzia und einen peinlichen Auftritt vor Gericht. Ganz zu schweigen von dem anderen Problem ... Felix schüttelte den Kopf. Während er zwischen den streunenden Katzen hindurchwanderte, die sich an Fischköpfen und Gemüseresten aus einer umgestürzten Abfalltonne vor dem «Mireille» labten, grübelte er über das Schicksal von Konsuln nach und beobachtete mit hungrigen bösen Ahnungen den manischen Mond bei seinem langsamen traurigen Fall dem heller werdenden Horizont entgegen. Er gähnte. Irgendwo hatte er gelesen, daß Hunde, denen man länger als vier Tage den Schlaf entzog, automatisch sterben. Und Konsuln? Er gähnte wieder, diesmal aus der Tiefe der Sohlen seiner Füße.

Consummatum est. Es war jetzt beinahe vollbracht. In der Dunkelheit vor ihm hörte er das anheimelnde Wispern der großen Öfen im Souterrain der Bäckerei mit ihrem gesprungenen Schild *«Pain du Jour»*. Der Laden war offen, aber noch dunkel. Die schlafende Frau, die dort in ihren schwarzen Schal gehüllt saß, sah aus wie ein Rabe. Das Klingeln der Ladenglocke weckte sie, und sie setzte sich auf, um ihn zu bedienen. In dem kleinen Raum roch es himmlisch – die Regale waren bereits zum Teil mit Brotlaiben und *croissants,* mit *fougasses* und Krapfen und *brioches* gefüllt. Felix ging langsam nach Hause und atmete den Duft der beiden *croissants* durch das dünne Papier ein. Der Wind hatte nachgelassen, wie immer, wenn der Tag anbrach. Er stieß das verrostete Gartentor auf und betrat das muffige kleine Haus, begrüßte den vertrauten Geruch mit einem erneuten Anfall von Schwermut. Mein Gott, sogar die Palme im Garten war staubig – die scheußliche Aspidistra auf dem Balkon mußte das Mädchen ohnehin täglich Blatt für Blatt mit einem feuchten Tuch abwischen.

Er ging in die Küche und machte sich Kaffee. Auf dem Fußboden in der Ecke stand eine Holzkiste, die er aufgebrochen hatte; sie trug die Insignien der Crown Agents, Gabbitas and Speed. Er hatte bei seiner Abreise aus London den Auftrag gegeben, sie ihm zu übersenden. Gesagt, getan. Denn die Crown Agents waren gegründet worden, um mit ihren kombinierten Freß- und Geschenkpaketen diplomatischen Verbannten Trost und Erquickung zu spenden. Sein Auftrag war der kleinste und bescheidenste dieser Art gewesen: zwei Flaschen Whisky, zwei Flaschen Gin, zwei Flaschen weißer spanischer Schaumwein, zwei

Flaschen dunkles Bier. Das war alles an flüssigem Trost. Aber da waren auch noch etliche Lebensmittel, die in Afrika vielleicht willkommener gewesen wären als in Europa. Aber Ausland war Ausland für die Crown Agents und gleichbedeutend mit Hölle. Man konnte diese verdammten Pakete, wenn man wollte, auch an seine diplomatischen Kollegen zu Weihnachten schicken lassen – das sparte Zeit und Nachdenken. Im diplomatischen Dienst waren sie als «Trostpreise» bekannt – sie sollten einen hinwegtrösten über die Schrecken des Lebens in der Fremde, sei es unter den niederen Eingeborenen von der Kiplingschen Sorte oder auch nur in rückständigen europäischen Staaten wie Frankreich mit seinen Froschschenkeln und seinem verschmutzten Wasser.

Einige der Konserven wie Pflaumenmarmelade hatte er bereits herausgeholt. Auf dem Küchentisch stand eine Dose Bumpsteds Bücklingspaste neben einer Flasche Gentleman's Relish und Mainwearings Pickle Mix. Der Konsul setzte sich und starrte unverwandt auf diese gediegenen britischen Produkte. Imperial Anchovies, Angostura Bitters, Schweinefleisch und Bohnen, echt britisch, in der Riesendose. Lea and Perrin's Sauce . . . Tiefes Heimweh überkam ihn. Er hatte im Vorbeigehen nach Blanfords Postkarte mit all ihren aufregenden Verheißungen für den kommenden Sommer gegriffen; doch ihre Ankunft lag noch in weiter Ferne. Er goß sich eine große Tasse Kaffee ein und suchte nach der Milch in seinem kleinen nassen Eisschrank, in dem jetzt kein Eis war. Die Milch roch verdächtig. Einerlei . . . die Sonne ging auf, er hatte wieder eine Nacht besiegt. Heute war ein Tag, an dem er den Morris hatte. Er fing an, die Kiste auszupacken und die Konserven in den Küchenschrank zu stellen, er ordnete sie wie eine pedantische alte Hausgehilfin so ein, daß sie alle mit den Etiketten nach vorn standen. Dann tat er, einem plötzlichen Impuls folgend, etwas völlig Ungehöriges: Er strich sich Bücklingspaste auf sein *croissant* und aß es grunzend. Es schmeckte köstlich.

Jetzt konnte er gut noch zwei Stunden schlafen, ehe das Dienstmädchen klopfte. Aber aus Angst, daß er verschlief, nahm er den kleinen Wecker neben seinem Bett, zog ihn auf und stellte ihn auf elf Uhr. Dann entkleidete er sich und stieg gähnend in sein keusches Bett, nachdem er alle Lampen ausgeknipst hatte bis auf die kleine Bettlampe, da er vorhatte, sich wie gewöhnlich «in den Schlaf zu lesen» – und das geeignetste Buch dafür war der «Ratgeber des Auswärtigen Dienstes für im Ausland lebende britische Staatsangehörige». Der blaue Band mit dem königlichen Wappen sah wie ein überdimensionaler britischer Reisepaß aus, und der Text war seit vierzig Jahren nicht überarbeitet worden, da man die erste Auflage versehentlich zu hoch angesetzt hatte. Zusammen mit einer Bibel und dem Gebetbuch der anglikanischen Kirche war dieses Buch das offizielle Abschiedsgeschenk für junge Beamte, die auf ihren ersten Auslandsposten geschickt wurden. Die Hinweise und Instruktionen, die es enthielt, hatten eine wunderbar beruhigende Wirkung auf schlaflose Konsuln. Man nehme nur das Kapitel mit dem Titel «Ratschläge für Reisende»:

Beamte sollten weiche Kappen zum Schlafen in einer Reisetasche mit sich führen; weiche Schuhe, welche die Stiefel ablösen, Nähzeug, ein Paar gute Plaids, eine Flasche Fleischsuppenextrakt, einen kleinen Spirituskocher, eine Flasche Spiritus sowie Tassen und Untertassen, Löffel und Kekse. Ferner einen festen Schwammbeutel mit zwei feuchten Schwämmen darin, ein weiches Handtuch, einen Gesichtswaschlappen, Kamm und Bürste. Die Kopfkissen sollten sich fest zusammenrollen lassen und am besten mit Distelwolle und Löwenzahndaunen gefüllt sein. Ein weitgeschnittener Reise-Ulster ist sehr nützlich, da man sich darunter der Kleider entledigen kann; er sollte tiefe Taschen haben. Immer ein Extrapaar Handschuhe bei sich führen. Immer ein Heftchen Seifenblätter in einer kleinen Tasche mitnehmen; auf diese Weise können die Hände bequem mit einem Seifenblatt gewaschen werden. Mit einem feuchten Schwamm und einem Seifenblatt kann sich der staubige und ermüdete Reisende immer Gesicht und Hände erfrischen. Es ist ein guter Rat, einen Ätna-Spirituskocher mitzunehmen, ferner eine Dose Senfblätter, ein Glas zum Einnehmen von Arzneien, Heftpflaster, eine Flasche mit Wasser und eine Flasche guten Brandys für den Fall einer plötzlichen oder hartnäckigen Erkrankung während der Reise.

Und so ging es weiter mit diesem beruhigenden tröstlichen Unsinn. Vor dem schläfrigen inneren Auge des Konsuls zog eine lange, eine endlose Reihe freundlicher, farbloser, jedoch mutiger Männer mit Tropenhelmen vorbei, und ihr Gepäck, das ihnen folgte, bauschte sich vor Brandyflaschen und Ätna-Spirituskochern. Jetzt hatte auch er sich dieser langen sinnlosen Safari angeschlossen – und es war ihm auf immer verwehrt, das Auf und Ab der Kupferaktien auf Quatrefages' hübsch kolorierten Tabellen zu beobachten. Und was, zum Teufel, war «ein Paar gute Plaids»? Er würde viel darum geben, es zu erfahren. Doch jetzt hatte der Schlaf endgültig von ihm Besitz ergriffen: Das Buch entglitt seiner Hand und fiel auf den Teppich, und mit einer unwillkürlichen Bewegung, ganz automatisch, fuhr seine Hand zu der kleinen Bettlampe und knipste sie aus. Felix hatte einen erstaunlich tiefen und gesunden Schlaf, aus dem ihn erst das Rasseln des Weckers reißen würde – genau zehn Minuten bevor das Dienstmädchen kam, um in seinem kleinen Haus Ordnung zu schaffen.

Die Straßenbahnen hatten mit ihrem Gequietsche begonnen, und mit ihnen kam das dröhnende Schlagen der Glocken, das einst Rabelais so irritiert hatte. Aber Felix hörte nichts.

IV
Sommersonnenlicht

Doch endlich erschien der Sommer, der Hochsommer – zusammen mit der verheißenen Ankunft der ersten vier Besucher in dem alten Herrenhaus. Felix befand sich in einer so fiebrigen Aufregung an dem erwarteten Tag, daß er es kaum wagte, den Landungssteg am grünen, schnell dahinfließenden Fluß zu verlassen, aus Angst, er könnte sie verpassen, wenn sie an Land gingen. Er schlenderte zerstreut im Wind auf und ab, sprach mit sich selbst und bestellte zahllose Kaffees in dem kleinen, unmittelbar am Ufer gelegenen «Bistro de la Navigation», dessen einäugiger Besitzer ein ehemaliger Matrose war.

Eine beachtliche Gruppe von Menschen hatte sich dort versammelt, alle auf dem *qui vive,* in Erwartung des kurzen heulenden Tons aus der Schiffssirene, wenn der Dampfer um die letzte Biegung glitt – ein Salut an den Anblick Avignons vom Wasser aus und zugleich ein triumphierendes Ankunftssignal. In der Zwischenzeit war Felix ständig für sie beschäftigt gewesen: Er war mehrere Male zu dem Haus hingefahren, manchmal mit dem Auto, manchmal mit dem Fahrrad, und einmal war er sogar zu Fuß dort gewesen; und solange er es nicht betreten konnte – bis er die Schlüssel von Bechet, dem Notar, erhielt –, hatte er ein- oder zweimal in dem verwilderten Garten und dem jetzt hoffnungslos von Unkraut überwucherten Kräuter-*potager* gepicknickt. Unter einer der hohen Pinien sitzend und ihren herben Duft einatmend, aß er seine sechs Sandwiches und trank seinen Rotwein dazu und träumte dabei von der vortrefflichen Gesellschaft, die er genießen würde, wenn sie erst einmal hier waren. Und er hatte sich nicht geirrt – ihre Ankunft und ihre Fröhlichkeit übertrafen alle seine Erwartungen. Er sah sich sofort in ihren Kreis aufgenommen, und das Herrenhaus sollte ihm ein zweites Zuhause werden. Sie verbrachten viele Abende an dem großen alten Küchentisch und spielten Siebzehnundvier, und einmal gelang es ihm sogar, Quatrefages zu überreden, zum Abendessen mit hinauszukommen, was den jungen Mann etwas weniger mürrisch machte: Der kleine Angestellte blühte geradezu auf, so daß er ihnen eine Reihe erstaunlicher Kartenkunststücke vorführte. Aber der Hauptgrund für sein Glück war ohne Zweifel die Abwesenheit Lord Galens; der alte Mann hatte nämlich beschlossen, seine Leber zur Kur nach Baden-Baden zu überführen, und war verschwunden, ohne eine Nachricht zu hinterlassen, wann er wiederkommen würde. Es war wunderbar. Das Konsulat blieb fast permanent geschlossen, und auch Quatrefages legte die Arbeit nieder, kehrte den Kreuzfahrerkarten, die er an die Wände seines Büros geheftet hatte, den Rücken und stürzte sich in eine Reihe wahrscheinlich wenig appetitlicher Abenteuer im Zigeunerviertel der Stadt – dem Viertel, das unter dem Namen Les Balances bekannt war.

Livia erschien, sie kam direkt aus München.

Und mit ihr trat ein neues Element auf den Plan, denn die eisige Klarheit des Mädchens und die harten schneidenden Seiten ihres Wesens machten sofort einen tiefen Eindruck auf sie alle – aber natürlich am meisten auf den allzu empfänglichen Blanford. Doch auch Felix wurde ihr auf seine Weise hörig, denn sie verstrickte ihn in eine Art schwesterliche Beziehung, die sein Herz mit jugendlicher Leidenschaft erfüllte. Er konnte ihr nichts abschlagen; selbst als sie ihn bat, das Gästezimmer im Konsulat, das eigentlich nur ein Alkoven war, benutzen zu dürfen (denn sie war zu unabhängig, um Tu Duc nicht als herrisch zu empfinden), konnte er nur kraftlos zustimmen, während sein Verstand bei dem Gedanken radschlug und Blanford erbleichte. Blanford erbleichte.

Doch trotz aller verwirrenden Vielfalt, trotz aller Freuden dieser ersten sommerlichen Begegnung waren wichtigere Elemente im Begriff, sich zu formen, Elemente, die auf künftige Entwicklungen und sich subtil verändernde Neigungen hindeuteten. Sam und Hilary, die Unzertrennlichen, waren die großen Anstifter, was Abenteuer und Reisen betraf, doch sobald Livia auftauchte, wurde Hilary auf eine Art, die man sonst an ihm nicht kannte, zurückhaltend, und seine eisblauen Augen blickten unstet und gedankenverloren, wenn er Felix und Blanford wie Schiffe im Sturm scheitern sah. Constance und Sam verharrten in einer freundlich-kameradschaftlichen Beziehung – was nicht schwierig war für einen zum Erdulden geborenen fahrenden Ritter. Sam war nicht aus Fleisch und Blut gemacht, sondern aus Fleisch und Büchern. Und in der blonden, lächelnden Constance hatte er eine ihn anbetende Herzdame gefunden, der nur ein Turm fehlte, um sich darin einsperren zu lassen . . . All dies kann natürlich nur im Nachhinein interpretiert werden – denn solange man in Ereignissen drinsteckt, folgen sie zu schnell aufeinander, als daß man sie ohne weiteres beurteilen könnte. Blanford bemerkte vieles, war aber zu unerfahren, um es richtig deuten zu können. Bis zu einem gewissen Grade reproduzierte er alle diese Fehler bei Sutcliffe, um etwas von der Überraschung festzuhalten, die es ihm bereitete, als schließlich die Wahrheit (welche Wahrheit?) zutage trat. Eines Tages drückte Livia eine brennende Zigarette auf Hilarys Handgelenk, und er gab ihr eine Ohrfeige – und im Handumdrehen zerrten sie einander an den Haaren wie zwei Wilde. Nun ja, wie Brüder und Schwestern . . .

Sie hatten ein buckliges Dienstmädchen gefunden, das jeden Tag vom Dorf zu ihnen kam. Sie hatte lange Zeit als *serveuse* in einem Bordell gearbeitet, wie sie später erfuhren. Diese Erfahrung hatte ihr Einblicke in männliche Verhaltensweisen gewährt – sie «las» in einem Schlafzimmer, das sie betrat, wie in einem Buch. Sie interpretierte die Szenerie wie ein Detektiv: die unordentlichen Kopfkissen und Bettlaken, alles sagte ihr etwas. Sie lächelte oft vor sich hin. Eines Tages sah Blanford, als er an der Tür vorbeiging, wie sie sich ein Kopfkissen an die Nase hielt und tief einatmete. Dann schüttelte sie den Kopf und lächelte. Als sie sich umdrehte und ihn sah, sagte sie auf ihre rauhe Art: «Mademoiselle Livia!» Ja – aber es war Hilarys Bett, das sie da gerade machte. Die Dinge fallen einem nicht auf, wenn sie geschehen. Jahre später biß Livia seine Hand mit ihren weißen Zähnen, und da fiel ihm der Vorfall plötzlich wieder ein. Und mit ihm die angestrengte Aufmerksamkeit, mit der Hilary ihm zugehört hatte, als er am Ende dieses ersten Sommers sagte: «Hilary, was würdest du sagen, wenn ich eines Tages Livia bitten würde, mich zu heiraten?» Die harten blauen Augen verengten sich, und dann flackerten sie auf in eher gekünstelter Wärme, und er drückte seinem Freund zwar beglückwünschend die Schulter, bis es schmerzte, aber er sagte kein einziges Wort. Später beim Mittagessen sagte er unvermittelt: «Ich glaube, du solltest es dir reiflich überlegen, Aubrey.» Und Blanford wußte sofort, daß er an

Livia dachte. Es braucht Jahre, um solche winzigen Einblicke in die vielfältigen Bedeutungen einer einzigen menschlichen Handlung richtig zu bewerten. Oder wie Sutcliffe eines Tages in einem seiner Notizbücher zu ihm sagte: «Das Mädchen ist richtig, alter Knabe, aber das Geschlecht ist falsch. Pech!» Zu einem anderen Zeitpunkt, in einem anderen Notizbuch hatte der arme alte Romanschriftsteller folgende Bemerkung notiert: «Die sterile Zuneigung meiner Mutter war wie ein gespannter Abzugshahn, der mich eines Tages in die Arme Livias oder irgendeiner Frau von ihrem Schlag feuern mußte.» Dann etwas anderes, ein anderer flüchtiger Einblick, denn Livia hatte inzwischen mehrere Tage oder mehrmals eine Anzahl von Tagen in der kleinen Kammer im Konsulat logiert – mit dem unförmigen Küchenschrank, in dem Felix Platz für ihre Garderobe gemacht hatte. Als Blanford am Ende des Sommers zu Felix sagte: «Ich werde Livia, wenn wir hier abreisen, einen Heiratsantrag machen», wurde er von dem jungen Mann mit einem seltsamen Blick bedacht – den er etwas überheblich als Eifersucht deutete. Mehrere tausend Lichtjahre danach, als Blanford die seltsamen Manöver seines Doubles Sutcliffe aufzeichnete, traf er Felix zufällig auf einem verregneten Bahnsteig in Paris, eben im Begriff, in den Süden zu fahren. Und nun erzählte ihm Felix, was dieser verlorene und verzweifelte Blick bedeutet hatte. Er wiederholte nicht das scharfe Urteil über ihren Charakter, das Quatrefages abgegeben hatte, der damals einen Nachmittag in der Woche im Konsulat aushalf und die kleine Kasse in Ordnung hielt. Dieser Kommentar kam von dem kleinen Buchhalter ohne jeden Anlaß und ganz spontan, und seine Knappheit hatte Felix einigermaßen erschüttert. Doch ... er selbst war einmal, als das Dienstmädchen dort saubermachte, in sein Gästezimmer geschlendert und hatte in dem schäbigen Küchenschrank einige männliche Kleidungsstücke hängen sehen, die seine Neugierde erweckten. Und es gab keinen Zweifel darüber, daß sie am späten Abend oft in Richtung des Zigeunerlagers entschwand. Warum nicht? Sie war jung und abenteuerlustig und mochte durchaus das Bedürfnis nach männlicher Verkleidung haben. Und das sagte Felix auch in einem Ton milder Entrüstung zu dem kleinen Buchhalter, doch der schüttelte nur den Kopf und sagte lakonisch: «Ich weiß Bescheid. Ich frequentiere selber die *gitanes*.» Und auch das entsprach der Wahrheit. Schon gut (wie Blanford sich sagte), es machte nichts aus – er hätte um nichts in der Welt auf eine Erfahrung verzichten mögen, die ihn buchstäblich wachgepeitscht und ihn aus unerfahrener Jugend ins Erwachsensein gestoßen hatte. In gewisser Weise war das das Schlimmste daran; irgendwo in einem dunklen Winkel seines Ichs mußten ihm die Schmerzen, die sie ihm zufügen sollte, ein perverses Vergnügen bereitet haben. Als er das Felix sagte, pries dieser in herzlichen Worten seine Loyalität und Großmut, was unseren Helden natürlich verdroß. «O Gott, Felix», sagte er gequält, «so ist es nicht. Ich sitze in einer Falle. Ich kann gar nichts anderes tun. Ich koche vor ohnmächtiger Wut.»

Aber er war nicht der einzige, der dem Mädchen dankbar war. Felix war es kaum weniger, denn Livia hatte ihn mehr als einmal auf seinen nächtlichen Spaziergängen begleitet und dabei ein Wunder vollbracht – sie hatte erreicht, daß er sich in diese kleine, trostlose Stadt verliebte. *Venite adoremus,* lautete die gemeißelte goldene Schildinschrift über dem Eingang der Kapelle der Grauen Büßer, fast als hätte die Kirche seine Gedanken erraten, seine Hingabe an die Liebe zu diesem geheimnisvollen und exzentrischen Mädchen. Sie saß fügsam Hand in Hand mit ihm auf der Kirchenbank und lauschte dem Dreschen und Platschen der sich drehenden Schaufelräder. Sie sagte flüsternd: «Bete nur, wenn du möchtest. Ich bin nie dazu fähig gewesen.» Aber seine Schüchternheit hielt ihn zurück, und er fühlte, wie er im Dunkeln errötete. Auch hätte er um nichts seine Haltung geändert, denn die Berührung ihrer rauhen kleinen Hand war Seligkeit. Wie wunderbar, wie romantisch dies alles schien, und wie schön sie war, diese Livia, die über Malerei sprach und alles über die Geschichte dieser Stadt zu wissen schien, die für ihn bisher nur ein widerhallendes Gefängnis gewesen war. Und was das Zigeunerhafte ihres Wesens betraf – nun, sie war die brillanteste Studentin der Slade School of Art gewesen in den Jahren, als der Einfluß Augustus Johns seinen Höhepunkt erreicht hatte; jede einigermaßen begabte Studentin sehnte sich danach, Carmen zu sein. Eines Nachts, als sie verschwunden war, traf er sie zufällig im östlichen Teil der Stadt – sie ging Arm in Arm mit einem Zigeunermädchen; hinter dem Paar, so als wollten sie es beschützen oder bewachen, gingen zwei hagere Zigeuner, die einen Maulesel an der Leine führten. Sie waren schäbig gekleidet wie Parias, und in ihren Augen war ein funkelnder verzehrender Glanz – als hätten sie gerade einen erfolgreichen Raubüberfall verübt. Livia trug zerlumpte Hosen und war barfuß – barfuß zu gehen war eine weitere Leidenschaft von ihr. In diesem Sommer schnitt sie sich den Fuß an einem Stück Blech, und die Wunde begann zu eitern; das machte sie eine Zeitlang unbeweglich und sie ließ sich Felix' Handreichungen mit schroffer Dankbarkeit gefallen. Abends lungerte das Zigeunermädchen in der Gegend des Konsulats herum, aber sie verdrückte sich sofort, wenn Felix erschien.

Nur mit Quatrefages klappte nichts; Livia und er haßten einander schlicht und bemühten sich kaum, es zu verbergen. Später kamen sie zu einem interessanten Kompromiß: Der kleine Angestellte überredete sie erpresserisch zur Zusammenarbeit mit ihm an einer der zahllosen Unternehmungen Lord Galens – einem Projekt, das auch die Zigeuner betraf.

Folgendes war geschehen: Die Zigeuner hatten ein zweites Hauptquartier aufgeschlagen in der unter dem Namen Les Balances bekannten Ecke der Stadt, wo eine Anzahl verrufener und verfallener Häuser ihnen fragwürdigen Schutz boten. Auf eine Anregung von Quatrefages hin hatten sie die schweren steinernen Bodenplatten entfernt und angefangen, unter diesen Bruchbuden zu graben, wobei sie auf eine Zivilisationsschicht gestoßen waren, die noch weit vor der päpstlichen Periode der Stadt lag. Amphoren, Grabsteine, Rüstungen, Haushaltsgegenstände, Mosaikfußböden – es war einer der reicheren archäologischen Funde aus dieser Zeit. Und das ganze Material wurde verstohlen in Säcke verpackt und mit Maultieren zu Galens Château hinaufgebracht. Als Livia erfuhr, daß alles, was sie bei den Zigeunern tat, Quatrefages zu Ohren gekommen war, willigte sie ein, lieber diesem Unternehmen ihre guten Dienste zu leihen, als daß Quatrefages jedermann von ihren finsteren Abenteuern erzählte. Und tatsächlich war es ihr zu verdanken, daß einige der größeren Stücke sichergestellt wurden, die sonst vielleicht von den Zigeunern beiseite geschafft worden wären, die dunkel ahnten, daß irgend jemand mit diesen Funden einen größeren Profit machte als sie selber.

Doch die wahre Glückseligkeit dieses ersten Sommers waren für Felix nicht nur die in Tu Duc verbrachten Abende, sondern auch die Spaziergänge die halbe Nacht hindurch an der Seite dieses dunklen Mädchens mit dem hochmütigen Gesicht und den bloßen Füßen; ihr schlanker Körper war so aufrecht wie eine Gerte, und sie schien nie die geringste Furcht zu empfinden, auch nicht in den finstersten Vierteln der Stadt, von denen einige dem armen Felix Gänsehaut machten, so zum Beispiel die unheimliche Rue Londe mit ihrer einsamen schiefen Gaslaterne an einer Mauer, dic so bemoost und triefend vor Feuchtigkeit war, daß ein eisiger Todeshauch von ihr ausging. Die dunklen Torbögen waren hier so unübersichtlich, daß sie ein vollendetes Versteck für einen Straßenräuber abgaben. Doch sie merkte offenbar von alldem nichts, denn sie unterbrach nie ihre ruhigen Erzählungen, wenn sie dort hinuntergingen – notgedrungen im Gänsemarsch, damit ihre Schultern nicht die vermodernden Mauern berührten. Eines wollte sie unbedingt finden – einen der berühmten Schals aus Avignon, wie ihre Mutter als junges Mädchen einen besessen hatte. Doch leider wurden diese feinen Kaschmirschals in der alten Stadt nicht mehr hergestellt.

Aber Livia brachte ihn dazu, sich hinzusetzen und den erwachenden Vögeln zu lauschen – auf kleinen Plätzen wie der Place Bon Pasteur oder der Place des Corps Saints mit ihrem verwitterten plätschernden Springbrunnen oder bei der Kirche Saint-Didier, die etwas schräg im Verhältnis zum übrigen Universum stand, aber darum nicht weniger eindrucksvoll war. Und bei diesen nächtlichen Wanderungen überschwemmte ihn die ganze Harmonie des mediterranen Südens und füllte sein Bewußtsein mit den herrlichen Eindrücken sternenübersäter Nächte in der alten Stadt – zu sechst saßen sie unter einem Baum vor irgendeinem Bistro wie «Der Vogel» und tranken milchigen Anisette, genannt *pastis*, und warteten darauf, daß der Mond über den angeknabbert aussehenden Festungsmauern der Stadt aufging. Einmal gelang es Livia, ihnen von den Zigeunern Pferde zu beschaffen, und sie ritten zum Pont du Gard hinüber, um auf den steilen Hängen mit dem Blick auf den jadegrünen, dem Meer entgegenwirbelnden Gardon zu picknicken und zu kampieren. Manchmal kam Blanford auch unaufgefordert in die Stadt zu einem konsularischen Spaziergang mit ihnen beiden, sehr zum Kummer von Felix, der jedesmal, wenn sein Freund auf der Bildfläche erschien, ganz niedergeschlagen aussah. Aber Blanford war Livias Anziehungskraft ebenso ausgeliefert wie Felix – er konnte der Versuchung, sich ihnen aufzudrängen, einfach nicht widerstehen, auch wenn er innerlich seinen Mangel an Takt verfluchte. Livia jedoch schien erfreut und schien ihn auch ganz unverkennbar Felix vorzuziehen. Der niedergeschlagene Konsul war gezwungen, unter köstlichen Eifersuchtsstichen mitanzusehen, wie die zwei zärtlich Arm in Arm einherschritten, während er ihnen schmachtend in seinem blauen College-Blazer folgte und flüsternd fürchterliche Verwünschungen ausstieß. Doch niemand nahm dergleichen besonders ernst – es war einfach die Jugend, es war einfach der Ausdruck einer berauschenden sommerlichen Glückseligkeit unter den Oliven- und Kirschenbäumen von Aramon, Foulkes, Montfavet oder Sorgues. Oft, wenn er an diese halkyonischen Tage zurückdachte, sah Blanford sie alle plötzlich vor sich, wie sie auf der eisernen Brücke an der Quelle von Vaucluse standen, in das von Forellen wimmelnde Wasser hinabblickten und dem Getöse des Quellwassers lauschten, das aus dem Schlund des Berges hervorbrach und an ihnen vorbeirauschte, voll von müßigen Fischen.

Doch wann immer Blanford in den folgenden Jahren

das Bedürfnis hatte, sich Rechenschaft abzulegen über das Rätsel dieser leidenschaftlichen Bindung an Livia, wußte er mit Sicherheit, daß eine bestimmte Szene in seiner Erinnerung auftauchen und alles erklären würde. Einmal, als Felix ein paar Tage verreist war, verabredete sich Livia mit ihm vor dem kleinen Museum im Zentrum der Stadt – morgens um halb fünf. Pünktlich erschien ein schläfriger Blanford und fand das barfüßige Mädchen vor – sie erwartete ihn im dunklen Eingang des Gebäudes, zusammen mit einem dunkelhäutigen Zigeuner. Die Morgendämmerung brach gerade an. Der Zigeuner hatte einen mächtigen Schlüssel in der Hand, der in das Schloß paßte; die hohen Türflügel öffneten sich mit einem zischenden Geräusch, und sie betraten einen mit roten Kopfsteinen gepflasterten Hof; und während sie das taten, hörten sie das unmenschliche Gekreische, das aus dem Garten mit den hohen, taufeuchten Platanen kam. Es waren die Pfauen, die auf dem Rasen kollerten. Sie gingen durch eine hohe Glastür und gelangten in den Innenhof, der einen seltsamen Frieden in diesem frühen Morgenlicht ausstrahlte. Der schweigsame Zigeuner entfernte sich, nachdem er seinen Schlüssel dem Mädchen anvertraut hatte. Gemeinsam schlenderten sie durch die Galerien mit ihren riesigen Wasserfarbenmalereien italienischer Schule – Seen und Viadukte und Avenuen, Darstellungen von imaginären Landschaften zu allen vier Jahreszeiten. Porträts vornehmer Damen und vergessener Würdenträger starrten sie in dem Halbdunkel herausfordernd an. Dann kamen sie zu der griechisch-römischen Abteilung und danach in einen kleinen, mit Glas überdachten Raum voller Handschriften und Urkunden.

Livia, die sich in dem Museum genau auszukennen schien, öffnete die Vitrinen eine nach der anderen und zeigte dem verwirrten Blanford mittelalterliche Urkunden, in denen die Heirat von Petrarcas Liebster erwähnt wurde, und unmittelbar daneben einige handgeschriebene Seiten, die aus den Briefen des Marquis de Sade herausgerissen waren. Es war seltsam, in dieser schweigenden Dämmerung das weiße Papier in der Hand zu halten und ein paar gestochene Zeilen in einer inzwischen rostbraun verfärbten Tinte zu lesen. Er hatte vergessen, daß beide, der Freigeist und die Muse, Sade hießen und derselben Familie angehörten ... Jetzt stand Livia dicht neben ihm, dann lag sie in seinen Armen; sie schloß die kostbaren Vitrinen und führte ihn zurück zu dem kühlen Rasen, wo sie Seite an Seite auf einer Bank saßen und die Pfauen mit trockenen Sandwichbrocken fütterten, die Livia in weiser Voraussicht mitgebracht hatte. «Bald fahre ich wieder nach Deutschland», sagte das Mädchen, «und du siehst mich nicht vor den nächsten großen Ferien wieder – es sei denn, du kommst mit mir; aber ich weiß, du kannst noch nicht. So wunderbare Dinge geschehen dort jetzt, Aubrey, das ganze Land birst vor Hoffnung. Eine neue Philosophie ist im Entstehen, sie wird dem neuen Deutschland die schöpferische Führungsrolle in Europa wiedergeben.» Es klang reichlich verworren, aber Blanford verstand nichts von Politik. Er hatte vage Gerüchte über Unruhen und Revisionismus in Deutschland gehört – eine Reaktion auf den Versailler Vertrag. Aber die ganze Angelegenheit war sterbenslangweilig, und er nahm an, daß irgendeine neue Regierung all diese Extravaganzen ein für alle Male begraben würde. Abgesehen davon war ein neuer Krieg undenkbar, und besonders aus so nichtigen Anlässen ... Deshalb bezauberte ihn Livia mit ihrem romantischen Gerede. Und so sagte er, mehr um sie bei guter Laune zu halten – denn er fand ihre geröteten

Wangen und die gefalteten Hände, die ihre Begeisterung verrieten, entzückend – als aus wirklichem Interesse: «Was war dann die alte Welt?» Livia schüttelte ungeduldig eine Haarlocke aus ihren Augen und sagte: «Sie starb 1832 mit dem Tod Goethes – die alte Welt des Humanismus, des Liberalismus und des Glaubens. Er verkörperte sie, und Napoleon sprach ihr Epitaph, nachdem er Goethe getroffen hatte; es war eine widerwillige Huldigung an die Welt, die die Französische Revolution zerstörte. ‹*Voilà un homme*›, sagte ‹Boney›, der selbst ein Kind des Direktoriums und der Vorläufer der leninisierten jüdischen Kuli-Kultur unserer Tage war. Bei Goethes Tod war die neue Welt geboren, und unter der Ägide des jüdisch-christlichen Materialismus verwandelte sie sich in das große Arbeitslager, das sie heute ist. Auf jedem Gebiet – Kunst, Politik, Wirtschaft – trat der Jude in die vorderste Reihe und beherrschte die Szene. Nur Deutschland will dieses Ethos durch ein anderes, ein arisches, ersetzen, das den alten Werten, wie sie für Goethes Welt beispielhaft waren, neue Geltung verschafft, denn Goethe war der letzte universal gebildete Renaissancemensch. Warum sollten wir nicht dazu zurückkehren?» Blanford wußte nicht recht wie, aber ihre frische Begeisterung war so herzerwärmend und der Geschmack ihres Kusses so entmannend, daß er sich dabei ertappte, wie er zustimmend nickte. Livias neue Welt – das klang nach dem Garten der Hesperiden. Aber um die Wahrheit zu sagen: Jede neue Welt, die eine Livia beherbergte, konnte auf seine augenblickliche Unterstützung rechnen. Er sagte: «Ich liebe dich, Livia, Liebste. Erzähl mir mehr davon, es klingt, als wäre es genau das, was wir brauchen, um all dem glühenden Stumpfsinn zu entfliehen.» Und Livia fuhr fort, dieses wunderbare geistige Abenteuer mit herzzerbrechender

Begeisterung und Naivität zu schildern. Als er Constance erwähnte, rief sie: «Ich kann ihre Ehrerbietung gegenüber all den jüdischen Maklern der Psychoanalyse und gegenüber dem Wiener Rabbinat nicht ertragen. Die ganze Sache ist tot. Ihr unfruchtbarer Mechanismus verrät ihre logisch-positivistischen Ursprünge.» Hier konnte ihr Blanford nicht mehr folgen – er wußte sehr wenig über diese Dinge und Personen. Livia fuhr fort, es war wie ein Sturzbach: «Lange vor diesen unfruchtbaren jüdischen Bewertungen der menschlichen Psyche entwickelten die alten Griechen ihre eigenen Maßstäbe, die ergiebiger, poetischer und genauso vernünftig waren. Zum Beispiel gab es vor dieser Räuberbande, die den Olymp regierte, andere wie Uranus, der die Erde beherrschte und von Chronos kastriert wurde. Seine abgeschnittenen Genitalien wurden, noch schäumend und zuckend, ins Meer geworfen, und der Schaum, den sie erzeugten, gebar Aphrodite. Was würdest du vorziehen? Was erscheint dir fruchtbarer?» Blanford konnte nur wieder die gleichen dummen Worte in das kleine Hirschohr flüstern: «Ich liebe dich, und ich stimme dir zu.»

Sie berührte sein Gesicht – der haptische Sinn –, und der arme Kerl war mesmerisiert; er war so verliebt, so himmelhoch jauchzend, zu Tode betrübt, daß er alles akzeptiert hätte, ohne Fragen zu stellen, vorausgesetzt, daß Livia ein Teil davon war.

Hier lagen sie nun im feuchten frischen Gras, einer mit dem Arm unter dem Kopf des andern, und starrten in den klaren warmen Himmel mit seinem aufgehenden Sonnenlicht und seinen leichten musikalischen Wolken – Herold eines weiteren, vollendet schönen Tages. Bald müßten sie sich leise davonmachen – die Türen hinter sich verschließen und schläfrig nach Tu Duc zurückkehren, durch die

Olivenhaine, die sich in der Brise silbern färbten. Die Küsse ihres harten kleinen Mundes mit den schmalen Lippen, die zuweilen lächelnde Verachtung oder Zurückhaltung ausdrückten, bargen für ihn eine Welt von Versprechungen. Sie hatte versprochen, ihre letzten paar Nächte in seinem Zimmer zu verbringen. «Ich werde in drei Monaten wieder in Paris sein, wenn dir daran liegt», fügte sie hinzu, und Blanford begann aktiv und resolut über Mittel und Wege nachzudenken, um diese wunderbare Einladung anzunehmen. Er blickte in die *camera lucida* des Auges und sah eine riesig vergrößerte Version von Livia, die den gesamten Himmel ausfüllte und über ihnen beiden schwebte wie eine antike griechische Göttin. Es war eine beängstigende Vorstellung, dieses herrliche Geschöpf mit den anderen teilen zu müssen – doch dagegen war nichts zu machen, denn die Spielregeln geboten, daß sie fast alles gemeinsam unternahmen. Als die Abreise sich zu einer Tatsache verdichtete – anfangs war ihnen der Sommer endlos erschienen und ihre Rückkehr in den Norden eine Fiktion –, empfanden sie das Bedürfnis, so viele Ausflüge wie möglich zu machen, soviel wie möglich von der Landschaft zu sehen, ehe der verhängnisvolle Tag anbrach. Constance würde in der Provence bleiben und versuchen, aus Tu Duc ein bewohnbares Haus zu machen. Sam, Hilary und Blanford mußten sich ihren letzten Examen unterziehen, bevor sie einen Beruf wählten. Der Schwerpunkt verlagerte sich allmählich. Im Morgengrauen sah Blanford, der nicht schlafen konnte und dem Wasserlilienteich zustrebte, um ein kurzes Bad zu nehmen, auf dem mit Platten ausgelegten Pfad die zwei Schwestern, die, beide nackt, in schläfrigem Schweigen mit demselben Ziel durch die dämmrige Frische des Tagesanbruchs gingen. Schlank und hochgewachsen mit ihrer aufrechten Haltung und priesterlichen Würde sahen sie aus wie zwei junge Grazien, die dem Pantheon entschlüpft waren und in der Alltagswelt der Menschen Abenteuer suchten. Blanford wandte sich ab und wartete, bis er das Plätschern des Wassers hörte, dann gesellte er sich zu ihnen, lautlos in den Teich gleitend wie eine Forelle. So saßen die drei ruhig atmend inmitten der Lotosblumen und warteten auf das Erscheinen der Sonne zwischen den Bäumen.

Es war wie ein Traum – die feuchten Steinköpfe der Schwestern, wie zum Leben erwachte Statuen, die dichten Ballungen von Stille, die den Garten durchzogen, jäh durchbohrt von plötzlichen Ausbrüchen kurzen Vogelgesangs. «Gefahren und Abwesenheit erhöhen das Begehren», sagt der alte griechische Dichter. In all der Fülle dieses vollkommenen Sommers spürte Blanford den stechenden Schmerz des bevorstehenden Abschieds – das Schwindelgefühl eines Begehrens, das vorläufig unerfüllt bleiben mußte. Mit ihrem nassen Haar sah sie wie kahl geschoren aus, die niedlichen Ohren standen auffällig vom Kopf ab, wie betende Zwerge. Vom sonnigen Balkon aus, wo das Frühstück sie erwartete, konnten sie die Segler herabstoßen und durch die Lüfte schnellen sehen; wie herrlich die Vögel die Schwerkraft zu nutzen wußten und die Wildnis des Gartens belebten – Constance hatte geschworen, ihn niemals zu ordnen und zu gestalten. Er war voller Schätze. Da waren alte Obstbäume, die noch Früchte trugen, Stellen, wo Erdbeeren wuchsen, und ein kahler trockener Teil mit Steineichen – ein alter Baumbestand –, unter denen Trüffeln wuchsen.

Die Tage schmolzen dahin und verschmolzen in der Hitze der Provence – ihre Eindrücke von Hitze und Wasser und Licht machten es ihnen absolut unmöglich, eine chronologische Übersicht über ihre Unternehmungen zu behalten, ob sie nun in dem alten Ponywagen durch die Felsschluchten am Gardon zuckelten oder den kleinen Spielzeugzug zum Meer nahmen, um eine Nacht am Strand zu verbringen und im staubigen Lunel einen Kokarden-Stierkampf zu besuchen. Ah, der kleine Westentaschen-Zug, der durch die flache Camargue ratterte und sie nach Le Grau-du-Roi brachte. Er hatte so hübsch nach fröhlichen Ferien ausgesehen; die Waggons waren so bunt – rot für die erste Klasse, gelb für die zweite und grün für die dritte. Und auf jeden war ein bescheidenes PLM gemalt. Die langen Aufenthalte auf winzigen stillen Bahnhöfen oder wenn der Zugführer manchmal den Zug im Schrittempo fahren ließ, damit er über ein Feld neben den Schienen schlendern und sich ein paar Stangen Lauch holen konnte. Und wenn man umkam vor Durst, wie gut schmeckte dann das frische Wasser aus der Pumpe in Aimargues! Eigentlich war es für die Lokomotive bestimmt, aber wenn sie ihren Durst gestillt hatte, kamen die Passagiere an die Reihe. Einmal benutzte Hilary sie sogar als Dusche, während sie auf den Anschlußzug warteten, der sie nach Saintes hinunterbringen sollte. In der trockenen Sommerhitze stiegen die Gerüche von Sand und Meer vom Strand zu ihnen herauf – und von landeinwärts her, aus dem Maquis, der Geruch von Thymian und Rosmarin, die von Schafherden zertreten wurden. Manchmal standen sie auf einem Nebengleis, um den Zug aus Nîmes vorbeifahren zu lassen, der voll beladen war mit kleinen schwarzen Bullen aus der Camargue, die für die Kokarden-Stierkämpfe bestimmt waren. Kleine Bahnhöfe auf dem Weg zum Paradies, Signalhäuschen am Ende der Welt. Wie betäubt von Sonne und See kehrten sie von diesen Ausflügen zurück. Und am Abend dann hörte

Blanford die liebliche Stimme Livias das AUM des Yoga intonieren, wenn sie im grünen Dickicht hinter dem Turm saß und ihren Körper wieder auflud, ihrem Gehirn neuen Sauerstoff zuführte. Und erinnerte sich an einen Satz aus einem anderen Leben: «Das Herz aus Fleisch in der Brust ist nicht das *vagra*-Herz; wie eine umgekehrte Lotosblume öffnen sich die Klappen des fleischlichen Herzens bei Tag und schließen sich bei Nacht während des Schlafs.»

Der Schlaf des Südens war auch in ihr Liebestreiben eingedrungen und verlieh ihm eine Klangfarbe, eine eigene Resonanz; mit Livia war es unkompliziert und eher brutal. Er würde nie vergessen, wie sie «Ha» ausrief, wenn sie die ersten Anzeichen des nahen Orgasmus fühlte; es war der Schrei eines japanischen Schwertfechters vor dem Schock seines Hiebs. Und dann der Beweis, der so überdeutlich war, daß sie in seinen Armen lag, als wäre ihr Rückgrat gebrochen.

Eines Mittags beim Picknick inmitten der braunen Felsen oberhalb des Pont du Gard, während sie die Adler beobachteten, wie sie kreisten und plötzlich niederstießen, fühlten sie alle, daß ihre Gedanken sich – als hätten sie sich verabredet – der unmittelbaren Zukunft zuwandten und den unvermeidlichen Pflichten, die eine Berufswahl ihnen aufzwingen würde. Blanford war vielleicht am besten dran, da er ein bescheidenes Einkommen erben würde, das er ohne große Mühe mit wissenschaftlichen Arbeiten aufbessern konnte – so glaubte er jedenfalls. Der braunhäutige Sam war weniger selbstsicher, als er nachdenklich sagte: «Ich habe kein privates Einkommen zu erwarten, und mit dem bißchen Verstand, das ich geerbt habe, kann ich wohl kaum einen sensationellen Job kriegen. Ehrlich gesagt, scheint mir die Armee noch die beste Notlösung – obwohl ich nicht sehr kriegerisch bin.» Er war aktives Mitglied des Oxforder Officers Training Corps gewesen, und mit etwas Glück würde er einen Offiziersposten in einem der Linienregimenter erhalten. Constance stützte ihren Arm leicht auf die Beuge seines braunen Arms und lächelte ihn an, zutraulich und unbefangen. Ihre gegenseitige Liebe war frei von Belastungen, während zwischen Livia und Blanford eine Art vorweggenommener Hoffnungslosigkeit herrschte; sie befanden sich in jener Vorhölle, wo das Schicksal wie ein noch nicht entlasteter Bankrotteur auf sie wartete. Sie waren zu weit gegangen und konnten nicht mehr zurück, selbst wenn sie es gewollt hätten.

Hilary sagte: «Es wird euch überraschen und vielleicht weh tun, aber ich fühle mich ernsthaft vom katholischen Glauben angezogen. Ich habe den Wunsch, ihn zu meinem Beruf zu machen – falls das der richtige Ausdruck ist. Ich dachte, ich gehe nach dem nächsten Semester irgendwo in die Einsamkeit und lasse mich unterweisen. Meinen Lebensunterhalt kann ich mir leicht mit ein paar Privatstunden verdienen. Und dann werden wir sehen, ob die Sache von Dauer ist oder nur etwas Vorübergehendes.» Er blickte lächelnd in die Runde und war plötzlich verlegen und fühlte sich unsicher; denn kaum hatte er seine Gefühle laut ausgesprochen, erschienen sie ihm weniger gewichtig und bereichernd als vorher. Er kletterte hinunter zu seiner bevorzugten Sprungplinthe über dem Fluß, balancierte sich aus und fiel plötzlich wie ein Segler, um gleich darauf das jadegrüne Wasser tief unten zu durchfurchen. Sam seufzte und stand auf, um ihm zu folgen. Ihm folgte Blanford. Plötzlich, durch dieses kurze Gespräch, hatte die Zukunft vor ihren Augen Gestalt angenommen.

Blanford hatte einen hübschen kleinen Ring gekauft,

den er Livia schenken zu können hoffte, aber das Überreichen hatte in seiner Vorstellung irgend etwas Peinliches und Verwirrendes; es fehlte ihm an Mut, sich eine endgültige Erklärung zu gestatten – das einzige, was seinen Gefühlen nahegekommen wäre. Und Livia brauchte nichts dergleichen, sie starrte ihn an, lächelte ihr hartes kleines Lächeln und legte ihre Hand in seine. Sie würden sich in Paris wiedersehen! Ah, man kam in eines der Cafés dieser großen Epoche und bat, von Liebe aufgewühlt, um Papier und Tinte, Briefumschläge und Marken, während ein besorgter Kellner, nachdem er alles herbeigeschafft hatte, davonstürzte, um einen *cassis* zu bringen. So waren bedeutende Liebesbriefe entstanden – sie wurden mit der *pneumatique* gesandt, der Rohrpost, und ein behelmter Motorradfahrer, gleichsam Merkur höchstpersönlich, stellte sie innerhalb einer Stunde zu.

Blanford beschloß, ihr den Ring per Post zu schicken, sobald sie nach Paris zurückgekehrt war. Am vorletzten Abend machten sie zusammen einen kurzen Spaziergang in den Olivenhainen, und Livia versetzte ihn in Erstaunen, indem sie sagte: «Wenn ich an dich denke, Aubrey, sehe ich dich immer als Schriftsteller. Menschen, die so ausgiebig Tagebuch führen, wie du es immer getan hast – das sind die wahren Schriftsteller.» Sie hatte seine Angewohnheit bemerkt, fast jeden Abend, bevor er ins Bett ging, in ein Schulheft zu kritzeln. Es war eine Nachgiebigkeit gegen sich selbst, die er sich wie die meisten einsamen Menschen von früher Jugend auf gestattet hatte. Und hier, in diesen Heften, wurde – unbeabsichtigt – Sutcliffe geboren. In der Schule war ihm einmal eines der Hefte aus seinem Spind geklaut worden, und ein gemeiner Junge las mit lauter Stimme einer Runde lachender und höhnender Schulkameraden ein paar Stellen daraus vor. Es war furchtbar demütigend gewesen, und um sich vor einer Wiederholung solch einer Tortur zu schützen, hatte Blanford seine Gedanken und Ideen einem nicht existierenden Autor namens S. zugeschrieben. Außerdem hatte er klar und deutlich «Lesefrüchte» auf das Heft geschrieben und einige echte Zitate darin notiert, um den Eindruck zu erwecken, daß er lediglich Sätze, die ihm auffielen, aus Büchern, die er gerade las, abschrieb. Doch langsam und hinterhältig begann S. als Person Gestalt anzunehmen – eine respektlose und verzweifelte Person, ein gespaltener Mensch, vom Schicksal für den Beruf des Schriftstellers mit all seinen qualvollen Tiefen und strahlenden Höhen auserkoren. Er machte ihm einen Namen als größter Kricketspieler der Epoche – und zwar eher defensiv; Sutcliffe war in der Kricketwelt ein vertrauter Name. Doch über die Jahre gewann er immer mehr Gestalt durch Zitate, die auf Selbstgespräche eines einsamen und gejagten Intellektuellen schließen ließen – ein Mann am Rande der Gesellschaft. Blanford suchte sozusagen Zuflucht bei ihm vor einer Welt, die ihm ganz und gar unempfänglich für intellektuelle Dinge, ja, geradezu verhängnisvoll spießig erschien. Später, als der bedeutende Mann auf dem Papier Konturen annahm und sein abenteuerliches Leben in Sünden und Wortspielen begann, schrieb Blanford einen Choral für ihn um, dessen erste Zeile lautete: «Näher, mein Bock, zu dir.» Aber das war sehr viel später. Jetzt blickte er nur in Livias Augen und erwiderte ruhig: «Ich glaube nicht, daß ich dafür genug Phantasie hätte. Ich bin, glaube ich, zu pedantisch.»

Doch sie behielt recht.

Und während er sie ansah, sah, wie sie ihn anlächelte, durchzuckte ihn ein höchst simpler Gedanke, nämlich wie wunderbar es war, nicht blind zu sein! Livia sagte: «Wer ist dieser S., den du da dauernd zitierst?» So, sie hatte also hinter seinem Rücken in seinen Heften gelesen! Er antwortete: «Schopenhauer», ohne eine Miene zu verziehen. Doch in einem Winkel seines Bewußtseins erschien bereits ein großer, massiger Mann mit zusammengepreßten rosa Knien und einem Penis *en trompe-l'œil* – wie er hätte sagen können –, der vor einem offenen Fenster Hanteln schwang. Der eigentliche Sutcliffe, dessen Emotionen sich stets in einem hochgradig chaotischen Zustand befinden sollten, einer jener Romanschriftsteller, die ständig «aus der Form» sind vom allzu häufigen Gebären. Vielleicht war er ein Poet? Ja, er schrieb Verse. Ein paar waren in «Isis» veröffentlicht worden. Er würde einige an Livia schicken, um ihren Glauben an ihn als schöpferischen Geist zu nähren. Sie hatte ihn mehrere Yoga-*asanas* gelehrt, die er nun jeden Morgen gehorsam übte, wobei er sich vorstellte, wie sie irgendwo hinter dem Turm zwischen den Olivenbäumen in der Lotos-Haltung saß, was ihr offenbar nicht die geringste Mühe machte, und das AUM intonierte oder in der Leichnam-Haltung dalag und ihren ganzen Willen und Körper erstickte und durch ihre Meditation «den Himmel schluckte». Er hatte das dunkle Gefühl, daß all dies weitgehend eine Mode war, auch wenn er zugeben mußte, daß er sich danach besser fühlte.

Das Beschreiten dieser eigenartigen Abwege und selten begangenen Pfade half ihm Jahre später, diesen korpulenten Trunkenbold aufzuspüren, diesen schändlichen Affen Sutcliffe, dessen zitternde Fuchsnase sich beim Anblick von Whisky rötete und dessen zerzauster Körper frohlockte, wenn er den warmen Schub des Alkohols in den Nerven spürte. Woher kam es, dieses außergewöhnliche *alter ego?* Er sollte es nie herausfinden.

Livia sah ihn neugierig an – eine Schlange mit einem

Abzug zum Feuern in der Zunge, eine Katze mit nachträglichen Einfällen . . .

Und nun kam Felix Chatto auf einem klapprigen Fahrrad die Auffahrt heraufgestrampelt und überbrachte ihnen eine Einladung von Lord Galen zu einem Abschiedsdiner, bevor dieser seinerseits nach Berlin aufbrach. Es würde eine Qual sein, ihre geschwollenen Füße in Socken und Schuhe zu zwängen, Hemden und Krawatten hervorzusuchen . . . Aber sie konnten dem alten Mann nicht absagen. Jedenfalls würde es eine gute Vorbereitung sein für ihre Rückkehr in die Stadt nach diesen bezaubernden provenzalischen Ferien.

V
Lord Galen diniert

«Als ich ein kleiner Junge war», sagte Lord Galen mit erdrückender Schlichtheit, «las ich ein Buch, das ‹Die Romantik der Dampfmaschine› hieß, und ich habe es nie vergessen. Es hatte einen roten und goldenen Schutzumschlag, auf dem eine Lokomotive abgebildet war, und es begann mit den Worten: ‹Die Lokomotive ist eine mächtige Kraft, die Gutes bewirkt.›» Niemand hätte sagen können, ob er scherzte oder nicht. Er versank in Gedanken und zupfte an seiner Oberlippe. Max, der Chauffeur, der sich mit Hilfe eines eigens für ihn kreierten Anzugs in eine Kreuzung zwischen einem Majordomus und einem italienischen Admiral verwandelt hatte, tranchierte eifrig die Brathühner auf ihren Wärmeplatten, ehe er sie servierte. Seine schwarze Frackhose hatte breite goldene Biesen, und an den Aufschlägen seiner Jacke trug er die Insignien eines *sommelier* – eines Kellermeisters. Er war übrigens auch mit dem Hispano vorgefahren, um die fünf jungen Leute abzuholen, die dafür sehr dankbar gewesen waren, denn zu Fuß war es von Tu Duc ein langer und staubiger Weg.

Das Haus, das Galen gehörte und das er das ganze Jahr hindurch sporadisch bewohnte, war so eigenartig wie der alte Mann selbst – es war erst kürzlich von einem griechischen Waffenmagnaten erbaut worden, mit dem er geschäftlich zu tun hatte; ein alter Turm war alles, was von dem ursprünglichen Château übriggebliebeben war, das früher dort gestanden hatte. Alles übrige war dem Erdboden gleichgemacht worden, um Platz zu schaffen für die moderne Villa – das Gebäude war von einer unseligen Heiterkeit, stand jedoch in einem schönen schattigen Garten. «Etwas Altmodisches kommt für mich nicht in Frage», sagte der alte Mann mit Nachdruck und fügte hinzu: «Ich habe das Leben nie durch einen Strohhalm getrunken, das können Sie mir glauben.» Und reckte das Kinn vor.

Ursprünglich hatte das Haus «Die Akropolis» geheißen, aber Lord Galen hatte es in typisch jüdischer Bescheidenheit umbenannt in «Balmoral»; beim Anblick des großen gemalten Schildes, das diesen Umstand verkündete, zuckte Felix Chatto jedesmal zusammen, wenn er in die Auffahrt einbog – sein Geschmack war bis zu einer sehr hohen Stufe von Verfeinerung herangebildet worden. Auch das Innere des Hauses mit seinem üppigen Reichtum verursachte ihm Schmerzen: Es war ein Haus, wie es sich vielleicht eine erfolgreiche, aber ungebildete Schauspielerin in Kairo hätte bauen lassen. Massen von Marketerie und Leder und Kretonne; der Salon wurde wie eine Plattform von Säulen getragen, die so gewunden und angemalt waren, daß sie an die altmodischen Barbier-Stangen erinnerten. Die Atmosphäre war erstaunlich modern und leicht lasterhaft. Und an diesem speziellen Abend fanden sie einen unbekannten Besucher vor, der dazuzugehören, der ganz genau zu dem Satin und dem Damast und dem scharlachroten Leder zu passen schien. Keiner von ihnen war dem Prinzen schon einmal begegnet oder hatte auch nur von ihm gehört; doch stellte sich bald heraus, daß er, obwohl ein ägyptischer Prinz von königlichem Geblüt, auch ein Geschäftspartner des alten Galen war. Seine Gegenwart verlieh all dem orientalischen Dekor eine einzigartige und angemessene Note, denn er trug einen taubengrauen Anzug und taubengraue Gamaschen über winzigen, spiegelblank polierten Stiefeln. An seiner grauen Weste schimmerten Perlknöpfe, und er trug einen Stehkragen, der sein schmales Adlergesicht, das fast so grau war wie alles übrige an ihm, bewundernswert zur Geltung brachte. Am Rockaufschlag trug er ein goldenes Eichhörnchen, am Finger einen Skarabäusring.

Lord Galen stellte – ein ganz klein wenig salbungsvoll – vor und fügte hinzu: «Prinz Hassad ist ein alter Geschäftsfreund von mir.» Der Prinz wirkte außerordentlich sanft, er verbeugte sich schüchtern, als er uns die Hand schüttelte; seine Hände waren klein, vogelartig, zart, und er schien jedesmal froh, wenn er sie wieder zurückziehen konnte. Neben ihm auf einem Stuhl lagen ein reich ziselierter Fliegenwedel und ein prächtiger Fes mit goldenen, herrlich glänzenden Troddeln; das grüne Band deutete nicht nur auf seine königliche Abstammung hin, sondern auch darauf, daß er die traditionelle Pilgerfahrt nach Mekka unternommen hatte. Auf den ersten Blick dachte man, daß das, was auffallend an ihm war, letzten Endes seine exotische Kleidung, seine fremdartige Erscheinung sei. Doch innerhalb weniger Minuten änderte sich dieser Eindruck; sie alle hatten das Gefühl, daß sie sich in der Gegenwart eines orientalischen Weisen befanden, der ganz bescheiden, aber lebensvoll vor ihnen saß, den Kopf gesenkt, unter seinen Augenbrauen hervor schüchtern aufblickend, wenn er in ihre jungen Gesichter sah. Sein Englisch war nahezu perfekt, sein Französisch ohne eine Spur von einem fremdländischen Akzent oder Klang. Wenn die Sprache darauf kam, sagte der Prinz sofort mit einem Lächeln: «Ich habe beide Sprachen als Kind gelernt.

In einem königlichen Harem bleibt einem gar nichts anderes übrig, als zu lernen.»

«Champagner», sagte Galen mit einer herrschaftlichen Handbewegung, und ein verheißungsvoller Knall ertönte zwischen den Steingartenpflanzen im Wintergarten, wo der stumme Sekretär einen Cocktail-Kabinettschrank verwaltete. Und welch ein Getränk bei diesem sommerlichen Durst! Der Prinz trank ein Glas und stellte es dann neben sich auf den Tisch; er war ganz beruhigt, daß sie alle Französisch ebenso fließend sprachen wie Englisch.

Constance erweckte natürlich sofort seine Aufmerksamkeit und Bewunderung mit ihrer lächelnden Klugheit und ihrem schnellen Französisch, und er wandte sich hauptsächlich an sie, als er ihnen allen erklärte, wer er war, und ihnen seine Gewohnheiten erläuterte – es war ihm wahrscheinlich klar, daß er in der französischen Provinz wie eine Märchengestalt wirken mußte. «Ich reise in den Norden, nach Deutschland, in meiner Equipage, und Lord Galen begleitet mich, um dort Geschäfte für Ägypten zu tätigen.» Galen machte, was das betraf, ein etwas bedenkliches Gesicht; er hatte angeboten, in seinem eleganten Auto nach Norden zu fahren, aber der Prinz hatte mit ruhiger Stimme auf seiner großen, mit vier Pferden bespannten Staatskarosse bestanden – eine verzweiflungsvoll langsame Fortbewegungsmethode. Er hatte auch einen etwas beunruhigenden Wunsch ausgesprochen, und zwar wollte er auf der Fahrt gen Norden zwei oder drei Kathedralen besichtigen – ein Begehren, das Lord Galen etwas morbide fand. Doch der kleine Prinz beabsichtigte, seine Reise zu genießen, wie es jeder hochkultivierte Orientale tun sollte, wenn er im Ausland war, und so blieb nichts anderes übrig, als sich seinen Wünschen zu fügen. Aber nachts, in seinem Bett, stöhnte Lord Galen laut auf, wenn er an die langsame Fahrt quer durch Europa in der komischen königlichen Kiste dachte. Im Moment stand sie in seiner Garage, wo zwei uniformierte schwarze Saidhis die Pferde striegelten und tränkten.

Unnötig zu sagen, daß der Prinz sofort ein großer Erfolg bei den Bewohnern von Tu Duc war und ein kaum geringerer bei Chatto und dem schweigsamen Quatrefages, der sich zur Feier des Tages eine Krawatte umgebunden hatte und dessen leicht gerötetes Gesicht vermuten ließ, daß er vielleicht ein oder zwei Drinks zu sich genommen hatte, um sich für diesen beängstigenden Abend Mut anzutrinken. Der Prinz ahnte es vielleicht, denn er war sogleich besonders nett zu dem Jungen und stellte ihm mit sanfter Stimme in seinem aristokratischen Französisch ein paar Fragen, und der Angestellte war bald ungezwungen und selbstsicher genug, um sich in einem Englisch zu versuchen, das nicht schlecht war, trotz seines ausgeprägten Akzents. So nahm der Austausch von Höflichkeiten seinen Fortgang, bis Max mit einem Grunzen verkündete, sie könnten, wenn es ihnen genehm sei, zu Tisch kommen. Der Prinz drückte seine mit einem goldenen Mundstück versehene Zigarette aus und bat um Erlaubnis, seine Hände waschen zu dürfen; sein Leibdiener, ein hochgewachsener junger Nubier, der die scharlachrote Schärpe des königlichen Kawass trug, half ihm, indem er ihm Tücher zum Abtrocknen der Hände hinhielt und schließlich, am Ende der Prozedur, die königlichen Finger mit Parfüm besprühte. Der Prinz betupfte auch sein Gesicht mit ein wenig Parfüm. Dann näherte er sich bescheiden dem Tisch, an dem sie alle standen und auf ihn warteten. Lord Galen bat ihn, zwischen den beiden Schwestern Platz zu nehmen, was ihm sehr zu gefallen schien, denn er verwickelte Constance sofort wieder in eine Plauderei.

Aus der Küche hörte man das Geklapper und Geschnatter der drei jungen Bäuerinnen, die für diese Fête von dem Sekretär rekrutiert worden waren; er selbst nahm seine Mahlzeit allein im Büro ein. «Jedes Jahr», sagte Lord Galen glücklich, «gebe ich zum Abschied dieses kleine Festessen, ehe ich Frankreich verlasse. Aber es ist das erste Mal, daß ich den Prinzen an meinem Tisch willkommen heißen kann.» Er blickte strahlend in die Runde, während Prinz Hassad mit seinem scheuen Lächeln die Lippen zu einer selbstverächtlichen *moue* verzog, als wäre ihm die besondere Erwähnung peinlich. «Ich freue mich, hier zu sein», sagte er und fügte hinzu, «insbesondere wegen der Arbeit, die Sie Ihrem romantischen Projekt widmen, an das zu glauben für mein Gefühl sehr schwer ist. Wir Ägypter sind sehr mißtrauische Leute.»

«Sehr richtig, sehr richtig», sagte Galen zustimmend, «aber unser kleines Projekt ist kein absolutes Hirngespinst, verstehen Sie? Wir verfügen über bestimmte, klare Richtlinien für unsere Nachforschungen. Dieser Schatz ist kein Irrlicht, nicht wahr, Quatrefages?»

Der Prinz schüttelte zweifelnd den Kopf. «Als Geldanlage?» murmelte er fast unhörbar. Mit einer Handbewegung schickte er seinen Diener fort, der traditionsgemäß als Speisevorkoster hinter seinem Stuhl stand. Es war, als wünschte er keinen Zeugen im Zimmer zu haben, falls die Unterhaltung eine vertrauliche Wendung nehmen würde. Er blickte fragend in die Runde und sagte: «Vielleicht können Sie mir nach dem Essen einige Informationen über Ihre Suche geben. Vorher kann ich mir kein Urteil bilden.» Dann wandte er sich mit einem entschiedeneren Ausdruck an Livia und bat sie, ihm zu sagen, welche Monumente er sich in der Umgebung ansehen sollte, und in ihrer üblichen forschen Art bot sie ihm an, ihm als

Fremdenführerin zu dienen, falls er es wünsche, worauf er sie unschlüssig, aber dankbar ansah. «Es gibt so vieles zu sehen», sagte Lord Galen mit einem bedauernden Seufzer, «aber ich scheine nie die Chance zu haben.» Die groteske Katze des Hauses, die auf ihrem Samtkissen in der Zimmerecke lag, miaute heiser. Sie hatte das gebratene Huhn gerochen. Lord Galen schnitt großmütig ein Stück von seiner Portion ab und ließ es ihr durch Max überbringen, der für seine Mühen ein schlangenartiges Zischen erntete. Für einen so zart aussehenden Menschen ging der Prinz überraschend geschickt mit Messer und Gabel um, und bald machte er sich eifrig über eine zweite Portion und das Gemüse her, das er mit der Gabel auf seinen Seitenteller schob, da er es nach Art der Franzosen vorzog, Fleisch und Gemüse getrennt zu genießen. Auch vernachlässigte er nicht sein Glas Tavel, das er mit Kennermiene gegen das Licht hielt, um den topasfarbenen Schimmer zu bewundern. «Ich bin zwar Moslem, aber ich bin alles andere als ein Fanatiker», vertraute er seinem Gastgeber an. «Doch übertreibe ich nie, für den Fall, daß meine Frau mich zu fassen kriegt.» Er kicherte leise und vergnügt vor sich hin und senkte wieder die Augen.

«Natürlich», sagte Lord Galen beruhigend, «ein Gläschen hie und da ist ein harmloses Vergnügen.» Quatrefages war abwechselnd schweigsam und gesprächig gewesen, rot im Gesicht und bleich. Felix kannte ihn gut genug, um diese Anzeichen zu deuten. Sie verrieten, daß er wieder Absinth getrunken hatte – das machte ihn abwechselnd angriffslustig und apathisch. Jetzt holte er sein kleines Pendel aus der Westentasche hervor und ließ es einen Moment lang über seinem Glas hin und her schwingen. Jeder beobachtete ihn voller Interesse, als wäre er im Begriff, ein Zauberkunststück vorzuführen. Aber nein.

Nach einem Augenblick angestrengten Grübelns steckte er sein Wahrsage-Instrument wieder ein und leerte sein Glas, wobei er einen unfreiwilligen Rülpser von sich gab. Alle lächelten verständnisvoll, doch er starrte mit blutunterlaufenen Augen um sich und bedeutete Max durch ein Zeichen, ihm nachzuschenken, was der Butler auch tat, jedoch nicht ohne einen besorgten Blick in Richtung seines Chefs.

Aber Lord Galen sprach und hatte die kleine Ablenkung nicht bemerkt. Er sprach über die angenehmen Seiten Deutschlands, über die angenehme Reise, die er und der Prinz bald gemeinsam unternehmen würden. «Angenehm und, wie ich hoffe, profitabel», fügte er hinzu. «Die Brüder Krupp werden in ihrem Sonderzug nach Österreich kommen, und wir werden gute Freunde werden, ja, sehr gute Freunde.» Überschwenglich wie er war, fühlte er, wie ihm Tränen der Freundschaft in die Augen stiegen. Es würde eine höchst bedeutsame Begegnung werden, versicherte er dem Prinzen. Die Nubier würden das, was sie haben wollten, billig bekommen wegen seiner anderen Interessen. Felix flüsterte Blanford zu: «Er scheint keine Ahnung zu haben, was dort drüben vor sich geht.» (Wenn Quatrefages mit dem Pendel wahrsagte, so las Felix die Zukunft aus den Börsenseiten der *Financial Times*.) Schon seit längerem verfolgte er beunruhigt die unheilvolle Entwicklung der Ereignisse in Deutschland. Nun, sogar die Geheimdienstleute beim Foreign Office hatten angesichts der Lage diplomatisches Unbehagen zu erkennen gegeben – und da saß Galen und plauderte fröhlich über finanzielle Spekulationen und Geschäftsinteressen, ganz so, als ob das Land stabil und produktiv sei und in der Lage, ausländische Investitionen zu begrüßen.

Normalerweise hätte Felix nichts gesagt, aber jetzt gewann die Neugier die Oberhand, und er sagte: «Mir persönlich mißfällt, was da drüben vor sich zu gehen scheint. Ich bin erstaunt, daß die Lage dich nicht beunruhigt.» Lord Galen warf beleidigt den Kopf zurück. «Lage?» sagte er. Was Felix die Gelegenheit gab, einen kurzen und eher lakonischen Überblick über den Stand der Dinge in Deutschland und ihre möglichen Folgen zu geben. Lord Galen hörte mit einem herablassenden Lächeln, aber aufmerksam zu; er knetete Brotkügelchen auf seinem Seitenteller und schob sie sich in den Mund. Doch ließ er seinen Neffen höflich ausreden und schien auch nicht im geringsten verunsichert durch das Nicken und das zustimmende Gemurmel des alten Prinzen, der mindestens ebenso gut informiert schien wie Felix, wenn auch nicht ganz so besorgt wie der Konsul. Tatsächlich war er hocherfreut über diese Wendung des Gesprächs, die er nur aus Höflichkeit nicht selber eingeleitet hatte, die jedoch etliche der Punkte, die ihm bisher noch dunkel waren, klären würde. Er blickte von einem Gesicht zum andern und versuchte zu erraten, ob Lord Galen nicht vielleicht hinter der etwas undurchsichtigen Miene gelassener Heiterkeit sein Spiel mit ihm trieb – das Kapitalanleger-Pokerspiel, sozusagen.

Aber auch Livia schien auf Felix' Seite zu stehen, denn auch sie nickte zustimmend zu den Ansichten, die er äußerte. Als zum Schluß die Judenfrage zur Sprache kam, hatte Lord Galen von den anmaßenden Ausführungen seines Neffen genug und hob freundlich, aber gebieterisch die Hand. «Alles, was du sagst, Felix, klingt überzeugend, aber ich kann dir nur versichern, ich weiß, das Gegenteil ist wahr – ich weiß es, weil ich dort gewesen bin und es mit eigenen Augen gesehen habe. Du kannst dir sicher vorstellen, daß ich sofort aufhorchte, als die Presse diese

Gerüchte über den Antisemitismus zu verbreiten begann, und ich war tatsächlich etwas beunruhigt. Als Manchester-Mann konnte ich es nicht ignorieren.» Aus irgendeinem Grund mochte er das Wort «Jude» nicht und mied es – vielleicht wegen alter Schuljungenerinnerungen? Er zog die Umschreibung «Manchester-Mann» vor – was fast so klang, als wäre man Mitglied eines College-Kollegiums in Oxford. Er wiederholte mit leiserer Stimme und noch eindringlicher: «Als Manchester-Mann konnte ich es nicht ignorieren. Ich war persönlich *und* finanziell betroffen, wie man sagen könnte. Was habe ich also getan? Nun, ich habe mich eingehend mit der ganzen Sache beschäftigt. Ich bin hinübergefahren und habe mich informiert über den Zustand des Landes und die Formen der Opposition gegen die Regierung. Also, wenn ich den leisesten Zweifel gehabt hätte, würde ich Sie dann aufgefordert haben, aus Ägypten zu kommen? Den ganzen Weg von Ägypten herauf? Einen alten Freund?» Es entstand eine längere Gesprächspause. Er und der Prinz lächelten einander zu. Aber Felix schüttelte den Kopf, und Livia starrte Galen mit tiefer Neugier an – war er einfach nur schlecht informiert, oder heuchelte er Unwissenheit, um den Prinzen zu täuschen?

Lord Galen täuschte niemanden außer sich selbst. «Ich ging so weit, den Führer der Nationalsozialisten persönlich aufzusuchen. Ich habe ein ganzes Wochenende mit ihm verbracht, und wir haben von Angesicht zu Angesicht über seine Pläne und Anschauungen gesprochen.» Er blickte triumphierend in die Runde und hielt inne.

Dann fuhr er mit gedämpfter Stimme fort: «Es war unmöglich, den Versicherungen eines solchen Mannes zu mißtrauen; seine Aufrichtigkeit war absolut überzeugend. Und wohlgemerkt, er ist kein jugendlicher Hitzkopf, sondern ein reifer Mann, der den ganzen Krieg als gewöhnlicher Gefreiter mitgemacht hat. Er hat die ganze Sache von innen gesehen. Er sprach überaus ergreifend und schlicht über die Leiden seines Landes und über die politischen Demütigungen, die die Alliierten Deutschland auferlegt haben. Sein einziger Wunsch ist es, diese Übelstände zu beseitigen und mit der Welt in Frieden zu leben. Er gab mir einen außerordentlich klaren Überblick über seine politischen Ziele und Überzeugungen – es war wirklich herzerwärmend, ich war fast zu Tränen gerührt. Wir sind wirklich sehr hart mit den Deutschen verfahren. Er hat recht, deswegen einen gewissen gelinden Groll zu empfinden. Aber insgesamt war seine Einstellung ernst und gemessen, und seine Ansichten waren wohldurchdacht. Und deshalb war ich überhaupt imstande, ihn eingehend nach dem angeblichen Antisemitismus seiner Partei zu fragen. Es besteht keinerlei Zweifel, daß der Mann aufrichtig war – sein Gesicht und sein ganzes Gehabe verrieten es mir. Er wisse, sagte er, daß keiner mir Sand in die Augen streuen könne und daß es mir freistünde, nach eigenem Gutdünken zu urteilen, aber er für sein Teil könne mir versichern, daß die ganze Pressekampagne nur auf Lügen basiere, daß sie von seinen politischen Gegnern angezettelt worden sei. Seine Partei erwöge sogar, einen zweiten jüdischen, sehr viel stabileren Staat als das Mandatsgebiet in Palästina irgendwo im Osten zu gründen. Er sprach mit Leidenschaft und Überzeugungskraft – und wenn ich je einem Mann vertraut habe, dann ihm. Er zeigte mir ein langes, von der demographischen Abteilung der Partei ausgearbeitetes Memorandum über einen jüdischen Staat von ungefähr zehn Millionen Seelen und fragte mich, was ich davon hielte. Sie können sich meine Erregung vorstellen. Es war der Traum der Rasse, ein eigenes Land zu besitzen, und es war äußerst beruhigend zu erfahren, daß ein moderner Politiker diesen Grundsätzen in seinen Überlegungen Rechnung tragen konnte. Er sagte mit einem Lächeln: ‹Sie sehen, Lord Galen, in gewisser Weise sind wir zionistischer als die Zionisten.› Ich fand ihn wirklich großartig.»

Galen blickte in die Runde seiner Gäste, deren Mienen von höflichem Unbegreifen bis zur Ungläubigkeit alles ausdrückten. Felix hörte seinem Onkel mit verblüfftem Staunen zu, Livia mit einer Art schwebenden Zweifels – machte er sich über den Prinzen lustig? Die übrigen wußten nicht recht und interessierten sich auch nicht dafür, ob diese Ansichten richtig oder falsch waren; nur der Prinz schien von dieser kurzen Erklärung entzückt zu sein und nicht unvertraut mit den Einzelheiten. Sein kluges graues Gesicht war wie ein seidenes Taschentuch und legte sich lächelnd in Falten. Mit einem Ausdruck freudiger Erregung sagte er: «Und die Verträge, PG, nun?» Lord Galen nickte.

«Darauf wollte ich gerade zu sprechen kommen», sagte er. «Ganz zum Schluß unserer Unterhaltung erörterten wir die finanzielle Lage seiner Partei. Sie war, gelinde ausgedrückt, prekär, denn er wurde von einflußreichen Interessengruppen bekämpft, die wünschten, daß ein anderer Politiker das Staatsruder übernahm. Und wenn er nicht an die Macht kam, was würde dann aus seinen Träumen, einen kleinen jüdischen Staat zu gründen? Das gab mir zu denken. Ich schnitt daher die Frage ausländischer Investitionen an, und er sagte mir, daß er als Gegenleistung für sofortige Hilfe bereit sei, in der Zukunft beträchtliche Zugeständnisse zu machen. Im Lichte all dessen, was vorangegangen war, hatte ich das Gefühl, daß die Lage sehr verheißungsvoll war für mich und meine

Partner. Trotzdem, ich handle nie überstürzt und ließ mir die Sache noch einmal durch den Kopf gehen. Es war mir klar, daß hier die Chance eines ganzen Lebens lag – einen ansehnlichen Beitrag zur Parteikasse anzubieten, der später in Gestalt von allgemeinen geschäftlichen Konzessionen zurückgezahlt würde. Ich ließ mich von allen möglichen Leuten beraten – natürlich zweifelten einige an meinem gesunden Menschenverstand oder an seiner Aufrichtigkeit. Doch meine Argumente erwiesen sich als die stärkeren, und wir hoffen, daß er recht bald schon, weitgehend dank unserer Hilfe, an die Regierung kommen wird. In der Zwischenzeit wurde das Dokument, über das wir die halbe Nacht diskutiert haben, von uns feierlich in Gegenwart von Zeugen unterzeichnet. Ich habe es heute abend mit heruntergebracht, um es Ihnen allen zu zeigen.»

Er steckte die Finger in eine Pappröhre und zog eine Schriftrolle hervor, die er entrollte und vor ihnen hochhielt. Das Dokument war mit der Maschine geschrieben, und das Siegel sah kostspielig aus mit seinem Wachsadler. Aber es war zu weit weg, als daß jemand den Text hätte lesen können, und nachdem er das Dokument der Gesellschaft kurz vorgeführt hatte, steckte er es vorsichtig wieder in die Hülle, lächelnd bei der Erinnerung an seine Geriebenheit. Der Prinz hob die Hände, als wollte er Beifall klatschen, um des Gastgebers Scharfsinn zu würdigen.

Livia sagte, ihr sei unwohl, und sie stand auf, mit ihrer Serviette vor dem Mund; es sei nichts Schlimmes, sagte sie, sie wolle nur ein bißchen frische Luft schnappen, das sei alles. Sie erhoben sich alle von ihren Stühlen, um Besorgnis zu zeigen, wurden aber gebeten, sich wieder zu setzen, während Constance sagte: «Es ist nichts, aber ich begleite sie.» Und die beiden Mädchen gingen hinaus auf den warmen grünen Rasen, wo Livia auf die Knie sank und sich dann flach hinlegte und langsam von einer Seite auf die andere rollte. Zuerst sah es so aus, als hätte sie irgendwelche Krämpfe, aber in Wirklichkeit hatte sie nur einen Lachanfall, so stark, daß sie die Faust zwischen die Zähne pressen mußte, während sie sich lachend hin und her wälzte. Ihre Schwester hockte neben ihr und sah ihr mit lächelnder Verwunderung zu und wartete geduldig, bis sie vor Erschöpfung langsam aufhörte zu lachen. Livia zog ein kleines Taschentuch hervor und wischte sich die Augen. «Der alte Narr gibt ihnen Geld», sagte sie mit noch immer bebender Stimme. «Die müssen sich halb totlachen.» Sie stand jetzt seufzend auf und ließ sich von Constance den Staub abstreifen. «Ich dachte, ich würde bei Tisch explodieren», sagte Livia, «und gezwungen sein, mein Gelächter irgendwie zu erklären. Entschuldige bitte das Ablenkungsmanöver. Aber es ist wirklich der Witz des Jahres.»

Constance wußte wenig von allen diesen Problemen und interessierte sich auch nicht dafür, deshalb sagte sie nichts weiter, aber sie hakte ihre Schwester unter, und zusammen betraten die beiden Frauen wieder das Eßzimmer, wo der Prinz gerade sagte: «Ich habe auch ein Auto, zur Beförderung meines Gepäcks – aber eigentlich ist es ein Lastwagen, weil ich immer mit soviel Gepäck reise.» Er seufzte. Später sollten sie herausfinden, daß das zusätzliche Vehikel ein sehr großer Möbelwagen war von der Art, wie man sie für Umzüge benutzt. Abgesehen von dem persönlichen Gepäck des Prinzen beförderte er auch dessen drei Dienstboten. Im Moment parkte er vor seinem Hotel in Avignon, bewacht von einem freundlichen Polizisten; die ägyptische Botschaft hatte die zuständigen Behörden davon in Kenntnis gesetzt, daß der Prinz durch Frankreich reiste.

Die französischen Zollbeamten waren allein schon von dem außergewöhnlichen Inhalt des Möbelwagens geblendet gewesen; all die Kisten des Prinzen waren aus seltenen Hölzern gefertigt und außen mit farbiger Seide bespannt und mit Filigraneinlegearbeiten verziert. Da war ein königlicher Sarg, eines Tut-ench-Amun würdig. Da waren kostbare Bridgetische. Und genügend Geschirr und Tafelsilber, um ein Bankett für dreißig Personen geben zu können. Als er ihnen später diese Wunderdinge zeigte, unter denen sich auch seine vier Lieblingsfalken befanden, für den Fall, daß ihm nach einer Falkenjagd zumute war, erklärte er ihnen aufs liebenswürdigste, daß vieles, was ihnen überflüssig vorkommen mochte, für einen ägyptischen Prinzen geradezu unerläßlich war, da man ja nie wissen konnte ... Man konnte wirklich nie wissen. Aber all dies kam erst ein wenig später heraus, als die Bekanntschaft mit dem Prinzen sich vertieft hatte. Vorerst saßen sie noch bei Tisch, doch inzwischen bei Brandy und Zigarren, während Galen munter Walnüsse knackte und kenntnisreich über Investitionen plauderte. Der Prinz trank ein paar für einen so schmal aussehenden Mann recht kräftige Schlucke Cognac. «Über die andere Sache – Ihren vergrabenen Schatz – werden wir später sprechen!» Er sagte dies in einem scherzenden, amüsierten Tonfall, und Quatrefages, der darüber etwas verärgert war, starrte ihn mit funkelnden Augen an.

Der Buchhalter war mittlerweile ziemlich alkoholdurchtränkt und, vom Standpunkt eines unbeteiligten Beobachters aus betrachtet, in einer gereizten, heiklen Stimmung. Felix beobachtete ihn voller Neugier und Zuneigung und fragte sich, ob er jetzt eine leidenschaftliche Rede über den Schatz vom Stapel lassen würde. Tatsächlich nahm der junge Franzose, der immer etwas empfindlich war, die lächelnde Skepsis, die der Prinz für die ernste Arbeit, die sie taten, übrig hatte, bitter übel. Warum, so fragte er sich, wies Lord Galen nicht darauf hin und sagte etwas zu ihrer Verteidigung? Aber der Lord saß da und drehte friedlich Brotkügelchen und dachte nach, während der Druck der Skepsis des Prinzen immer mehr zunahm.

Endlich sagte Galen: «Es ist eine uralte Überlieferung, und schon viele Leute sind ihr nachgegangen; eine Menge Geld ist bei der Jagd danach verschwendet worden – ohne Erfolg bisher. Mehr als eine Interessengemeinschaft hat ihr Glück versucht. Aber erst kürzlich sind einige Dokumente ans Licht gekommen, mit deren Hilfe sich möglicherweise das Versteck lokalisieren läßt. Es steht einwandfrei fest, daß ein Schatz existiert hat und daß er während der Ketzerprozesse gegen die Templer verschwand. Schließlich waren die Tempelritter die Bankiers von Königen und hatten Riesenvermögen in ihrer Obhut. Aus den Urkunden über die Prozesse, die zur Zeit in Toulouse entziffert und gedruckt werden, geht klar hervor, daß die brennende Frage, um die es den Untersuchungsrichtern, die sie foltern ließen, ging, eher finanzieller als kirchlicher Natur war. Wo war der Schatz verblieben? Die Fragen der Häresie – nun gut, die Inquisition befaßte sich sehr gründlich damit, aber was den Kanzler Philipps des Schönen weit mehr interessierte, war der Zaster – wo zum Teufel hatten sie ihn versteckt? Das war der Grund, weshalb die Prozesse sich so lange hinzogen; sie hätten doch den ganzen Haufen der Tempelritter innerhalb weniger Monate abmurksen können. Warum zögerten sie? Sie hofften auf irgendeinen Hinweis, der sie zu dem Schatz hinführen würde. Er war das einzige, was den König brennend interessierte – denn der Staat war bankrott.»

Er hielt inne und wandte sich, Bestätigung und Unterstützung heischend, an seinen Angestellten. Doch Quatrefages starrte in Gedanken verloren auf seinen Teller. Der Prinz lächelte nun nicht mehr; er erinnerte sich plötzlich an die Geschichten von vergrabenen Schätzen, die in der ägyptischen Folklore eine so große Rolle spielten, und er gewann Geschmack an der Idee. Seine Zweifel wurden modifiziert durch die Überlegung, daß die Geschichte, wäre sie nichts als blauer Dunst gewesen, nicht die Aufmerksamkeit eines renommierten Finanzmagnaten erregt hätte, der bekannt war für sein Gespür und sein entschlossenes Handeln. Aber er merkte auch, daß er Quatrefages durch seinen scherzenden Ton verletzt hatte, und versuchte es wiedergutzumachen, indem er die Hand ausstreckte und ihm mit einer entschuldigenden Geste auf den Arm legte, womit er das Herz des Jünglings gewann und ihn wieder in beste Laune versetzte. *«C'est vrai»*, sagte er zu dem lächelnden alten Mann, «es stimmt, wir haben ein paar sehr wertvolle Hinweise. Vermutlich handelt es sich um eine Krypta, die jetzt mit Gras überwachsen ist. Oder um den Teil eines Châteaus oder einer Kapelle oder eines Klosters. Das Erkennungszeichen war eine Gruppe von Olivenbäumen, die so gepflanzt waren . . .» Er zog einen Briefumschlag aus der Tasche und zeichnete mit seinem Füllfederhalter einen Quincunx von Bäumen.

«Meiner Meinung nach», sagte Galen, «wäre es das beste für Sie, Quatrefages in seinem kleinen Büro im Hotel aufzusuchen und sich anzusehen, wie er die Sache anpackt. Es ist eine großartige Detektivarbeit. Die Spur hat uns nach Avignon oder in die unmittelbare Umgebung der Stadt geführt. Wir gehen alle Archive der Schlösser und Kapellen in der unmittelbaren Nachbarschaft der Stadt durch – es sind unendlich viele, wie Sie sich vorstellen können, wegen der Bedeutung Avignons als religiöses Zentrum in der Zeit, als die Päpste hier residierten. Doch es sieht hoffnungsvoll aus, o ja, wir sind voller Zuversicht. Die kleine Sache mit König Johann gab mir Vertrauen in meine eigene Intuition. Erinnern Sie sich? Auch sie sah zuerst wie ein Hirngespinst aus, aber zum Schluß sind wir ans Ziel gelangt, nicht wahr?»

Das war vollkommen richtig. Eines Tages, als er bei einem Empfang mit einem jungen Historiker aus Oxford plauderte, hatte Galen bei einer zufälligen Bemerkung aufgehorcht; das Thema Schätze war aufgekommen – der Himmel mochte wissen, in welchem Zusammenhang –, und der junge Professor hatte auf Grund seiner historischen Studien mehrere Beispiele von vergrabenen Schätzen aufgezählt. Darunter war auch – und das fand er vielleicht am verwunderlichsten – der im Wash verlorengegangene Schatz König Johanns. Man hätte meinen sollen, daß dieser zumindest auffindbar war. Die Tiefe des Kanals war unerheblich und klar verzeichnet. Die Bewegungen von Gezeiten und Sandbänken in der Furt waren äußerst begrenzt. Und doch war trotz der Mühen mehrerer Generationen von Schatzsuchern nie irgend etwas zutage gekommen. Der Schatz war der bedeutendste, der je in England verlorengegangen war – von nahezu unschätzbarem Wert. Diese Randbemerkung hatte genügt, um Lord Galen in Entzücken zu versetzen, der sich immer gern als einen Poeten des kommerziellen Instinkts sah. Er machte sich eine Notiz in seinem kleinen roten Saffian-Taschenkalender und berief eine Konferenz ein.

Er wußte natürlich, daß laut Gesetz alle Schatzfunde der Krone gehören, die das Recht, aber nicht die Verpflichtung hat, den Finder mit einer Prämie zu belohnen. Lord Galen hatte das Gefühl, wenn er eine Zusage der

Regierung erlangen könnte, daß er einen Finderlohn in Höhe von fünfzehn Prozent von allem, was er fand, erhielt, würde das Unternehmen sich vielleicht als der Mühe wert erweisen. Der Premierminister war ein persönlicher Freund von ihm und kam in der darauffolgenden Woche zum Diner zu ihm. Galen nahm die Gelegenheit wahr, die Lage zu sondieren. Der Wind stand günstig. Wenn man jedoch auf so hoher Ebene über solche Dinge verhandelt, fragt man nicht nach Garantien oder formellen Verträgen. Er sagte, ein Austausch von Briefen als Absichtserklärung genüge ihm. Natürlich ging er damit ein Risiko ein. Es war ein kostspieliges Projekt, und es konnte mit einem Mißerfolg enden. Die Regierung hatte nichts zu verlieren. Das Ergebnis war, daß er Gelder für das Unternehmen zusammenbringen und seinem Sinn für Romantik frönen konnte, indem er den Meerbusen aus der Luft erkunden ließ und Ingenieure aufforderte, die Art Maschinen zu ersinnen, die nötig waren, um den versunkenen Schatz zuerst zu finden und sodann zu heben. Die Arbeiten nahmen über zwei Jahre in Anspruch, führten aber schließlich zum Erfolg. Und Lord Galen wurde in der Fleet Street so berühmt, wie er es in der City war. Die Gewinne waren beträchtlich.

«Ich stimme Ihnen zu», sagte der Prinz in leicht zerknirschtem Ton. «Das Ergebnis hat das Unternehmen vollauf gerechtfertigt – eine Lektion für alle Skeptiker.» Galen nahm das Lob huldvoll entgegen und nickte zustimmend zu der Bemerkung. «Deshalb habe ich an Sie gedacht, mein lieber Prinz, als wir uns in dieses kleine Abenteuer einließen, das vielleicht sogar noch eine Spur riskanter ist als das König-Johann-Unternehmen. Weit mehr Menschen haben versucht, ausfindig zu machen, was wir suchen, und man muß immer mit der Möglichkeit rechnen, daß jemand den Schatz gefunden und den Fund geheimgehalten hat, um ihn nicht der französischen Regierung ausliefern zu müssen. Aber ich habe genau die gleichen Bedingungen mit der hiesigen Regierung ausgehandelt und recht ansehnliche Prozente für meine Aktionäre reserviert. Alles übrige hängt von der Wissenschaft, vom Glück und vom Gespür Quatrefages' ab, der Sie unterrichten wird, wie weit die Angelegenheit bisher gediehen ist.»

Quatrefages sah den Prinzen ruhig an und nickte ernsthaft. «Wir werden uns unterhalten», sagte er in einem bekräftigenden Ton. Und der Prinz strich ihm abermals mit einer herzlichen orientalischen Geste über die Hand und sagte: «Gewiß. Wir verstehen uns, nicht wahr?»

Womit die Unterhaltung sich wieder allgemeineren Themen zuwandte und die Gästegruppe aus Tu Duc trotz der frühen Stunde einen leichten Hang zum Gähnen spürte. Die Kerzen waren heruntergebrannt und begannen zu tropfen. Max schnitt die Dochte ab und tauschte einige gegen neue aus. «Ich glaube», sagte Felix, «wir sollten die Uhr konsultieren und vielleicht allmählich einen geordneten Rückzug antreten.» Lord Galen überfiel ein jähes Gefühl der Einsamkeit bei dem Gedanken, die Nacht allein mit seiner asthmatischen Katze verbringen zu müssen. Mit bebender, fast flehender Stimme sagte er: «Oh, bitte geht noch nicht so früh. Laßt uns noch einen letzten Abschiedstrunk auf der Terrasse einnehmen. Schließlich – wer weiß, wann wir uns wiedersehen werden?» Blanford spürte, wie sich ihm bei diesen Worten die Kehle zuschnürte, während er Livia über den Tisch hinweg ansah. Sie lächelte ihm mit einem verhaltenen liebevollen Ausdruck zu, aber er war so tief in seine eigenen Konjekturen versunken, daß er nicht reagierte. Wie braun sie geworden war – fast die Farbe einer Zigeunerin! Plötzlich überfiel auch ihn ein schreckliches Gefühl der Qual und Enttäuschung – später sollte er erkennen, daß es eine Vorahnung gewesen war; aber auch eine irrationale und grenzenlose Furcht vor dem, was ihnen alles zustoßen mochte, und besonders ihm und Livia, die nur so vorübergehend diese kleine Enklave leidenschaftlicher Gefühle in der Unermeßlichkeit einer feindseligen Welt bewohnten. Das Dunkel in seinem Innern paßte jetzt (denn sie waren auf der Terrasse) zu der Dunkelheit draußen.

Sie saßen bei frisch eingeschenktem Whisky und Kaffee und gewöhnten sich an den schwachen Schimmer der Sterne. Gelegentlich schwirrten Glühwürmchen in dem hohen Gras des Rasens herum, der in diesem Jahr nicht gemäht worden war. Die schwache Brise hatte um einige Grade nordwärts gedreht und eine willkommene und erfrischende Kühle mit sich gebracht, die gegen Morgen (wie Felix bemerkte) die Blätter und Fensterscheiben mit Tau bedecken würde. «Wie schön», sagte Lord Galen mit ungewohnter Überschwenglichkeit und deutete in Richtung der von Sternen durchsetzten Dunkelheit, wo dichte Nebelschwaden sich hoben und senkten und die vibrierenden Tiefen des provenzalischen Nachthimmels bald verdeckten und bald enthüllten. Im Innern des Hauses hörten sie Max sein violettes Gähnen gähnen, während er den Tisch abräumte; jedesmal, wenn er an dem grämlichen Wombat vorbeikam, schnappte dieser blindlings nach seinen Knöcheln.

Lord Galen betrachtete in Gedanken die langen leeren Strecken der Schlaflosigkeit, die ihn erwarteten, so wie ein Verurteilter an die vor ihm liegende Zeit der Zwangsarbeit denken mag. Er nahm seit einiger Zeit Schlaftabletten, die ihm eine kurze Nachtruhe garantierten, mußte aber zu seinem Kummer feststellen, daß er eine stärkere Dosis brauchte, um das Gleichgewicht aufrechtzuerhalten. Gerade in diesen Nachtstunden verfolgte und schmerzte ihn der Gedanke an seine Tochter mit einer dumpfen neuralgischen Hartnäckigkeit und vergiftete seinen Seelenfrieden. Zuweilen klingelte er nach Mitternacht nach seinem Sekretär und bat ihn, das Schachbrett zu holen. Dann saßen sie schweigend über einem Spiel, bis das erste fahle Dämmerlicht die Vögel im Park weckte. Zuweilen schlenderte er durch den eisigen Tau, und das hohe Gras verschluckte das Geräusch seiner Schritte. Selten nur konnte er sich nach solchen Gängen wieder zu Bett legen. Er trödelte herum bis halb sechs, bis er den Wecker in Max' Zimmer klingen körte. Bald darauf erschien dann der gähnende Schwarze und servierte ihm das Frühstück in der Küche – Waffeln und Ahornsirup. Galen aß hungrig. Seinen gähnenden Sekretär hatte er inzwischen in sein Zimmer zurückgeschickt. Bald war es an der Zeit, den staubigen Hügel hinunter in die Stadt zu schlendern und den ersten Personenzug nach Paris abfahren zu sehen ...

Während er sich all dies in Gedanken aufzählte, fühlte er, wie Mattigkeit und Melancholie aufs neue Besitz von ihm ergriffen. «Ich nehme an, Sie möchten alle zu Bett gehen», sagte er schließlich ein wenig bitter. «Ich sehe, wie du gähnst und dich reckst, Felix – nicht sehr höflich!» Felix nahm, bildlich gesprochen, Haltung an, und entschuldigte sich errötend. Auch ihn schauderte bei dem Gedanken an die Nacht, die vor ihm lag; diese vorübergehende Müdigkeit würde ihn zwar dazu bringen, sich schlafen zu legen, aber nach ein oder zwei Stunden würde er das Gefühl haben, so aufgedreht zu sein wie eine Lampe, nicht in der Lage, sich daran zu hindern, aufzustehen und sich Kaffee zu machen und schließlich durch die stille Stadt zu wandern. Jetzt lächelten sie einander an, doch die durch ihre Gedanken erzeugte Mattigkeit durchtränkte die Luft, bis schließlich der Prinz aus Sorge, daß niemand zu gehen wagte, bevor ein Prinz königlichen Geblüts Abschied nahm, in einem weichen Arabisch nach seiner Equipage rief. Der hochgewachsene Majordomus, der an der Tür zum Salon stand, gab den Befehl mit leiser Stimme weiter. Längere Zeit hörte man nur Stimmengewirr, und schließlich kam das Reisegefährt des Prinzen um das Haus gerumpelt und hielt vor der Marmortreppe, wo die unruhigen Pferde auf dem Kopfsteinpflaster mit ihren Hufen Funken schlugen und leise wieherten. *Noblesse oblige.*

Der Prinz nahm Fes und Fliegenwedel aus den Händen seines Dieners entgegen und wandte sich dann lächelnd um und verabschiedete sich. «Ich hoffe, die jungen Leute werden mir verzeihen . . .» sagte er und drückte ihnen kurz die Hand. «Ich erwarte Sie alle morgen um sieben zu einem Aperitif in meinem Hotel.» Ohne auf eine formelle Zusage zu warten, umarmte er den Gastgeber nach französischer Manier und berührte flüchtig seine Wangen mit den Lippen. Er riecht aromatisch, er riecht nach Kampfer wie eine Mumie – dachte Lord Galen, während er die Akkolade erwiderte. Nun stieg der Prinz in seine Kutsche und drehte sich noch einmal um und fragte: «Kann ich jemanden mitnehmen? Doch sicher Mr. Chatto? Quatrefages, nein?» Sie nahmen das Angebot an, um Max einen Umweg zu ersparen. Als sie in den Landauer einstiegen und sich neben den Prinzen setzten, meinte dieser ziemlich unerwartet: «Ich hätte große Lust, mich heute abend noch ein wenig zu amüsieren, wirklich.»

Sie rumpelten in die Dunkelheit hinein, und der Prinz

begann eine lange und angeregte Unterhaltung in einem guttural klingenden Arabisch mit seinen Dienern. Er schien sich nach irgend etwas zu erkundigen. Dann wurde er sich wohl bewußt, daß es nicht sehr höflich war, in einer Sprache zu sprechen, die die anderen nicht verstanden, und er setzte zu einer Erklärung an, bei der er sich hauptsächlich an Quatrefages wandte: «Ich habe meine Leute gebeten, uns zu einem gut geführten Haus zu fahren – es gibt doch bestimmt ein nettes *pouf* in Avignon?» Felix stockte vor Erstaunen der Atem, aber Quatrefages verhielt sich so, als hätte er diese Wendung der Dinge vorausgesehen, und schlug dem Prinzen kichernd mit der Hand auf die Knie – auf eine vertrauliche Art, die der entsetzte Konsul ausgesprochen ordinär fand. «Natürlich, natürlich», sagte der Buchhalter und wies mit einer ausladenden Geste auf den nächtlichen Himmel, als wollte er die ganze sternenhelle Milde auf das Haupt des grinsenden Prinzen herabrufen.

Felix fand, daß irgendein unangenehmer Zug das Gesicht des Prinzen verändert hatte: Die ernste, liebenswürdige Art, die stille Bescheidenheit war einem neuen Mienenspiel gewichen, das eine Spur keck und affenartig war. Er sah beschwingt und unternehmungslustig aus, und es wirkte so, als wäre er in seinen Absichten und Wünschen etwas verkommen, etwas vulgär. «Sie führen ihn doch nicht etwa in ein Bordell?» sagte er sotto voce zu Quatrefages, der ebenfalls wie verändert wirkte, wenn auch nicht so stark. Er sah etwas beschwipst und vorwitzig aus. «Und ob ich das tun werde», sagte er leichthin. «Der alte Knabe ist ein Schwindler und braucht einen Reiniger. Er wird begeistert sein von Riquiqui. Ich werde ihn der guten alten Riquiqui ans Herz legen, mal sehen, was sie zu bieten hat.» Felix machte ein unglückliches und beunruhigtes Gesicht. Der Prinz sprach wieder, unbekümmert um sie, auf arabisch. «Wenn er sich etwas holt», sagte Felix, «wird Ihnen mein Onkel das nie verzeihen. Wie dem auch sei, ich komme jedenfalls nicht mit, das Risiko ist mir zu groß. Wenn mein Onkel erfährt . . .» Quatrefages sagte schlicht, aber deutlich: «Sch . . . Sie doch auf Ihren Onkel.»

Der Rat schien Felix durchaus angebracht und entsprach seinen eigenen Gefühlen. Aber so etwas war leicht gesagt. Im übrigen wußte er nicht recht, wie sich das Gefühl in die Tat umsetzen ließ. Es war teils sein verfluchter Onkel und teils die herablassende Art des Foreign Office, was in ihm bohrte. Er seufzte über die Zudringlichkeit dieser Gedanken und widersetzte sich entschieden der Teilnahme an diesem frivolen Ausflug, indem er all sein Bedauern erstickte. Dabei hätte er alles gegeben für einen etwas lasterhaften Abend in lustiger Gesellschaft. Oh! Nun ja. Die Kutsche rumpelte und schwankte durch die dunklen Schneisen zwischen den Olivenbäumen dorthin, wo am äußersten Rand der Dunkelheit die Lichter der Stadt flimmerten; vom Zigeunerlager stieg die dünne Rauchfahne eines Holzfeuers auf. Es war noch früh. Eulen schrien im Schutz der Bäume. Nach und nach wurden die Geräusche der Stadt deutlich hörbar über dem Knarren der Kutsche, dem Klirren des Geschirrs und dem Klappern der Hufe. Der Prinz war in bester Stimmung und hatte den Arm um Quatrefages' Schulter gelegt. Er verfiel jetzt zuweilen, seinem Begleiter zuliebe, in sein elegantes Französisch. «Ich habe ein paar kleine seltsame Eigenarten», sagte er nachdenklich, «die für einen Mann meines Alters nicht ungewöhnlich sind. Meinen Sie, die werden das verstehen?» Quatrefages grinste beruhigend, als er antwortete: «Bei Riquiqui sind sie an alles gewöhnt, sie bieten etwas für jeden Geschmack. Und da der Polizeichef dort ein und aus geht, sind sie vollkommen *à l'abri.*» Der Prinz strahlte beruhigt und drückte ihm das Knie.

Felix war nie in Riquiquis trübem Etablissement gewesen, außer mit Blanford – und das nicht mit fragwürdigen Absichten. Irgendwann einmal hatten sie auf einem nächtlichen Spaziergang nach Livia gesucht, und die Zigeuner hatten ihnen geraten, es bei Riquiqui zu versuchen. Die trostlose Umgebung und die Dunkelheit erschienen den beiden jungen Männern nicht gerade vertrauenerweckend, und Riquiqui selbst flößte ihnen die schlimmsten Befürchtungen ein. Als Antwort auf ihr Klopfen hatte sie die morsche Eichentür nur einen vorsichtigen Spaltbreit geöffnet. In der kleinen Seitengasse, in der das Haus stand, war es stockfinster, und es stank nach verstopfter Kanalisation und toten Ratten. Die unmittelbar rechts und links angrenzenden Häuser waren eingestürzt oder abgerissen worden; die Fundamente waren gähnende Löcher. Unkraut sproß überall. Blanford gab vor, das Haus unheimlich, aber romantisch zu finden – natürlich log er. Felix war sichtlich nervös.

Riquiqui hatte enorme Brüste, die aus dem Ausschnitt ihres Sackkleides hervorquollen, das an der Taille durch eine uralte Schnur unterteilt wurde. Sie schielte auf dem einen Auge, was den Eindruck erweckte, daß sie einem, wenn man mit ihr sprach, über die Schulter blickte – was die beiden verwirrend fanden. Außerdem hatte Lupus ihr unreines Gesicht zerfressen – ein Placken roten Hautausschlags bedeckte die eine Wange. Sie versuchte etwas zu augenfällig, nur ihre gesunde Seite zu präsentieren, aber hin und wieder war sie gezwungen, den Kopf zu wenden und ihre kranke Gesichtshälfte zu zeigen mit dem großen Fleck von zerstörten Blutgefäßen, der sich karminrot und purpurn färbte. Eine schwache Kerzenflamme beleuchtete die Szene – die finstere Treppe hinter ihr. Sie konnte ihnen nicht sagen, wo Livia sein mochte, obwohl sie auf Grund ihrer Beschreibungen die Person wiederzuerkennen schien, von der sie sprachen, denn sie nickte des öfteren und sagte wiederholt: «Heute nicht», was immerhin vermuten ließ, daß Livia dieses verrufene Etablissement zu besuchen pflegte. Seltsamerweise deprimierte diese Information Blanford nicht etwa, sie begeisterte ihn – er bewunderte die Sorglosigkeit und Courage, mit der Livia ihre eigenen Wege ging, sich um ihre eigenen Angelegenheiten kümmerte, ohne auf ihrer beider schützende Begleitung zu rechnen. Aber Felix fand diese Einstellung inkonsequent und sogar kompromittierend.

Doch heute abend, sagte er sich, kam ein solcher Ausflug für den Konsul nicht in Frage. Leichte Kopfschmerzen vorschützend hatte er sich am Bahnhof absetzen lassen; es war noch früh genug, um sich ins Buffet zu setzen und in Ruhe eine Tasse Kaffee zu trinken – nach der Unruhe und den Gesprächen bei einer Gesellschaft genoß er es, einige Momente allein zu sein und seinen eigenen bescheidenen Gedanken nachzuhängen. Ein Zug war in Richtung Norden abgefahren; die Lokomotive pfiff zwei- oder dreimal, als riefe sie etwas über ihre Schulter zurück. Die kleinen *fiacres* standen da, verankert in der Monotonie ihrer Funktion als auf Züge Wartende. Später, wenn er seinen Spaziergang antrat, würde er vielleicht, wenn er sich einsam fühlte, den Pferden ein paar Stücke Zucker geben – das führte immer zu einer Unterhaltung mit den schläfrigen Kutschern.

Doch im Augenblick hatte er genug von Unterhaltung. Der Prinz war in seiner Kutsche in die Dunkelheit davongerollt. In den benachbarten Mietstallungen husteten und stampften die Pferde. Eine Klingel trillerte, und Drähte summten. Avignon bereitete sich auf die Nacht vor – auf diese lange qualvolle Spanne Zeit, die irgendwie überstanden werden mußte. Felix gähnte – ja, das war alles schön und gut, aber würde es anhalten? Er bezahlte seinen Kaffee und schlenderte durch die in tiefem Dunkel liegende Porte St.-Charles. Der Rückweg würde nicht viel Zeit in Anspruch nehmen. Dann würde er sich ausziehen und stur zu Bett gehen, jawohl stur. Doch als er sich der Villa näherte, machten seine Nerven einen Satz, denn auf seiner Türschwelle saß ein Mann, der rauchend auf ihn wartete. Es war nur eine Silhouette; er konnte ihn zuerst nicht erkennen.

Einen Augenblick lang zögerte er ängstlich, dann schritt er, seine Feigheit verfluchend, betont kaltblütig auf die Gartenpforte zu. «Da bist du ja!» rief Blanford munter. «Ich habe mich schon gefragt, ob der Prinz dich auf eine Sauftour mitgenommen hat.» Felix berichtete von seiner Rückfahrt in der Kutsche, und Blanford kicherte. Er sagte: «Ich habe plötzlich beschlossen, noch nicht zu Bett zu gehen; wir haben Max gesagt, er solle uns absetzen und sind den halben Kilometer zu Fuß gegangen – es ist ja nicht sehr weit.» Felix öffnete die Haustür und betrat die modrig riechende kleine Villa. «Ich habe überlegt, ob du heute nacht wieder deinen Spaziergang machst», sagte Blanford, und plötzlich spürte Felix die Einsamkeit und die Angst hinter diesen Worten. «Ist irgendwas los?» fragte er spontan, aber Blanford schüttelte den Kopf. «Nein, es ist nur so, daß diese wunderbaren Ferien zu Ende gehen und man seine Zeit nicht mit Schlafen vergeuden möchte. Ich bin brav mit den anderen nach Hause gegangen, konnte aber nicht einschlafen, und so bin ich wieder in die Stadt gekommen.»

Ja, die lange Erklärung klang irgendwie lahm. Felix setzte den Kessel auf, um Kaffee zu machen. Dann kam ihm plötzlich die Erklärung für Blanfords Tonfall und machte alles klar. Livia war verschwunden, und er hatte sie plötzlich vermißt und in seiner Eifersucht den Entschluß gefaßt, zu kommen und nachzusehen, ob sie bei Felix war! Es stimmte. Blanford konnte einfach nicht anders, obwohl er sich für den Überfall selbst verfluchte. Er wurde vorwärts getrieben – wie übrigens Felix auch – von einer unkontrollierbaren Eifersucht, die auftrat wie ein Krampf und wieder abflaute und die beide zu überwinden versuchten, indem sie sich sagten, daß sie doch nun wirklich über solche Gefühle erhaben sein sollten. Es half nichts. Während ihm all dies durch den Kopf ging, goß Felix den furchtbaren *Camp*-Kaffee ein, der aus flüssiger Zichorie hergestellt war, und lächelte seinen Freund säuerlich an, als er sagte (unfähig, die Bissigkeit in seiner Stimme zu unterdrücken): «Ich nehme an, es geht wieder einmal um Livia?»

«Ja», sagte Blanford, widerstrebend die Wahrheit zugebend, «es geht um Livia.»

Felix empfand plötzlich zornige Verachtung für diesen Spielverderber von einem Freund. Seine aufgestauten Gefühle brachen hervor: «Und angenommen, sie wollte mit mir allein sein, mit mir spazierengehen?» Blanford nickte demütig und sagte: «Ich weiß. Ich habe daran gedacht, Felix. Es tut mir schrecklich leid. Ich konnte nicht widerstehen, hierherzukommen. Ich hatte das Gefühl, ich müßte sie suchen. Verzeih, ich weiß, auch du hängst sehr an ihr. Aber ich habe sie gebeten, später mal meine Frau zu werden . . .» Er verstummte, während sein Freund, der ihm gegenüber saß, ihm durch kleine tadelnde Gesten seine Mißbilligung und seinen Ärger deutlich zu machen suchte. In Wirklichkeit beschäftigten ihn unterhalb dieses mehr oberflächlichen Ärgers gewisse Zweifel, ob Livia eine geeignete Frau zum Heiraten war. Zum Lieben und um, wenn möglich, mit ihr zu schlafen – ja. «Eine Heirat», sagte er scharf, «ist eine ganz andere Sache.» Blanford haßte den Pastorenton, in dem Felix diese Empfindung äußerte. «Ja», sagte er und wurde nun seinerseits etwas scharf, «aber im Moment trifft es sich so, daß es meine Sache ist. Deshalb nahm ich mir die Freiheit, hierherzukommen. Aber falls meine Gegenwart dich aufregt, kann ich mich auch verdrücken. Du brauchst es nur zu sagen.» Felix befand sich hier in einem schweren Dilemma, denn falls er allein wäre und später nicht schlafen könnte, würde er für Gesellschaft dankbar sein, aber falls Aubreys Anwesenheit nun Livia vertrieb . . . dann wäre es das beste, wenn er jetzt nach Hause ginge. Welche Lösung war die bessere? Er ging ins Schlafzimmer und konsultierte seine kleine Uhr. Die Stunde war inzwischen ziemlich vorgeschritten, und die Wahrscheinlichkeit, daß Livia noch kam, sehr gering. Er ging zu dem unglücklichen Blanford zurück und sagte: «Hast du an einen Spaziergang gedacht?»

Blanford schüttelte den Kopf und sagte: «Nur bis zu Riquiquis Haus, um zu sehen, ob ich dort ihre Spur aufnehmen kann. Es ist eine schöne Nacht.»

Es war eine schöne Nacht! Die Worte hallten in Felix' Schädel wider, während er den letzten Rest Kaffee gleichmäßig verteilte und beschloß, daß er nicht zu Bett gehen, sondern dann eben einen Spaziergang machen würde. Überdies spürte er jetzt, daß hinter Blanfords Ton Angst lauerte, ja, geradezu Furcht vor dem düsteren und verkommenen Stadtviertel, in das er auf der Suche nach dem Mädchen gehen wollte. Er konnte nicht widerstehen, ihn mit einem Hauch Boshaftigkeit in der Stimme zu fragen: «Ich nehme an, du würdest lieber allein zu Riquiqui gehen?» Blanford sah zu ihm auf und sagte fast unterwürfig: «Im Gegenteil. Ich wäre dankbar für Begleitung. Du weißt doch, daß ich mich in diesem Teil der Stadt immer ein bißchen fürchte – er ist so verrufen mit seinen Bordellen und Zigeunern.»

Dies trug bis zu einem gewissen Grade zu Felix' Besänftigung bei. Er begab sich in sein Schlafzimmer, wo er seinen Abendanzug gegen etwas Leichteres tauschte und seinen Collegeblazer überzog und einen Seidenschal umband. Durch die halboffene Tür warf er einen Blick in den vielgerühmten Alkoven, das sogenannte Gastzimmer, in dem Livia zuweilen logierte. Die Tür des kleinen Küchenschranks, der dort stand, war nur angelehnt; er hatte Blanford die männlichen Kleidungsstücke, die dort hingen, bereits gezeigt. Er selbst hatte sie noch nie in voller Verkleidung gesehen, doch ein- oder zweimal hatte sie bei ihren Wanderungen durch die Stadt Hosen getragen. Blanford hatte keine Bemerkung dazu gemacht – keine wie auch immer geartete Bemerkung. Was dachte er? Felix konnte es nicht sagen. Er für sein Teil fand die ganze Frage einer Heirat abwegig – trotz der magnetischen Anziehungskraft ihrer Schönheit, der er ebensosehr verfallen war wie Blanford. Aber da war noch etwas anderes, das seine Leidenschaft gedämpft hatte. Etwas, woran er sich beschämt erinnerte – es lag nicht in seiner Natur, Menschen nachzuspionieren; dennoch, eines Abends, in einem Anfall von Neugierde und ohne jeglichen Vorbedacht, war er in ihr Zimmer gegangen, hatte den Schrank geöffnet und die Taschen ihres billigen braunen Kostüms befühlt, geradeso, als hätte er gewußt, daß er dort etwas finden würde – was tatsächlich der Fall war. Es war ein

Stück Papier, aus einem Schulheft herausgerissen – ein Liebesbrief, nicht mehr und nicht weniger, aber in einem koketten stammelnden Stil geschrieben, wie von einem heranwachsenden Mädchen.

«Ma p'tite Livvie je t'aime», und so weiter in dieser Art, aber gespickt mit Schreibfehlern und Wendungen, die auf eine ungebildete und sehr junge Verfasserin schließen ließen. Felix prüfte die Handschrift mit dem Vergrößerungsglas, das immer auf seinem Schreibtisch lag, und kam zu dem Schluß, daß es nicht die Handschrift einer Zigeunerin, sondern die eines Schulmädchens war. Doch weiter führten seine Untersuchungen nicht, und nach kurzem Zögern legte er den Brief dorthin, wo er ihn gefunden hatte, und ging munter vor sich hinpfeifend in sein Büro zurück, gegen seinen Willen schadenfroh, daß sein Freund betrogen wurde. Von Zeit zu Zeit jedoch runzelte er die Stirn und versuchte, dieses unbarmherzige und unfreundliche Gefühl zu verbannen – denn er war ein gutherziger Junge, der an Freundschaft glaubte wie jeder von uns. Aber es kehrte immer wieder. Manchmal, wenn er neben Blanford herging, wiederholte er im stillen die Worte: *«Ma p'tite Livvie je t'aime»*, ließ sie fast an die Oberfläche und über seine Lippen kommen. Das war sehr häßlich von ihm, und er billigte dieses Verhalten keinesfalls, aber er konnte nichts dagegen tun.

Sie tranken ihren Kaffe aus, und Felix stellte etwas umständlich, wie es seine Art war, die Tassen und Untertassen in den Spülstein. Blanford wartete auf ihn – nachdenklich rauchend, mit tiefbesorgter Miene, über der ein Hauch von Traurigkeit lag. Seltsam widersprüchliche Gefühle bedrängten ihn – irgendwo in seinem tiefsten Innern war er erleichtert, daß Livia abreiste, daß sie sich eine Zeitlang nicht sehen würden. Es würde ihm eine Last von der Seele nehmen, wie man so sagt; er war nämlich etwas ungeduldig mit sich selbst geworden, mit dem Ausmaß seines vollständigen Aufgehens in dieser unerwarteten Leidenschaft für ein Mädchen, das oft, wenn nicht meistens, kaum zu bemerken schien, daß er da war, so fern schien ihr jeder Gedanke an ihn zu sein. Die starke Bindung hatte ihn erschöpft und davon abgehalten, wie er genau wußte, die Provence so zu genießen, wie er es sonst getan hätte. Liebe – gab es eine ihr innewohnende Begrenztheit? Es war das erste Mal, daß er sich diese Frage so deutlich stellte. Doch die Antwort entzog sich ihm.

«Avanti», sagte Felix, der aus Langeweile angefangen hatte, Italienisch zu lernen. Und gemeinsam durchquerten die beiden jungen Männer den verdorrten Garten und schritten durch das Gewirr finsterer Straßen und Gassen, die sie nach Les Balances führten, diesem trostlosen und verfallenen Viertel, das sich zur rauschenden Rhône hinunterzog. «Ich nehme an, sie schert sich einen Dreck um mich», sagte Blanford unerwartet und warf seine Zigarette auf das Pflaster und trat sie verdrossen aus. Er hoffte inständig, daß Felix ihm widersprechen, ihn mit irgendeiner Bemerkung beruhigen würde, aber Felix war nicht gewillt, ihm diesen Gefallen zu tun. «Vermutlich», sagte er ungerührt und blickte, insgeheim lächelnd, zu dem hohen samtenen Himmel auf. Blanford hätte ihn für seine Gemütsruhe auf der Stelle erwürgen können. Er faßte den Entschluß, Livia aufzuspüren, selbst wenn sie die ganze Nacht umherwandern mußten, und, wenn er sie gefunden hätte, einen Streit mit ihr vom Zaun zu brechen und diese trockene kleine Eidechse von einem Mädchen zum Weinen zu bringen. Danach würden sie sich versöhnen und ... hier verlor er sich in lieblichen Träumereien.

Aber wenn sie nun nach Hause gegangen war und gemütlich in seinem Bett lag, während er und Felix wie zwei Narren durch die Straßen zogen? Es war erstaunlich, wie ein einziger Gedanke seine Stimmung optimistisch emporhob und der nächste sie in bodenlose Tiefen absinken ließ. Irgendwo am unteren Ende dieser Klaviatur – da, wo die Baßtöne waren – lauerten Migräne und die alte Neurasthenie. Sie warteten auf ihn. Er hatte immer ein paar Aspirintabletten lose in der Jackentasche. Er nahm jetzt eine davon und schluckte sie mühelos herunter. *Absit omen.* «Es ist nicht leicht, ich war noch nie verliebt. Und Huren flößen mir etwas Angst ein.»

Felix schlug einen weltmännischen Tonfall an, als er sagte: «Pah! Ich betrachte sie einfach als eine unangenehme Notwendigkeit in einem puritanischen Zeitalter.»

«Ich habe einmal nach einer Schwulenparty den Tripper gekriegt», sagte Blanford in düsterem Ton, «und das war gar nicht komisch. Es hat Ewigkeiten gedauert, bis er geheilt war.»

Eine Woge der Bewunderung für seinen Freund stieg in Felix auf – so hatte auch er in einem unterirdischen Waschraum gelitten, wo grauenvolle Plakate an den Wänden alle nur erdenklichen Verheerungen veranschaulichten, die Geschlechtsverkehr ohne Gummischutz nach sich ziehen konnte? Der Mann war also doch ein Held! «Es muß schrecklich gewesen sein», sagte er mit plötzlich erwachter Sympathie, und Blanford nickte nicht ohne Stolz. «Es war schrecklich, Felix.»

Sie stiegen jetzt hügelabwärts, gingen durch mehrere Straßen, die von der Höhe des Hôtel de Ville zu den mittelalterlichen Mauern führten, die ihnen allein die Sicht auf die dahineilende rauschende Rhône versperrten. Eine Ahnung von Villeneuve auf dem großen vorspringenden Berghöcker – das war alles; und eine Grabesdunkelheit, in deren sanft wabernden Nebelausdünstungen ein oder zwei Sterne aufblitzten. Felix hatte eine Taschenlampe mitgebracht, gebrauchte sie aber nur sparsam in den verlassenen Straßen. Ihre Schritte hallten verloren und körperlos durch die Nacht. Die städtische Beleuchtung hier herum war höchst zufällig und spärlich; die letzten zwei Straßen, die sie überquerten, um zu Riquiqui zu gelangen, lagen in tiefer Finsternis; das Pflaster war zerbröckelt, und hier und da lagen Kopfsteine herum, die nur darauf warteten, sie zu Fall zu bringen. Das Viertel hatte keine Kanalisation und roch entsprechend. Riquiquis Etablissement stand in einem Winkel zu einem *cul de sac,* und seine Tür öffnete sich auf die Straße. Haufen von altem Krempel lagen herum: kaputte Stühle, Marmorstücke, Blechplatten, Bleirohre und Abfall. Das Haus stand da wie der letzte übriggebliebene Backenzahn in einem kranken Kiefer; zu beiden Seiten sah man nur unkrautüberwuchertes Brachland und die Überreste niedriger Mauern. Aus einem Fenster fiel ein gelber, kläglicher Lichtstrahl in diese Düsternis. Doch der Flur des Hauses lag offenbar im Dunkeln, zumindest der blinden Lünette über der Eingangstür nach zu urteilen.

Auch war nichts von der Kutsche zu sehen – Blanford hatte sie «Des Prinzen Kürbis» getauft –, aber vielleicht war der Kutscher vom Dienst befreit und fortgeschickt worden zu den Mietstallungen, wo die Pferde logierten. Oder vielleicht waren sie zu einem anderen Etablissement der gleichen Kategorie gefahren – obwohl es in der Stadt nicht viele gab, die den gleichen Ruf und auch den gleichen offiziellen Schutz wie Riquiqui genossen, denn sie nahm auch Gäste auf und vertrat (wenn man das glauben kann) Mutterstelle an heimatlosen, verwahrlosten Kindern. Aber sie blieb trotzdem in einer etwas zwielichtigen Position als Besitzerin eines übelbeleumundeten Hauses und als Freundin der Zigeuner; sie wurde die «Engelmacherin» genannt, denn die ihrer Obhut anvertrauten Kinder waren ungewünschte Kinder und wurden – so ging das Gerücht – auf dem schnellsten Wege in den Himmel befördert, damit sie sich dort zu den Engeln gesellten. Die bloße Tatsache ihrer Existenz wurde damit erklärt, daß sie in barer Münze oder in Ware Bestechungsgelder zahlte, was zumindest plausibel klang; denn kleinere Beamte und die niedrigen Dienstgrade der Polizei frequentierten ziemlich unverhohlen ihr Haus. Die beiden jungen Männer durchschritten die Straßen dieses liederlichen Viertels mit einer gewissen, ihnen angeborenen Vorsicht, auch wenn Felix ein paarmal leise vor sich hinpfiff, wie um seine Selbstsicherheit kundzutun.

Schließlich standen sie vor Riquiquis Tür, und Blanford machte Anstalten, mit zaghaften Fingerknöcheln anzuklopfen. Es war keine sehr überzeugende Aufforderung, und sie rief keinerlei Antwort hervor, weder Licht noch Stimmen. Sie warteten eine Weile beklommen. Dann hob Felix einen Ziegelstein aus dem Rinnstein auf und unternahm einen vernünftigeren Versuch anzuklopfen – es mißfiel ihm, nachts um diese Zeit auf der Straße Lärm zu machen. Und wenn nun erboste Nachbarn die Fenster aufstießen und sie zur Hölle schickten? Sie würden Reißaus nehmen wie Kaninchen. Aber kein Fenster öffnete sich, keine Stimme verwarnte sie, sondern weit schlimmer: Kein Laut war hinter der abweisenden Tür des Bordells zu hören. Ein erbitterter Blanford versuchte es mit Fußtritten, aber auch das war ziemlich nutzlos, da er Tennisschuhe trug. Sie warteten und klopften dann wieder, ohne den geringsten Erfolg. Die Stille sickerte zurück in die Dunkelheit. Das einzige, was sich regte, waren die großen Vögel in den ausgefransten Storchennestern auf den Festungsmauern. Irgendwo – in Wirklichkeit gar nicht so weit entfernt, aber es klang so, als wäre es am Ende unserer Welt – schlug der Jacquemart die Stunde; welche allerdings, dessen waren sie sich nicht ganz sicher. «Kein Laut», flüsterte der arme Blanford mit einem Seufzer der Verzweiflung. «Es muß doch jemand dasein.»

Zögernd wandten sie sich zum Gehen, doch da hatte Felix eine geniale Idee. Der Schein seiner Taschenlampe huschte über die Müllhaufen, die die verlassene Ruine auf der einen Seite des Bordells füllten. In einer Ecke standen ein paar Ölfässer, die ihn auf einen Gedanken brachten. Er rollte eines über den mit Moos überzogenen Boden und stellte es dicht an die Mauer unter das erhellte Fenster. Dann kletterte er langsam darauf unter Beachtung von tausend Vorsichtsmaßregeln, denn er wollte nicht auf die Grundmauern fallen und sich das Rückgrat brechen. Schließlich richtete er sich auf, hielt sich an der Mauer fest und reckte den Hals dem Licht entgegen. «Es ist ein Klo», sagte er mit leiser Stimme. «Sie haben das Licht nicht ausgeknipst und die Tür offengelassen.» Dann holte er tief Luft und sagte: «Jesus! Da sind sie! Sieh dir nur unseren alten Prinzen an!»

Blanford, von Neugier verzehrt, eilte davon, um seinerseits von einem Ölfaß Besitz zu ergreifen, und stand alsbald neben Felix an der Wand und starrte in die Toilette und durch sie hindurch in einen verhältnismäßig hell beleuchteten Flur, der zu einem mit Sofas und etwas verwelkten Topfpflanzen vollgestellten Innenhof führte. Und tatsächlich, dort lag der Prinz ausgestreckt auf einem Sofa, und völlig zwanglos, während Quatrefages, nur mit einem Hemd und roten Socken bekleidet, an seiner Seite saß und Whisky schlürfte und höchst angeregt redete. Es dauerte eine Weile, bis sie die pikanteren Details der Szene wahrgenommen hatten, die ganz den Eindruck machte, als fände sie in einem kleinen Theater statt – alles wirkte ein bißchen unwirklich.

Der Prinz hatte sich aller Kleidungsstücke entledigt, die die obere Hälfte seines grauen, kleinen Körpers bedeckten; er war obenherum sozusagen nur mit seinen hängenden Brustwarzen bekleidet und hatte eine Art kinnloser Grandezza. Seine untere Hälfte steckte in leichten Jäger-Wollunterhosen, die bis zu den Fußknöcheln reichten, und aus dem Hosenschlitz hing das königliche Glied mit seinem unschuldigen rosa Endstück heraus. Quatrefages, nur in Hemd und Socken, bot ebenfalls einen etwas seltsamen Anblick. Er war offensichtlich dabei, eine lange Erklärung oder Ermahnung an Riquiqui zu richten, die fast außerhalb des Blickfelds und halb im Schatten stand – so daß es den Anschein hatte, als spräche der Buchhalter lebhaft zu zwei übergroßen, aus einem schmutzigen Hemd hervorquellenden Brüsten. Neben ihnen stand eine verwirrt aussehende Zwergin, deren Gesicht abscheulich mit Rouge beschmiert war – wie für den Zirkus. Sie trug ein weißes Organdykleid und einen Brautschleier. Außerdem klimperte sie mit billigen Schmuckstücken und war augenscheinlich für eine ganz besondere Gelegenheit gekleidet worden. Tatsächlich war sie speziell für den Prinzen in diese Kleider gesteckt worden, doch nun brachte dessen Gefährte des Prinzen Unzufriedenheit, ja, sein allgemeines Mißvergnügen zum Ausdruck, vermutlich ihres Alters wegen. Nein, es war nicht schwer, dem Gang der Unterhaltung zu folgen. Die Zwergin war zu alt und zu groß, um dem Prinzen zu gefallen. Doch sie verhielten sich ihr gegenüber höflich, und das schreckliche kleine Geschöpf knickste zustimmend und griff freudig in eine große Schachtel Konfekt, die der Prinz ihr hingeschoben hatte. Sie hatte riesige, verfärbte Zähne wie faulende Würfel.

Was Riquiqui betraf, so schien sie am Ende ihres Lateins und wußte nicht, wie sie die ungewöhnlichen Wünsche erfüllen sollte. Erschöpft streckte der kleine Mann die Hand aus und deutete an, daß das, was er begehrte, kleiner, sehr viel kleiner war. Er verlieh seinem Argument Gewicht mit blumigen kleinen Gesten, die deutlich anzeigten, daß er sich nicht etwa schlecht fühlte oder schlechter Laune war. Er bat um etwas, er gab keine Befehle. Sein Ton war höflich und gleichmäßig. Er bot die Schachtel mit Loucoumi an, und Riquiqui nahm einen Würfel Konfekt heraus und verschlang ihn und schleckte sich den Puderzucker von den Krallen, ehe sie die letzten Spuren davon in ihr Kleid wischte. Dann hob sie den Zeigefinger wie jemand, der endlich kapiert, und eilte geschäftig von dannen, die Gäste ihrem Whisky überlassend. Das mißgestalte kleine Freudenphantom folgte ihr und riß den Brautschleier sich mit einer so abrupten Geste vom Kopf, wie ein Schauspieler sich seiner Perücke entledigt, wenn er von der Bühne abgeht.

Ihrem Schicksal überlassen, gossen sich die beiden Gestalten in der Mitte der Bühne – der Vergleich mit einem intimen Theater drängte sich förmlich auf, nicht nur wegen der streng gerahmten Szene, sondern auch wegen der perfekten Bühnenbeleuchtung – ihre Gläser wieder voll und unterhielten sich mit gedämpfter Stimme. Der Buchhalter war erhitzt und sah vergnügt aus in seinem etwas unsauberen Hemd. Der Prinz in seiner langen Unterhose wirkte immer noch recht königlich, wenn auch auf eine etwas gedämpfte Art. Er kratzte sich an seiner kleinen

Dekoration und strahlte Freundlichkeit aus. Sie brauchten nicht lange zu warten, denn nun kam Riquiqui hereingeplatzt, das Gesicht gerötet vor Erfolg, Hand in Hand mit zwei kleinen Mädchen, die wie für eine Erstkommunion gekleidet waren. Ihre Wangen waren knallrot geschminkt – es sah aus, als trügen sie aufgemalte Masken, durch die sie mit furchtlosem, aber verblüfftem Staunen spähten. Die gewaltige Frau hielt bei ihrem Eintritt um des Effekts willen kurz inne und präsentierte dann kühn, aber zögernd ihre Schützlinge. *Eureka!* Sie hatte sich, kein Zweifel, an die Existenz eines Pärchens von «Engeln» erinnert.

Das Resultat stand von vornherein fest. Die strahlenden Züge des Prinzen verrieten sein Entzücken und seine Erleichterung; er sah aus wie ein kleiner Junge, der aus schierem Übermut radschlägt. Quatrefages verschränkte die Arme, nachdem er sein Glas abgesetzt hatte, und sah die Dame mit leuchtenden Augen an, während der Prinz die Hände ausstreckte und die ihren ergriff und sie fast bis an seine Lippen zog, um sie mit einem angedeuteten Handkuß zu beglückwünschen. Die beiden Kinder standen maskiert, aber mit freundlichem Ausdruck dabei. Sie lutschten Bonbons. Der Prinz erhob sich und schloß sie herzlich in die Arme; dann wedelte er mit den Händen und murmelte irgend etwas auf arabisch, und sein Majordomus (er mußte im Hintergrund gewartet haben, in den Kulissen sozusagen) betrat die erleuchtete Bühne mit zwei großen, wunderbar gepflegten afghanischen Hunden an einer goldenen Leine. Der Prinz klatschte verzückt in die Hände und lachte krähend auf, dann blickte er strahlend in die Runde der Versammelten. Offensichtlich war nun alles in bester Ordnung. Die nächste Szene . . .

Riquiqui stieß eine Seitentür auf. Sie führte in ein

Schlafzimmer des Hauses, das auf das verschwenderischste eingerichtet war: Unter einem rautenförmigen Pfeilerspiegel stand ein riesiges damasziertes Bett. Es war mit einem goldenen Tuch bedeckt, und das Regal darüber war voller in Trachten gekleideter Puppen. Die Wände waren mit scharlachroten Schals drapiert, und das Ganze wirkte wie eine Szene aus dem «Phantom der Oper». Die kleinen Mannequins sahen so aus, als wären sie die geschrumpften Körper wirklicher Kinder, die geduldig und mühselig eingepökelt worden waren, bevor man sie als Harlekine, Bewohner von Arles, Katalanen oder Basken kostümiert hatte. In dieses Dekor schob sie den Prinzen, die beiden Kinder jetzt freundlich an der Hand haltend. Die Hunde, nun ohne Leine, folgten ihm auf den Fersen wie gutgedrillte Diener, die ihre Pflicht kannten. Das Bühnenbild war so reizvoll, und die Schauspieler waren so weit davon entfernt, auch nur zu ahnen, daß sie beobachtet wurden, daß die beiden Lauscher den angstvollen Abscheu, der sie beschlichen hatte, fast vergaßen.

Doch ausgerechnet in diesem Augenblick betrat Quatrefages die Toilette unmittelbar vor ihrer Nase, und die geschlossene Tür versperrte ihnen den Blick auf das fragwürdige Schauspiel. Er setzte sich auf den Thron und schickte sich an, ein primitiveres Geschäft zu verrichten. Bald hörten sie ihn direkt unter ihrem Kinn ächzen und seufzen. Es war ein wirkliches Dilemma – sie wollten sich auf ihrem Beobachtungsposten nicht gern erwischen lassen, und es wurde ihnen plötzlich klar, wie gefährlich ihr Posten war, denn sie konnten nicht einfach hinunterspringen und davonlaufen. In der Dunkelheit hätten sie sich leicht das Fußgelenk brechen können. So harrten sie aus, verfluchten im stillen den elenden Buchhalter und hofften, daß er bald zum Ende kommen und ihnen den Blick wieder freigeben würde auf die beleuchtete Bühne und den grotesken Ägypter. Andererseits konnten sie nicht gut den Rest der Nacht auf den Ölfässern stehen und der sexuellen Entfaltung dieses mekkagesegneten Libertins zusehen. Eine wilde Unschlüssigkeit befiel sie, die ihrer allgemeinen Situation entsprach. Keiner sagte etwas, weil beide nicht denken konnten.

Ohne Zweifel hätten ihre Enttäuschung und ihr nach und nach zunehmendes Unbehagen sie früher oder später gezwungen, eine Entscheidung zu treffen, doch das Schicksal entschied anders, denn Quatrefages vollendete sein Geschäft zu seiner eigenen Zufriedenheit und zog an der Kette. Und obendrein wurde die Tür aufgestoßen, und die hellerleuchtete Bühne bot sich ihren Augen wieder dar. Das Arrangement war leicht verändert – die Tür zu dem inneren Raum war fast geschlossen, und selbst wenn sie sich den Hals verrenkt hätten, wäre es unmöglich gewesen, mit einiger Klarheit zu sehen, was der Prinz und sein lebendes Inventar dort trieben. Riquiqui saß so schlaff hingegossen da, daß man hätte meinen können, irgendein innerer Schlauch sei bei ihr geplatzt. Und sie nutzte die Abwesenheit des Prinzen zu einer Attacke auf die Schachtel mit dem gummiartigen Konfekt.

Die bucklige Zwergin ging – nunmehr nackt – über die Bühne und setzte sich an etwas, das wie ein kleines, mit bunten Schals behängtes Pianino aussah. Sie begann mit einem Finger ein monotones Liedchen zu klimpern. Quatrefages griff entschlossen nach seinem Glas und streckte sich entspannt und genießerisch auf einem Diwan aus. Die Unterhaltung erlahmte. Aus dem Zimmer des Prinzen kamen ein paar undeutliche Laute, aber nichts Konkretes, was sich hätte interpretieren lassen. Die ganze Atmosphäre war plötzlich lustlos und langweilig; es fehlte ihr an besonderem Reiz, und Blanford merkte, daß seine Zehen dabei waren einzuschlafen. Es war eindeutig an der Zeit, hinunterzuklettern und nach Hause zu gehen. Er war im Begriff, seinem Freund diese Überlegung mitzuteilen, als eine plötzliche Aufregung auf der kleinen Bühne entstand, die dem Drama sofort wieder Vitalität verlieh und alles mit neuem Leben erfüllte.

Der Majordomus kam schnalzend und schnatternd wieder in den Raum gestürzt (anscheinend durch die vordere Eingangstür, denn sie hatten das Quietschen der Riegel gehört) und verlangte, sofort seinen Herrn zu sehen. Als ihm geraten wurde, sich zu gedulden, sprang seine Stimme gleich um eine ganze Oktave höher, und seine Hysterie stieg bis an die Decke. Höchst wagemutig (wie die beiden fanden) riß er die Schlafzimmertür auf und gab so den Blick frei auf eine fast häuslich-gemütliche Szene – der Prinz lag auf dem Bett, umgeben von Kindern und Hunden, und trug einen Kommunionsschleier, worüber beide Kinder herzlich lachten. Er fuhr empört hoch, vergaß, den Schleier abzunehmen, und warf seinem Diener einen Schwall arabischer Flüche an den Kopf. Doch dieser babbelte gestikulierend weiter. Offenbar rechtfertigte der Ernst dessen, was er zu berichten hatte, sein Eindringen. Nach einem Augenblick wilder Wut dämmerte dem Prinzen, was geschehen war, und er setzte sich auf, um sich anzuhören, was der erregte Mann nun eigentlich zu sagen hatte. Was immer er schließlich zu begreifen begann, es übte eine elektrisierende Wirkung auf ihn aus. Er sprang mit lobenswerter Behendigkeit aus dem Bett und stürzte ins Nebenzimmer und weiter in Richtung der Haustür, wobei er mit hoher, vogelartiger Stimme im Kairoer Englisch rief: «Sie haben die verdammte Kutsche geklaut.»

So groß war die Aufregung der beiden Männer, so schnell waren ihre Bewegungen, daß alle anderen Feuer fingen: Jeder einzelne geriet, ob er wollte oder nicht, in den Sog dieser Prozession, wurde hineingewirbelt in das Drama allein durch den Schwung, mit dem der Prinz losstürmte. Die beiden jungen Männer draußen auf ihren Ölfässern wurden ebenfalls von einer Woge der Panik erfaßt, als sie erkannten, daß die entfesselte Flut auf die Straße hinausdrängte, wo sie auf ihrem schmählichen Posten leicht entdeckt werden konnten. Sie sprangen von den Fässern und suchten sich im Schein der Taschenlampe einen Weg durch die Trümmer und den Schutt der alten Grundmauern.

Aber der Prinz und sein Diener waren mit der Geschwindigkeit von Kometen auf die Straße hinausgestürzt, und die übrigen waren ihnen wie hypnotisiert gefolgt – Riquiqui, Quatrefages, die nackte Zwergin, die Hunde und die kommunizierenden Kinder. Sie alle starrten umher, sprachlos vor Staunen und Verwirrung und Zorn, denn die Kutsche, die offenbar vor dem Eingang gestanden hatte, war verschwunden. Der Prinz stampfte in fiebriger Erregung mit seinem nackten Fuß auf das Pflaster, während sein Diener, als wollte er sich vergewissern, zur Straßenecke lief und überall herumschnüffelte wie ein Jagdhund, der versucht, eine Spur aufzunehmen. Dann kam er zurück, kopfschüttelnd vor sich hin murmelnd. Der Prinz blickte in die Runde, sein Blick wanderte, mitleidheischend, wie es schien, von Gesicht zu Gesicht. «Wer kann das getan haben . . .» sagte er, und Riquiqui, die weniger Erstaunen und Bestürzung bekundet hatte als die übrigen, antwortete: «Die Zigeuner. Überlassen Sie die Sache mir. Morgen früh gehe ich zu ihnen.»

Die Gesellschaft war so in Anspruch genommen von dem kleinen Drama, daß sie das Erscheinen von Felix und Blanford fast geistesabwesend zur Kenntnis nahmen und sie kaum begrüßten. Erst als die beiden Beweise vorbrachten, um darauf hinzuweisen, daß die Kutsche schon vor geraumer Zeit gestohlen worden war (denn sie war bei ihrer Ankunft schon nicht mehr dagewesen), gelang es ihnen, ein gewisses Interesse zu erwecken. Sie waren immerhin potentielle Kunden – so dachte die kleine Zwergin und versuchte, sich bei Felix, zu dessen schauderndem Entsetzen, einzuhaken. «Ich werde die Polizei alarmieren», sagte der Prinz in einem plötzlichen Ausbruch kindischer Verdrossenheit. «Ich rufe Faruk an.» Es wirkte nicht sehr überzeugend, so wie er dort stand, mit seinem kleinen, aus der langen wollenen Unterhose heraushängenden Glied.

Quatrefages überlegte einen Augenblick, dann führte er den vor sich hin murmelnden Prinz zurück ins Freudenhaus, und diesmal folgten ihnen Blanford und Felix, um etwas zu trinken und sich davon zu überzeugen, daß Livia nicht dort war. Quatrefages wurde sich plötzlich voller Scham seiner Nacktheit bewußt und suchte nach seiner Hose, bevor er mehr Whisky einschenkte; der Prinz zog sich hochmütig mit Hunden und Kindern ins Schlafzimmer zurück und schlug die Tür zu, nachdem er die Anweisung hinterlassen hatte, daß er mindestens eine Stunde lang nicht gestört werden dürfe. Blanford trank seinen Whisky und hörte dem blechernen Geklimper des Pianinos zu. Er war plötzlich schrecklich müde. Quatrefages sagte mit einem maliziösen Grinsen: «Livia ist zu den Zigeunern gegangen.»

Sie war also hiergewesen an diesem Abend, und wie üblich war sie ihnen entschlüpft! Felix konnte sich nicht enthalten, seinem Leidensgefährten einen leicht hämischen Seitenblick zuzuwerfen, aber Blanford wirkte eher ärgerlich als traurig. Er sagte sich, daß es so nicht weiterging – dieser Leidenschaft mußte ein Ende gesetzt werden. «Es führt zu nichts», sagte er laut zu sich selbst. Endlich dämmerte ihm die volle Wahrheit – doch wie jedes Aufleuchten der Wahrheit war auch dieses nur flüchtig und vorübergehend. Die andere Seite seines Hirns, sozusagen, war immer noch gelähmt durch sein inneres Bild von ihr, von ihrer mürrischen Anziehungskraft, von ihren verhauchenden Küssen, die ihre Gemüter entzündet hatten. Er kümmerte sich nicht um die spöttischen Bemerkungen des Buchhalters oder die zynischen Blicke von Felix – die Sache war zu wichtig, sie reichte zu weit in die Tiefen hoffnungsloser Gefühle, der Verzauberung, als daß andere sie hätten beurteilen können.

Er überließ sich bereitwillig seiner Stimmung, ignorierte die anderen, genoß die kleinen Stiche der Wonne und der Pein, die das mit sich brachte. Was zählte es, was Livia war oder was sie tat? Eine seltsame Metapher kam ihm in den Sinn, aber sie drückte sehr genau die Natur dieser Bindung aus – eine Metapher, die Sutcliffe Jahrhunderte später benutzen sollte, als er versuchte, seine starke Bindung an die bleiche geisterhafte Pia zu definieren, die eine verwässerte Version des Mädchens Constance – Livias Schwester – war. Doch in seiner derzeitigen Verfassung war es Livia, die diesen Gedanken provozierte, den zu verstehen man ein Alchimist hätte sein müssen. Was er an ihr liebte, war ihr «Wasser» – wie bei einem Edelstein. Denn was man im Grunde genommen an einer Frau liebt, ist nicht die stoffliche Hülle, die sie umgibt, sondern ihre «Signatur». Inmitten des Geplappers und der Unruhe in dem Bordell grübelte er über diese

Tatsache in all ihrer Einzigartigkeit nach und wünschte, er hätte einen Fetzen Papier gehabt, um sich Notizen zu machen. Er hätte es gern in sein Tagebuch aufgenommen, aber wußte, daß er in der Frühe alles vergessen haben würde.

Plötzlich überfiel ihn eine ungeheure Mattigkeit. «Ich möchte nach Hause gehen», sagte er gähnend, und zu seiner Überraschung erklärte Felix, daß ihm ebenso zumute sei. Blanford fühlte sich so einsam – er hätte in die dunkle Straße hinausgehen und imaginären Menschen lebhaft zuwinken können. Quatrefages sagte, er wolle auch mitkommen. *«J'ai tiré mon petit coup»,* fügte er bescheiden hinzu. Und der Prinz? Oh, den würde man hierlassen. Der Majordomus würde ihn sicher zum Imperial geleiten, wo er sein Quartier aufgeschlagen hatte. Eine Ersatz-Kürbis-Kutsche in Gestalt eines städtischen *fiacre* war bereits bestellt worden und wartete vor der Tür. Aber die Nacht war nicht mehr jung, und die drei jungen Männer waren bleich und erschöpft. So machten sie sich auf den Weg quer durch die Stadt und empfanden die belebende Wirkung der dunklen Kühle, die erfüllt war vom Duft der Limonen und Mandarinen und Geißblattblüten. Felix würde als erster zu Hause sein, dann der Buchhalter; Blanford wollte sich irgendwo hinsetzen und zusehen, wie die Morgendämmerung heraufkam, um seine Gedanken über Livia reifen zu lassen wie einen großen Kürbis. Der Schmerz wohnte der Freude inne – eine neue Erkenntnis für ihn, stellte er fest.

Die Nacht hatte auf sie gewartet – ein dicker Wanst von Stille, dem die normalen Geräusche der Stadt kaum etwas anhaben konnten. Irgendwo raste ein Ambulanzwagen mit klingelnder Alarmglocke durch die Straßen; es lag etwas Rachsüchtiges in dem schrillen Geklingel, fand er, als der Krankenwagen mit seiner Trophäe verstümmelten Fleisches triumphierend zum Krankenhaus zurückjagte. Sie hörten, wie die Signale leiser wurden, als er durch die äußeren Wälle in Richtung der Außenbezirke fuhr. Felix gähnte. Blanford, tief niedergedrückt, fühlte das ganze Gewicht seines unausgesprochenen Narzißmus schwer auf seiner Seele lasten, wie Teig oder wie Wachs, das darauf wartete, zu irgendeiner bedeutsamen Form geknetet zu werden – durch was? –, aber er wagte es noch nicht, sich als Künstler zu sehen. Es war wie ein verdecktes Geschwür, das sich nicht entladen konnte außer in Schlaflosigkeit oder in jenen plötzlichen Neigungen zu Tränenausbrüchen, wenn irgendwelche großartige Musik ihn aufrührte oder der Glanz des Lichts über einer vollkommenen Landschaft ihn durchbohrte. Für andere waren diese vagen Anzeichen von Glückseligkeit, diese Verwirklichungen von Schönheit in sich selbst genug, und sie konnten sie einfach genießen. Aber er gehörte zu diesen halsstarrigen und unausgeglichenen Leuten, die sich danach sehnten, irgend etwas mit ihnen zu tun – sie zu erkennen und wieder zu erschaffen, ihnen eine Form zu geben, die nicht so quälend vergänglich war wie die von der Wirklichkeit gewährte. Was konnte man tun? Das war sein ständiger Gedanke, und ihn quälte die Vorstellung, daß da gar nichts war, daß er nichts tun konnte, daß niemand etwas tun konnte.

Ein Windstoß wehte die Straße entlang und bog um eine Ecke, entschwand in einem dichten Wirbel welker Blätter und stürzte sich in den Rachen des unsichtbaren Flusses, dessen Schwappen und Schnappen sie schon hören konnten. Wenn die Sonne zum Vorschein kam, würden sich tausend blättertragende Platanen in seinen grünlichen Wassern spiegeln. Hier endlich war das Konsulat.

Das Pflaster war noch warm und strömte, da es mit Wasser und Eau de Javelle gewaschen worden war, einen Geruch wie von Weihrauch aus. Auch Felix spürte den nagenden Schmerz einer wehmütigen Traurigkeit. «Ich finde es schade, daß du bald abreisen mußt», sagte er, tröstete sich aber mit dem Gedanken, daß er nach einem solchen Sommer genügend glückliche Erinnerungen gespeichert hatte, um den Winter und den Regen und Schnee, den er der Stadt bringen würde, zu überstehen. «Ich muß um etwas Urlaub bitten», fuhr er fort, und die Aussicht, die anderen irgendwo, vielleicht in London, wiederzusehen, munterte ihn auf. Doch Blanfords Gedanken waren ernsterer Natur – denn nach diesem Semester war es Schluß mit Oxford. Das Leben breitete seine Flügel aus. Was sollte aus ihm werden? Er würde genug Geld haben, um davon existieren zu können – aber was nutzte das, wenn er keine leidenschaftlichen Neigungen hatte, denen er nachgehen konnte? Bauer, Bäcker, Schneider, Seemann, Hungerleider . . . was sollte er mit seinem Leben anfangen? Er hatte Livia die zwei kleinen Gedichte in der Universitätszeitschrift gezeigt, und er meinte, daß sie ihn mit neuem Respekt angesehen hatte, doch wahrscheinlich war das nur Einbildung. Was die Gedichte betraf, so waren sie ganz hübsche Nachahmungen, aber ohne eine Unze echten Gefühls. Hatte sie das nicht bemerkt? Er seufzte im Gehen laut auf. Auch Quatrefages schien vor lauter Müdigkeit von der vorherrschenden Wehmut infiziert. Er blickte zum dunklen Himmel auf und schüttelte sich wie eine nasse Bulldogge. «Man lebt nur einmal», sagte er unerwartet. Felix bog jetzt gähnend in den Gartenweg des Konsulats ein. «Vergessen Sie nicht, morgen habe ich das Auto», sagte er zu dem Buchhalter, der gleichmütig mit den Schultern zuckte. Felix hielt einen Augenblick lang in der Eingangstür inne, um ihren sich entfernenden Schritten auf dem dunklen Pflaster zu lauschen. Bald würde der Laternenanzünder erscheinen, um scheu wie ein Eichhörnchen seine Lichtblüten zu sammeln. Bald würde er wieder allein sein in dieser bedrückenden Stadt, die man nur genießen konnte, wenn man sie mit den Augen Livias sah. Trotz seiner gähnenden Müdigkeit unterzog er sich der Mühe, sich die Zähne zu putzen, ehe er in sein Bett sank – denn er war ziemlich stolz auf ihre Ebenmäßigkeit. Er sagte streng zu seinem schläfrigen Spiegelbild: «Ich werde mich nicht in den Schlaf weinen, bloß weil es auf dem Mond keine Golfplätze gibt.» Es war eine Glaubenserklärung, sozusagen.

Die beiden anderen gingen schweigend nebeneinander her, jeder in seine Gedanken vertieft, doch als sie sich dem kleinen Platz näherten, wo Quatrefages' grelles Fenster aus der dunklen Masse des dunkleren Hotels hervorleuchtete, verlangsamten sich ihre Schritte. Trotz seiner Müdigkeit zögerte der Buchhalter, sich von seinem Begleiter zu trennen. Um die Wahrheit zu sagen: Er war eine ängstliche Natur und fürchtete sich immer, spät und allein in sein Zimmer zurückzukehren, aus Angst, irgend jemand oder irgend etwas könnte ihm auflauern. Vielleicht ein uralter Landstreicher, stellte er sich vor, der im Armstuhl sitzend geduldig auf seine Rückkehr wartete, oder ein Blinder mit einem weißen Stock und einem großen weißen Hund. Sie würden gekommen sein, um ihm irgendeinen Pakt mit dem Teufel vorzuschlagen. Er runzelte die Stirn und schüttelte den Kopf über seine eigene Dummheit, doch gleichzeitig überlegte er, unter welchem Vorwand er Blanford überreden könnte, mit ihm die Treppe hinauf und in sein Zimmer zu kommen – nur zur

Beruhigung, damit er das Licht ausmachen und etwas Schlaf finden konnte.

Es schien absurd, ihm vorzuschlagen, noch etwas zu trinken, doch genau das hörte er sich tun. Und zu seiner großen Freude nahm Blanford, der seine Gefühle dunkel erahnt zu haben schien, die Einladung an. Der Buchhalter vermochte sein Glück kaum zu glauben. Sein schleppender Gang wurde sogleich beschwingt und nervös, seine Mattigkeit fiel von ihm ab. In Wirklichkeit war Blanford schon lange darauf aus, sich in diesem außergewöhnlichen Büro umzusehen, dessen Wände mit Todesurkunden der Templer bedeckt waren, jede mit dem Datum der Hinrichtung. In der Ecke standen ein ungemachtes Bett und ein Nachttisch mit den Hilfsmitteln gegen Schlaflosigkeit in Gestalt von Pillenfläschchen, Opiumtinkturen, Zigarettenschachteln und einem Haufen von Büchern über Alchimie und verwandte Themen, alle mit der Signatur des Calvet-Museums versehen.

Ein Stapel Schulhefte lag auf dem Kaminsims. Ein weißer Nachttopf, mit einem Büschel blühender Rosen verziert, stand unter dem Bett. Die Mitte des Zimmers wurde von einer Art Zeichentisch mit verstellbaren Lampen eingenommen, wie ein Architekt ihn sich aufstellen würde, um einen detaillierten Plan zu zeichnen – oder vielleicht von der Sorte Tisch, auf der ein Tapezierer seine Tapeten ausbreitet, bevor er sie mit Leim bestreicht. Dann war da noch ein kleiner Alkoven, in dem ein Kruzifix zusammen mit einer Whiskyflasche und mehreren kleinen Mineralwasserflaschen stand. In dem Raum roch es feucht und muffig. Das Zimmer lag nach der dunklen Seite der Straße hinaus und bekam nie Licht. Alles war mit dickem Staub bedeckt, und das kleine Duschbad befand sich in einem furchtbaren Zustand – Handtücher voller Haarpomade und, seltsamerweise, Lippenstift. Die Abflußrohre stanken. Überall waren Zigaretten ausgebrannt und hatten dunkle Flecken hinterlassen – sogar auf dem Waschbecken. Man wunderte sich nur, wieso hier noch nie ein Feuer ausgebrochen war. Quatrefages goß einen warmen Whisky ein und zog einen unbequemen Stuhl für seinen Gast heran.

Doch Blanford zog es vor, zu stehen und die Urkunden an der Wand mit ihren vielsagenden Daten zu betrachten, und der wieder munter gewordene Quatrefages folgte seinen Blicken mit stolzer Miene. «Wir sind jetzt beim letzten von ihnen angelangt», sagte er, «und wir wissen mit Sicherheit, daß es ihnen gelungen war, den Schatz an einem Ort zu verstecken, wo weder Philipp noch sein Kanzler Nogaret, der die Verfolgung leitete, die Hand darauf legen konnte. Das ist der Grund, warum sich die ganze Sache so in die Länge zog. Die Tempelritter waren bereit, alles zu bekennen, aber sie waren nicht bereit, das Versteck preiszugeben. Aus anderen Schriftstücken, von denen einige ganz hübsch rätselhaft sind, wissen wir, daß fünf Tempelritter in das Geheimnis eingeweiht waren. Aber wir wissen bis jetzt noch nicht, welche. Doch wir haben einige ziemlich klare Anhaltspunkte.» Er hielt inne, um sein Glas zu leeren, und hustete laut. Blanford, dessen Neugierde die Oberhand gewonnen hatte, stellte einige Fragen und sagte dann unvermittelt und vielleicht etwas grob: «Livia hat mir gesagt, sie glaube, Sie hätten den Ort, das Gewölbe, die Kapelle oder was immer entdeckt, aber es sei nichts mehr darin enthalten. Der Schatz sei schon vor ewigen Zeiten gestohlen worden . . .»

Die Veränderung, die in Quatrefages vorging, war ebenso plötzlich wie auffällig; sein blasses Gesicht wirkte jetzt angespannt und gequält. Er setzte sich auf das Bett und stieß krächzend einen Fluch aus. «Livia weiß nichts», sagte er, «nichts. Die Zigeuner erzählen einem alle möglichen Sachen, und alles ist falsch. Ich habe das Versteck jedenfalls noch nicht gefunden. Aber die Provence ist voll von verfallenen Kapellen und leeren Gewölben, die während der verschiedenen religiösen Erhebungen zerstört wurden. Doch bisher entspricht nichts der urkundlich belegten Baumgruppe – dem ‹Verger de Saint-Louis› –, wo die Platanen wie ein Quincunx angepflanzt wurden, wie in den alten griechischen Tempelhainen. Nein, noch haben wir diesen Ort nicht gefunden.»

Blanford tat es plötzlich leid, daß er sich eingemischt hatte – um so mehr, als er plötzlich das Gefühl hatte, daß Quatrefages ihn wahrscheinlich belog. Oder log Livia? So oder so, das Ganze ging ihn nichts an, und er hatte nicht die geringste Absicht, dem kleinen Buchhalter das Gefühl zu vermitteln, daß man sich nicht auf ihn verließ oder daß man seinen Worten nicht traute. «Es tut mir leid», sagte er, «das Ganze geht mich nichts an, und ich hätte das Geschwätz nicht wiedergeben dürfen.»

Trotzdem, wie immer die Wahrheit aussah, Quatrefages' Erregung schien irgendwie übertrieben, und Blanford konnte sich nicht enthalten, Überlegungen anzustellen über dieses Bruchstück von Klatsch, das Livia ganz beiläufig über die Lippen gekommen war, scheinbar arglos und ohne Vorbedacht. «Wenn wir ihn entdecken», sagte der Buchhalter, und seine Augen blitzten feindselig in der nervösen Blässe seines Gesichts, «dann ist der Tag zum Feiern gekommen.» Blanford wandte sich wieder den großen Urkunden mit den Todesdaten der Templer zu, und während er sie betrachtete, senkte sich sanft die Morgendämmerung auf die Straße unten herab. Ihr blasser Schimmer, gelb und rosa, tönte die Wände dieses scheußlichen Zimmers – fast wie ein Signal aus einer rätselhaften und bedeutungsschweren Vergangenheit.

Die Namen der Toten glühten wie Juwelen, wie letzte Funken, die noch in der grauen Asche der Vergangenheit glühten. Die Namen prägten sich ihm ein, ein jeder geborgen in der Ruhe des Todes und des Schweigens. Tote Ritter zweifelhafter Herkunft. Raynier de Larchant, Reynaud de Tremblay, Pierre de Tortville, Jacques de Molay, Hugues de Pairaud, Jean du Tour, Geoffrey de Gonneville, Jean Taillefer, Jean L'Anglais, Baudoin de Saint-Just. Bewohner nunmehr der Geschichte, vernichtet durch blinden Zufall, durch den Eifer und die Begierde der gesetzlosen Zeiten. «Man fragt sich, wessen sie schuldig waren», sagte er laut, jedoch mehr zu sich selbst. Seine Augen wanderten wieder über die großen Namen, verweilten bei ihnen, schmeckten das Geheimnis und die Traurigkeit ihres vorzeitigen Todes durch Hunger, Folter oder die brennenden Scheiterhaufen der Inquisition. Es war ein Rätsel, das niemand je lösen würde, ein Geheimnis, das immer noch neue Generationen von Historikern faszinierte und narrte.

Quatrefages saß vornübergebeugt auf der Bettkante und konzentrierte sich, als wollte er Blanfords Gedankengänge verfolgen, in seinem Verstand lesen. Sein Gesicht war jetzt gerötet, das Fieber war zurückgekommen, und er war voll des Alkohols und fing an, es zu merken. «Wessen sie schuldig waren?» wiederholte er laut mit scharfer, schriller Stimme, die sich so merkwürdig von seinem üblichen Tonfall unterschied, daß Blanford sich ihm neugierig zuwandte und sagte: «Nun?» Doch es war jetzt offensichtlich, daß Quatrefages tatsächlich betrunken war; er stand schwankend auf und fing an zu schniefen. «Der größten Ketzerei, die die Welt je gesehen hat», sagte er exaltiert; er ballte die Hände zur Faust und hob sie in die Höhe, ganz so, als stünde er selbst auf einem hohen Scheiterhaufen, fühlte die Flammen um seine Füße herum aufzüngeln und bezeugte die Wahrheit eines Glaubens, der der gesamten Denkstruktur eines Jahrhunderts zuwiderlief.

Blanford sah einen Moment lang zu, wie er dort verbrannte und schrie, und dann streckte er zögernd die Hand aus, wie um ihn zu beschwichtigen oder zu trösten angesichts so exzessiver Gefühle. Auch fühlte er sich ein wenig schuldig – als hätte seine nichtige Bemerkung diesen orgiastischen Ausbruch provoziert. Quatrefages bebte jetzt vor Erregung. Er war wie ein Draht, durch den elektrischer Strom von einer fast zu starken Spannung fließt. «Sie kennen die Wahrheit nicht», sagte er zusammenhanglos, und seine Lippen fingen beim Sprechen an zu zittern und seine Tränen schnürten ihm die Kehle zu.

So konnte Blanford einen flüchtigen Blick auf den Eiferer werfen, der sich hinter der äußeren Maske des jungen Mannes verbarg – hinter dem Panzer aus Fleiß und Rechtschaffenheit und Höflichkeit, der die äußere Erscheinung des Mannes ausmachte. Doch nun war es so, als wäre ein Hebel umgelegt worden, zuerst durch den Alkohol und dann durch Livias Bemerkung – das Bild eines Staudamms kam ihm in den Sinn oder eine dieser *écluses* an der Rhône, durch die ihr Schiff geglitten war. Die Strömung hatte allen Schutt dieses einsamen und verborgenen Lebens fortgespült – und da saß er nun und grämte sich über längst verstorbene Ritter und versuchte mit Hilfe von List und Wissenschaft, ihre Taschen zu plündern. «Wir sind Grabschänder im Dienst Lord Galens», rief er mit erbitterter Heftigkeit, immer noch in seiner theatralischen Haltung des menschlichen Opfers verharrend. «Die haben die ganze Angelegenheit auf eine vulgäre Jagd nach *fric,* nach Beute reduziert. Der springende Punkt dieser ungeheuren Abtrünnigkeit ist ihnen völlig entgangen. Blanford, *écoutez!*» Er packte seinen Gast bei den Schultern und schüttelte ihn so heftig, daß sein Glas fast überschwappte und er gerade noch rechtzeitig seinen Ellbogen befreien konnte, um es abzusetzen.

Quatrefages sank zurück auf sein Bett und stützte mürrisch sein Kinn in die Fäuste: «Was mich umbringt«, sagte er etwas ruhiger und bemüht, den dramatischen Unterton in seiner Stimme zu unterdrücken, «ist die Schändlichkeit unseres Tuns und mein eigener Anteil daran.» Blanfords Reaktion auf diesen Ausbruch war die eines christlichen Internatszöglings – er war verlegen, beunruhigt und überwältigt. Er verfluchte sich, daß er unwissentlich diesen Sturm entfesselt hatte. Er wollte nicht Zeuge der Selbstbeschuldigungen und Reuebezeigungen Quatrefages' werden. Wenn er das, was er tat, so sehr mißbilligte, warum kündigte er dann nicht? Nun, es war leicht, die Dinge so zu vereinfachen – das wußte er. Doch er unterdrückte einen Seufzer, als er sich setzte, um dem Buchhalter Gelegenheit zu geben, sich auszusprechen. «Ich fing an in gutem Glauben an den wirtschaftlichen Erfolg, und dann interessierte ich mich immer mehr für die Tempelritter – nicht für ihr Vermögen, sondern für die besondere Art ihrer Ketzerei. Um der Herrschaft der Materie zu trotzen, wie sie es taten, um den herrschenden Teufel herauszufordern – das war es, was mich faszinierte. Ja, sie bauten sich in aller Stille eine fast unangreifbare weltliche Machtstellung, sie waren die Bankiers ihrer Zeit. Und diese großen Bauten waren ihre Banken, ihre Gefängnisse.»

Er deutete mit einer vagen Handbewegung in Richtung

der päpstlichen Paläste auf ihrer Erhebung oberhalb des Flusses, die sich jetzt zweifellos ebenfalls rosa färbten, Stückchen für Stückchen, Türmchen für Türmchen. «Die Ritter wurden systematisch vernichtet von den Kapuzen tragenden anonymen Schlächtern der Inquisition, um die Erbfolge dessen zu sichern, von dem sie inzwischen wußten, daß es das Böse war – die Vorherrschaft der Materie und der Willkür in der Welt. Sie waren die Instrumente des Teufels höchst persönlich, der es nie zulassen würde, daß sein Thron durch diese großartige Verweigerung der Ritter ins Wanken geriet – er dachte nicht daran, sich ohne Kampf geschlagen zu geben. Der Todeswille gegen den Lebenswillen – Gott, verstehen Sie, ist bei alldem nur ein Alibi, eine Tarnung. Der wirkliche Kampf zwischen den negativen und den positiven Kräften wurde hier in Avignon ausgetragen – und das gesamte Europa der kommenden Jahrhunderte stand auf dem Spiel.» Er hielt inne und befeuchtete seine trocknen Lippen. Dann leerte er schwankend sein Glas und sagte, fast im Flüsterton: «Sie verloren, und wir verloren mit ihnen.»

Die beiden starrten einander einen Moment lang an, und dann gab Quatrefages ein hoffnungsloses leises Lachen von sich, neigte den Kopf zur Seite, schloß die Augen halb – wie ein Vogel, der den Kopf unter seine Flügel steckt – und sagte: «Ich weiß, warum Sie mich so ansehen. Sie sagen sich, daß es hirnverbrannt ist, sich über ein nichts als historisches Ereignis so heftig zu erregen. Und Sie haben recht. Doch wir erleiden das verhängnisvolle Schicksal des europäischen Menschen, das damals entschieden wurde – hier, in Avignon. Wir nehmen teil an diesem materialistischen Begräbnis des lebenden Menschen. Ja, sie wurden niedergeschlagen und ohrenzerreißende Reklamewolken wurden über ihnen ausgepumpt, um die wahren Probleme zu verdunkeln und ihre Namen in Verruf zu bringen. Sie wurden jeder Art von Zauberei beschuldigt, während die einzige Verschwörung, die sie sich je gestatteten, die klare Weigerung war, weiterhin mit der großen Zivilisationslüge zu leben, wie sie damals verordnet war. Natürlich mußten sie dies geheimhalten, denn es war Ketzerei nach den strengen Maßstäben der damaligen Zeit.»

Endlich verstummte er. Blanford starrte auf die großen Wandtafeln: Unter ihnen war eine Anzahl architektonischer Zeichnungen von den verschiedenen Tempeln und ihrer Lage. Er kam zu dem Schluß, daß er sich in der Gegenwart eines harmlosen jungen Irren befand, der sich durch die wilden Spekulationen des derzeit allzu modischen populären Mystizismus den Kopf hatte verdrehen lassen. Die Rosenkreuzler, die Maße der großen Pyramide, Madame Bavatsky ... Er kannte sich auf dem Gebiet recht gut aus und hatte sogar eine ganze Menge Bücher über diese Dinge gelesen – ohne jedoch in Begeisterung auszubrechen über das, was er für erfreuliche Phantasien hielt. «Was interessiert es, ob es einen Schatz gibt oder nicht?» rief Quatrefages leidenschaftlich – er war noch einmal aufgewacht, um sein Thema wiederaufzunehmen. Päng! «Nur um Galens Vermögen noch ein wenig mehr *fric* hinzuzufügen? Aber meiner Meinung nach gibt es gar keinen Schatz – ich nehme an, Philippe le Bel hat alles kassiert. Ich habe das niemandem gegenüber erwähnt, weil ich mir nicht absolut sicher bin – aber bei unserer Suche nach dem Quincunx von Bäumen geht es um eine andere Sorte Schatz. Und daran glaube ich wirklich. Aber wer ist da, mit dem ich darüber sprechen könnte? Niemand! Niemand!»

Wieder hämmerte er mit der Faust auf das Bett, bis die

Sprungfedern quietschten. All die wirren Einzelheiten seiner eigenen Abtrünnigkeit, seiner Verweigerung des Leibes Christi, des kannibalischen Totems, stiegen in ihm auf, und das Gefühl der eigenen Unwürdigkeit, der Unzulänglichkeit würgte ihn. Ihm entrang sich ein Stöhnen. Blanford sagte ein wenig steif: «Ich glaube, ich verstehe Sie ungefähr. Sie sprechen von dem Stein der Weisen, nicht wahr?» Doch der Buchhalter war wieder in seine Träumereien versunken und nickte nur abwesend, als lauschte er einer fernen Musik, die ihn zu sehr gefangennahm, als daß er seine Aufmerksamkeit dem, was Blanford sagte, hätte zuwenden können. «Aber das ist nicht die Sorte Schatz, die man in der Erde findet, wie zum Beispiel ein goldener Topf mit einem flüssigen Regenbogen darin . . . nicht wahr?» Die Frage war sinnlos und verdiente als Antwort das Schweigen, mit dem sie quittiert wurde. Quatrefages flüsterte jetzt sich selbst etwas zu, ruhig und zuversichtlich, und nickte weise und ergeben mit dem Kopf. Dann sank er seitwärts auf die Kissen, umfaßte seinen schweren Kopf mit beiden Händen, als wäre dieser eine römische Büste, und schlief ein. Blanford beobachtete ihn eine Weile lang voller Neugier und Mitgefühl: Sein Geist schien mit geradezu tragischer Intensität in diesem schmächtigen Körper zu brennen. Und jetzt, im Schlaf, mit seiner langen, auf das Kissen zielenden Nase, sah er rührend wehrlos aus. Seine Handgelenke waren so dünn. Da das Licht bereits ausgeschaltet war, blieb ihm nichts weiter übrig, als auf Zehenspitzen aus dem Zimmer zu schleichen und leise die knarrende Treppe hinunterzugehen.

Er blieb stehen, um flüsternd mit dem schläfrigen Nachtportier, der sein improvisiertes Bett in Ordnung brachte, ein Wort zu wechseln. Dann ging er hinunter zu dem eisigen Fluß und der Brücke, die von der erwachenden Stadt fort zu den weiten grünen Hügeln auf der anderen Seite führte. In einem neuen Ausbruch von Energie machte er sich auf den Weg nach Tu Duc. Alles schien an diesem heiteren Morgen zu glänzen wie eine neue Münze – eine neugeprägte Währung lebendiger Eindrücke. Er fühlte, wie sich in seinem Geist Worte regten – wie irgendwelche Tiere, die lange Winterschlaf gehalten hatten und erst jetzt von einem verspäteten Frühling geweckt wurden –, tief beeindruckt von der Romantik des grün dahinwirbelnden Flusses und den mit vereinzelten Zypressen bestandenen Hügeln, auf die er zuschritt. Um einen Ort oder einen Augenblick wirklich würdigen zu können – um die bittere Essenz zu extrahieren –, sollte man ihn im Licht eines Aufbruchs, eines Abschieds betrachten. Das Gefühl des Abschiednehmens durchtränkte die Dinge mit dieser Vorstellung von Wehmut, die so wichtig war für den jungen Künstler.

Er fühlte, wie die Verlockung der Sprache sich in ihm regte, so wie sich ein durch lange Nichtbenutzung verkrampfter Muskel streckt. Er wußte nicht, wie er dieses Glücksgefühl im Zaum halten noch was er mit ihm anfangen sollte. Er näherte sich dem schlafenden Haus über dem zerzausten Rasen, jeder seiner Schritte schnitt durch den Tau, und er spürte, wie die Feuchtigkeit in seine Tennisschuhe eindrang. Eine schwarze Katze saß auf der Fußmatte vor der Tür zum Küchengarten – genau wie in seinem ersten Kinderbuch. Aber noch wunderbarer: Unter den zerknüllten Bettlaken, die die geheimnisvollen Formen der nackten Livia verbargen, sah er nur eine locker herabhängende schmale Hand mit langen Fingern hervorschauen – ein Finger gelb von Tabakflecken. Er zog sich aus und kroch neben die schlaftrunkene, halb betäubte Nymphe. Froh, daß sie weiterschlief, betrachtete er jeden Zug dieses schmalen ausdrucksvollen Gesichts mit seiner auffallenden Anordnung von Knochen und Flächen.

Er versuchte, mit den Augen die sehr reale Verzaubeung, die es verändert hatte, zu durchdringen, und er erkannte, daß er nicht Livia sah, sondern sein eigenes verklärtes Bild von ihr – die Spiegelung seiner Liebe. Neben dem Bett lag die kleine Schachtel mit dem billigen Trauring, den er in Lunel bei einer alten jüdischen Frau erstanden hatte, die in einem Kiosk Lotterielose und Wettscheine verkaufte. Er steckte ihn vorsichtig an ihren keinen Widerstand leistenden Finger und küßte ihn, als das törichte Mondkalb, das er war. Auf ihre geflüsterte Bitte hin schlief er mit ihr, obwohl sie weder die Augen öffnete noch in irgendeiner Art die Lage ihres Körpers veränderte; er bewegte sie, während sie dort lag, ganz schlaff, fast wie eine dieser gelenkigen Gliederpuppen, die Künstler und Schneider benutzen.

Ihre vereinten Geister schienen zusammen, ineinander verschlungen, den langen Fluß hinunterzugleiten und dann weit hinaus ins Meer – in die tiefe See eines neuen Schlafs. Doch um sie nicht zu stören, nahm er eine Wolldecke mit auf den Balkon hinaus und rollte sich auf den Steinen zusammen, im schwindenden Tau, den müden Kopf auf ein feuchtes Handtuch gebettet. Im erschöpften Halbschlaf entrollte sich vor ihm wie von einer riesigen Spule die ganze prächtige Galerie provenzalischer Bilder. Da waren so viele Erinnerungen, daß er gar nicht wußte, was er mit ihnen anfangen sollte. Er hörte, wie Livia sich bewegte, und blickte, auf den Ellbogen gestützt, durch die offene Balkontür. Ja, sie war schläfrig-wach und saß aufrecht im Bett; aber auf das, was er jetzt sah, war er nicht vorbereitet. Sie starrte auf ihren Ringfinger mit einem seltsamen Ausdruck des Grauens, den er nie zuvor in ihrem Gesicht gesehen hatte. Es war der Ausdruck eines Menschen, der plötzlich auf dem Revers der Jacke, die er trägt, einen Skorpion entdeckt. Ihre Lippen schrien fast: «Wer konnte das tun?» Und mit einer halb zornigen, halb angewiderten Gebärde zog sie den Ring ab und schleuderte ihn mit aller Kraft in die Zimmerecke.

Er hörte das mißmutige Geklimper, als der Ring über den Fußboden hüpfte. Es war ein ziemlicher Schock – irgend etwas in ihm erstarb und erkaltete, als er diese unfreiwillige Geste der Ablehnung in sich aufnahm. Jetzt richtete auch er sich auf und beobachtete, wie sie seufzend auf ihr Bett zurücksank und sich die Bettdecke über den Kopf zog, während sie in einen noch tieferen Schlaf fiel. Der Ring! Blanford dachte über diese unerklärlichen Geheimnisse und über Livias Unabhängigkcit nach, als er durch den erwachenden Garten ging und in das eisige Wasser des Wasserlilienteichs tauchte. Was bedeutete das alles? Livia war doch auf seine unreifen Avancen und angedeuteten Heiratsanträge eingegangen. Bisher hatte sie keinerlei Abneigung gegen einen solchen Gedanken bekundet. Doch da stand sie am Rand des Teiches, bereit zum Sprung. «Was hat sich denn geändert?» fragte er ruhig, wenn auch ein wenig bänglich, obwohl er nicht wußte, was an ihrer Antwort er zu fürchten gehabt hätte. «Ich war noch nicht soweit», sagte sie. «Noch nicht. Vielleicht werde ich es nie sein. Wir werden sehen.»

Doch dann, als wollte sie dieses verwirrende Zögern wiedergutmachen, stürzte sie sich ins Wasser und kam in seine Arme gewirbelt, um ihn aufs neue zu küssen und zu umarmen, und ihr Körper glitzerte wie ein Fisch im Netz. So war der Frieden zwischen ihnen wiederhergestellt –

doch im Grunde seines Herzens fühlte Blanford den stechenden Schmerz einer Traurigkeit, einer unerreichten Vertrautheit, die wie ein Schatten zwischen ihnen lag. «Ich habe dich überall verpaßt, bei den Zigeunern, bei Riquiqui, Felix, Quatrefages . . .» Er lächelte sie an, aber ganz plötzlich schien er mit einem Ruck aufzuwachen und sagte sich: «Sie lügt so selbstverständlich, wie sie atmet – in allem.» Später suchte er den Ring, doch er war fort. Dann hatte sie ihn also an sich genommen? Er fragte sie nicht.

VI
Erwiderungen

Der lange, verschlungene Gedanke, nach den vielen Parenthesen, kam endlich zur Ruhe in seinem schweigenden Geist. Ein sehr langes Schweigen sank herab, das sich, wie ihnen beiden schien, leicht bis in alle Ewigkeit fortsetzen konnte. «Hallo!» rief Sutcliffe zweimal in einem Ton fast kindlicher Angst. (Geister geraten immer in Unruhe, wenn sie sich nicht voll manifestieren können – wenn sie, sozusagen, außer Dienst sind –, denn es scheint ihnen, daß sie dann in Gefahr, in ihrer Existenz bedroht sind.) Ja. Ich meine, angenommen, daß Blanford vergaß, an *ihn* zu denken! Was dann? Das wäre das Ende! Und Blanford selbst war in diesem Augenblick von dem gleichen Gedanken bedrückt, denn er wußte, sobald die Geister, die zusammen die kollektive Erinnerung ausmachen, ihr Interesse verlieren ... nun, dann verlischt man wie ein Licht. Fragen Sie irgendeinen Künstler! Einen Augenblick lang war er unfähig zu sprechen, er konnte nicht antworten; in seiner Vorstellung hatte er den altmodischen Hörer auf die Armlehne des Stuhls sinken lassen, während er mit kalter Intensität ins Feuer starrte, denn dort hatte er Constances Gesicht gesehen, es rollte sich in den Flammen zusammen, es war im Begriff zu verschwinden. Sutcliffe konnte seine unregelmäßigen, schweren Atemzüge hören. «Um Himmels willen», rief er, «warum sagen Sie nichts, Aubrey?»

Aber den Schriftsteller hatte plötzlich ein Gefühl hilfloser Unzulänglichkeit übermannt, als er darüber nachdachte, wie er all die Ereignisse und Eindrücke dieser kurzen Epoche, die mit dem Ausbruch des Krieges ein so jähes Ende gefunden hatte, komprimieren und zu wenigen Seiten kondensieren könnte. Das flüchtige Bild Constances hatte plötzlich alles wieder aufleben lassen. Es war so außerordentlich reich, so voller Verheißung gewesen; dann war abrupt die ganze Periode versunken, weit weg, in die dunkle Nacht Nazi-Europas. Aber was sagte er da? Denn in Wirklichkeit war der Krieg damals schon fast ein ganzes Jahr erklärt, aber niemand rührte sich. Die Franzosen lungerten in ihren Unterständen herum und wunderten sich über die außergewöhnliche Lähmung, die ganz Europa befallen hatte. Währenddessen schien das Leben in Paris und London unverändert weiterzugehen – der Postverkehr war normal, zum Beispiel, das Telefon funktionierte, der Himmel war noch frei von Flugzeugen. Ja, ein paar glitschig aussehende Sperrballons waren über der Themse aufgetaucht. Irgendwo, in einem vagen, verschwommenen Bereich des Gemeinschaftsgefühls, wurden fiebrige Vorbereitungen getroffen, um eine Waffe zu schmieden, die den ersten Ansturm des deutschen Heeres aufhalten könnte. Aber irgendwie glaubte niemand so recht an ihn. In dieser sanften Lähmung lag eine schwelgerische Hoffnungslosigkeit, eine wehmütige Vorahnung des Verhängnisses, das alle großen Metropolen einholen würde, eine nach der andern. Adieu, Paris und Rom, Athen und Madrid ... Man hatte den unbezähmbaren Wunsch, sie alle schnell noch einmal kurz zu besuchen, ihren lebendigen Puls zu fühlen, bevor er für immer zum Stillstand gebracht wurde. Doch selbst dazu war es zu spät, nachdem der Krieg offiziell erklärt worden war. Seit

Monaten, seit Jahren sogar, als man noch nicht daran dachte, daß ein Krieg kommen könnte, hatte man gesehen, daß der Horizont sich verdunkelte. Man hatte damit gelebt und gewußt, daß man nichts dagegen tun konnte.

Belanglose Ereignisse, bloße Nichtigkeiten aus dieser Epoche waren Blanford noch immer im Gedächtnis, als wären sie nur Sichtzeichen gewesen, um die Richtung des vorherrschenden Windes anzuzeigen, den Todeswind. Wie er Sam Geld geliehen hatte, damit er sich eine Uniform kaufen konnte, während unten in der Provence Constance auf ihn wartete, auf Sam, mit ihrer ruhigen und lächelnden Fürsorge, die die Tiefe ihrer Gefühle so kundig maskierte. Es war nicht die Zeit, in der man sich entschloß, zu heiraten, aber genau das hatten sie getan; und als sie sein Zimmer in Tu Duc betrat, hatte sie ihn dabei überrascht, wie er seinen seltsamen Aufzug im Spiegel betrachtete, verlegen und mit einem Anflug verzückten Staunens. Sie hatte nicht wirklich geweint, aber er zog ihren Kopf an seine Schulter und mußte plötzlich über seinen törichten Gesichtsausdruck lachen, während er laut zu seinem Spiegelbild sagte: «Wenn sie mich in dieser Aufmachung nicht liebt, dann wird sie's nie und nimmer tun.» Die Hose hatte geändert, der Rock enger gemacht werden müssen. Und hier kam Felix zu Hilfe und fand einen Schneider in Avignon. Sam hatte nur wenige Tage Urlaub, ehe er wieder nach Oxford und in den Krieg mußte. Es war nicht nur scherzhaft gemeint, als er sagte: «Ich hatte mir wirklich Sorgen gemacht, ob ich zu etwas tauge, und nun seht euch diesen hervorragenden Job an, und so gut bezahlt! Und jede Menge Beförderungschancen, wenn man tüchtig ist.» Das war auf dem Bahnsteig, als sie auf den Zug nach Paris warteten. Blanford sah, wie Constance sich abwandte, um ihre Bewegung zu verbergen, und er scherzte mit seinem Freund, um die seine zu verbergen. Die ganze Welt brach unter ihnen auseinander wie ein altes Floß. Es war beklagenswert, so unerfahren zu sein, so zurückhaltend.

Dennoch gab es bestimmte beruhigende Gewißheiten; zu ihnen gehörte die allgemeine Überzeugung, daß die Deutschen nie die Maginot-Linie durchbrechen würden, was immer ihre Bombenflugzeuge den Städten antun mochten. Falls es Krieg gab, und selbst wenn er lange dauerte – Frankreich würde geographisch unversehrt bleiben, so daß ein gewisses ziviles Leben weitergehen würde, bis das alles zu Ende war. Die berühmte Linie war für Frankreich das, was der Ärmelkanal seit eh und je für die Briten war. Irgendwie mußten sich bei allen hartnäckige archaische Erinnerungen an 1914 im Bewußtsein gehalten haben, an den Stillstand an der Somme und so weiter. Niemand dachte an Mobilität, auch später nicht, als es klar war, daß die Dinge einen Kompromiß weit überschritten hatten. Was weiter? Felix hatte Order bekommen, sich bereit zu halten und bei der Evakuierung der britischen Staatsangehörigen zu helfen, falls der Sturm losbrechen sollte – und dann das Konsulat den Schweizern zu übergeben. Und dies führte zu einer erstaunlichen und hochwillkommenen Entdeckung. Die drei – Hilary und seine zwei Schwestern – waren von zweifacher Nationalität und wollten ihre schweizerische Staatsbürgerschaft geltend machen. Ihr Vater, der schlaue alte Fuchs, hatte dafür gesorgt, daß sie alle in Genf zur Welt gekommen waren. Doch weder Sam noch Blanford konnten eine solche Befreiung von jedwedem Handeln für sich in Anspruch nehmen, obwohl Blanford sich überlegte, ob er sich dem Kriegsdienst nicht aus Gewissensgründen verweigern sollte. Felix bot ihm alle notwendigen Unterlagen an, aber Blanford wurde von widersprüchlichen Zweifeln geplagt. Das Schicksal der Juden war inzwischen deutlich geworden, und wenn man auch prinzipiell gegen den Krieg war, konnte man sich vor diesem, bei dem so viel auf dem Spiel stand, eigentlich nicht drücken. Doch vorerst tat er nichts.

Und dann, irgendwann mitten in dieser Epoche, kommt es zu einer kurzen Zeit mit Livia in Paris, einer Zeit, die mit dieser unseligen, durch einen nie getragenen Ehering bekräftigten Heirat endete. Eine unordentliche, rauhe Art von Studentenexistenz im 14. Arrondissement. Eine Livia, die immer beschäftigt und in Anspruch genommen war, auch wenn er nie herausfand, was sie tat. Aber sie war zu allen Zeiten und bei jedem Wetter unterwegs, und sie sprach im Schlaf und trank Absinth mit beunruhigendem Eifer. Die kleine Mietwohnung war schäbig genug, aber es war ein Tisch da, an dem er schreiben konnte, so daß wenigstens ein Grundbedürfnis befriedigt war; allerdings schrieb er in dieser Zeit meist nur lange Briefe. Wenn er jedoch tief in den Dschungel eindrang, konnte er das Knistern der animalischen Zweifel vernehmen, die ihn beschlichen. Er fing an, sich zu fragen, was er da getan hatte. Manchmal, wenn sie zuviel getrunken hatte, war ihr Gelächter ebenso übertrieben wie beleidigend. Manchmal bemerkte er flüchtig einen ungewöhnlichen Ausdruck in ihrem blassen Gesicht – Haß, Boshaftigkeit, Verachtung. Er flößte ihm Angst ein und machte ihn traurig, als fehlte ihm ein wesentliches Stück Information – die Gegenwart eines Schattens, der für immer zwischen ihnen stand. Und sie fehlte ihm tatsächlich. Livia war so viel dünner geworden, daß sich ihr Aussehen verändert hatte. Der Kopf der Zikade war schmaler geworden, das Gesicht das einer Natter.

Dann ließ die Gesundheit seiner Mutter immer mehr nach, und er wurde an ihr Krankenlager gerufen, wo er lange und ernst in das einst vertraute Gesicht blickte und voller Schmerz sah, daß die lange Krankheit alles Charakteristische verändert und neue Flächen und Linien geformt hatte, als wollte sie die furchtbare Einsamkeit und innere Verzweiflung auf der äußeren Haut reproduzieren. Sie hatte ihm einiges über ihr kleines Vermögen mitzuteilen, und sie hatte herausgefunden, daß sie Cade, dem Diener, nicht vertrauen konnte. Er öffnete ihre Briefe und spionierte überhaupt in ihren Angelegenheiten herum. Sie hätte ihm nur zu gern gekündigt, aber alle seine anderen Pflichten erfüllte er so tadellos und zuverlässig, daß sie es nicht gewagt hatte. In diesen wie in allen anderen Dingen war sie die Klarsicht selbst, so daß er, noch als sie im Koma lag, nicht glaubte, daß sie sterben würde – tatsächlich hatte der Arzt ihn darauf hingewiesen, daß sie noch längere Zeit dahinsiechen könne, da ihr Herz so stark sei. Trotzdem verbrachte er diesen Tag an ihrem Krankenlager und hielt ihre zerbrechliche Hand, in der der Puls pochte wie der eines gefangenen Sperlings. Während dieser langen Zeiten des Schweigens setzte sein Verstand langsam und schwerfällig seine Tätigkeit fort. Er dachte viel über Livia nach und über seine eigene Zukunft. Seine Mutter hinterließ ihm ein für bescheidene Bedürfnisse ausreichendes Einkommen sowie ein Haus in London, das er vermieten könnte. Dann war da noch ein kleines Sommerhaus auf einem Stückchen Land außerhalb Kairos, wo sein Vater viele Sommer verbracht und mit stiller Emsigkeit seiner entomologischen Leidenschaft gefrönt hatte. Genaugenommen war es nur eine Hütte auf einem winzigen Grundstück. Doch immerhin, es war wie ein Fenster mit Blick auf ein anderes Land.

Ein anderes Problem: Falls sie das Bewußtsein doch noch einmal wiedererlangte, sollte er ihr dann erzählen, daß er mit Livia verheiratet war, oder war es besser, die ganze Angelegenheit zu verschweigen? Schon beschlich ihn die Ahnung, daß er sich in etwas eingelassen hatte, das eines Tages in einer großen Katastrophe enden könnte. Er saß im grauen Licht einer vorstädtischen Abenddämmerung und versuchte im Geist, ihr pochendes Handgelenk mit dem Ticken der Standuhr in der Halle in Einklang zu bringen, während er ein wenig bedrückt darüber nachdachte, was aus dem allem werden sollte. In gewisser Weise war es gut, daß man über den Krieg nachdenken konnte – denn er verkleinerte rein persönliche Schwierigkeiten, und man konnte sie vorübergehend beiseite schieben. Und doch glaubte er nicht, daß es Krieg geben würde, trotz aller Vorzeichen; die Geschichte war wie ein Klumpen zähflüssigen Porridges, der langsam im Abfluß versickert, aber mit welch unendlicher Langsamkeit! Ihre Gesten, ihre Hoffnungen und ihrer beider Pläne schienen ihm irgendwie unwirklich, schimärenhaft. Währenddessen war die Raserei von Paris ihm weiterhin eine Lehre, und er begriff, wie ergiebig die Lektionen waren, die er während seines nur allzu kurzen Aufenthalts dort gelernt hatte – in der Hauptstadt des europäischen Nervensystems. So viele wertvolle Erkenntnisse: daß völlige Freiheit nicht Zügellosigkeit bedeutete, Kochkunst nicht Völlerei, Leidenschaft nicht Brutalität.

Die alten Straßen am schäbigen Ende der Rue St.-Jacques, die nach Pisse und abgestandenem Essen stanken, waren die reine Folklore eines in einer relativ wasserlosen Stadt gelebten Lebens, wo die Frauen sich nicht unter den Armen rasierten und seifigem Badewasser schale Gerüche vorzogen. Im Sommer konnte einen der Achselhöhlengeruch in den Cafés zum Wahnsinn treiben. Doch überall wiegte der Flußwind die samtene Stadt, und man konnte die ganze Nacht unter einem Sternenbaldachin, der einer Oper Ehre gemacht hätte, spazierengehen – das blitzende Glitzern des Alls traf auf den schimmernden Glanz einer Welt der bunten Lichter.

Ihrem Stil getreu, hatte Livia sich mit ihm (für die Hochzeit) im alten Sphinx, gegenüber der Gare Montparnasse, verabredet – einem Familiencafé, wo Familien vom Lande hinkamen, um Eis zu essen und auf ihre Züge zu warten –, dessen ehrbare Fassade ein reizendes Bordell mit einer hohen Galerie und mehreren blitzsauberen Kammern tarnte. Ein einfacher Perlenvorhang trennte die beiden Etablissements, aber das Paris jener Tage war von einer so liebenswürdigen Natürlichkeit, daß die Mädchen, oft nur in ihren bunten Sarongs und mit der traditionellen Serviette über dem Arm wie Kellner (keine Flecken auf die Bettdecke, bitte), herauskamen, um Freunde zu begrüßen oder sogar mit älteren Kunden, welche die Zeit sanft in die *impuissance* überführt hatte, eine Partie Schach zu spielen. «Wie schön wäre es», sagte sie, als sie hereinkam, «wenn du all das mitnehmen könntest in das verrußte Euston.» Er hatte ihr gesagt, daß seine Mutter im Sterben lag und daß er gleich nach der Zeremonie, die von einem fast tauben Konsul vollzogen und ordnungsgemäß ins Konsularregister eingetragen wurde, abreisen würde. Der Geistliche bot ihnen unter dem taktlosen Porträt eines idealisierten Wellington das traditionelle Glas Champagner an. Er war ein freundlicher alter Herr, aber er konnte seinen entsetzten Blick nicht von Livias schmutzigen Füßen in den Sandalen wenden. Später, sehr viel später, als Blanford Livia fragte, warum sie es überhaupt getan hatte, erwiderte sie mit verächtlichem Lachen: «Es war mir so unwichtig; deshalb habe ich dir etwas, was du haben wolltest, zum Geschenk gemacht.»

All dies und vieles mehr ging ihm durch den Kopf, als er dort saß und das Handgelenk seiner sterbenden Mutter hielt – eine Flut von Eindrücken zog schillernd wie ein Schwarm tropischer Fische durch das trübe Aquarium seiner Studentenzeit. Auf der anderen Seite des Vorhangs zum Jünglingsalter lag ein Paris, das voller üppiger Überraschungen war – ein Paris, wo alle Huren angefangen hatten, Deutschstunden zu nehmen. Die Lehrer am deutschen Institut wurden mit Nachfragen nach Unterrichtskursen überschüttet! Ein Paris, wo sich niemand unter den Armen rasierte. Im Sphinx, wohin er manchmal eher gesetzten Schrittes ging, um *belotte* zu spielen und (mit schüchterner Miene) einen Absinth zu trinken, den er haßte, hatte er eine bezaubernde Freundin seiner ihm frisch angetrauten Ehefrau kennengelernt, eine Negerin von großer Schönheit, mit einem Lächeln von hier bis dort und Händen, die sich in jede sich bietende Tasche verirrten. Livia fand sie «umwerfend», und das Martinique-Französisch amüsierte sie dermaßen, daß er sich gezwungen sah, sie ebenfalls nett zu finden. Seltsamerweise rasierte sie sich unter den Armen, obwohl die Mädchen, wie sie sagte, es im allgemeinen nicht taten, weil das Büschel Haare die Kunden erregte und gut war fürs Geschäft. Er war äußerst beunruhigt über diese unerwarteten Enthüllungen von Verworfenheit, aber es war schließlich auch romantisch, und er las gerade verzückt Proust, und Frankreich war eben doch . . . ja, was eigentlich? Er hatte sich noch nie in einer so außergewöhnlichen Umgebung befunden – eine Art Ferment der Freiheit und der Treulosigkeit, der Liebe und der Obszönität, der fieberhaften Erwartung und der Verzweiflung. Ein Leben, das so reich war an Möglichkeiten, brachte einen zum Schweigen.

Auch war er im Grunde vorher noch nie richtig verliebt gewesen, was immer das heißen mochte. Die funkelnden kleinen Taxis, die wie Sternschnuppen durch die Stadt flitzten, waren ihr Lieblingsverkehrsmittel. Jedesmal, wenn sie vom Asphalt auf eine kopfsteingepflasterte Durchfahrtsstraße kamen, begannen die Küsse der Liebenden im Fond zu hoppeln und zu vibrieren, als verliehe ihnen das *pavé* einen zusätzlichen leidenschaftlichen Nachdruck. Und ganz abgesehen von den erhabeneren Schönheiten dieser schönsten aller Städte, wurden sie auch zu Freimaurern der Loge ihrer Liebenden, hielten pflichtschuldig Händchen auf dem Pont des Arts, saßen Herz mit Herz vereint in der Closerie des Lilas oder im lärmenden Dôme. Fluten von neuen Büchern und Ideen überschwemmten sie. Er las unerbittlich, um auf dem laufenden zu bleiben, in stillen Cafés und Parks. Es war die Epoche der verwirrenden Gertrude Stein, Picassos und der frühen Zuckungen der amerikanischen Giganten wie Fitzgerald und Miller. Er war jedoch schon reif genug, um sich zu sagen, daß die genital-urinale Phase der europäischen Literatur schnell zu Ende ging, und er erkannte die aufkommende Impotenz, die dieses Ende ankündigte. Bald würde Sex als Thema vollständig erörtert werden. «Sogar der Akt liegt im Sterben», gestattete er Sutcliffe zu notieren, «und bald wird er so reizlos sein wie das Federballspiel. Eine Zeitlang mag der Film ihn noch als Scheinakt konservieren – so unfreiwillig wie ein Niesen oder einen Schluckauf: eine Scheinvergewaltigung, bei der das gleichgültige Opfer einen Apfel kaut.» Er fügte hinzu: «Die Zukunft ist in Frankreich sichtbarer als anderswo, denn die Franzosen treiben immer alles auf die Spitze. Ein audio-judäisch-visuelles Zeitalter wird geboren – die Mouton-Rothschild-Epoche, in der die Vorherrschaft des jüdischen Denkens überall offenbar sein wird, was die Eifersucht der Deutschen erklärt.»

Eines Nacht standen sie schweigend, verzaubert auf einer stillen Brücke, während unter ihnen der ganze widergespiegelte Himmel dahinfloß. «Eines Tages wirst du mich verachten», sagte sie, als spräche sie zu sich selbst. Ein einzelner Stern blinzelte über dem zitronengelben Wasser. Er sagte zu sich: «Schade – sie paßt nicht zu mir und wird nie zu mir passen.» Und da stand er – der ungeeignetste aller Männer, ein Schriftsteller, der von dem zerstörten Turm seiner männlichen Selbstachtung aus beobachtete, wie seine Jugend sich in dem Schweigen mit diesem gefährlichen Mädchen neu konsolidierte. «In zwei Monaten fahre ich fort, vielleicht für immer», sagte er, aber er nahm es nicht ernst, so wie er den Krieg nicht wirklich ernst nahm. Sutcliffe rügte ihn von Genf aus, wo er einen zeitlich begrenzten Job als Hauslehrer erwischt hatte. «Es ist ja schön und gut, wenn Sie da oben auf Ihrem privaten Pisgah sitzen», sagte er, «aber nehmen Sie, bitte, zur Kenntnis, daß Pisgah das hebräische Wort für ein Scheißhaus im Freien ist. Dort geschah es, daß der alte Moses in aller Ruhe, während er die Bürde der Schuld verlagerte, in der Pose von Rodins Denker nachdachte. Meine letzten Worte, als ich die Schule verließ, waren die folgenden: ‹Die Schule wird keine freien Nachmittage mehr haben, wenn nicht geheime Praktiken aufhören und ein neues Detachement entsteht, sagen wir, ein Detachement von Dragonern, die Kanonenschläge abfeuern.›» Nach einer Pause fuhr er fort: «Aber als ich abging, nach meinem Skandal – so groß ist die Schwäche des weiblichen Organismus, daß es zu einem Ausbruch von Mumps kam, vor allem unter den Nonnen.»

Doch trotz der Wirrnis dieser Zeit dachte Blanford nach, sah sich um und machte ebenso eine Bestandsaufnahme, wie er sich Notizen in sein kleines Studenten-*calepin* machte. Zum Beispiel: «Die Alten scheinen zu beten, daß es Krieg gibt, damit er die Jungen wegrafft, und die Jungen erflehen eine Epidemie, damit sie die Alten wegrafft. Fortunas Laune, ich mache es mir bequem in der Fülle meiner wachsamen Gleichgültigkeit.»

Sie war sein, und doch war sie nie wirklich vollständig da. Die Wirklichkeit, dünn wie die Haut auf der Milch, wurde ständig in Frage gestellt durch diese Störung der Konzentrationsschwäche, die durch Alkohol oder Tabak oder andere, nicht spezifizierte Drogen verstärkt wurde. Beim Rasieren vor dem Badezimmerspiegel erkannte er, daß er sein Leben lang so getan hatte, als wäre er geistig gesund. Jetzt wußte er, sogar wenn er sie küßte, nicht, für welche Geistesverfassung er sich entscheiden sollte. Einen Gedanken mit anzuhören, der sich selbst dachte, auf das Flüstern einer Wahrheit zu horchen, die sich selbst formulierte – das war sein neuer Geisteszustand. Er begann ein Buch – es schien sich selbst zu schreiben. Es war das reinste automatische Schreiben. Es war eine Skizze über das Leben irgendwo auf dem Land – in einer Landschaft, die er selbst nie gesehen hatte. Es war zu übertrieben und zu formlos, und so vernichtete er es. Doch etwas Wichtiges war ihm widerfahren – auf einer mystischen Ebene, obwohl das eine etwas pompöse Ausdrucksweise ist, um das Eindringen einer «primären Wirklichkeit» in seine Sicht der Dinge zu beschreiben. (Er versuchte, auf verschiedene Weise «Ich liebe dich» zu sagen, in verschiedenen Tonlagen, in verschiedenen

Tempi, nur um es auszuprobieren und sich vorzustellen, was sie hörte, wenn er es sagte.) Doch was er feststellte, war, daß von diesem Moment an nichts, was er tat, nichtig war. Es konnte schlecht sein oder gut oder einfach nur unangemessen oder nichtssagend, aber es trug seinen ganz persönlichen Stempel, wies seine Fingerabdrücke auf. Wenn er das Sutcliffe auch nur zu sagen wagte, stöhnte sein Leibeigener laut auf: «Ich sehe schon», erklärte er. «ein weiterer vom automatischen Piloten geschriebener Roman!» Und wenn Blanford sich im Spiegel betrachtete, konnte er sehen, daß sein Äußeres tatsächlich ein bißchen besorgniserregend war – aufgedunsen, als hätte er ein Zahngeschwür. Seine Selbstachtung war übergekocht.

Wie auch immer, blieb ihm noch genug Zeit? Sie wurden getrieben von den Ängsten der Zeit, alles noch schnell auszuprobieren und in sich hineinzutrinken, bevor der Krieg es verschlang – das hieß: Edith Piaf, die aussah wie ein gesprungener Teller und mit gesprungener Stimme sang: *«Mon cœur y bat!»* Das hieß: Der neue Film, der damals schon durch die Erfindung der Tonspur die Chance, mehr als eine mindere Kunst zu werden, verpaßt hatte. Das hieß: wachsende Stapel von Untertassen unter dem Drink im Dôme, während Stimmen über Spengler sprachen und über den dreizehnten Hauptsatz der Thermodynamik ... Gott, es war schön zu leben, aber es konnte auch eine Qual sein, und das spürte er am meisten, wenn der langsame, gemessene Rhythmus Englands den pulsierenden Pariser Trubel ablöste. Er unternahm eine kurze Reise nach Oxford, um Freunde zu sehen und seine Sachen zu holen, und fand dort alles fremd und heimlichtuerisch und maulfaul vor – «Theologieprofessoren, die in ihren Gemeinschaftsräumen um die *filoque* herumtanzten», wie Sutcliffe es eines Tages formulieren sollte. Der große Mann seinerseits hatte angefangen, Yogaübungen am See zu machen. «Nur zu», sagte er in seiner herrischen Art, «schärfen Sie Ihre Intuition in der Kobra-Stellung.»

Blanford tat nichts dergleichen. Seine Denkdrüsen waren zu sehr von Alkohol durchtränkt, sein Mund schmeckte sich selbst durch einen pelzigen Belag. Er war auf eine unglückliche Art glücklich, lebte in dem großen Schatten glücklicher Sinnenlust mit dieser Freibeuterin, diesem Paradiesvogel. «Ich bin jung und sehe gut aus», sagte er zu Sutcliffe, «und bin so selbstsicher wie ein Zervikalabstrich. Ich will mich amüsieren, bevor das Alter beginnt und ich plötzlich blau werde, wie Käse, bei irgendeiner Herzattacke . . .»

Verleger, machte er sich vor, sprengten ihre Hosenträger vor Ungeduld, ein neues Meisterwerk zu erhalten, und er zerstörte alles, was er schrieb, so schnell, wie er es geschrieben hatte. Im Atelier einer Freundin stand ein Konzertflügel, auf dem er von Zeit zu Zeit übte. Er spielte Schubert für sie, bis sie weinte und dann unschuldig einschlief, das Kinn auf den Pfoten wie eine Angorakatze, alles für die Katz. Selbstmitleid erzeugt Sauerstoff, und sie war sehr betrübt, betrübt zu sein. Er begann, die Memoiren des «überflüssigen Mannes» zu schreiben, fand aber, daß ihm die Begabung dafür fehlte. Ein Pelikan, versuchte er, ein wenig Blut aus seiner eignen Brust zu trinken.

Das Klingeln des Staatssäckleins allezeit,
Die Sparschweinchenbank in der Kinderzeit –
Affekt kann bittre Reue nicht horten,
Nur als Verdrängung in dunklen Worten.

«Ich sehe, Sie haben eine poetische Ader?» sagte der

gönnerhafte Sutcliffe. «Auch ich befasse mich ein wenig mit Poesie, und bevor ich England verließ, habe ich mich in allem versucht, sogar an sapphischen Strophen, die seit Campion keinem mehr recht gelungen sind. Hören Sie!

So köstlich geschwächt vom Geschwirr deiner
Swandown-Chemise,
Posier' ich auf dem Podest in Belgravia pansexuell
ausgepumpt.»

Es war voller falscher Einheiten und war überhaupt keine richtige sapphische Strophe, aber was hatte es für einen Sinn, mit Sutcliffe zu streiten? Es war klar, er war bedrückt und einsam, und wahrscheinlich hatte er auch noch Zahnschmerzen. Er schlug einen Akkord an, einen traurigen verminderten Septimenakkord, um die Schläferin zu wecken, aber sie schlief weiter.

Geläng es Klavieren, sich selbst zu polieren,
Würden sie Katzen werden;
In Spiegeln des Dünkels die Lust ausradieren
Ihr Ebenbild lecken zu Staub.

Plötzlich erschien Constance in Paris, und seltsamerweise wurde mit ihr der Krieg plötzlich Wirklichkeit – als ob sie selber ihn erklärt hätte. Sie war sehr viel dünner geworden und trotzdem ruhiger; sie hatte in Wien eine Reihe von, wie sie sagte, sehr aufschlußreichen Begegnungen mit Freud gehabt. Sie hatte an einem Psychologenkongreß teilgenommen, den er geleitet hatte, und sie hatten Gefallen aneinander gefunden. Andere Begegnungen mit ihm waren gefolgt, und jetzt war sie eine absolut ergebene Schülerin des alten Mannes, den sie mit Vehemenz zum größten Denker Europas erklärte.

«Halt! Warten Sie einen Moment!» sagte Blanford,

schockiert von dieser kritiklosen Heldenverehrung, und sie lachte natürlich. Sie war sich darüber klar, daß er, wie fast alle sogenannten Intellektuellen jener Zeit, so gut wie nichts von den bescheidenen provisorischen Thesen des alten Professors begriffen hatte. Wie sollte sie es ihm erklären? Sie nahm ihn mit einer freundlich beruhigenden Geste bei den Schultern und sagte: «Sehen Sie, von jetzt an ist es einfach nicht mehr möglich, daß jemand noch einmal einen *Hamlet* schreibt.» Nein, er sah es nicht, aber er wollte auch nur die tanzenden Punkte in ihren hellen Augen sehen und ihre sich rötenden Wangen, als sie verkündete, daß sie sich an diesem Abend heimlich mit Sam treffen würde und daß sie heiraten wollten, ehe der Krieg ausbrach. «Es wird ein langer trauriger, vielleicht Jahre dauernder Stellungskrieg werden», sagte sie. «Sie werden die Maginot-Linie nie durchbrechen können, und wir werden nie die Stärke haben, sie anzugreifen. Aber es wird eine Menge Bombenangriffe und knappe Rationen und einen Stellungskrieg geben.» Das war natürlich die allgemein herrschende Ansicht und erklärte die merkwürdige Lethargie, in der alle lebten. Aber sie hatte noch andere Dinge im Sinn, denn plötzlich verdüsterte sich ihr eben noch so fröhliches Gesicht. «Wo ist Livia?» fragte sie scharf und gereizt. Wie sollte er das wissen? Niemand konnte Livia ständig im Auge behalten; manchmal hinterließ er in seiner Verzweiflung ein Zettelchen für sie am Anschlagbrett des Café Dôme, denn dort kam sie von Zeit zu Zeit vorbei.

Constance schwieg lange und dachte mit gesenktem Kopf nach; dann, als hätte sie sich zu einem Entschluß durchgerungen, sagte sie: «Also gut, dann werde ich es Ihnen sagen. In Wien habe ich eine deutsche Wochenschau mit einem Bericht über eine große Naziversammlung in Bayern gesehen – und da stand sie, mitten im Zentrum des Geschehens, in einer deutschen Uniform.»

Die Neuigkeit wirkte auf ihn elektrisierend und betäubend zugleich. Was steckte dahinter? «Sind Sie sicher?» fragte er matt. Constance nickte und sagte: «Vollkommen sicher. Die Kamera war zehn Sekunden lang direkt auf sie gerichtet, sie sang, mit erhobenem Arm. Sie sah aus, als hätte sie den Verstand verloren. Ich habe große Angst um sie.»

Blanford war so beschämt, daß er nicht wußte, was er sagen sollte. «Sie hat mich nie in ihr Vertrauen gezogen» war alles, was er zu seiner Verteidigung vorbringen konnte. Aber sogar in diesem fortgeschrittenen Stadium erkannte keiner von ihnen den vollen Umfang der Tragödie, die sich in Deutschland abspielte – ihre Wirkung wurde geschickt gemildert durch eine lügenhafte Propaganda und Zensur, woran sie noch nicht gewöhnt waren. Sie schlenderten zusammen durch den Luxembourg, meist schweigend, und versuchten, irgendeine richtige Perspektive für ihr künftiges Leben zu finden – aber nur vage Aussichten und fragliche Hoffnungen lagen vor ihnen, und sie führten . . . wohin? Nur Constance schien sich über ihren Weg klar zu sein. Sie war dem Roten Kreuz beigetreten als Arzthilfe, und nahm an, daß sie mit ihrem Schweizer Paß in der kommenden Krise von einigem Nutzen sein könnte. Sam blieben noch zwei Wochen, bevor er zu seiner Einheit nach England zurückkehren mußte. Am heutigen Abend, nach der Eheschließung, wollten sie den altbewährten Zug von der Gare de Lyon nehmen und die kurzen Flitterwochen in Tu Duc verbringen. Sie fragte: «Warum kommt ihr zwei nicht auch für ein paar Tage? Hilary kann nicht, er ist noch in seinem schottischen Seminar.» Aber er hatte das Gefühl, daß es nicht gut wäre. Sie schieden mit Wärme voneinander und von seiner Seite aus mit einem plötzlichen vagen, undefinierbaren Bedauern, als fürchtete er, ihre Freundschaft könnte durch die Heirat beeinträchtigt werden. Das war natürlich Unsinn. Die alte verläßliche Stabilität der Dinge verwandelte sich in etwas Neues – in eine Art Schwebezustand. Und mitten in alldem war, leuchtend wie ein Edelstein, die Erinnerung an die Provence und an alles, was sie ihnen bei ihrer ersten fruchtbaren Begegnung geboten hatte. Die Vielfalt war überwältigend, und in seinen Träumen kehrte er wieder und wieder zu dem alten Haus zurück, das so verborgen zwischen den hohen Bäumen lag, in einer Stille, die nur vom Wind und von dem Plätschern des Flusses, der durch den Garten floß, begleitet wurde.

Als sie sich trennten, sagte sie plötzlich ein wenig aufgeregt und verängstigt: «Meinen Sie, daß ich das Falsche tue? Ich möchte Sam nie verletzen.» Er schüttelte den Kopf, doch ihre Worte hatten ihm einen Schock versetzt. Die Frage bedeutete, daß sie tatsächlich das Falsche tat und daß sie es irgendwo in ihrem Unterbewußtsein wußte. Aber was ihn beschämte, war die freudige Erregung, die er plötzlich spürte, als ihm dies bewußt wurde. Er fand es abscheulich und unverzeihlich von sich und wollte stille Abbitte leisten, indem er sich irgendein extravagantes Geschenk für sie in London ausdenken würde.

Die Einäscherung ist eine saubere und unpathetische Art, sich nicht nur der Toten zu entledigen, sondern auch der Gedanken an den Tod und aller Ängste und Befürchtungen, die sie hervorrufen. Regen fiel und hüllte alles ein, ein sanfter blauer Regen, der über die Scheiben des alten, ehrwürdigen Daimler perlte, den er für sich und Cade, die einzigen Leidtragenden, gemietet hatte. Der Sarg sah klein aus und sehr leicht. Er verrutschte etwas, als der Leichenwagen Fahrt gewann. Er hatte für reichlich Blumen gesorgt, denn er wußte, sie hatte Blumen geliebt, obwohl ihm ein trotziger Gedanke durch den Kopf gegangen war, als er den Scheck ausschrieb, nämlich: «Ich habe nie, weder ehelich noch außerehelich, die geringste Zärtlichkeit empfangen.» Er bemerkte eine Art emotionaler Zermürbung an sich, ein Absterben in seinem Inneren, eine gewisse Gefühlsarmut, die Kunst und Literatur vielleicht nur vorgaben zu heilen. Vielleicht später, im mittleren Alter . . . ja, aber würde es für ihn ein mittleres Alter geben, bei all dem ständigen Gerede vom Krieg? Zu seinem eigenen Erstaunen kaufte er, einer Eingebung folgend, einen neuen Wagen und nahm Fahrstunden. Er behielt Cade für ein Jahr in seinen Diensten, bot ihm aber einen ausgedehnten Urlaub an, damit er seine im Norden lebende Familie besuchen könne. Sobald er alles Notwendige erledigt hatte, wollte er in die Provence hinunterfahren und dort warten, bis die Geschichte sich eindeutig erklärt hatte.

Das Krematorium war ein schauerliches Gebäude, mit einer so frivolen Architektur, daß es aussah wie ein aufgegebenes Kasino in Süditalien. Die Rauchfahne hinter dem Hauptbau quoll hoch in den Regen und senkte sich dann auf die betonierte Fläche rings um das Gebäude nieder. Das übrige Gelände war geschmackvoll angelegt, mit Beeten voller Narzissen und anderen Wordsworthschen Gedächtnishilfen. Doch es gab eine Warteliste für die einzuäschernden Leichen, und sie waren etwas zu früh gekommen; man forderte sie daher auf, in einem Kapellenvorraum, der als Warteraum diente, Platz zu nehmen, und stellte ihnen anheim, zu beten, wenn sie es wünschten. Die Vorstadtkirchen-Architektur der Kapelle war von eisiger Kälte und von höllischer Häßlichkeit. Der Altar mit seinen billigen Kirchenglas-Heiligen, die in dem trüben Zwielicht ihr Dasein fristeten, warf einen ehrbaren Sonntagsschulglanz auf sie. An der Wand in der Ecke hing etwas, was der Kricketspieler in Blanford sofort als eine jener Anschreibetafeln erkannte, die sich jede Schule für ihren Kricketplatz anschafft. Doch statt der Spielergebnisse war dort säuberlich mit auswechselbaren Buchstaben das Programm des Tages angezeigt. Ihrer Einäscherung gingen noch drei andere voraus – die von Mrs. Humble, Mrs. Gobone und Mrs. Lamb; danach kam Evelyn Blanford an die Reihe. Sie mußten warten, bis es soweit war. Cade betete demonstrativ, und der Kirchendiener folgte unterwürfig seinem Beispiel. Er war eine Dickens-Karikatur erfolgloser Ehrbarkeit in seinem alten, abgewetzten Zylinder und dem zerschlissenen Frack. Seine Manschetten waren schmutzig und ziemlich impressionistisch mit Hilfe einer Nagelschere zurechtgestutzt. Er keuchte vor Asthma und unaufrichtiger Frömmigkeit. Blanford schloß die Augen, atmete tief durch die halbgeöffneten Lippen ein und wünschte, daß alles schon vorbei wäre. Er war erstaunt, festzustellen, wie tief bewegt er war – diese Woge nagenden Kummers und großer Einsamkeit überkam ihn völlig unerwartet.

Der amtierende Pfarrer war ein robuster und rosiger junger Mann, der etwas Geschäftiges an sich hatte, als sei er darauf bedacht, sein Tagespensum so schnell wie möglich hinter sich zu bringen. Aber er machte auch einen sehr gelassenen und weltabgewandten Eindruck, und man hätte meinen können, daß er irgendwelche Kopfjäger aus dem wilden Borneo einäscherte statt ehrbare Vorstadtmatronen aus dem friedlichen Folkestone. Blanford war etwas verstimmt über seine lässigen Manieren und den

Anflug von Cockney in seiner Sprache, der ihn die Heilige Schrift wie einen Reklametext für Glaxo lesen ließ. Aber schließlich waren sie am Ende des Gottesdienstes angelangt, und plötzlich wurde Blanford bewußt, daß seine Mutter während der ganzen Ansprache vor seinen Augen immer tiefer in den Boden sank – der Sarg sank langsam durch die Falltür in die Betriebsräume des Konzerns. Der junge Pfarrer paßte den entscheidenden Augenblick genau ab, denn die letzten Worte seiner Predigt fielen zusammen mit dem dumpfen Schlag der sich schließenden Türen, nachdem der Sarg auf die Schienen der unterirdischen Bahn gelenkt worden war. Sie hörten ihn die Gleitrinne hinunterrasseln. Die Apparatur quietschte ein wenig. Dann folgte eine lange Stille, in der der Kirchendiener sich zu ihm umdrehte und sagte: «Sie möchten natürlich eine Urne haben, Sir?» «Natürlich», sagte Cade streng. «*Zwei* Urnen!»

Der Mann entfernte sich auf Zehenspitzen, nachdem er gesagt hatte: «Ich warte draußen beim Wagen auf Sie.» Der Pfarrer gab ihnen eine bleiche wabbelige Hand und verabschiedete sich. Sie waren frei. Blanford war außer sich vor Kummer und Erleichterung. Und trotzdem stumm wie ein Einsiedler.

Sie brauchten nicht lange vor der Kapelle zu warten, bis der Kirchendiener lautlos um die Ecke des Gebäudes geschlichen kam, zwei groteske *Bonbonnières* in den Armen, ein wenig größer als die traditionellen Ostereier. Er verteilte sie mit dem Ausdruck gewissenhaften Mitleids. Cade schnappte fast nach seiner und strahlte zu Blanfords Überraschung förmlich vor Vergnügen, als erhielte er ein Geschenk, das ihm die größte Freude bereitete. Dann fing er den erstaunten Blick seines Herrn auf und zog sich stirnrunzelnd in seine normale

Schweigsamkeit zurück. Blanford kam sich auf dem Rücksitz des Daimlers mit der Urne auf dem Schoß wie ein Idiot vor, und kaum war er zu Hause, stellte er sie behutsam auf den nächstbesten Kaminsims. Asche zu Asche, Staub zu Staub . . .

Aber er wußte, daß sich eine tiefe Kluft unter seinen Füßen aufgetan hatte – die Vergangenheit war jetzt durch sie von der Zukunft getrennt. Der Geschmack dieser neuen Freiheit machte ihn nervös, wie auch das Wissen, daß er sich, wenn er sich entschließen sollte, bescheiden von dem zu leben, was er geerbt hatte, nicht um eine Stellung zu bewerben brauchte. Ein Leben des geruhsamen Reisens und der Innenschau schien sich am Horizont abzuzeichnen – ja, aber was war mit Livia? Ja, aber was war mit dem Krieg? Die Geschichte mit ihren langsam schwelenden Unheilslunten . . . Er hatte sich ein einfaches Hotel ausgesucht, von dem aus er lange nachmittägliche Spaziergänge im Regen unternahm, bei denen er häufig an den Toren der Schule vorbeikam, an der Sutcliffe so viele Monde später Musik lehrte und Vorlesungen hielt. Einmal ging er sogar in den Schulhof und warf heimlich einen Blick in die Kapelle, die so oft von der Stimme des großen Mannes widerhallen sollte. Auf den weißen Klippen, wo die Seemöven mit den Stimmen kranker Kätzchen miauten, fühlt er, wie der (abschiednehmende?) Regen vom Rand seines Hutes, den Schultern seines Mantels herunterrann. Gibt es nur eine Art Tod für uns alle, oder hat jeder Tod etwas an sich von der . . . Wertigkeit, sozusagen, des Lebens, das er verdrängt? Es wäre wunderbar, das zu wissen. Plötzlich tauchte in seiner Erinnerung das dunkle, empfindsame Gesicht von Quatrefages auf, der sagte: «Ich glaube Eliphas Levi, wenn er sagt, daß der Teufel Gottes Ruin ist. Wenn du den Pfad der Heiligkeit einschlägst und dein Ziel nicht erreichst, bist du dazu verdammt, ein Dämon zu werden.»

Plötzlich stand Tu Duc vor seinem geistigen Auge, und er zitterte vor einer fast unerträglichen Sehnsucht. Es war alles zu kurz gewesen. Was er versuchen mußte, dachte er plötzlich, war, dorthin zu fahren und in der Abgeschlossenheit des Dörfchens Tubain den Krieg abzuwarten. Wenn er eingezogen würde – nun gut. (Er stellte sich immer noch einen Krieg wie 1914 vor.) Ja, er würde diese Woche abreisen und sehen, was Livia von der Idee hielt – würde sie mitkommen? Wenn sie wirklich ein Eheleben zusammen führen wollten, wäre das doch sicher der geeignetste Weg und der beste Ort, es zu tun? Von seinem Schlafzimmerfenster aus, das auf den Spielplatz der Schule ging, konnte er die Jungen während der Pause beobachten und wunderte sich darüber, wie wenig sich die Gewohnheiten der Schulknaben über die Jahre hin geändert hatten, die Gewohnheit zum Beispiel, sich eine Dose Büchsenmilch zu kaufen, die gesüßte, ein Loch hineinzubohren und den ganzen Tag wie die Affen daran zu nuckeln. Auch die altvertrauten viktorianischen Süßigkeiten waren noch auf dem Markt, Scherbett etwa, bei dem man träumen konnte, man läge im Bett der Königin von Saba. Es war ziemlich teuer. Andere Jungs kauften sich eine Orange und bohrten ein Zuckerstück in die Schale. Auch diese Wunde konnte mit Vergnügen ausgesaugt werden. Aber am verlockendsten von allem waren die Gob Stopper; sie hatten fast die Größe eines Golfballs und bestanden aus verschiedenen Farbschichten, die beim Lutschen nach und nach zum Vorschein kamen . . . Seine eigene Schulzeit schien ein halbes Jahrhundert zurückzuliegen. Er stand oft dort in Gedanken versunken, bis die Dämmerung hereinsank und dann die Dunkelheit und manchmal der Mond aufging – «in seiner Exaltation», wie die Astrologen sagen –, um ihn daran zu erinnern, daß solche weltlichen Gedanken dem feindlichen All nichts bedeuteten. Selbst Krieg bedeutete nichts? So war es. Er würde dann Gedichte mit unsichtbarer Tinte schreiben und sie an sich selbst schicken. War er also dazu *verdammt,* ein Schriftsteller zu werden? Die Umstände schienen alles zu tun, um ihn dazu zu drängen.

Spiegel werden trinken dein Bild mit Gier
Und entziehen der Seele Kräfte dir,
Dürsten, daß dein Innres sie gewönnen,
Nähren sich von dir, wo sie nur können,
Das Doppelbild, verkehrtherum,
Sie trinken – du ertrinkst nicht drum.
Ein Echo sind sie – dein Verhängnis,
Gift für den Geist, o süße Bängnis!

Es war gar keine so schlechte Beschreibung des schrillen Narzißmus, der notwendig ist, um ein Poet zu werden. Er war ungeduldig, nach dem Süden aufzubrechen, aber die Nachlaßverwalter hielten ihn noch eine Woche auf. Es war eine seltsame und neue Erfahrung, Geld auf der Bank zu haben und Schecks über recht erkleckliche Summen ausschreiben zu können. Der mütterliche Zuschuß war recht bescheiden gewesen, und er hatte an allen Ecken und Enden gespart, um auszukommen. Jetzt kaufte er sich ein paar Anzüge, die er dringend brauchte. Aber das Ergebnis von alldem war ein böser Anfall von panischem Geiz, und ein paar Tage lang aß er das Billigste vom Billigen in einem Pub und erstickte fast an panierten harten Eiern und ähnlichem unverdaulichem Zeug. Als er wieder in London war, sah alles ganz anders aus. Man hatte irgendwie das Gefühl, in Zeitdruck zu sein. Er traf jüngere Kommilitonen, die schon Uniform trugen und von Auslandseinsätzen sprachen. Die Luftschutzsirenen hatten Hauptprobe. Die Zeitungen waren voll von hypothetischen, mit Pfeilen gespickten Hauptkampflinien. Eine überregionale Tageszeitung fragte: «Wo sind die Kriegspoeten?» Und das Propagandaministerium versuchte, einige aus dem Boden zu stampfen, obwohl das schwierig war, da sie, um richtig wirkungsvoll zu sein, eigentlich erst sterben mußten, doch dazu war im Moment noch wenig Gelegenheit, oder zumindest schien es so.

Aber Österreich! Die Bomben, die Paraden, die aus Panik selbstauferlegten Sperrstunden, die Banden uniformierter Rowdies, die nachts die Straßen unsicher machten, das alles lief doch sicher in die richtige Richtung? In London verkündeten die linken Poeten, daß Plato ein Faschist war und daß Hitler das lebende Beispiel für seinen reifsten Gedanken sei. Überall war Syrakus. Blanford hatte keine literarischen Verbindungen, nur einige wenige zur Universität. Er liebäugelte mit der Idee, Historiker zu werden, denn abgesehen von ein paar sporadischen dichterischen Attacken hatte er wenig Interesse an der Welt der sogenannten literarischen Werte. Die Szene war nicht so überaus anregend. Es war immer noch Mode, Lawrence zu verunglimpfen, während die «seriösen Kritiker» zu Hause ihre Energie auf die Frage verwandten, ob Walpole ein Genie sei. Aber Österreich war etwas anderes!

All dies beunruhigte Sutcliffe überaus, denn er saß in Wien fest und wartete darauf, daß Pias Behandlung zu irgendwelchen «konkreten Ergebnissen» führte – was für ein Klischee! Er wartete darauf, daß sie «zu sich selbst käme» – was für ein Klischee! Und diese neue Wissenschaft war eine Art Querverweis-Igel, an den man nur annähernd glauben konnte. Die meiste Zeit verbrachte er in einem Café um die Ecke, auf einem Platz an der Soundsostraße, zwischen dem sogenannten Rathaus und dem Meldeamt für fremdländische Arbeiter. Sein Deutsch war so gut wie nicht existent, und so lebte er in einer Art furchterregenden Nebels. Er wartete auf seine Liebste, während er mit halsbrecherischer Geschwindigkeit die üppigen Torten, Schillerlocken und Pasteten verschlang, für die die Stadt berühmt ist; und er fühlte, wie ihm bei jeder neuen Einnahme von Süßigkeiten die Pickel sprießten. Sie wohnten in einem kleinen Hotelzimmer, in das sie jeden Abend zitternd und schweigend zurückkehrten, um belegte Brote zu essen, während er im Klo einen Kaffee braute. Dann schliefen sie. Sie wandte der scheußlichen Bauerntapete den Rücken zu und seufzte und zitterte und sprach die ganze Nacht im Schlaf. Die Kommunikation zwischen ihnen war unterbrochen, es gab nichts, was sie einander sagen konnten, was den anderen nicht verletzt hätte, was den Erfolg dieser schwierigen «Behandlung» nicht gefährdet hätte. Es war eine richtige Kriegssituation und überdies eine kostspielige. Seine mißliche Lage erweckte Blanfords Mitleid, und er schickte ihm einen ziemlich hohen Scheck, der, kaum daß er eingelöst war, für die Behandlung draufging. Doch Rob entdeckte, daß die Barbiere der Hauptstadt weibliche Wesen waren – es gab keine männlichen Figaros. In schwarzen Kleidern mit weißen gefältelten Kragen und Manschetten widmeten sie sich zu jeder Tages- und Nachtzeit der männlichen Kopfhaut. Es war sein einziger Trost, sich von den Händen dieser freundlichen Mädchen besänftigen zu lassen und das Prickeln irgendeiner alkoholischen Tinktur auf der Kopfhaut zu spüren; es gab ihm das Gefühl, als hätte er einen Heiligenschein.

In dieser kleinen Welt der neurologischen Patienten

und der zu Tode geängstigten jüdischen Intellektuellen, die das Ende der Welt nahen sahen, gewannen sie einige gute Freunde; doch am liebsten war ihnen eine theatralische schöne Slawin, deren extravagante und fleischige *ampleur* irgendwie wunderbar sinnlich und beruhigend wirkte. Sie war Schriftstellerin und seit neustem eine Anhängerin Freuds; sie sprach über Dichter, die damals noch unbekannt waren, wie Rilke, und sogar über Nietzsche, von dem sie behauptete, sie habe ihn gekannt – worüber sie beide heimlich lachten. Aber sie mochten sie gern, und die Slawin entwickelte eine tiefe Zärtlichkeit für die arme Pia.

Er stand im Wind – ein schneidender Wind, trotz der Jahreszeit: es war schon spät im Frühling – und beobachtete, wie sein neuerworbener Wagen im Hafen von Dover in die Luft gehievt wurde und dann mit einem Ruck auf das Deck des Schiffes plumpste, mit dem er reisen wollte. Er fürchtete, daß der Aufprall den Innereien des Wagens Schaden zugefügt hätte. Er stellte sie sich irgendwie äußerst zerbrechlich vor: ein Motor, aus Porzellan gemacht und von Haarnadeln zusammengehalten. Aber als der Wagen ausgeladen war, funktionierte alles ganz normal, und er machte sich in der sinkenden Dämmerung auf nach Paris, mit grenzenloser Hingabe auf der falschen Straßenseite fahrend. Man hatte ihm versichert, daß er sich ganz schnell an sein Auto gewöhnen würde, und in der Tat, als er die Hauptstadt erreichte, fühlte er sich wie Zuhause in seinem neuen Gefährt. Er hatte vermieden, allzu genau über Livia nachzudenken, einerseits, weil er noch zu bedrückt und unglücklich war über die Neuigkeit, die Constance ihm mitgeteilt hatte, und fürchtete, daß es zu einem Streit zwischen ihnen kommen würde, wenn er eine Erklärung von ihr verlangte, und andererseits, weil er in einem Eckchen seines Verstandes höchst beunruhigt war über diesen unklaren Hinweis auf einen Aspekt ihres Lebens, der sich auf die Dauer fatal auf seine schmerzlich starke Bindung an sie auswirken konnte.

Zu seiner Überraschung war er beruhigt, die Wohnung leer vorzufinden – oder scheinbar leer, denn nachdem er einige Zeit nach Anzeichen für ihre eventuelle Gegenwart gesucht hatte, nach Zigarettenkippen oder Zeitungen, merkte er plötzlich, daß sich jemand im Badezimmer am Ende des Korridors befand. Er hörte die Spülungskette rasseln und dann das Geräusch des ins Becken rauschenden Wassers. Es fiel auch Licht durch die Lünette über der Tür. In dieser ihm neuen Stimmung, schwankend zwischen Gereiztheit und Traurigkeit, klopfte er leise mit dem Finger an, drehte den Türknopf und fand die Tür unverschlossen. Als er eintrat, drehte sich auch das Mädchen um, das nackt vor dem langen Spiegel stand, und starrte ihn mit einem anmaßenden und undurchdringlichen Blick an. Nein, beide Adjektive waren unrichtig – es lag nur an ihrer ruhigen, animalischen Art, daß er den Blick so interpretiert hatte. Es war, als hätte er ein selbstzufriedenes Kätzchen bei seinen Waschungen unterbrochen. Und tatsächlich hatte sie sich gerade mit einem Rasierapparat, den er als den seinen erkannte, unter den Armen rasiert und wischte sich jetzt die Achselhöhlen mit einem Schwamm und betupfte sie mit einem zusammengerollten Handtuch. Dann stand sie einfach da mit ihrem schönen bronzefarbenen Gesicht und den wunderbaren Osterinsel-Augenbrauen und sah ihn gleichmütig und entschieden freundlich an. Ein lebhaftes Licht leuchtete aus diesen herrlichen Augen, das Licht der tropischen Inseln, wo alles Denken von Sonnenschein durchtränkt wird. «Sie ist heute morgen gegangen», sagte die Martiniquaise heiser und schüttelte mit einem Ruck ihres schönen Kopfes die dunkle Haarflut von ihren Schultern. «Gerade eben vor ein paar Minuten.»

Dies war das Mädchen, dessen Französisch so «umwerfend» war; ihre satinglatte Nacktheit war von großer Schönheit, aber auch von großer Kraft. Sie hatte eine athletische Figur – die eines Diskuswerfers oder einer speerwerfenden Amazone. Aber sie war freundlich und hatte keinen anderen Gedanken, als zu gefallen.

Es gehörte offenbar zu ihrem Gewerbe, so zu sein, und ihre Augen, ihr ganzes Wesen strahlten etwas liebenswert Heidnisches aus. Ihre kleinen straffen Brüste, die sie ihm nun in einer sanften Geste scheuer Freundschaft entgegenneigte, schienen zu sagen: «Nimm mich, ich bin ganz Antilope. Ich bin ganz Melone. Ich bin Gewürz-Insulanerin.» Er hob die Hand, vielleicht um sie zu schlagen, aber sie zuckte nicht zurück, sie schien den Schlag fast erwartet zu haben – vielleicht als eine Art Sühne; er ließ die Hand wieder sinken. Er stand bewegungslos dort und lauschte dem Ticken seines Verstandes – nein, es war seine Armbanduhr. Die Frau sagte: «Alles aus mit ihr – *fini. Elle a dit à moi!»* Sie schlug sich gegen das Brustbein und reckte ihren langen Hals, in der würdevollen Haltung einer polynesischen Königin. Ja, es war aus. Plötzlich begriff er es und fragte sich, erstaunt über die Irrationalität menschlichen Denkens, welcher der beiden Gründe schwerer wog: der sexuelle Verrat oder die Entdeckung, daß sie seine Briefe öffnete? Seltsamerweise fand er den zweiten Grund kein bißchen weniger verletzend als den ersten. Er hatte altmodische Vorstellungen von Ehe und Intimität, die Frucht seiner englischen Erziehung. «Du sagst nichts?» fragte die Frau, und er stimmte zu, indem er den Kopf schüttelte und sie starr ansah, bis er das Prickeln der aufsteigenden Tränen spürte. Er schämte sich ihrer.

Sie trat mitfühlend an ihn heran, und da berührte seine Hand, die nach einem Taschentuch tastete, den schwarzen Gummischwanz, der noch an ihrem Schambein befestigt war und von einem schwarzen Gurtband gehalten wurde, das um den Körper geschnallt war und hinten über dem Gesäß einen Verschluß hatte. Er nahm ihn verlegen in die Hand. Rund um die Peniskrone waren kleine Metallbuckel angebracht, wahrscheinlich um das Vergnügen zu erhöhen. Aber was für eine ausgefallene Erfindung und wie grob im Vergleich zu dem zarten, empfindsamen Organ, für das er ein so kläglicher Ersatz war. Sie stupste ihn gegen ihn und lachte. Dann nahm sie die Hände hinter den Rücken, öffnete den Verschluß mit der Geste eines Menschen, der sein Schwert abschnallt, und ließ das Ding auf den Boden fallen, wo es wie eine groteske Trophäe ihrer sich paarenden Gedanken liegenblieb. Er drehte sich auf dem Absatz um und ging zurück in den kleinen Salon, wo wilde Unordnung herrschte. In der Eile hatte er das wirre Knäuel lippenstiftverschmierter Handtücher und zerrissener Papierhüllen übersehen – Zeichen hastigen Packens und einer überstürzten Abreise. Durch die offene Tür konnte er das ungemachte Bett sehen und den danebenliegenden Stapel alter Zeitungen. Während er dort stand, flach atmend und nachdenklich, fühlte er, wie sich in die Schwere seines Kummers Ärger und Erleichterung mischten. Aber wo war der Abschiedsbrief, den sie zweifellos geschrieben und irgendwo hingelegt hatte? Das dunkle Mädchen mußte seine Konfusion gespürt und die Gründe dafür erraten haben; sie ging zum Schrank und öffnete die Tür. Er lag dort auf einem Stapel frischer Hemden von ihm. Er war kurz und bündig. Sie führe nach

Deutschland und kehre, wenn es nach ihr ginge, nicht mehr zurück. Sie müßten sich scheiden lassen.

Das Gefühl, versagt zu haben, war ohne Zweifel da, aber verblüffenderweise kam ein Gefühl der Frische hinzu – der frische Wind der Freiheit, der ihm alle Schalheit der letzten Wochen wieder vor Augen führte, alle Zweifel, die er, wie er jetzt erkannte, unterdrückt hatte. Mit einem Anflug von Gewissensbissen wegen dieses Gefühls beobachtete er, wie das dunkle Mädchen sich ein sauberes Kleid überzog und sich dann bereit erklärte, ihn zu dem unvermeidlichen, trostspendenden Drink zu begleiten, der die Traurigkeit verscheuchen und ihn befreien würde, damit er die Welt wieder als das sehen könnte, was sie war ... eine verrückte Art, es auszudrücken! Die neue Welt, die bereits aus dem Schlamm der Geschichte aufzutauchen begann – würde sie so verschieden sein von der alten?

Ihr Jungen und Mädchen, kommt raus, juchhe!
Ihr Kinderlein alle des *godmichet,*
Kommt, lasset jede seraphische Maus
Führ'n zwischen den Schenkeln ein offen Haus,
Laßt ihre unheilgen Küsse regnen,
Das kummervolle Gesicht zu segnen,
Dem versagt blieb, dem Sinn zu begegnen.

Im Sphinx war alles hell erleuchtet, und er wurde von allen, die er kennengelernt hatte, als er das letzte Mal dort war, mit herzerfrischender Freude willkommen geheißen. Die Martiniquaise entschwand, um ihren Pflichten der keuschen Ablution rund um der Erde Küsten nachzugehen – sein Keats war sichtlich eingerostet –, und überließ ihn der Stille und Introspektion seiner Notizbücher, die damals gerade begonnen hatten, ihre aphoristischen Pilze zu sammeln, ihre Vers- und Prosabrocken. Er tauchte seine Ohren in die Schwaden von rauhen Reden und derbem Gelächter und seine Nase voller Entzücken in den Rauch der Zigarren und Celtique-Zigaretten. Freunde kamen, um ihn zu begrüßen, Studenten aus dem Midi mit ihrem weichen Tonfall, der so verschieden war von dem barschen Pariser Papageienton. *«Didonk mon gar comment sava»* – seine Ohren formten die Laute in Worte um und teilten sie seinem nachhinkenden Verstand mit. Nein, sein Französisch war nicht schlecht, nur ziemlich langsam. Die passende Antwort wäre gewesen: *«Cava très mâle»* – mit einem Zirkumflex. Aber tatsächlich war er zu verzweifelt über seine Situation, um seine eigenen schwachen Geistesblitze zu würdigen. Er fing an – nach traditioneller Art sitzengelassener Angelsachsen –, heftig zu trinken. Später würde er dann die Bar zusammenschlagen, sich rausschmeißen lassen und die Nacht in Gewahrsam verbringen. Dies würde die Schlaflosigkeit vertreiben und sinnlose Gedanken an Selbstmord, der einfach anachronistisch gewesen wäre – da ganz Europa dazu entschlossen schien. Ein individueller Akt dieser Art wäre prätentiös. Selbst wenn der Schierlingsbecher, die Kastrationstinktur der Liebe, seine Wirkung tat. Wer, glaubte er, daß er sei: Sokrates? Im Vorbeigehen, wenn das dunkle Mädchen ihre Kunden die Treppe hinaufführte oder sie auf der letzten Stufe verabschiedete, nahm sie sich jedesmal die Zeit, ihm mit der Hand über die Schulter oder die Haare zu streichen. Versuchte sie ihn zu entflammen? Er beugte sich tiefer über sein Buch.

Der verhängnisvolle Absinth brachte weniger das Blut in Wallung, als daß er den Herzschlag veränderte und einen betäubte; man wurde immer schwermütiger und fühlte sich immer elender, bis man, kurz bevor man in einen Zustand starrer Bewußtlosigkeit versank, von einem wahren Freudentaumel, einer rasenden Ekstase à la St. Veit erfaßt wurde. Man zupfte an Bärten, tanzte mit Stühlen, imitierte berühmte Bauchredner. Die Polizei kam. Er hatte noch nie mehr als zwei Gläser von dieser geheimnisvollen milchigen Flüssigkeit getrunken. Doch er befand sich bereits im ersten Stadium – dem der schwankenden Benommenheit. Seine Begierden wurden plump, durchtränkt von einer Art widerspenstiger Leidenschaft. Er musterte die lange Bar mit den geduldigen und aufmerksamen Kunden, die an ihren Gläsern nippten und sich von den nahezu nackten Mädchen in Hitze schmeicheln ließen. Das Geschäft ging flott. Draußen im Café, hinter dem Perlenvorhang, brannte eine scharfe Musik wie Stroh – *la vie* immerdar *en rose*. Als sie das nächste Mal an ihm vorbeiging und ihre Hand auf seinen Kopf legte, war er hinreichend ermutigt vom Schierling, um seine Finger bis zu ihrer Gablung hinaufgleiten zu lassen und die feuchte Quelle der Jugend unter ihrem Sarong zu berühren. *«Viens, chéri»*, hauchte sie, und er machte seine *serviette* zu, um die kostbaren Notizbücher zu sichern, erhob sich schwankend und folgte ihr. Schnell wie eine Schwalbe schoß sie auf den Platz zu, wo die Madame des Hauses in ihrer Perücken-Herrlichkeit thronte wie eine sehr, sehr alte Portion Eiscreme von einer entthronten Herrscherin und scharf über die Form ihres Weiberstalls wachte. Das Mädchen nahm einen *jeton* und erhielt ein frisches Handtuch, das sie sich über den Arm legte wie ein Kellner. Dann stiegen sie die Treppe hinauf, eine Aufgabe, die sie sehr erfolgreich bewältigten, und traten schließlich in die kleine Zelle ein, die weiß und klinisch und nur mit einer häßlichen Daunendecke auf dem Bett und einem Kruzifix über dem Bidet geschmückt war.

Der göttliche Spasmus linderte nichts, er milderte auch

nicht den Hunger, den er stillen sollte. Er sah es jetzt – mit einem Anflug von Ekel – als einen Akt dürftiger Vergeltung an. Doch die Haut glänzte wie Efeublätter, der Atem war so süß wie frisch geminzte Kokons, wer also war er, daß er das Schicksal herausforderte, besonders nach seinem zweiten Becher Schierling? Später entdeckte er, daß sie heimlich seine Brieftasche geleert hatte; zum Glück hatte er mit seiner Kleinrentner-Schlauheit etwas in der Art vorausgesehen und zwei Drittel seines *fric* in die hintere Tasche seiner am Ende des Bettes hängenden Hose gesteckt, die er nicht aus den Augen ließ. Nun brauchte er nur noch einen hauseigenen Tripper zu erwischen, und er wäre durch und durch Künstler. Die Schlange neben ihm atmete leise und wartete, daß er wieder zu Kräften käme, während sie an ihm herumfummelte, um zu sehen, ob nicht noch ein weiterer Schuß in der alten *manivelle* wäre. Gleichsam in Anerkennung seiner Männlichkeit, pflanzte sie ein paar Liebesbisse, kleine *suçons,* auf seinen Hals und seine Schultern. Heiho! So also sah das kreative Leben aus in dieser verlotterten Hauptstadt? Er fing an, sich beinahe als Eingeweihter zu fühlen, obwohl sein Verstand noch mit Ärger und Trauer kokettierte.

Aber schon war ein neues Problem da – sein Gang hatte etwas seltsam Schwankendes, Weitspuriges bekommen, was ihm ungewohnt war. Als er die Treppe hinunterging, hatte er plötzlich jähe Visionen, die ihm das Gefühl gaben, er fiele rückwärts in ein Prisma gelben Lichts. Bestürzt und ein wenig beunruhigt – er war vollkommen nüchtern, nur seine Beine liebäugelten mit Schwerefeldern, die ihm unbekannt waren – lehnte er sich an die Bar, um Zeit zu gewinnen. Obwohl er nichts bestellte, stand bald ein neuer verdammter Schierling vor ihm, und in seiner schüchternen Verwirrung trank er ihn. Gesichter drehten sich in den Spiegeln, andere Mädchen schienen darauf erpicht zu sein, ihn an ihren Reizen teilhaben zu lassen. Er hielt krampfhaft das Notenbündel an seinem Hintern fest und wehrte sich nicht, als ihn plötzlich ein Anfall von Geiz überkam. Er atmete tief und regelmäßig ein und aus, um seine Sehnerven zu beruhigen, dann löste er sanft die efeuzarten Arme und Finger, die ihn zurückhalten wollten, und stolzierte, seine Tagebücher fest an sich gepreßt, majestätisch hinaus in die Nacht.

Im Dôme scharten sich die Gäste im Speisesaal um ein Radio, aus dem ein Strom von furchteinflößender Rhetorik quoll mit einer Stimme, die die ganze Welt inzwischen nur zu gut kannte. Das Barmädchen – eine recht hübsche kleine Witwe aus zweiter Hand, in gutem Zustand – hatte sich dieses Kuriosum einfallen lassen, obwohl sie wußte, daß fast keiner ihrer Gäste deutsch verstand. Es war einfach das Spektakel, das sie fesselte, das Phänomen dieser schnarrenden, schimpfenden Stimme, der Sinn war nicht schwer zu erraten. Und dann der dröhnende Applaus. Er dachte an Livia. Aber was tat er eigentlich hier? Was hatte ihn veranlaßt, in noch eine andere Bar zu gehen? Die Antwort war: Durst, ein quälender Durst. Er begriff, daß es verrückt gewesen war, soviel Pernod zu trinken, und bestellte sich ein großes Glas Champagner. Es verbesserte die Situation kaum, aber die Frische war belebend. Doch jetzt war er wirklich betrunken, und seine nun folgenden Wanderungen wurden, je weiter die Zeit voranschritt, immer weniger pedantisch. Er verlor seine Aktentasche und seinen Schirm. Gott sei Dank hatte er genügend Verstand gehabt, seinen Paß und andere wichtige Dokumente in der Wohnung zu lassen . . . Er fiel fast vom Pont Neuf, erfreute sich der Wertschätzung und der Unterhaltung mehrerer haariger Clochards und wurde schließlich an der Place Vendôme von einem Taxi angefahren und von dem bestürzten Chauffeur, der die Menschlichkeit und Geistesgegenwart der Leute seines Gewerbes besaß, auf den Rücksitz gehievt und stehenden Fußes zum American Hospital in Neuilly gefahren, wo sein wirrer Verstand noch mehr verwirrt wurde durch Drogen, die ihm Schlaf garantieren sollten, während man seine Knochen untersuchte.

Er teilte dem Arzt ernst mit: «Die ganze Menschheit scheint simultan in jedem Atenzug gegenwärtig, den ich tue. Das Gewicht meiner Verantwortung ist erdrückend. Eine barmherzige Unwissenheit schützt mich davor, den Mut völlig zu verlieren.» Man sagte ihm, er solle den Mund halten und schlafen, und versicherte ihm, daß keine Knochen gebrochen seien, er sei nur stark «erschüttert» worden, was erkläre, daß er die Engel singen höre.

Deus absconditus, der zottelige Gott des Schlummers aller Trunkenbolde, nahm nun von ihm Besitz, und in der Erinnerung an die Erinnerung sah er sich über die immergrünen Wege einer südlichen Landschaft wandern, Hand in Hand mit einer Livia, die er sich vorzustellen gewagt hatte, einer, die er in Wirklichkeit nie sehen sollte; oder er sah sich auch an dem fleckigen alten Tisch im Garten sitzen und Seite auf Seite seines Notizbuchs füllen in einer Handschrift, die er undeutlich als diejenige Sutcliffes erkannte. Die Zeit streckte sich bei jedem Atemzug nach beiden Seiten, zurück in die düstere Vorstadtvergangenheit, vorwärts in eine verschleierte Zukunft, die jedoch noch ohne Bedeutung war. Der Schriftsteller, *l'homme en marge,* die «Memoiren eines marginalen Mannes» schreibend. Auf die Titelseite hatte er in seiner großen verschnörkelten und ziemlich hysterischen Schrift geschrieben: «Jede serielle Wirklichkeit wird durch diese Schrift in

Frage gestellt.» Das Radio lief weiter in seinem Kopf, dröhnend und schäumend. Ein Affe fingerte an einem Sicherungshebel herum – Europa hielt den Atem an. Er beugte seinen schmerzenden Kopf tiefer und schrieb weiter: «Ich habe keine Biographie; als wahrer Künstler gehe ich durchs Leben wie eine Romangestalt aus einem meiner eigenen Bücher.» Dem fügte S. hinzu: «Meine erste Erfahrung mit Zuschauern hatte ich, als ich, ein fetter Junge, den Adipös Rex bei einer Schulaufführung spielte. Seither habe ich oft davon geträumt, in einer verlassenen Schule (Leben?) voller leerer Räume, offener Türen und sauberer schwarzer Tafeln zu leben; ja, ein Leben in Erwartung der Experten des Atmens. Gefährte, schreibe dieses Gedicht mit unsichtbarer Tinte weiter und frage dich, warum der Dalai Lama keinen Ödipuskomplex hat.» «Dummkopf, weil er keine Eltern hat . . .»

Die Sirenen heulten ein paarmal kurz auf wie Überkatzen *en chasse*. Es waren nur Probealarme, aber sie gingen einem durch Mark und Bein. Eine Ehe mit ihr wäre, als tränke man Wein aus einem Pappbecher. Was er wirklich gebraucht hätte, war der Duft von warmem Rinderbraten; der Duft von Essensdünsten im hellen Haar, das sich über den Herd gebeugt hatte; der Geruch von Sellerie in den Achselhöhlen. Er schien bereits ein Dutzend Leben mit ihr gelebt zu haben, alle in dem gleichen Sommerhaus. Noch nach Jahren würden sie dasein, die Spuren von Klauen an der Tür, wo der Hund jede Nacht gekratzt hatte, um hereingelassen zu werden, die Kratzer, die sie mit ihrem Schlüssel um das Schloß herum gemacht hatte. Plötzlich tadelte ihn Sutcliffes Stimme: «Aubrey, Sie haben soviel Verstand wie ein fettes Kotelett. Schweigen Sie, oder seien Sie wirklich amüsant. Aber seien Sie nie langweilig.» Der arme Kerl war gewiß nicht in besserer

Laune als sein Leibeigener, blieb jedoch weiterhin vorlaut – auch wenn seine Stimme manchmal vor Müdigkeit piepste. Er zitierte:

Unsere alte Erd-Artischocke,
Wir lutschten die Blätter, doch nichts geschah.
Der Kaktus in der urersten Szene
Hat sie verwandelt, die einst lieblich war.

Blanford, immer langsam im Zurückschlagen, doch entschlossen, sich ein bißchen zu rächen, richtete sich auf und sagte: «Rob, Sie haben nicht das Talent, etwas von der Politur des urersten Apfels abzureiben; Sie sind nur ein alter Fußball voller Eiter.»

Irgendwann während seiner militärischen Ausbildung in Oxford war er auf den Ausdruck «omega-grau» gestoßen, und man hatte ihm erklärt, daß dies die wissenschaftliche Bezeichnung für das tiefste Grau vor dem vollkommenen Schwarz sei; und jetzt, während sein unruhiger Schlaf ihn umwirbelte, Form, Farbe und Resonanz veränderte, schien es ihm, als sei die gesamte äußere Welt jenseits des Fensters des weißen Krankenhauszimmers in dieser Farbe angestrichen – dem beinahe Schwarz des Todes. Omega-grau – der Ausdruck hallte in seinem Kopf wider, obwohl er nicht genau wußte, ob er schlief oder wach war. Die drogenumnebelte Wirklichkeit wurde gefiltert durch ein Netz gedämpfter Sinneswahrnehmungen, Bruchstücke der jüngsten Vergangenheit, die sich in fürchterlichen Zusammenhängen übereinander oder ineinander geschoben hatten. Er sah den Körper seiner Mutter, von einem neo-kubistischen Maler in eine Serie von tümmlergesichtigen Nackten verwandelt, die Zähne fast durchsichtig, das Zahnfleisch aus Gelatine geformt. Sie war zu enormer Größe angeschwollen und schwebte über der Themse, um diese gegen feindliche Flugzeuge zu verteidigen; überdies war sie vollständig grau, tarn-grau, *omega*-grau, die letzte Farbe, bevor die dunkle Nacht der Seele sich über sie alle senkte wie eine neue Eiszeit. Es würde kaum noch Zeit genug sein, um jenen Zustand der Glückseligkeit und des Gleichgewichts zu erreichen, der für ihn (irrtümlicherweise) schon mit dem schöpferischen Akt verbunden war. Was tat er hier in diesem geschmolzenen Bett, was betrank er sich, während Rom brannte? Er hätte seinen Rosenkranz in der Hand halten und laut beten sollen.

Er preßte die Handballen gegen die Augenlider, und ein Funkenregen sprühte vor seinen Augen auf. Und doch war er dem Gemütszustand, den er vage herbeigesehnt hatte, nicht mehr fern. Er ruhte bereits irgendwo in ihm, in noch unrealisierter Form – oder besser, er wußte, daß er da war, konnte ihn jedoch nicht lokalisieren. Es war so, als suchte man im ganzen Hause seine Brille, während man sie, auf die Stirn geschoben, mit sich herumtrug. Erbrochene Worte, verbunden durch reine Assoziation, flossen unter seinen Visionen vorbei wie die von einem Verrückten verfaßten Untertitel zu einem unverständlichen Film. (Der Wortschatz des Betrunkenen ist manchmal auch der des Weisen.) Eine Vision von Livia, mit dem Zeigefinger an den Lippen.

Das Wetter klärt sich auf, es liegt, mein' Dirn,
Die Wahrheit aufgedeckt im Herbstgestirn.

In seinem Traum sagte er zu ihr: «Das Ärgerliche ist, daß das, was zu finden ist, nicht gesucht werden kann. Du versuchst verzweifelt, etwas zu erwerben, was du bereits besitzt, aber nicht gelten läßt. Meditation versetzt einen in einen Zustand gefährlicher Aufmerksamkeit – sie ist nicht nur simple Tagträumerei. All dies wäre lachhaft, wenn es nicht so ernst wäre.» Worauf sie liebevoll, ihren zarten Hirschkopf schüttelnd, antwortete: «Sage dir in jedem Moment, daß die Dinge viel besser sind, als sie das Recht haben zu sein.» Wie spitzfindig! In den Straßen sah er die Gesichter im Vorbeigehen, omega-graue Blicke auf den omega-grauen Asphalt. Ja, es gab nichts, was nicht irgendwohin führte – doch in allem war auch ein Risiko, das jeden Moment zu einem Hindernis werden konnte.

Plötzlich verlagerte sich die Szene in eine Kellerwohnung in Wien – er wußte, daß es Wien war, ohne zu wissen, wie er es wissen konnte, denn er war nie dort gewesen.

Ein Schwarm von Violinen hob irgendwo an, und durch halbgeschlossene Augen sah er die Fiedler ihre hieratischen Arabesken vollführen – Mädchen, die ihr langes Haar kämmten. Tropfende Kerzen in der Dunkelheit verliehen ihnen keinen rosigen oder roten Schimmer, sondern die uniforme Wildschweinfarbe Omega-grau. Die langsam auf- und abschwellende Melodie einer Fuge hüllte sie alle in eine melancholische Düsternis ein. Es waren ein Dutzend Menschen anwesend, oder mehr, aber er erkannte nur die Gesichter von Sutcliffe und Pia. Irgend etwas an ihrer Aufmerksamkeit machte ihn stutzig, und plötzlich wurde ihm klar, daß sie nicht der Musik lauschten, die aus dem Radio erklang, sondern dem fernen Geknatter von Musketen- und Maschinengewehrfeuer, das von Zeit zu Zeit im fernsten Winkel des Alls von dem dumpfen Aufschlag einer Granate akzentuiert wurde. Fast jede Nacht passierte hier etwas, sagten sie ihm, und sie seien gezwungen, mit einer mehr oder minder selbstauferlegten Ausgangssperre zu leben. Das ginge jedoch noch nicht lange so, aber die Verfolgung der Juden habe begonnen.

Dann ohne Übergang, wie nach einem «Schnitt» in einer Filmsequenz, gingen sie ängstlich über verödete Plätze und an bestürzten Denkmälern vorbei, während ein leichter Frühlingsschneefall alles verwischte und die Silhouetten der Stadt unkenntlich machte. Sie steuerten auf ein Stadtviertel zu, in dem hauptsächlich die intellektuelle Elite der Ärzte und Künstler wohnte. Hier befanden sich die Übungsräume, wo man Klaviere rund um die Uhr Tonleitern spielen hörte und Fetzen klassischer Musik, wo man den Gesang von Sopranistinnen hörte und den barschen Kommentar übender Tubas. Die Nationalisten hatten in diesem Stadtteil am frühen Abend emsig gewütet und waren von der Polizei vertrieben worden, oder sie hatten ihre Aufmerksamkeit anderen Opfern in anderen Stadtteilen zugewandt, wo die Einwohner leichter zu verschrecken und einzuschüchtern waren. Sie hatten jedoch ein Vermächtnis hinterlassen in Gestalt von zwei lodernden Feuern – Berge von medizinischen Büchern, mit Benzin übergossen. Alle Fenster standen offen, und die Wohnungen, aus denen die Bücher geholt und auf die Straße geschleudert worden waren, schienen jetzt leer. Alle Lichter brannten noch, brannten zornig weiter, als ob sie empört seien, aber keine menschliche Silhouette war zu sehen. Da erblickte Pia die altmodische Couch, die zur Hälfte aus einem der Fenster im dritten Stock herausragte, und sie stieß einen wilden traurigen Schrei aus. Dort oben waren die Konsultationsräume, die schlecht verdienende Ärzte besonders billig mieten konnten, da sie von der Universität subventioniert wurden. Die Couch! Sie hatte einen der alten Konsultationsräume wiedererkannt, den sich der mittellose Freud mit Bleuler geteilt hatte, als sie ihre ersten tastenden Schritte zu einer Theorie des Unbewußten hin machten. Es war dasselbe alte lederbezogene

Monstrum von Konferenzzimmermöbel, auf das der Meister sie gebeten hatte sich zu legen (ein Jahrhundert schien seither vergangen). Auf ihm, sich hin und her wälzend wie jemand mit hohem Fieber, hatte sie das seltsame Abenteuer begonnen, dessen Ende jedoch immer noch nicht abzusehen war. Hoffnung folgte auf Hoffnung, auf eine Besserung folgte ein neuer Rückfall. Und nun hing dieses geduldige kritische Folterinstrument dort oben wie ein verstümmeltes Krokodil.

In dem wilden Erkennungsschrei, den Pia bei diesem Anblick ausstieß, verriet sich all die Angst und Ehrfurcht, die sie diesem schäbigen Symbol entgegenbrachte, das jetzt so grotesk auf dem Fensterbrett ruhte – wie eine zu fette Frau, die weder raus noch rein konnte, hoffnungslos eingeklemmt und darauf wartend, daß die Feuerwehr sie befreite. In der Tat hörte man sie kommen, ein paar Straßen entfernt, aber ihre gewohnten klagenden Signale waren vermischt mit dem unheimlichen mahlenden Geräusch über Asphalt fahrender Raupenfahrzeuge. Ein leichter Tank kreuzte zwei Straßenecken entfernt ihr Blickfeld. Eine kleine Gruppe von Medizinstudenten, die hochgradig erregt waren, hatte sich ihnen angeschlossen – sie machten den Eindruck, als hätten sie getrunken.

Jetzt erschien ein Mann an dem Fenster, aus dem die Couch herausragte – ein Hausmeister, seiner grünen Schürze nach zu urteilen. Er hatte die Runde gemacht, die Lichter ausgeknipst und offene Türen geschlossen. Er blieb einen Augenblick unschlüssig vor dem Möbel stehen, offensichtlich im Zweifel, was er tun sollte. Die Couch ragte so weit aus dem Fenster, daß es unpraktisch war, sie ins Zimmer zurückzuziehen, obwohl es zuerst den Anschein hatte, als wollte er das versuchen. Sie hing an den hinteren Beinen über der brennenden Straße. Die

Studenten fingen jetzt an zu gestikulieren und schrien durcheinander, doch ohne klare Vorstellung, was man tun konnte, um die Situation – zerschmetterte Laternen, brennende Bücher – zu verbessern. Der Hausmeister am Fenster faßte plötzlich einen Entschluß. Mit einem Ruck riß er die Hinterbeine des häßlichen alten Krokodils in die Höhe und katapultierte das Möbel auf die Straße, wo es auf einen der brennenden Bücherhaufen fiel. Die Sirenen waren sehr viel näher gekommen. «Schnell!» schrie Pia, außer sich vor Angst, denn die Kanten der Couch fingen schon Feuer. «Schnell!» Die Umstehenden sahen sich fragend an, ahnungslos, was sie meinte. Aber sie hatte sich schon auf das alte Ungetüm gestürzt, packte es am Kopfende und zerrte es ungestüm, mit fast übermenschlicher Kraft aus den Flammen heraus. «Wir müssen es retten», sagte sie. «Rob, um Christi willen . . .» Benommen und verwirrt, wie er war, setzte er sich linkisch in Bewegung und half ihr, ohne zu begreifen, welche Absicht sie verfolgte, das Möbel in Sicherheit zu bringen. Ein paar Studenten, die ebenfalls nichts begriffen, kamen ihnen jetzt zu Hilfe und hoben es – wie Schlafwandler handelnd – hoch und brachten es im Laufschritt zum nächsten Schutzraum. Es war eine ganz und gar spontane und ungeplante Unternehmung. Sie alle waren von Pias verzweifeltem Schrei und ihrer wilden, leidenschaftlichen Entschlossenheit mitgerissen worden – sie sah aus wie jemand in Trance. Offenbar war das abgenutzte Möbelstück für sie von höchstem Wert und größter Bedeutung. Gutmütig half die Menge ihr, es zu retten, und schleppte es in die relative Sicherheit eines Unterstands mit einer Mauer, wo sie es unter einen Baum stellten. Sie waren alle außer Atem, aber doch irgendwie angenehm erregt. Vom anderen Ende des Platzes brausten jetzt Polizei und Feuerwehr heran, dramatisch und ohrenbetäubend wie eine ganze Oper. Es war an der Zeit, sich in die Schatten zu verdrücken und zu verschwinden. Sie ließen die alte Couch im sanft fallenden Schnee stehen.

Die Ereignisse hatten sich so schnell und dramatisch abgespielt, daß sie ganz atemlos waren vor Erstaunen über das, was sie getan hatten. «Was willst du mit dem Ding anfangen?» rief Sutcliffe jetzt, wohl wissend, daß sie es kaum in ihrem kleinen Hotelzimmer unterbringen konnten; und sie dachte einen Augenblick angestrengt nach, das blasse Gesicht gesenkt. Sie gingen schnell, rannten fast zu ihrem Hotel und wählten nach Möglichkeit ruhige Straßen, um keiner Polizeistreife zu begegnen. Freunde warteten im Hotel auf sie – unter ihnen das slawische Mädchen –, und sie bestellten Kaffee in der winzigen schäbigen Hotelhalle, wo sie, wie üblich, die neusten Ereignisse aus der Hauptstadt und der übrigen Welt erfahren würden – dieser äußeren Welt, die wie eine Sturmwolke über ihren mit dem alltäglichen Kram beschäftigten Gemütern hing. «Was auch geschieht, wir müssen sie behalten», sagte Pia energisch in eine Unterhaltung hinein, die sich um etwas ganz anderes drehte; und er wußte, sie meinte die lächerliche alte Couch, die ihm selbst gar nichts bedeutete. War sie verrückt geworden? Er fragte sie, aber sie erklärte bereits ihrer Freundin, was sie getan hatten, und deren Gesicht leuchtete auf in freudiger und großzügiger Zustimmung. Die beiden Frauen, dachte er, waren so abergläubisch wie die Wilden. Was würden sie als nächstes planen?

Die Geschichte ging noch unerwarteter aus, als er vermuten konnte. Medizinstudenten, Freunde der Slawin, erschienen nun auf dem Plan und begrüßten herzlich diese absolut mittelalterliche Geste. (Als nächstes würden sie

Ablaßbriefe verkaufen!) Sie waren jung und ungestüm und wild entschlossen, das Totem zu retten. Das einzige Problem war, zu entscheiden, was mit ihm geschehen sollte. Die Gedanken gingen in verschiedene Richtungen. Einer wollte ihm in seiner Wohnung Unterkunft gewähren, ein anderer meinte, es sollte in die medizinische Fakultät geschafft und dort in der Halle aufgestellt werden – aber natürlich würden die Medizinprofessoren, die so gut wie nie etwas von Freud gehört hatten, schon bei dem bloßen Ansinnen vom Schlag getroffen werden. Plötzlich äußerte sich Pia zu der Frage, und zwar mit solcher Vehemenz, daß jeder wußte, sie duldete keinen Widerspruch. «Sie gehört mir», sagte sie, «und ich habe die Absicht, sie zu behalten. Ich werde sie meinem Bruder nach Avignon schicken. Mein Entschluß steht fest.» Mehr gab es dazu nicht zu sagen; das einzige, was noch offen blieb, war die Frage des Transports – wie, zum Teufel, verschickte man eine Couch? Mit der Eisenbahn natürlich. Ja, aber wie war es mit dem Transport zum Bahnhof? Hier machte einer der Studenten, der halbtags in einem Beerdigungsinstitut arbeitete, den Vorschlag, sich den Leichenwagen auszuleihen, um die heilige Reliquie zu befördern. «Ja! Ja!» rief sie und klatschte entzückt in die Hände. «Genau das müssen wir tun. Ich werde noch heute abend dort anrufen.»

Und so kam es, daß Mr. Sutcliffe sich um fünf Uhr morgens mit einem Ausdruck törichten Staunens in einem großen schwarzen Leichenwagen wiederfand, vor einem Gebilde sitzend, das für den durchschnittlichen Passanten wie eine sehr große, in braunes Packpapier eingewickelte Leiche aussehen mußte. Sie hatten das angekokelte alte Ding tatsächlich mehrfach mit Packpapier umwickelt, um es besser etikettieren zu können; zu ihrem Erstaunen schien es kein Problem zu sein, es zu verschicken. Es würde abholbereit in Avignon stehen.

Blanford hatte all das benommen durch das dichte Netzwerk seiner Träume hindurch verfolgt und gab dem Unternehmen seine Zustimmung auf dem üblichen Wege – über den Pulsschlag des Blutes. Aber er hatte beschlossen, daß Constance die Reliquie haben sollte, nicht Pia. Und da er bei allem, was mit der wirklichen Wirklichkeit zu tun hatte, mehr Einfluß besaß als die anderen, wußte er, daß er sich über den gegenwärtigen Beschluß hinwegsetzen und den Fuhrmann überreden konnte, die Couch in Obhut zu nehmen und sie nicht nach Verfeuille, sondern nach Tu Duc zu befördern. Er teilte Sutcliffe das mit, und zu seiner Überraschung erhob dieser keine Einwände – ein Beweis für das Maß seiner Gleichgültigkeit gegenüber der Reliquie. Er haßte allmählich die ganze Wissenschaft der Psychowasistdas, die den Mond versprach und sich an jeder Ecke vom Erdboden löste.

«Sehr wohl, *maître*», sagte er ironisch, «wenn Sie meinen. Wie behandelt Sie Paris?»

«Ein angenehmer Priapismus beherrscht die Wogen», sagte sein wirres und faselndes *alter ego* oder *summum bonum*. «Die *croissants* sind braun wie Mahagoni. Ich sah sie in der Dämmerung ein Buch in einem öffentlichen Park lesen, und ich sehnte mich danach, sie anzusprechen und zu fragen, wo sie gewesen sei. Sie war fast eine Woche lang verschwunden. Doch ich wagte es nicht. Ich saß auf einer Bank in der Nähe und sagte mir, es sei nicht sie, es sei nur jemand, der ihr ähnlich sähe. Sie las einen meiner ungeschriebenen Romane, mit frommer Aufmerksamkeit. Neben ihr lag eine Tüte mit einem halb gegessenen *croissant*. Sie war tief in Gedanken, das konnte ich sehen, und wäre bestimmt ärgerlich geworden, wenn man sie angesprochen hätte. Ich schloß die Augen und wartete. Als sie schließlich aufstand, um zu gehen, sah ich, daß es tatsächlich nicht sie war, sondern jemand, der ihr ähnelte. Die zurückgelassene Tüte lag noch dort, wo sie sie hingelegt hatte. Ich zukrümelte das *croissant* für die Vögel und ging am See vorbei nach Hause, um ihr nicht die Illusion zu geben, daß ich ihr nachspioniere. Aber natürlich, als ich heimkam, war wie üblich niemand in der Wohnung.»

Kleine Körner der Pracht,
Kleine Knöpfe der Lust
Lassen einen Dichter erbeben,
Liebe ist ein Muß,
Noch kann er verbergen,
Wenn sein Herz zerbricht.
Laßt alle jungen Frauen mir bringen ihre Emulsion,
Götter werden so geboren mit jeder zärtlichen
Konvulsion.
ALSO SPRACH ZARATHUSTRA!

Er sank immer tiefer in diese Fetzen von Alpträumen, die sich nach allen Seiten hin bis zum Horizont dehnten, und fühlte, wie sein Verstand von den vereinten Fiebern der Medizin und des Alkohols, fieberhaft durchforscht wurde. Die dunklen Straßen Wiens waren durch Paris ersetzt worden. Überall Nachtwächter, eine Horde finster blickender Herumtreiber, die auf die Morgendämmerung warteten, lieblos wie Poeten, deren Geist vor Müdigkeit klebrig geworden ist. Zersplittertes Glas, Klumpfüße, *arthritis deformans,* große keulenförmige Daumen. Er fuchtelte protestierend mit den Armen und versuchte die bedrohlichen Bilder zu vertreiben, aber sie blieben, sie behaupteten sich gegen ihn.

Seine schließliche, wenn auch eher widerstrebend hingenommene Entlassung aus dem Krankenhaus war etwas, womit er sich einfach abfinden mußte – es wäre Anstellerei gewesen, bequem zwischen den Laken liegenzubleiben, mit nichts Schlimmerem als einer postalkoholischen Depression und einem leichten Schock. Der freundliche Taxichauffeur, der ihn angefahren hatte, kam, um ihn zu besuchen, und erbot sich, ihn kostenlos in sein *quartier* zu fahren. Der junge Arzt, er hieß Bruce, sah nichts, was dagegen sprach. Das Krankenhaus akzeptierte ohne Zögern seinen Scheck und ließ ihm genügend Bargeld, um wieder ein bürgerliches Leben aufzunehmen, sozusagen. Also zurück in die leere Wohnung. Sein freundlicher Anfahrer setzte ihn am Dôme ab. Doch kaum war er zu Hause, merkte er, wie schwach er noch war, und sank mit einem Plumps auf sein ungemachtes Bett. Seine Verlassenheit erzeugte immer noch dissonante Visionen des Verlustes, doch sie waren jetzt unzusammenhängender und weniger eindringlich. Wo konnte er etwas Ruhe finden – die Einsamkeit in dieser kleinen schachtelähnlichen Wohnung war nicht zu ertragen. Aber wenn er ins Coupole oder ins Sphinx zurückging, würde er sich zugrunde richten. Er ging deshalb ins nächstbeste Kino und fühlte, wie die Flöhe an seinen Schenkeln hochsprangen, während er dem Liebestreiben des sympathischsten aller komischen Männer, W. C. Fields', zusah. «Dharling Banana, wo ist dein Sinn für Humor? Duftende Jamswurzel, du bist nach meinem Geschmack.» Wobei er sich beiläufig fragte – die Untertitel flimmerten vor Altersschwäche –, wie sich all dies übersetzen ließ. Mach dir deine eigene Version. *«Clafoutis imberbe! Potiron du jour!»*

Als er schließlich mühsam auf die Füße kam und zum Ausgang ging, war es bereits Nacht, eine mauve-magentafarbene Nacht, teils Straßenlaterne, teils atmosphärische

Strahlung weißen Lichts vor dem blauschwarzen Himmel aus billigem Pelz. Er war hungrig. Er ging eiligen Schrittes zum Dôme und aß gierig Eier mit Speck, wobei er mit Abscheu die anderen Vertreter der freien und angewandten Künste um sich herum musterte. Ein Rudel Löwen, ein Schwarm Müßiggänger, eine Extravaganz an Poeten. Nein, er würde weit weggehen, er würde flüssigen Schlamm auf Toast in fernen türkischen Khans essen. Weit weg von den schmutzigen Altären nonkonformistischer Gemüter. Er würde ein Klistier bestellen für die ganze Proust-Gemeinde der Charing Cross Road. Er würde . . . Auf die Andeutung eines bloßen Nickens hin füllte der Kellner wieder sein Glas. Er merkte, daß er immer noch schrecklich betrunken war – auf eine gewissermaßen reaktivierte Art. Sein Blut jagte durch die Adern. Er war umgeben von Afrikanern mit schönen krausen Haaren und dröhnenden Stimmen. Sie waren alle nach Paris gekommen, um sich Kultur einzuverleiben. Und da waren sie nun und schrien nach Wurmpulver. Was war da zu machen? Große, liebenswerte Turbinen aus schwarzem Fleisch, die sich in aller Unschuld von Keats und Rimbaud eine Scheibe für ihr Abendmahl abschnitten. Ein nutzbringender Kannibalismus, wenn man es recht bedachte. *O Grand Sphincterie des Romains!* O Gewürzstraßen des poetischen Geistes, die in die Höllenregionen unterhalb der Schwelle des Unterbewußten führen. Metaphern, zu groß für ihre Schuhe, S-Kurven-Literatur. Wind in einem alten Schornstein – väterlicher Furz? Er sollte moderner sein, ins Geschäft einsteigen.

Scheißen, ein Geschäftsessen kodifizieren.
Eine Flasche Bier zum Brunch organisieren.

Er hatte einiges bestellt, das sich nicht durch Aufstapeln von Untertassen berechnen ließ, deshalb hatte der Kellner ihm kleine Zahlbons gegeben; auf einem davon notierte er sich ein paar Ziffern und versuchte während eines klaren Augenblicks in seinem Denken, seinen Verstand zu mobilisieren und zu überschlagen, wie hoch seine Ausgaben bis zu seiner Abreise sein würden, denn er beabsichtigte, Paris am nächsten Tag zu verlassen. Als es ans Zahlen ging, zerriß der Kellner die Bons, als er den Tisch abräumte. Dann bemerkte er, daß sie beschrieben waren und erbleichte. *«O Monsieur»*, rief er verstört, *«j'ai déchiré vos brouillons!»* Er glaubte, er habe unbeabsichtigt die Notizen eines ausländischen Dichtergenies vernichtet. Seine Verwirrung war rührend, und seine Erleichterung, als ihm versichert wurde, daß dies nicht der Fall sei, kaum weniger echt. Blanford merkte, daß er wahnsinnig in Paris verliebt war. Er konnte viel von diesen außergewöhnlichen Menschen lernen, für die das Wort «Künstler» soviel bedeutete.

Sein Gang war jetzt sicherer, sein Atem ging gleichmäßiger; er machte einen Besuch in der Garage, wo sein Wagen stand, um sich zu vergewissern, daß man ihn durchgesehen hatte, und um zu fragen, ob er ihn um sechs Uhr früh bekommen könne, denn er hatte vor, zeitig aufzubrechen und vielleicht in Lyon zu übernachten. Zum Glück war alles in Ordnung.

Er ging auf einen letzten Drink ins Sphinx, mit der Absicht, der Martiniquaise adieu zu sagen – bei dem gegenwärtigen verworrenen und ungeregelten Stand der Dinge fand er es doch besser, sie von seiner Abreise zu unterrichten, falls Livia wieder auftauchte und wissen wollte, wo er zu finden sei. Doch an diesem Abend war das Mädchen nicht dort, sie war ins Kino gegangen, und niemand wußte, in welches. Er schrieb eine Nachricht für sie auf und übergab sie der präsidierenden Mama, die sie gnädig in Empfang nahm und weiterzuleiten versprach. Dann trank er sein Glas aus und ging zurück zu der traurigen, kleinen Wohnung, die jetzt so ohne Resonanz oder Ton war – als seien selbst die Erinnerungen an die Ereignisse, die sich in ihren Wänden abgespielt hatten, verblaßt und gestorben.

Er konnte nicht schlafen – Bilder, Erinnerungen schwemmten ihn aus dem Bereich des Schlafs heraus. Er machte mit einem schweren Stock in einem dunklen Haus Jagd auf die große Ratte der Emotionen, er schlich sich von Treppe zu Treppe, hielt manchmal inne, um zu lauschen. Die Nacht war voll vom Lärm der Katzen, die sich an Küchenabfällen und aneinander ergötzten – verbrauchte Katzen, das passende Symbol für Tempelfrauen, gesichtslose Krallen und Hirn und Zibet. Er schob das Fenster hoch und hob das Gesicht zum Himmel – das ganze All, krank wie eine Schauspielerin, die sich in einem Zustand ständiger, gedankenloser Selbstdarstellung befindet. Er würde froh sein, vom Sphinx wegzukommen, wo die vertrauensselige kleine Benzedrine Papadopoulos ihre dürren Beine öffnete, um einen schwarzbuschigen Schlitz mit rotseidenem Futter zu zeigen. Ein Lebewohl an Livia und das kurze und bündige Wort einfallsloser Abschreiber für Verlangen – vier Buchstaben, mit L beginnend. Avignon strahlte die Erinnerung an Frieden und Zufriedenheit aus, und morgen würde er wieder einmal unterwegs sein.

Im Gegensatz zu den Angelegenheiten der Welt waren seine eigenen mehr oder weniger geregelt; die kleine Wohnung würde automatisch an ihren Besitzer zurückfallen, da die Miete nicht bezahlt war. Er hatte alle Haushaltsrechnungen beglichen, die Schulden beim Zeitungshändler und so weiter. Er gab Paris auf – das Gefühl einer großen Leere überkam ihn. Er fuhr beim Dôme vorbei und warf einen flüchtigen Blick auf das Anschlagbrett, an dem sich, wie immer, eine Menge Botschaften befanden, die geduldig darauf warteten, abgeholt zu werden. Von ihr war nichts dabei, und er war ein Narr, daß er überhaupt etwas erwartet hatte. Einer plötzlichen Regung folgend, schrieb er ein Gedicht aus seinem Notizbuch ab und steckte es in einen Umschlag, auf den er ihren Namen schrieb. Es war elegisch genug, um zu dem Anlaß zu passen. Er war unaussprechlich traurig über die ganze Sache, über die Unfähigkeit, sich zu verbinden, sich zu vereinigen. Aber er war auch um ihre Sicherheit besorgt – denn er hing, unerklärlicherweise, noch immer sehr an ihr.

Lebendig begraben
für Livia

Ein Poem, das sich mit Wasser füllt,
Eine Frau, die darüber schwimmt,
Glaubend, es sei ein See,
Die Worte helfen so wenig,
Das Wasser schwemmte sie fort –
Zart wie eine Radierung der eine Kuß
Erneuerung der Liebe eines Schwimmers.

Hefte einen billigen Kalender an den Mond
Und radle die Chausseen der Not hinunter,
Die Puppe wird nichts anhaben unter ihrem Kleid;
Unbekümmert wie eine Gottheit
Schaust du und schaust, schaut er und schaut.
Wenn sie lächelt, passen die Falten um ihre Augen

Zu den königlichen Insignien des Tigers,
Den königlichen Linien noblen Verhaltens.

Tugendhafte, kryptische Dame, immer und ewig
Heimgesucht von den Leiden der Zeit,
Jahr um Jahr in der gleichen eisigen Ecke
Grübelnd vor Kerzen oder hohen Narzissen,
Bleib bei uns in deinem Geist.
Sie trügen nicht, diese Winterlieben,
Ungeplant von Jahreszeiten oder Familie,
Erfreuen sie das Auge im Verborgenen.

VII
Prinz Hassad kehrt zurück

Er war nicht der einzige, der nach Avignon zurückkehrte, stellte er fest, denn bald darauf hörte er das Gerücht, daß Lord Galen und der Prinz in einem Zustand hochgradiger emotionaler und geistiger Verwirrung in der rumpelnden und krachenden und schwankenden Kutsche aus Deutschland eingetroffen seien. Es hatte nicht lange gedauert, bis der Prinz mit seinem scharfen Blick die romantischen Wahnvorstellungen Galens durchschaut hatte; er konnte kaum glauben, was er über die ganze katastrophale Investition erfuhr. Unter so vielen vergleichbaren Fehlspekulationen ragte diese wie ein Monument des reinsten Wahnsinns heraus – und obendrein noch so furchtbar kostspielig. Nie in seiner langen Laufbahn als «Gentleman-Abenteurer» (er liebte diesen Ausdruck) hatte Galen einen so schrecklichen «Schnitzer» begangen (ein anderer Lieblingsausdruck von ihm). Es war ein harter Schlag für ihn gewesen, der ihn anscheinend völlig vernichtet hatte – wenigstens zeitweise. Seine Kaltblütigkeit hatte ihn im Stich gelassen. Er ging gebeugt und machte den Eindruck, daß er durch das Desaster sehr gealtert war. Man hatte das Gefühl, daß die lange und demütigende Rückreise in die Welt der Vernunft ihn völlig erschöpft hatte. Jedenfalls machten sie Station in Les Balances in Genf und stürzten sich in eine Abrechnungsorgie und zahlreiche wichtige Konferenzen mit bleich und bleicher werdenden

Direktoren. Prinz Hassad war, um die Wahrheit zu sagen, weniger verletzt, weniger niedergeschlagen, denn er hatte nichts in das Vorhaben investiert. Tatsächlich schwebte manchmal sogar ein kleines Lächeln um seine Lippen, obwohl seine schwerfällige Kutsche ihm ständig Ärger auf den Parkplätzen der Stadt verursachte und sein Dienerstab viel Aufregung hervorrief. Die Hauptlast von allem trug Galen; was er auch tun mochte, seine Torheit ließ sich nicht verbergen.

Der Prinz war, weiß der Himmel, der Takt in Person, doch zuweilen entfloh ihm ein nur allzu menschliches Kichern. Er schlug sich aufs Knie, und sein Gesicht verzog sich zu einem eidechsenartigen verschwiegenen Lächeln; doch Galen erriet nur zu leicht den Grund. Und obwohl der kleine Mann mit dem königlich grüngestreiften Blumentopf tatsächlich nie etwas *sagte,* drang sein leises Gekicher wie ein Stachel in das schmerzempfindliche Fleisch seines betrogenen Geschäftspartners ein. Die Dinge hatten sich so zugespitzt, daß sie, hätten sie das Land nicht Hals über Kopf verlassen, womöglich verhaftet worden wären – und das von den Nazis! Galen wünschte sich jetzt fast, daß man sie verhaftet hätte – es wäre eine Art Buße gewesen, die seine Trauer sublimiert hätte. «Nun», sagte der Prinz, «es ist sinnlos, weiter darüber nachzugrübeln. Wir haben etwas furchtbar Absurdes getan, und Sie müssen retten, was zu retten ist.» Er war gütig genug, so zu tun, als ob er an dem Mißgeschick mitschuldig sei. «Nehmen Sie die Dinge von der heiteren Seite», sagte er, plötzlich ganz Stoiker. «In zwei oder drei Monaten werden wir alle tot sein – Sie haben doch in der *Tribune* von dem Nervengas gelesen?» Galen dachte gehorsam über seinen kurz bevorstehenden Tod nach und war sofort besserer Laune. Ja, es hatte keinen Sinn, zu grübeln. Der Prinz stocherte nachdenklich in seinen Zähnen; er hatte den ganzen Tag über in der ägyptischen Botschaft Telefongespräche geführt und chiffrierte Telegramme aufgegeben. «Mein lieber Freund», sagte er, «fahren Sie weiter in die Provence, und ordnen Sie Ihre Geschäfte. Ich habe hier noch einiges zu erledigen. Ich komme in zehn Tagen nach, und dann können wir alles andere entscheiden.»

«Sie lassen mich doch nicht allein?» sagte Galen und schob schmollend die Unterlippe vor. «Nur für kurze Zeit», sagte Prinz Hassad. «Und ich glaube, mein Freund, es wäre das beste für Sie, die Dinge hier möglichst schnell abzuwickeln und dann gen Süden zu fahren. Ich werde die Kutsche vorausschicken. In zehn Tagen sehen wir uns wieder, und dann werden wir wichtige Entscheidungen treffen müssen. Ich fürchte, ich werde alle meine neuen Freunde in Avignon verlassen und für einige Zeit nach Ägypten zurückkehren müssen, bis man übersehen kann, welche Formen dieser Krieg annimmt. An der ägyptischen Grenze steht, zum Beispiel, eine große italienische Armee, und wir wissen nicht . . . nun, bisher wissen wir noch gar nichts.* Und was Sie betrifft, es wird unmöglich sein, Ihre Unlogik zu verbergen.» (Trotz seines perfekten Englisch machte er zuweilen in der Umgangssprache kleine unerwartete Fehler.) «Warum machen Sie also nicht das Beste daraus und bekennen einfach? Ja?»

Galen legte den Kopf auf die Seite wie ein Foxterrier und erwog die Möglichkeit, Farbe zu bekennen. «Sie meinen, ich soll zugeben, daß ich ein Esel war?»

«Genau das.»

«Auf den Gedanken wäre ich nie gekommen», sagte

* Siehe Appendix.

Galen und sah plötzlich erleichtert aus. Trotzdem, sein Kummer und seine Demütigung wurden nicht gerade erträglicher durch den Entschluß des Prinzen, ihn einige Tage zu verlassen und von Genf aus den Expreß nach London zu nehmen, ausgerechnet in dem Moment, wo auch er einmal Gesellschaft und Mitgefühl brauchte! Doch Hassad beharrte darauf, daß er vor seiner Heimkehr noch einige Dinge zu erledigen habe, und das müsse geschehen, «bevor» – hier gebrauchte er einen damals sehr populären Ausdruck – «der Ballon hochgeht». Die Vorstellung von einer bunten Montgolfière – nichts Geringerem als ganz Europa –, die in den unbekannten Feuerhimmel der Zukunft entschwebte, war ziemlich leichtfertig.

Nach dem verhältnismäßig ruhigen Genf, der wiederkäuenden Kapitale *par excellence*, war es seltsam, in einem Abteil der ersten Klasse des Golden Arrow zu sitzen, als er aus dem hektischen, von Gerüchten wimmelnden Paris abfuhr, wo man auf Cocktailpartys immer eines Lacherfolges sicher sein konnte, wenn man den Hitlergruß nachäffte. (Der Prinz zitterte vor Angst, wenn er daran dachte.) Er saß kerzengerade auf seinem Ecksitz, löste mechanisch das Kreuzworträtsel in der *Times* und wartete, daß der Gong zum Mittagessen rief, ehe er schwankenden Schrittes durch die Gänge zu einem kräftigen, aber faden Mal schritt.

Doch der Treibsand einer internationalen Lethargie war nach wie vor der Faktor, der unerklärlicherweise alles beherrschte. Die Zeit war, statt eine Lösung zu bringen, zähflüssig geworden. Am äußeren Rand der Dinge schien alles in einem Zustand heftiger Erregung zu sein. Da gab es Trompetenstöße, Denunzierungen, Säbelrasseln, Regierungserklärungen ... aber alles irgendwie in einem leeren Raum. Die Menschen flitzten herum wie Ratten, hamsterten Lebensmittel oder trafen testamentarische Anordnungen oder buchten Fahrkarten nach Amerika. Aber diese Gesten waren irgenwie planlos, ohne Verve, denn niemand glaubte wirklich daran, daß menschliche Wesen beim gegenwärtigen Stand der Zivilisation einen Krieg planen konnten – nach der Lektion von 1914. Der zierliche Mann sagte zu sich selbst: «Gerade weil es undenkbar ist, wird es passieren. Im Grunde wollen die Menschen den Tod, das Leben wirft zu viele Probleme auf.» Der Lauf der Dinge, hatte er beobachtet, ist von grausamen Paradoxen bestimmt. Er seufzte tief auf, denn eine seiner Hauptsorgen galt diesem verletzbaren und wehrlosen England, dem sein Zug jetzt entgegenraste, in den Tunneln laut pfeifend und dicken schwarzen Ruß hinter sich lassend, der es immer an sich hatte, sich auf seinen grauen Gamaschen und dem Astrachankragen seines elegant geschnittenen Mantels festzusetzen. Es würde alles gereinigt werden müssen, sobald er zurückkam nach London! Das Wort ließ sein Herz schneller schlagen, denn sicher würde er doch einen Brief von seiner kleinen Prinzessin in der Diplomatenpost vorfinden? Es war grausam von ihm, daß er sie so lange allein gelassen hatte in dem verstaubten alten Palast am Nil, wo sie nicht viel mehr tun konnte als malen und lesen und von seiner Rückkehr träumen. «Mein Rebhühnchen!» Unwillkürlich sagte er laut ihren Kosenamen, als er an sie dachte.

Die Zeremonie der Paßkontrolle und der darauffolgende plötzliche Wechsel des Maßstabs – die neue Spielzeuglandschaft hinter Dover – ließen seine Gedanken in seine Jugend zurückwandern, als er als junger Sekretär an der Botschaft gearbeitet hatte, in einem England, das er mit der ganzen emotionalen Widersprüchlichkeit seiner Rasse geliebt und gehaßt hatte. Wie würde es diese Katastrophe überstehen? Oder würde es untergehen? Er zitterte um das Land – es wirkte so erschöpft, so verloren mit seiner Regierung von gelblichen Männern, verblichen zur Sepia des Sozialismus, zum Beige der Bürokratie. Und Ägypten, so korrupt, so verletzlich, war ihnen ausgeliefert, war in ihren Händen ... Vor langer Zeit hatte er eine sorgfältige Analyse des britischen Nationalcharakters erstellt, um seinem Botschafter Nachhilfeunterricht zu erteilen, dem guten alten Abdel Sami Pascha. Aber sie war zu literarisch gewesen und insgesamt einfach zu weise. Er hatte drei Wesenszüge im englischen Charakter unterschieden, die sich, davon war er überzeugt, auf die Angelsachsen, die Jüten und die Normannen zurückführen ließen – bei jedem Engländer war einer dieser Züge vorherrschend. Deshalb muß man so vorsichtig sein, wenn man mit ihnen zu tun hat. Der angelsächsische Wesenszug machte sie zu Grobianen und Piraten, der jütische zu Kriechern und frömmelnden Heuchlern, während der normannische Wesenszug eine begrüßenswerte Donquichotterie erzeugte, die wie ein Nordwind aufkommen und die beiden anderen beherrschen konnte. Der arme Sami hatte aufmerksam das ganze Memorandum durchgelesen, aber kein Wort verstanden. Dann sagte er: «Aber Sie haben nicht gesagt, daß sie reich sind. Ohne das ...»

Der lange Kampf gegen seine blinde Liebe zu den Engländern hatte sich durch sein ganzes Leben gezogen; sie war sogar eine Gefahr für sein kostbares Nationalgefühl gewesen. Wie könnten sie sie je aus Ägypten vertreiben, wie könnten sie je frei werden? Andererseits – wäre es besser, sie durch Deutsche oder Italiener zu ersetzen? Sein Blick wurde sanft, als er die winzigen Puppenhäuser sah, die draußen vor dem Fenster vorbeihuschten, und die taubengraue Landschaft betrachtete, die ihre friedlichen

Äcker und wogenden Getreidefelder entrollte – es war wie das Wogen der herbstlichen See. Ja, dieses Land hatte ihn geprägt, und seine kleine Prinzessin neckte ihn öfter, wenn sie sagte, er träume sogar auf englisch. Zum Teufel mit den Engländern! Er preßte die Lippen zusammen und schüttelte tadelnd den Kopf. Er zündete sich eine dünne Zigarette mit Goldmundstück an und blies eine zarte Rauchwolke hoch in die Luft, als könnte sie diese weibliche Schwäche der Sentimentalität vertreiben. Weiblich! Allein das Wort erinnerte ihn daran, daß sein ganzes Liebesleben und seine so wunderbar glückliche Ehe von London beeinflußt waren. Er hoffte, daß Selim nicht vergessen hatte, die Suite in Brown's Hotel zu buchen – die Prinzessin liebte dieses Hotel und schickte dem Portier jedes Jahr aus Kairo eine Weihnachtspostkarte.

Doch Ägypten, das war eine Sache und der Hof eine ganz andere; ihre Erziehung hatte den Fanatismus gedämpft und sie nolens volens zu Kosmopoliten gemacht, die *fast* über sich selbst lachen konnten. Das kam von den Fremdsprachen, den ausländischen Kinderfrauen, den langen Winteraufenthalten in Sils oder Baden-Baden oder Pau. All das hatte ihr Rassenbewußtsein, ihren Nationalstolz verkümmern lassen. Die Franzosen unterschieden zwischen der Kenntnis und dem Besitzen einer Sprache. Aber sie waren noch weiter gegangen, sie waren vom Englischen besessen. Die anderen wichtigen europäischen Sprachen beherrschten sie natürlich, aber nur für gesellschaftliche Zwecke. Sie hatten nichts von der Würze, die er im Englischen fand ... Doch nicht jeder bei Hofe empfand so wie er, einige waren mehr vom Französischen bezaubert, andere dem Italienischen verfallen. Aber es war das erste gewesen, was ihn fest mit Fawzia verband, diese Leidenschaft für England. Selbst als er in

Oxford gewesen war und unter seinem eigenen Namen antibritische Artikel im *Doustour* schrieb, hatte Fawzia ihn dafür geliebt und war stolz gewesen auf seine intellektuelle Haltung.

Bei diesem Gedanken stampfte er mit dem gamaschengeschmückten Fuß auf dem Boden des Abteils auf, stampfte vor Vergnügen wie ein arabisches Pferdchen. Er hatte sie in der Tate-Galerie kennengelernt. Sein armer Liebling kopierte ergeben einen Cézanne, doch zuweilen hielt sie minutenlang inne und träumte – wie sie später zugab – von einem Prinzen, der aus dem Nichts auftauchen und um ihre Hand anhalten würde. Die Kopie fiel daher etwas willkürlich aus. Sie war in Begleitung einer Anstandsdame, der Witwe eines Bei, deren Sohn mit ihm in Oxford gewesen war, und das gab ihm den Vorwand, einige Worte mit ihr zu wechseln und sich die Prinzessin vorstellen zu lassen. Sie knickste auf eine altmodische Art, und er beugte sich über ihre schlanken Finger und fühlte, daß ihm der Atem stockte. Tatsächlich wurden sie beide blaß bei dieser ersten Begegnung. «Es war ein Augenblick aus Seide», wie eine arabische Redensart heißt. Ihre dunklen Augen waren voller Eifer, Idealismus und Klugheit. Er setzte seine golden geränderte Brille auf, in dem vergeblichen Versuch, älter zu erscheinen, als er war. Die drei – alles war traumgleich, unwirklich geworden – gingen langsam in der Galerie umher und äußerten sich leise zu den ausgestellten Bildern. Er fühlte die Worte aus seinem Munde kommen, aber sie waren wie «feuchtes Stroh». In ihm sagte eine Stimme wieder und wieder: «Fawzia, ich bete dich an!» Er zitterte vor Furcht, daß seine Gedanken belauscht werden könnten, doch sie behielt ihr sprödes Verhalten bei, obwohl das Herzklopfen ihr fast den Atem benahm. Die gutmütige Anstandsdame entfernte sich einen Moment lang, und sie unterhielten sich weiter. Er war entzückt. *Sie schätzte Turner!* «Wir müssen ihn mit Rembrandt auf die gleiche Stufe stellen», sagte sie energisch, fast ein bißchen lehrerinnenhaft. Aber wie recht sie hatte! Er fürchtete, er würde anfangen sich vor Hingebung in Luft aufzulösen, wenn dies so weiterging, deshalb verabschiedete er sich abrupt mit abweisender Miene, was sie in Verzweiflung stürzte, denn sie glaubte, es sei ein Zeichen der Verachtung für ihre Ansichten über Kunst. Sie stotterte, als sie *«Good bye»* sagte, was sein Herz wiederum höher schlagen ließ. Aber er blickte weiter finster drein, als er aus dem Museum stolzierte. Draußen schlug er sich mit seinen grauen Handschuhen tadelnd auf den Handrücken und roch dann daran, um zu sehen, ob vielleicht ein wenig von ihrem Parfüm haftengeblieben sei, bevor er diese scheinbare Selbstbestrafung fortsetzte. Beim nächsten religiösen Fest erlaubte er sich, ihr einen großen schönen Band mit Farbdrucken von Turner zu schicken, und gab der Hoffnung Ausdruck, daß sie ihn noch nicht besitze. Sie besaß ihn, behauptete aber das Gegenteil und bedankte sich mit überschwenglicher Freude, die, obwohl geheuchelt, völlig aufrichtig war. Sie sahen sich flüchtig bei einer Reihe von offiziellen Anlässen und tauschten vor den anderen seltsam gestelzte Bemerkungen aus, während sie innerlich vor Sehnsucht fast vergingen. Er wußte nicht recht, wie es nun weitergehen sollte. Er hatte zwar sein Studium beendet und war der Erbe eines großen, in Baumwolle und Land angelegten Vermögens, aber einen richtigen Beruf hatte er nicht. Außerdem durfte ihre Beziehung, die auf einer so hohen romantischen Ebene begonnen hatte, nicht herabgewürdigt werden, nicht ins Alltägliche absinken. Ich nehme an, es war alles höchst shakespearisch, aber die beiden glaubten – privat, im geheimen, getrennt, leidenschaftlich –, daß nie jemand zuvor mit einer solchen Hingabe geliebt hatte. Er bemühte sich, ihre Liebe frei zu halten von jeder pariserischen Frivolität, denn für ihn war das, was die Franzosen sich unter Liebe vorstellten, nur eine Mischung aus Stroh, Eitelkeit und *trompe-l'œil*. Während dieser Zeit der Unentschlossenheit machten sie verschiedene wichtige Entdeckungen. Sie fand zum Beispiel heraus, daß seine Augen unter dem Druck ästhetischer Emotionen violett-grün wurden – so etwa, wenn er über die Turners in der Tate-Galerie sprach. Er seinerseits war jedesmal mehr entzückt über ihre kleinen lebhaften Hände, die sich so flink bewegten und doch auch wie Felsentauben in ihrem Schoß ruhen konnten. Sein Arzt sagte ihm, daß er an zu hohem Blutdruck leide, und gab ihm Schlaftabletten, doch er zog es vor, wach zu liegen und an sie zu denken.

Und dann öffnete sich der Weg für sie. Sein Vater schrieb ihm nach der zweiten Herzattacke, er müsse nun wirklich daran denken, sich nach einer Stellung umzusehen, und er müsse auch Verhandlungen über eine Ehefrau anbahnen. Er schlage vor, sein *piston* zu nutzen (sagte er), was das erste betreffe (er zog die französische Kultur der englischen vor und fand die Leidenschaft seines Sohnes für alles Englische ungesund, ja unpatriotisch). Den zweiten Punkt ließ er offen, da er ein weiser Mann war. Und so kam es, daß der Prinz sich bald in seiner Lieblingshauptstadt in der Stellung eines jungen Diplomaten *en poste* befand und daß die junge Dame einen förmlichen Brief erhielt, der zuerst ihrer betagten Mutter vorgelegt worden war, in dem er anfragte, ob er Fawzia seine Absichten mitteilen dürfe. Er wählte ein sehr reines, wenn auch etwas blumiges Arabisch. Später erfuhr er, daß es sie sehr belustigt hatte, als «die in Frage stehende Person» bezeichnet zu werden, und eine Zeitlang unterschrieb sie ihre Liebesbriefe mit dieser reizenden Umschreibung. Ja, es wurde ihnen gestattet, sich zu treffen, miteinander zu sprechen. Die Würfel, wie es in schlechten Romanen heißt, waren gefallen.

Auch mußte sein guter Geist seine Gebete erhört haben, denn der Treffpunkt für die entscheidenden Begegnungen mit seiner Geliebten hätte nicht besser gewählt sein können. Er werde am späten Nachmittag bei ihr sein, sagte er, und sie zu einer kurzen Fahrt am Fluß entlang abholen. Sie solle einen Schal mitnehmen, da die Abende zuweilen kühl seien, er habe vor, ihr einen Sonnenuntergang zu zeigen und sie dann wieder im Hause ihrer Mutter in Kensington abzuliefern. Und er kam, aber in einer dieser eleganten Equipagen, mit einem Kutscher, der, ganz im viktorianischen Stil, eine Kokarde und Melone trug. Es gab eine ganze Reihe von diesen schönen, von wunderbar gepflegten Pferden gezogenen Kutschen, die in der Nähe des Buckingham Palace postiert waren – eine wahre Attraktion für sentimentale Touristen, die sich gern bei einer Rundfahrt durch London in ihnen fotografieren ließen. Er war nicht übermäßig förmlich gekleidet – gerade richtig für einen Londoner Sonnenuntergang. Sie hatte sich ein elegantes Kleid angezogen und sich gehorsam einen Schal von ihrer Mutter geliehen. Schals waren altmodisch, gehörten einer anderen Zeit an, und so kam ihr dieser ziemlich scheußlich vor, aber es war noch zu früh, um sich widerspenstig zu zeigen.

Sie war bezaubert von seinem originellen Einfall und wurde ein bißchen nervös in seiner Gegenwart. Sie hatte die Annahme seines Heiratsantrags in verschiedenen Stimmlagen geprobt, war aber unentschieden, welche sie wählen sollte. Sie würde dem Schicksal die Entscheidung überlassen. Er für sein Teil war ebenfalls aufgeregt, aber in seinem tiefsten Innern wußte er, daß auf eine geheimnisvolle Weise nicht er die Entscheidung herbeiführen würde, sondern paradoxerweise der Maler Turner. Er begann, wortreich und weitschweifig über ihn zu sprechen, über sein persönliches Leben, die Größe und Einfachheit seiner visionären Kraft, die der seiner ganzen Epoche zuwiderlief. Er zitierte mit lodernder Empörung den Ausspruch Constables («Bilder, auf die man nur speien kann.»). Und sie zitterte mitfühlend vor Schmerz und Trauer. Was für eine klägliche Blindheit! Aber seine Augen hatten wieder die Farbe gewechselt, und sie fühlte den leidenschaftlichen Aufruhr ihrer Gefühle, so leidenschaftlich in der Tat, daß sie fest ihre Schenkel zusammenpreßte, um sie zu beschwichtigen. Sie verließen den Park und überquerten den Fluß auf der Battersea Bridge, von der aus sie bereits das erste Aufflammen eines Sonnenuntergangs im späten Frühling mit all seinen hitzigen wilden safran- und karminroten Tönen sehen konnten. «Wir kommen gerade rechzeitig», sagte er. «Tun Sie das immer?» fragte sie, und er nickte heftig. «Immer – seit ich meinen ersten Turner sah», sagte er, «das ist jetzt Jahre her. Es ist zu jeder Jahreszeit anders.» Er nahm ihre Hand und drückte sie. «Es ist so überaus persönlich», fuhr er fort, «und niemand scheint es zu wissen. Es ist gewissermaßen sein Vorratsschrank.» Dann brach er ab und rügte die Tate-Galerie, weil sie ungeheuer viele Bilder des Künstlers in den Keller verbannt hatte und sich weigerte, sie auszustellen. Und dann rügte er Ruskin, weil er Zensur ausübte. «Unerhört!» rief sie.

Wie breit sie doch war, die Themse, und wie bedächtig sie unter der massigen, stämmigen alten Brücke dahinfloß. Es herrschte wenig Verkehr um diese Stunde, so daß sie die Geräusche des Schiffsverkehrs, das ferne Tuten und sogar Stimmen hören konnten. Masten glitten am Abendhimmel vorbei. Ganz London lag in dem verlöschenden Licht um sie herum. Die Pferdehufe schlugen einen tieferen Ton an, als sie wieder das Land erreichten, und kurz darauf bog der Kutscher scharf nach rechts ab und folgte den langen, trostlosen Mauern einer Fabrik, auf deren Fassade zum Fluß hin sie später die verschnörkelte Aufschrift *Silver Belle Flour* bemerkten. An Wochentagen konnte man durch die Tore spähen und mehlbestaubte Gestalten sehen, wie Schneemänner, die ihren Aufgaben mit einem Gebaren nachgingen, als nähmen sie an einer mittelalterlichen Zeremonie teil. Aber sonntags war alles still. Nur die Kinder der Armen spielten ihr ewiges Kricket oder Fußball auf Grasflächen, die von ihren Stiefeln kahlgetrampelt waren. Es war eine deprimierende Ecke, verwahrlost und verkommen, und sie fragte sich, wo sie wohl hinführen. Aber es war nicht mehr weit, ihr Ziel, denn die kleine Kirche St. Mary the Virgin blühte noch wie «Marthas Weingarten» inmitten dieser unheimlichen Monstren von Fabriken und Mietskasernen. Als sie vor dem schmalen Eisentor anhielten, das sich auf einen grünen Rasen öffnete, sah sie, daß im Westen der Horizont weit offen vor ihnen lag, ohne klobige Gebäude, die die Aussicht unterbrachen oder versperrten. Sie blickte mit vogelartiger Anmut eifrig um sich. «Sie werden mit *seinen* Augen sehen!» rief er plötzlich ekstatisch, ja fast mit frommer Inbrunst, so daß sie sich einen Augenblick lang fragte, ob sich hinter seiner Begeisterung nicht ein gewisser religiöser Fanatismus verbarg. «Mit wessen Augen?» fragte sie und wurde ganz blaß, und ihr Puls flatterte. «Mit *seinen*», sagte er streng, mehr geruhte er nicht zu sagen.

So kam das Jahr 1777, um sie jenseits des Flusses in der Gestalt der Kirche St. Mary the Virgin mit ihren vier beredten Säulen, die karyatidenartig das steile Dach der Vorhalle trugen, zu begrüßen. Der Turm, die Turmuhr, der grüne Glockenstuhl – so schlicht und doch so lebendig in der Ausführung – gaben dem Ganzen einen unaufdringlichen Charme. Das Ganze schien ihnen ein ideales Beispiel dafür, was dörfliche Kirchenarchitektur sein sollte, ausdrücken sollte. Die grollende, überall gegenwärtige Mühsal von London verging hier in der Stille dieses unschuldigen Bereichs. Der Rasen vor der Kirche war saftig und hellgrün, und auf ihm standen einige wenige hohe Bäume. Doch er war nicht groß und endete an einer soliden Kaimauer, an der zwei durch die Ebbe aufgelaufene Schiffe so schief auf der Seite lagen, daß ihre Masten fast in den Garten ragten. Sie wagte nicht auszurufen: «Wie schön!» Es hätte banal klingen können. Stattdessen murmelte sie das arabische Wort für «Wahnsinn!»

Auch die Neigung des Geländes war begeisternd; es fiel leicht ab, bis hin zu den westlichen ferneren Windungen des Flusses, wo dichte Wäldchen ihm einen schöngeformten Horizont verliehen – voller Gitter, durch die die letzten Sonnenstrahlen sickerten. Dieser Ausblick, so lieblich und luftig, konnte kaum viel anders gewesen sein, als die Kirche der Gemeinde von Battersea übergeben worden war, fünf Jahre bevor Blake sich hier mit seiner Kate trauen ließ.

Mr. Craggs, der Küster, wartete ergeben mit dem Schlüssel auf sie, wie er es immer tat, denn der Prinz meldete sich vorsichtshalber jedesmal, wenn das Wetter einen schönen Sonnenuntergang versprach, telefonisch bei ihm an. Entgegen den Regeln hatte Mr. Craggs sich durch das großzügig bemessene Trinkgeld des Prinzen verleiten lassen. «Niemals weniger als einen ganzen Sovereign», verkündete er den ehrfürchtig lauschenden Stammgästen von *The Raven* oder den ebenso ehrfürchtig lauschenden von *The Jug and Bottle* oder *The old Swan,* einer Kneipe, die fast mit der Kirche zusammenstieß. Der Prinz hatte irgendwann in einem Roman von Thackeray gelesen, daß ein Sovereign die «angemessene Entlohnung» für besondere Dienste sei, und obwohl die Münze offiziell nicht mehr in Umlauf war, hatte er seine Bank beauftragt, ihm jeden Monat ein Dutzend zu schicken. Sie wirkte Wunder, stellte er fest. Doch abgesehen davon, waren er und Craggs regelrechte Freunde geworden, und jetzt war der Küster der Prinzessin so ergeben wie ein Sklave. Er half ihr eifrig, wenn auch ein wenig steif, denn er war ein Opfer des Hexenschusses, beim Aussteigen. «Was für ein reizendes junges Mädchen, Master Ahmed», sagte er. Der Prinz errötete stolz. Aber an diesem Tage konnte Craggs glücklicherweise nicht bleiben, denn er hatte eine Veteranenversammlung – jedenfalls sagte er das. «Ich muß mich davonmachen, tut mir leid.» Doch er hatte den alten Eichenstuhl an die übliche Stelle gerückt. «Ich weiß, ich kann mich darauf verlassen, daß Sie ihn zurückstellen, Sir, und den Schlüssel wieder in die Mauernische legen.» Es war ein altes Ritual, das alles, und der Prinz nickte. «Na, dann einen guten Sonnenuntergang, Sir», sagte Craggs freundlich, während er sich seinen Wollschal um den Hals schlang und seine verbeulte Melone aufsetzte. Mit diesen Handlungen zögerte er seinen Abgang höflich und sehr taktvoll hinaus – lange genug, um dem Prinzen Zeit zu geben, einen ganzen Sovereign aus der Westentasche zu ziehen und ihn seinem Freund aufzudrängen. Craggs täuschte Erstaunen vor, wie er es immer tat, und versprach dann auf das Wohl Ägyptens und der Dame zu trinken, ehe er davonstampfte in den Abend. Es war ganz still. Sie waren allein. Der Kutscher verzog sich, um beim Pub auf sie zu warten.

«Wie liebenswürdig er ist», sagte sie. Sie hatte schon die beiden Treppen zu dem tiefen Balkon an der Vorderfront der Kirche erstiegen. «Er hat sogar einen Stuhl für Sie hingestellt. Jetzt verstehe ich alles. Was für ein Blick!» Sie setzte sich in den schweren Eichenstuhl und sah über die Galerie des *Swan* hinweg auf einen ebenen, von Bäumen gezackten Horizont, wo ein ungerahmter Turner-Sonnenuntergang langsam und zerstörerisch sich selbst verbrannte – zu einer rauchigen Dämmerung, die hier und da noch einmal auflebte wie Glutasche, wenn ein Windhauch darüber hinstreicht.

«Nein!» sagte er, und die gleiche Seligkeit stand in seinem Gesicht geschrieben. «Noch verstehen Sie nicht. Fawzia, Sie sitzen in *seinem* Stuhl, in Turners *eigenem* Stuhl, den er der Kirche vermacht hat! Er saß hier, um die Lichteffekte zu beobachten, genau an der Stelle, an der Sie jetzt sitzen, Gott weiß, wie viele Jahre lang . . .» Seine Leidenschaft schnürte ihm fast die Kehle zu. Sie dort sitzen zu sehen, im Stuhl des Meisters – dem Cockpit, der Aussichtskanzel, von wo aus er das große geistige Abenteuer unternommen hatte, er selbst zu werden! Seine Finger berührten den kostbaren Verlobungsring in seiner Tasche – er hatte ihn in Nubien eigens für sie anfertigen lassen. Er steckte ihn jetzt an ihren Finger, und sie ließ es mit gesenktem Kopf geschehen. Nur ein kurzes Einatmen, ein unterdrückter Seufzer vielleicht. Und plötzlich erfüllte ihn Triumph. «Du willst doch, nicht wahr?» fragte er, ihrer Antwort sicher. Und wie eine Felsentaube antwortete sie: «Und ob ich will. Und ob ich will.»

Er setzte sich an ihre Seite auf die Stufen, und so

warteten sie gemeinsam auf die hereinbrechende Dunkelheit, Hand in Hand, stumm vor Freude. Sogar als es Zeit wurde, den heiligen Stuhl neben die Kanzel in der dunklen Kirche zurückzustellen und den Schlüssel in die Nische zu legen, sprachen sie kein Wort, aus Angst, die köstliche Gemeinsamkeit des Augenblicks zu zerstören. Ihr war, als wöge der Ring eine Tonne.

Und so fuhren sie langsam und gemächlich zurück, und sie war froh über den Schal, als sie sich Kensington und dem Haus ihrer Mutter näherten. Der gesamte Inhalt des Füllhorns, das den Namen menschliches Glück trägt, schien von einem Frühlingshimmel über ihre Häupter entleert worden zu sein. Er geleitete sie wortlos bis zum Eingang des Hauses. Dann entlohnte er den Kutscher, um zu Fuß durch London zu seiner Wohnung zurückzukehren. Er fühlte sich wie ein Komet, als ob er das Feuer der Inspiration eines Malers hinter sich herzöge, den das Schicksal ihnen geschenkt hatte.

Von da an, überlegte er jetzt, als der Zug der Hauptstadt entgegenratterte, hatte alles Früchte getragen, und ihre Ehe hatte den Neid ihrer weniger glücklichen Freunde erweckt. Sie hatte den jungen Faruk gebeten, ihr Trauzeuge zu sein – ihr Vater war tot, sie hatte keine männlichen Verwandten mehr, und daher hatte sie das Recht, diese Bitte auszusprechen, denn bald würde der Grünschnabel König sein. Der junge Mann entledigte sich der Aufgabe mit Anmut und Eleganz und setzte jedermann in Erstaunen durch seine gazellengleiche jugendliche Schönheit und seine höflichen Manieren. Wie sehr er sich inzwischen verändert hat, dachte Prinz Hassad, während er seine Zigarette ausdrückte. Die raupenartige Trägheit, die plötzlichen Wutanfälle und die Weinkrämpfe . . . Was für ein Schicksal! Und dabei war sein

Regierungsantritt wie das Debüt eines Nero gewesen, ein glückverheißender Eintritt in die Welt der Macht, voller Autorität und Idealismus. Er seufzte, als sich das heutige Bild vor das alte in seiner Erinnerung schob.

Dann folgten die guten Jahre in London als junger Attaché. Fortuna war ihnen günstig gesinnt, London mochte sie. Ihre Kinder waren schön und klug und unproblematisch.

Der Magnetismus hielt an, und hier bewies seine kleine Frau eine brillante Einfühlungsgabe, denn sie übernahm ihm gegenüber mehr als nur eine Rolle. Als sie mit ihrem zweiten Kind schwanger war, fuhren sie inkognito nach Frankreich, gaben vor, Künstler zu sein, und lebten in einem entlegenen *mas* in der Nähe von Avignon – zwei Monate Seligkeit. Sie ließ alle Konventionen fallen, stand mit wirrem Haar atemlos über den Kochtöpfen, während er ehrerbietig das Gemüse für sie putzte. Ihre Brüste waren voller Milch, und oft tat er selber einen kräftigen Zug. Sie sahen beide nicht gerade sehr sauber aus, sondern eher wie fröhliche Bauersleute. Ihr Haar roch köstlich nach Kochdünsten, ihr Körper nach Gewürzen und Schweiß. Er liebte ihr *bœuf en daube,* sie bewunderte, wie er Holz hackte und Feuer anmachte oder wie er die Gläser polierte. Er schnüffelte an ihrem zerzausten durchaus eßbaren Hausfrauenhaar wie ein auf Trüffeln abgerichteter Hund an der Fährte. All das bekam dem kleinen Sohn im Mutterleib sehr gut. In späteren Jahren würde sein Liebesleben von all der glücklichen Selbstvergessenheit, von ihrer gemeinsamen Sinnenfreude profitieren. «An der Art, wie du liebst», sagte er, «kann man sehen, daß er sich als Mann ganz prächtig entwickeln wird, unser kleiner Fuad.» Sie vermieden alles Modische, aber sie fuhren nach Saint-Tropez, damals noch ein winziges Dorf mit kaum ein paar Dutzend Häusern, wo die berühmte und berauschte Quin-Quin bereits ihren Laden eröffnet hatte und Fawzia ein wirklich vulgäres Parfüm zum Kauf anbot, irgend etwas aus dem Warenhaus. Ein Parfüm, das die Arme öffnete und sagte: «*Mevoici!* Aber der Prinz hatte seine Zweifel, ob es richtig sei, wenn sie es auch in London benutzte: «Du würdest die gesamte Botschaft unerträglich aufregen», sagte er.

Natürlich gab es zuweilen auch Mißgeschicke und Klippen zu umschiffen wie in jeder Ehe, doch wahre Zuneigung überwindet alles. Während ihres dritten Wochenbetts zog er sich eine lästige, wenn auch harmlose Geschlechtskrankheit zu – von einer jungen Hofdame, die erst vor kurzem aus Kairo eingetroffen war – und war sehr niedergeschlagen. Aber Fawzia nahm die Sache nicht sonderlich schwer und pflegte ihn mit leidenschaftlicher Hingabe. Sie war glücklich, ihm ihre tiefe Ergebenheit zeigen zu können, und geradezu dankbar, daß er ihr die Möglichkeit gab, zu beweisen, wie unersetzbar sie tatsächlich war und wie großherzig. Er war überwältigt vor Staunen und Freude. Er verstand plötzlich, wozu eine richtige Frau fähig war. Es war ein wenig beängstigend. Er schluckte seine Demütigung herunter und überließ sich ihrer zärtlichen Pflege, glücklich wie ein Kind, das sich geborgen fühlt und weiß, daß ihm vergeben ist. (Die Hofdame wurde allerdings unverzüglich nach Kairo zurückgeschickt.)

Weit davon entfernt, sie zu entzweien, band dieser kleine Zwischenfall sie noch enger aneinander. Er konnte es sich leisten, schwach bei ihr zu sein, denn sie verschmähte es, Vorteile aus seiner Schwäche zu ziehen. «Mein Gott», sagte er, «du bist wirklich außergewöhnlich!» Und er meinte es.

Sie lächelte dunkel, fast ein wenig gelehrtenhaft.

«Ich liebe dich», erklärte sie in ihrer etwas zusammenhanglosen Art, «nicht weil du mein Mann bist, sondern weil du so männlich bist!» Ihre Worte fanden ein schwaches Echo, aber er widersprach ihr nicht. Möge ihr die Illusion lange erhalten bleiben, sagte er sich. Sie küßte seine Stirn, und er schlief ein, erfüllt von der Süße dieser lieblichen Erinnerung. Den Kindern wurde gesagt, er hätte Gicht.

So führte das Leben sie auf behutsame Weise, bis sich herausstellte, daß er bald kraft purer Routine zu einem Rang aufsteigen würde, der nicht nur größere Verantwortung, sondern auch mehr Arbeit bedeutete – beides war nicht eigentlich nach seinem Geschmack. Überdies hatten sie in den letzten Jahren Ägypten für sich wiederentdeckt und herausgefunden, daß Kairo jetzt einen gewichtigeren Platz in ihrem Denken einnahm als früher. Wenn auch nicht auf Kosten Londons, weit gefehlt; es war nur so, daß beide das Gefühl hatten, sie könnten einen Szenenwechsel brauchen. Den Winter verbrachten sie so oft wie möglich in Oberägypten, und die Abreise stimmte sie jedesmal tieftraurig. Vielleicht ein neuer Posten? Er versuchte, seine Verbindungen zu nutzen und sich etwas in Alexandria zu beschaffen, aber das schlug fehl. Es blieb die wenig erfreuliche Wahl zwischen der Botschaft in Moskau und der in Peking – und beides reizte ihn nicht. Dann kam ihm die brillante Idee: Warum sollte er nicht wieder Privatmann werden und sich tatkräftig um seine ausgedehnten Ländereien kümmern und um die drei oder vier alten Paläste, die sein Vater ihm hinterlassen hatte, größtenteils verfallende Gebäude in schönen Gärten am Ufer des Nils? Der eine, den sie für sich selbst hatten renovieren lassen, befriedigte ihre Bedürfnisse und Ansprüche vollauf. Mit den anderen hatte seine Frau angefangen herumzuspielen – denn Architektur war für sie ein Spiel, ein ständiges Improvisieren, und es machte ihm Spaß, ihre Märchenpaläste in einer bescheideneren Version aus Lehmziegeln und Zement erstehen zu sehen. Auch gefiel ihm die Vorstellung, in einer so heiklen Hauptstadt wie Kairo Geschäfte zu machen. Er hatte ein ausgesprochenes Talent, entdeckte er, für Bluff und fintenreiche Tricks – alle Geschäfte im Nahen Osten sind eine Art Pokerspiel. Auch würde es eine Erleichterung sein, wenn er sich nicht mehr mit dem Protokoll und mit Rangordnungen, deren Ausgeklügeltheit er lächerlich fand, abgeben müßte. Mit der Höflichkeitsregel, zum Beispiel, die einen zwang, sich immer auf der linken Seite einer ranghöheren Person aufzuhalten, selbst auf der Straße und sogar im Taxi. Man mußte ständig um Menschen oder Taxis herumlaufen, um diesem albernen Brauch Genüge zu tun – sonst behandelte einen der Besucher betont kühl oder ließ sich glatt zu einem diplomatischen Zornesausbruch verleiten. Puh! All das war nun vorbei. Er konnte die ganze Nacht Karten spielen und sogar mogeln, wenn er wollte. Eine seiner ersten Taten als Zivilist war, daß er Lord Galen, der sich für einen brillanten Kavalier und Kartenspieler hielt, aber so arglos war wie ein neugeborenes Kind, eine größere Summe abknöpfte (indem er mogelte).

Die letzten Kilometer bis zur Victoria Station legte der Zug im Schrittempo zurück – warum, wußte niemand, aber es war so. Das ermöglichte es Selim, auf dem Bahnsteig neben seinem Waggon herzugehen und liebevolle Grimassen zu schneiden. Die Botschaft hatte um der alten Zeiten willen einen Wagen geschickt, und Selim, der als *chargé d'affaires* agierte, war mitgekommen, um ihm seine Post zu bringen. Er hielt drei große Umschläge hoch, die

Briefe von der Prinzessin enthielten, und lächelte breit. Selim, mit dem ruhigen, gewissenhaften, fuchsartigen Gesichtsausdruck, war Kopte und besaß die Diskretion und Zuverlässigkeit aller Angehörigen dieser geheimnisvollen Rasse und Sekte. Er lächelte selten, und wenn, dann grimmig, und am liebsten über das Unbehagen oder die Niederlagen anderer, die weniger schlau waren als er. Aber er war ein ausgezeichneter Diplomat. Sie plauderten wie alte Freunde, als der Wagen sie zu Brown's Hotel fuhr, und der Prinz erzählte ihm die Neuigkeiten, die sich Selim mit brennender Ungeduld anhörte. «Wie ich Ihnen in meinem Telegramm aus Genf mitteilte – nicht in dem *en clair* –, hat Lord Galen in Deutschland eine ungeheure Dummheit begangen, aber für mich war es nützlich. Ich erfuhr von höchster Stelle, daß sie vorerst noch nichts zu unternehmen gedenken. Die Friedensverhandlungen und Bemühungen, in letzter Minute noch eine Lösung zu finden, werden sich noch eine Weile hinziehen. Dann . . .» Er fuhr mit der Hand durch die Luft. «Was die Italiener betrifft, so haben sie Befehl stillzuhalten, um die Stimmung in Arabien nicht negativ zu beeinflussen. Der ganze Rummel ist ein rein defensiver Akt, selbst die Engländer sind nicht wirklich beunruhigt. Sie kennen die Vorliebe der Italiener, Wind zu machen.» So ging das Gespräch weiter, und der schadenfroh lächelnde Selim war entzückt von Hassads Klarheit und der Bündigkeit seiner Gedanken. Die Sache war mindestens zwei lange Telegramme wert.

Inzwischen hatte ihn Abdel Sami Pascha – jetzt längst nicht mehr im Dienst – zum Mittagessen in seinen Club eingeladen, und er brauchte vorher nur noch um die offizielle Genehmigung zu bitten, ein privates Telegramm *en clair* an seine Frau senden zu dürfen. Doch da war nichts zu befürchten, trotz der dramatischen Überbeanspruchung der Drähte wegen der gespannten politischen Situation. «Das einzige, was ich nicht getan habe», sagte Selim, «ist, den Küster von St. Mary anzurufen. Es sieht nach Regen aus.» Der Prinz sagte, das werde er nach dem Mittagessen mit Sami selbst tun. Selim senkte den Kopf, sah in seinen Taschenkalender und sagte, das sei alles, was er dem Prinzen auszurichten habe. «Wie lange werden Sie bleiben?» fragte er. «Nur für zwei Sonnenuntergänge! Danach muß ich zurück in die Provence fahren und mit der Pacific and Orient Line alle meine Sachen zurück nach Ägypten schicken lassen. Es ist alles schon arrangiert. Faruk schickt mir die königliche Jacht nach Marseille. Keinerlei Probleme, wie Sie sehen, mein lieber Selim.»

Sie umarmten sich mit aufrichtiger Herzlichkeit – waren sie nicht Waffenbrüder im diplomatischen Dienst gewesen?

Hassad brauchte nicht lange, um seine Angelegenheiten im Hotel zu ordnen und dann ein Taxi zu den düsteren, altmodischen Empfangsräumen von Samis Club in der Burlington Street zu nehmen. Sie hatten sich lange nicht mehr gesehen, und der alte Mann war weiß geworden und sehr gebrechlich. Der Prinz begrüßte ihn zärtlich und sagte: «Exzellenz, Sie sind altehrwürdiger geworden – und ich selbst auch.» Dies war die höfliche Form, wie man es auf arabisch ausdrückte. Sie fachsimpelten eine Weile und erörterten eingehend die Neuigkeiten, die der Prinz vom Kontinent mitgebracht hatte. Der alte Herr seinerseits berichtete, daß die Engländer die gesamte diesjährige Baumwollernte kaufen würden – ein Problem weniger. «Aber», fuhr er traurig fort, «armes Ägypten, es ist so zerrissen! Jeder steht auf einer anderen Seite. Jeder haßt die Engländer, ja, aber wer, außer Maher, liebt die

Deutschen? Faruk begünstigt die Italiener, aber nur, weil sie noch schwächer sind als wir . . . Was für ein Geschäft!» Sie aßen gemächlich ihren Lunch und tranken dazu einen guten Wein. «Was nun Sie angeht, mein lieber junger Freund», sagte der alte Diplomat, «so möchte ich Sie zwar keinesfalls kritisieren, aber soweit ich höre, ist Ihr Leben neuerdings sehr . . . sehr *bewegt*!» Der Ausdruck war außerordentlich passend, Sami tat sich etwas zugute auf das gediegene präzise Arabisch seiner diplomatischen Noten. «Bewegt ist das richtige Wort», gab der Prinz zu und ließ den Kopf hängen. «Was sagt Fawzia dazu?» fragte Sami er liebte die beiden wie seine eigenen Kinder. Der Prinz sagte: «Sie hat mir einen wirklichen Schock versetzt, und damit fing alles an.» Er seufzte tief. Sami sagte: «War sie Ihnen untreu?» Der Prinz versank in Gedanken und legte Messer und Gabel nieder, bevor er antwortete. Schließlich sagte er mit leiser, erstickter Stimme: «Sie ist Journalistin geworden.»

Sami schwieg – es war ein Schweigen der Sympathie und des Mitgefühls. «Gott, der Allmächtige», sagte er schließlich. «Unter ihrem *eigenen Namen*?» Doch hier schüttelte der Prinz den Kopf, wenigstens schreibe sie unter einem Pseudonym. Aber die Tatsache blieb bestehen. «Wir haben uns danach etwas entfremdet, ich weiß nicht, warum. In Genf hat man mir gesagt, es liege an den Wechseljahren, die etwa drei Jahre dauern sollen und dann abklingen.»

«Das ist etwas anderes», sagte Sami erleichtert. «Wenn es nur eine Krankheit ist! Also meine Prostata . . .»

Sie setzten die Unterhaltung bei Kaffee und Zigarren fort, bis es an der Zeit war, sich zu verabschieden, was sie mit zärtlichem Bedauern taten – wer wußte, wann sie sich in dieser unsicheren Welt wiedersehen würden? Es hatte angefangen zu regnen, ein leichter Frühlingsregen, und die Sicht wurde trübe wie eine Fensterscheibe. Das vom Portier bestellte Taxi fuhr vor, der Prinz stieg ein und wies den Fahrer an, nach Battersea zu fahren. Das Wetter sah nicht sehr vielversprechend aus, und er zögerte einen Moment und überlegte, ob er nicht lieber zu Simpson's fahren sollte, um dort ein Stück Gebäck zu essen und eine Tasse indischen Tee zu trinken. Aber er wollte die Briefe seiner geliebten Frau in St. Mary lesen, damit er ihr in dem langen Telegramm, das Selim ihr heute abend senden würde, davon erzählen könnte. Die Kirche würde wahrscheinlich abgeschlossen sein, aber vielleicht lag der Schlüssel in der Nische ... Er lag dort! Das quietschende Schloß drehte sich, und er trat ein in die leere Kirche, die nach Firnis und Bohnerwachs roch. Er ging auf Zehenspitzen, obwohl er nicht recht wußte, warum; vielleicht um die alten Geister nicht zu stören? Der Regen prasselte auf die Dächer und auf die Oberfläche des Flusses. Der Wind schüttelte die Blätter der Bäume. Es war gerade noch hell genug, um sehen zu können. Er setzte sich in den Stuhl des Meisters, um die kostbaren Briefe zu lesen, die nicht nur voll waren von der unbeirrbaren Zuneigung seiner vorbildlichen Frau, sondern auch köstliche Kleinigkeiten über die Familie enthielten – wichtige Informationen über die Zähne der Kinder und über Examen und örtliche Skandale. Der Nil hatte sich sehr launenhaft verhalten, das Wasser war in einer Nacht um vier Meter gestiegen und hatte das Türmchen und den achteckigen Turm weggeschwemmt – beides hatte sie für ihn erbauen lassen, damit er sich «zurückziehen und nur dasitzen und nachdenken» konnte. «Oh, Schande!» sagte der Prinz. Es war ein altmodischer Ausdruck, den er von seiner Kinderschwester aufgeschnappt hatte. «Oh, Schande!»

Reumütig dachte er an die Zeit, als er ihr noch ebenso eifernd und ebenso ausschließlich treu war wie sie ihm. Jahrelang. Dann plötzlich, in der Mitte seines Lebens, waren Schatten auf ihn gefallen, darunter irrationale Ängste vor Impotenz, einer Störung der Drüsen, und andere, weniger greifbare Ängste. Aber er hatte das Gefühl, daß er solche Dinge mit niemandem ausführlicher erörtern könne – es sei denn mit einem Psychoanalytiker von gleichem gesellschaftlichem Rang. Aber wo sollte man einen solchen Menschen finden? Es war ein wirkliches Dilemma! Er hatte sogar weise Frauen befragt, doch ohne Erfolg. Gewöhnliche Ärzte gaben ihm gewöhnliche Ratschläge, verschrieben Beruhigungsmittel mit enervierenden Namen. Aber er hoffte, daß sie zumindest damit recht behalten würden, daß diese Periode köstlichen Wahnsinns vorüberginge und er zu seinem früheren Seelenfrieden zurückfände.

Er las weiter, langsam und wollüstig, und während er das tat, wurde der Abend draußen von ein paar unerwarteten Sonnenstrahlen erhellt. Er steckte die Briefe in die Umschläge zurück, die nach Jasmin dufteten, durchquerte leichten Schrittes die Kirche und stieß die Tür auf. Der ganze Himmel war ein Flammenmeer! Es war, als ob Turner selbst zurückgekehrt sei, um ihn zu begrüßen, um ihm einen letzten Sonnenuntergang vor dem Ende zu schenken. Jahre mochten vergehen, bevor er wieder einen sehen würde. Er nahm nicht den schweren Stuhl, sondern setzte sich auf die Stufen, um das sterbende Licht der Sonne einzuatmen, das ruckweise auf den Rand des Horizonts zuglitt. Es war, als sähe man zu, wie ein buntes Kirchenfenster langsam zerbrach. Und das geschah für ihn – für sie beide, fühlte er. Er zog die Briefe heraus und küßte sie um der alten Erinnerungen willen. Ein Satz kam ihm in den Sinn: «Ein Reich, in dem die Sonne nie untergeht.» Jetzt ging sie über England unter! Und gleichzeitig stieg im Norden ein Ballon über dem Fluß auf – schlingernd, schwerfällig, glitschig, plump. Aber was für ein Unsinn! Das wirkliche Empire hatte in erster Linie in der menschlichen Imagination existiert, und die würde alles andere überleben – so jedenfalls glaubte er. Die Sonne ging unter, der Ballon stieg auf. Er mußte zurück ins Hotel und seine Pläne für das Ende der Woche machen. Er legte ehrfürchtig den Schlüssel in die Nische und ging zurück zur Brücke.

Im Hotel stellte er fest, daß Sami seinen Diener mit einer Flasche Medizin für ihn geschickt hatte – für seinen «Zustand», wie auf der Visitenkarte stand. Sie hatte ein erschreckendes arabisches Etikett und enthielt offenkundig Scherbet, ein in Kairo weitverbreitetes Mittel gegen Impotenz. Es hieß SFOUM, und das war ungefähr das Geräusch, das es machte, wenn man Wasser daraufgoß. Eine Dosis war genug. Den Rest schüttete er ins Waschbecken. Am Abend ging er eine Zeitlang im Park spazieren und nahm sich dann für eine halbe Stunde ein Taxi, um sich die Sehenswürdigkeiten anzusehen, Piccadilly, Oxford Street, Buckingham Palace. Wer wußte, wieviel Zeit vergehen würde, bevor er sie wiedersah? Aber sein langes Telegramm an seine Frau ging pünktlich ab, wie Selim versprochen hatte.

VIII
Lord Galens Abschied

Unmittelbar nach seiner Ankunft in der Provence lud Lord Galen in einer charakteristischen Geste alle zum Diner ein – so wie man eine Vorstandssitzung einberufen mag, um einen Bankrott bekanntzugeben. Es war sehr vornehm von ihm: Es zeigte die zu seinem Wesen gehörende Güte und Unschuld. Er hatte nicht den Wunsch, seine Schande zu vertuschen. Er stand vor seinem Kamin, der jetzt leer war im Sommer, abgesehen von einem Korb mit Strandnelken, die verstaubten, aber nicht welkten, und gestattete einer Träne, über seine müde Wange zu kullern, als sie ins Zimmer kamen, Felix, Constance, Blanford – und Sam, prächtig anzusehen in seiner «Heldenkluft», wie er seine Uniform nannte. Der alte Mann streckte ihnen beide Hände entgegen und erwartete wohl nur einen teilnahmsvollen Händedruck nach seinem tragischen Fehler. Blanford fand es rührend, auf diese Weise um das wortlose Erbarmen der Freunde zu bitten, und sein Herz flog Galen entgegen. Max schneuzte in geräuschvollem Mitgefühl seine violette Nase und goß ihnen etwas zu trinken ein – Whisky meist, aus dem alten geschliffenen Dekanter, dem Geschenk eines Geschäftsfreunds mit gutem Geschmack. Der Prinz war noch nicht erschienen. Galen hoffte, er würde nicht plötzlich während des Essens in sein geisterhaftes Gekicher ausbrechen.

«Ich brauche Ihnen nicht von meinem Irrtum zu erzählen», sagte er demütig und ohne Theater, «denn Sie wissen ja schon Bescheid! Der Prinz und ich sind gerade noch rechtzeitig entkommen. Ich habe ein Vermögen verloren und meine eigenen Leute verraten. Niemand in Manchester wird je wieder ein Wort mit mir sprechen.» Er ließ den Kopf sinken.

Er hatte sie auf dieses *dénouement* schon vorbereitet – in dem Brief, den er als Einladung an Constance geschickt hatte. Alle weiteren Worte erübrigten sich; er war sehr liebenswert in diesem Augenblick.

Er wandte sich seufzend um und stellte sein Glas auf den Kaminsims; die Überreste seines alten Katers Wombat gaben ein leises Fauchen von sich. Er mußte einen Moment lang an das Gekicher des Prinzen denken, und er runzelte die Stirn bei der Erinnerung. «Es war ein furchtbarer Reinfall», gab er zu, «und das Ganze war meine Schuld. Nieder-geschmettert ist das richtige Wort. Ja, ich bin völlig nieder-geschmettert!» Er beugte kurz den Kopf, und auf irgendeine geheimnisvolle Weise gelang es ihm, den Eindruck eines alten Hahns mit gebeugtem Kamm zu erwecken.

Scheu, aus den Tiefen ihrer Jugend, hoben sie freundlich ihre Gläser, um ihm zuzutrinken und ihm ihre Anteilnahme und Zuneigung zu bekunden, und in diesem Augenblick hörten sie das unverkennbare Rumpeln der Kutsche des Prinzen, die vor dem Haus vorfuhr – die damaszierte Bemalung spiegelblank poliert und auch die Pferde blank gestriegelt und mit Kokarden geschmückt, nach bester Pantomimentradition. Blanford hatte dergleichen zum letztenmal im Old Vic gesehen, als Aschenbrödel in ihrem verwandelten Kürbis zum Ball gefahren wurde. Quatrefages kam zusammen mit dem kleinen Mann. Er hatte sich sehr mit dem Prinzen angefreundet, der ihn seinerseits mit liebevoller Vertrautheit behandelte und oft, wenn er mit ihm sprach, den Arm um seine Schulter legte. (*«Il est redoutable, le Prince»,* sagte der schmächtige Jüngling im Verlauf des Abends zu Blanford, *«il connaît tous les bordels de la région.»*) Das war nicht verwunderlich, denn als guter Ägypter, der er war, hatte der Prinz vorsichtshalber in der ersten Woche seines Aufenthalts in der Stadt den Polizeichef aufgesucht und ihn zu einer Fahrt in seiner Kutsche eingeladen. Seine Kenntnisse waren inzwischen (verglichen mit dem beschränkten Wissen Quatrefages') nahezu enzyklopädisch zu nennen. Lord Galen allerdings, obwohl voller Respekt für das blaue Blut des Prinzen, hatte sich standhaft geweigert, an den Jagden des königlichen Schürzenjägers teilzunehmen. «Er braucht seine kleinen Ausschweifungen», pflegte er zu sagen, den Kopf verschmitzt zur Seite geneigt, «aber ich brauche meine acht Stunden Schlaf!» Und der Prinz hatte nicht weiter gedrängt, denn er besaß den Takt eines Kavaliers der alten Schule. Er ging seinen durchaus legalen Angelegenheiten nach in der beruhigenden Gewißheit, daß er, abgesehen von den ihm zugestandenen Privilegien des Diplomaten die Achtung und den Respekt des Chefs der Sittenpolizei genoß, der es nicht für unter seiner Würde hielt, ihn in seinem Hotel anzurufen, um sich die Zeit zu vertreiben. Doch der Prinz hatte innerhalb verhältnismäßig kurzer Zeit eine Menge neuer Bekanntschaften geschlossen, deren äußere Erscheinung Lord Galen nicht gerade Vertrauen einflößte. Es gibt ein nicht zu definierendes Etwas, das einen Gentleman kennzeichnet, der zum *milieu* gehört. Es geht von der Person aus – etwas von der gewichtigen Gelassenheit, die ein großer Bankier ausstrahlt oder ein Förderer nationaler Projekte, die im Sande verlaufen, oder ein Verbrecher von internationalem Format, ein Diplomat, ein Papst. Das Hotel des Prinzen war neuerdings voll von finsteren, schweigenden, ominösen Gestalten, die Stunden hinter verschlossenen Türen mit ihm verbrachten und über Geschäfte oder (wer weiß?) noch unerprobte Vergnügungen sprachen. Eine geheimnisvolle Atmosphäre umgab die mit Samt ausgeschlagene Doppelsuite des Prinzen. Das Telefon klingelte ständig. Sie lächelten, diese dunklen struppigen Leute, aber in diesem Lächeln war nichts Freundliches, Liebenswürdiges, es war ein Lächeln wie der Krepp auf einem Sarg.

«Ich weiß nicht, wer all diese neuen Leute sind», sagte der alte Galen verstört. «Ich habe ihn gefragt, aber er sagt nur, es seien Geschäftspartner.» Er war ein klein wenig verärgert über die Verschwiegenheit des Prinzen und auch ein ganz klein wenig beunruhigt, daß womöglich vielversprechende Geschäftsfusionen hinter seinem Rücken stattfanden. Doch so oder so konnte er sich nicht mehr darum kümmern, da er zu dem Schluß gekommen war, daß es im Licht der allgemeinen Kriegslage das beste für ihn sei, heimzukehren und sich mutig den Kritikern zu stellen. Sicherlich war auch nicht jedermann über seine Unternehmungen auf dem laufenden, und der furchtbare Fehler ließ sich vielleicht noch vertuschen. Aber er war sehr traurig; er lag nachts wach in seinem Bett und grübelte, und in der Dämmerung des überall um sie herum zerbrechenden Friedens empfand er aufs neue den Schmerz um seine verschollene Tochter. Bisher hatten all seine kostspieligen Nachforschungen nichts Konkretes erbracht, obwohl Quatrefages manchmal andeutete, daß ergiebige Entdeckungen vor der Tür ständen, nicht nur in dieser Angelegenheit, sondern auch in der anderen, aufregenderen, die den Schatz der Templer betraf – dieses verlockende Projekt, das ihm, obwohl er das noch nicht ahnen konnte, die unwillkommene Aufmerksamkeit der Nazis einbringen sollte, die sich bei ihren geistigen Investitionen als kaum weniger romantisch erweisen sollten als Lord Galen selbst.

Doch all dies lag noch in den Fernen der Zukunft. Es war ein stiller und ernster Abend, durchtränkt von einer Atmosphäre des Abschieds. Der Lord bat seine Gäste zu einem der erlesensten Diners, die man in dieser Region zusammenstellen konnte, und die Amateur-Gourmets von Tu Duc sprachen ihm reichlich zu. Aber sie waren betrübt, als der alte Mann sagte: «Ich habe mich gerade entschlossen, übermorgen nach London zurückzukehren. Die Lage verschlechtert sich zusehends, und ich habe das Gefühl, daß ich auf meinem Posten in der alten Heimat sein sollte, wenn die Würfel gefallen sind und England sich im Kriege befindet.» Es stimmte, er war von einer patriotischen Regung ergriffen, doch sie war vermischt mit dem Gefühl, daß es klüger sei, wenn er sich mehr in die Nähe seiner Investitionen begäbe. (Tatsächlich wollte er, wie der Prinz Quatrefages erklärte, nicht nach London, sondern nach Genf fahren.) Er war eben von Natur aus verschwiegen, er wünschte kein Gerede. Und doch, irgendwo in seinem Herzen spürte er ein Aufwallen warmer Gefühle für sein altes England. An diesem Abend sprach er mit großer menschlicher Wärme darüber, was man sich vielleicht von der Zeit nach dem möglichen Krieg erhoffen könnte – denn nach wie vor schien das Ganze ein solcher Wahnsinn, daß man immer noch halb einen Kompromiß in letzter Minute erwartete oder vielleicht einen Mord, der den Lauf der Dinge veränderte. «Wir müssen stetig nach größerer Gerechtigkeit und nach mehr Gleichheit der Chancen trachten», sagte der alte Mann, offensichtlich im unklaren darüber, daß solche Ansichten schon vor ihm geäußert worden waren. Er verlieh ihnen einen neuen Gehalt durch seine eigene lautere und unschuldige Überzeugung. In solchen Augenblicken schwoll ihm die Brust, und er schwebte fast vor Idealismus und Gemütsbewegung. Alle Welt, so wünschte er, sollte eine zweite Portion bekommen. Gewöhnlich geschah dies, wenn das Abendessen vorbei war, bei einem *fine à l'eau* und seiner *Juliet,* die so weich wie Seide zog.

Auch der Prinz wirkte ein wenig traurig und in sich gekehrt; er mochte keine Abschiede, und Abschiede lagen in der Luft – ausgerechnet jetzt, wo er auf eine Reihe vielversprechender Möglichkeiten in Verbindung mit seinen neuen Geschäftspartnern gestoßen war. Als Galen das erste Mal in ihn drang, hatte er keine direkte Antwort gegeben, um den alten Herrn nicht unnötig zu schockieren. Doch geschah es auch ein wenig aus dem Wunsch heraus, seine neuen Freunde so weit wie möglich für sich zu behalten. Er hatte sorgfältig und gewissenhaft ihre Fotos in den Polizeiakten studiert, die ihm vom Chef der Gendarmerie zur Verfügung gestellt worden waren, dem er seinerseits einen fabelhaften Posten in Kairo, bei einem ausgezeichneten Gehalt, als Ausbilder der ägyptischen Polizei angeboten hatte. Die ganze Situation war sehr verheißungsvoll – nur dieser unglückselige Krieg drohte alles zu verderben. Hätte man nur sicher sein können, daß Frankreich frei blieb . . .! Er dachte, an die lange Galerie von Fotos seiner neuen Freunde: Pontia, Merlib, Zogheb, Akkad . . . Dieses vorspringende Kinn! Diese Tintenfischaugen! Diese Stirnlocken! Und diese Rhinozerosrüssel! Wunderbar! Und doch sahen sie alle so aus wie große religiöse Führer, wie Päpste in Zivil. Er streichelte in Gedanken ihre Bilder, wie so viele imaginäre Katzen. Vielleicht sollte er Galen necken? Er gab wieder sein glucksendes Kichern von sich und sah, wie der Gastgeber vor Schmerz erstarrte. «Sie fragen nach meinen neuen Geschäftspartnern?» sagte er. «Wären Sie erstaunt, wenn ich Ihnen sagte, daß sie alle Bischöfe und Äbte und Kaplane und Gemeindepfarrer sind – allesamt fromme Männer?» Galen sah ihn ehrlich verblüfft an, und der Prinz gab wieder ein glucksendes Kichern von sich, doch diesmal schlug er sich dabei leicht aufs Knie und ließ ein Lachen folgen, ein kurzes, an die Zimmerdecke gerichtetes Lachen. Er sah aus wie ein trinkendes Huhn. Quatrefages, der eingeweiht war, gab ein kaum weniger verletzendes Gewieher von sich. Jetzt merkte Galen, daß er auf den Arm genommen wurde. «Tatsächlich?» sagte er, halb pikiert, halb angeschmiert.

«Mein Lieber», sagte der Prinz, «ich habe nur Spaß gemacht. Sie müssen mir gelegentlich ein Späßchen gestatten. *Sie sind alle berühmte Verbrecher.*»

«Verbrecher?» wiederholte Galen, laut nach Luft schnappend. «Sie tun sich mit Verbrechern zusammen?»

«Leider nein», sagte der Prinz, «ich wünschte, es wäre so, denn sie könnten so nützlich sein. Aber die augenblickliche Lage erlaubt es mir nicht, ägyptisches Geld für ihre Vorhaben aufs Spiel zu setzen. Dieser verdammte Krieg . . .» Es war, als ende jeder Gedanke in diesem *cul de sac,* an der steinernen Mauer des drohenden Krieges. Der Prinz erklärte nun, daß man in Frankreich berüchtigte Verbrecher, wenn es zu brenzlig sei, sie hinter Schloß und Riegel zu halten, in die Verbannung schicke – in eine der drei großen Provinzstädte, Toulouse, Nîmes, Avignon. Es sei ihnen verboten, nach Paris zurückzukehren. Doch in diesen Städten könnten sie sich frei bewegen und auf andere Gedanken kommen. Es sei ein glücklicher Umstand, fügte er hinzu, daß Avignon eine dieser drei Städte sei. Dadurch hätte er eine Menge neuer Kontakte von der richtigen Sorte knüpfen können, und wenn die Dinge anders lägen, hätte er längst für die ägyptischen Firmen, die er repräsentierte, verschiedene neue Projekte in die Wege geleitet. Galen hörte mit weit aufgerissenen Augen zu.

Entzückt über diesen Theatereffekt gab der Prinz der Versuchung nach, das Ganze in seinem fast lapidaren Englisch ein wenig auszuschmücken. «Obwohl sie alle gut erzogen sind», fuhr er überraschend fort, «mag es doch einen oder zwei unter ihnen geben, die sich nichts dabei dächten, einen ihrer Rivalen zum *Tode* zu verurteilen!» Er machte eine kurze Pause und fuhr dann fort: «Sie lassen sie einfach bewußtlos prügeln und dann durch die mittelalterlichen *oubliettes* in die Rhône werfen!» Es klang so, als sei der Fluß voller Leichen. «Gütiger Himmel!» sagte Lord Galen, bestürzt über das offensichtliche Entzücken des Prinzen. «Was für eine Vorstellung!» Es eröffnete ihm eine ganz neue Dimension der Geschäftsmethoden.

Es folgten noch ein paar solcher witzigen Bemerkungen, aber Blanford hatte im Grunde das Gefühl, daß der Abend sich nur noch mühselig dahinschleppte, als sei ihm durch den drohenden Krieg und die bevorstehenden Trennungen der Schwung genommen. Draußen stand der Mond hoch am Himmel, und die Weinreben schienen völlig regungslos; kein Windhauch bewegte ihr dichtes Blätterwerk. Quatrefages wurde sehr nachdenklich und traurig, als Galen ihm sagte, er müsse in der kommenden Woche sein Büro schließen und es nach London verlagern. «So bald schon?» fragte er, und Galen nickte entschieden. «Ich weiß, es ist schwer», sagte er, «aber irgend etwas sagt mir, daß es Zeit ist, zu gehen.»

Es war Zeit, und diesmal hatte seine Intuition ihn nicht getäuscht. Aber welch eine Ironie des Schicksals, daß das schöne Wetter eine Rekordernte reifen ließ – nie waren die Voraussagen für den Wein so voller bebendem Optimismus gewesen! «Ich könnte natürlich bleiben, wenn ich wollte, bis die *vendanges* vorbei sind», sagte der Prinz. «*Après tout,* Ägypten wird neutral bleiben, deshalb kann ich tun, was mir gefällt. Ich fürchte jedoch, ich muß ebenfalls abreisen. Ich kann die Jacht nicht ewig warten lassen.» Er dachte lustvoll an all die jungen Weine, deren Reben jetzt ihre stolzen Spitzen auf den sanften Hängen und Terrassen ringsum emporreckten – und nicht weniger an all die struppigen alten Kämpen, die wieder ihren Saft hergeben und ihre goldene Last erneuern würden auf den Weinbergen, die sich über Hunderte von Quadratkilometern zu beiden Seiten der eilig dahinfließenden grünen Rhône hinzogen. Allein der Gedanke daran machte ihn durstig. Plötzlich wurde er heiter wie eine Zikade. «Müssen Sie wirklich nach Hause fahren?» fragte er wieder, und wieder sagte Galen, das müsse er. «Nun, so sei es dann», sagte der Prinz und hob beide Hände zum Himmel, und er beendete das Thema mit einer Anrufung Allahs, der über alles entschied.

«Aber ich darf nichts übersehen», sagte Lord Galen und zog ein kleines rotes Notizbuch aus seiner Brusttasche, in das er in seiner winzigen, krakeligen Handschrift alle seine Verabredungen eintrug. «Ich darf nicht vergessen, noch einmal zu Imhof hinunterzufahren und mit ihm zu spielen, bevor ich abreise. Es ist schon mehr als zwei Monate her, seit ich das letzte Mal bei ihm war, und er muß sich furchtbar einsam fühlen da unten in Montfavet, von Verrückten und Nervenärzten umgeben. Er liebt ein Spielchen mit der Eisenbahn.» Züge – es war die magische

Anziehungskraft der Modelleisenbahn, die Imhof mit Erlaubnis der Verwaltung im hinteren Teil des Anstaltsgartens aufgebaut hatte. Blanford war einmal eingeladen worden, Lord Galen zu begleiten, als er seinen unglücklichen ehemaligen Teilhaber in seiner Abgeschlossenheit besuchte. «Ich finde», hatte er gesagt, «Ihre Gegenwart wirkt irgendwie sehr beruhigend. Sie sagen wenig, aber wenn Sie etwas sagen, sprechen Sie im Tonfall eines Gymnasiasten. Das wird Imhof gefallen.»

Es war irgendwie typisch für die zu Galens Wesen gehörende Inkonsequenz, daß er all diese eindrucksvollen Dinge von sich gab, als gehörten sie zu ein und demselben Gedankengang; für ihn, dachte Blanford, war nichts wirklich ungewöhnlich – alles floß zusammen in einer phänomenalen Unparteilichkeit, die Farbe und Ton von Galens unschuldigem Geist trug. «Es muß schrecklich sein», fuhr der alte Mann fort, während sie über die grünen Wege auf Montfavet zufuhren, das von Rosenlauben umgeben vor ihnen lag, «wenn man dazu verurteilt ist, sich durch einen Schlitz in der Bauchwand direkt in einen Gummibeutel zu entleeren. Aber ihn scheint das nicht zu bedrücken, er ist durchaus fröhlich. Ja, er hat schlimme Zeiten erlebt, der gute Imhof.» Dann fuhr er fort, in ebenso farbigen Worten den langsamen Verfall des Verstandes seines Partners zu beschreiben – Worte, die Blanford aus seinem gewohnten Gleichmut aufschreckten und ihn mißtrauisch zu Galen hinüberblicken ließen, unsicher, ob dieses ganze Gerede nicht womöglich einem verborgenen Sinn für Humor entsprang. Aber nein, Galen war vollkommen ernst. Er nahm ihn nicht auf den Arm. Er beschrieb die ersten Symptome, mit denen sich die Zerrüttung von Imhofs Verstand angekündigt hatte. «Er ging in Läden und fragte nach den Preisen von Waren. Dann stieß er nur ein hohes krächzendes Lachen aus und ging aus dem Laden. Das erschreckte die Leute.»

Imhof, so stellte sich heraus, war ein kräftig gebauter, rothaariger Mann, der aussah wie ein Gemüsegärtner oder ein Stationsvorsteher in seinem zerknitterten schwarzen Anzug und mit der schweren billigen Uhrkette. Er war ziemlich schlecht rasiert und roch stark nach Pfeifentabak. Er starrte Galen verständnislos an und gab durch nichts zu verstehen, daß er ihn wiedererkannte. Seine Spielzeugeisenbahn jedoch war eine beeindruckende Sache mit mehreren Bahnhöfen und zahlreichen Lokomotiven und Waggons. Aber sie war offensichtlich zu groß, als daß ein Mensch sich allein mit ihr vergnügen konnte, und er grunzte vor Freude, als Lord Galen begann, meisterlich die Schalter und Weichen zu betätigen und Kohlen- und Passagierzüge ihre verschiedenen Funktionen erfüllen ließ. Sie sprachen nicht miteinander, sondern verständigten sich nur durch ein kurzes fröhliches Grunzen, während sie weltvergessen wie zwei Kinder zusammen spielten – ein vollendet aufeinander abgestimmes Paar. Sie ließen sich auf ihre Knie nieder und dirigierten die ratternden Eilzüge in verschiedene Richtungen. Worte waren nicht nötig, die Eisenbahn befand sich in den Händen von zwei Experten. Blanford fühlte sich überflüssig. Er saß eine Zeitlang auf einer Bank und machte dann einen Rundgang durch die herrlichen Rosengärten, denen die Anstalt ihren Namen verdankte. Von einem dieser Winkel aus, die von blühenden Hecken umgeben waren, sah er ein großes zartes Mädchen mit langen, schön geformten Händen auftauchen. Sie kam auf ihn zu und zog im Gehen langsam einen Schal um ihre schmalen Schultern. Ihr dunkles welliges Haar umrahmte ein Gesicht, das schön war, nur zu mager; ihre Schuhe hatten sehr hohe Absätze.

Sie kam langsam und mit einem Lächeln näher und sagte: «Sie sind also zurück? Oh, wie war es in Indien? Ich sterbe fast vor Neugier. War es ruhig in Indien? In letzter Zeit kommt es mir so vor, als ob ich Piers nachts im Nebenzimmer auf und ab gehen höre, aber wenn ich hinlaufe, ist er nie da. Haben Sie ihn in Indien getroffen? Erinnert sich der Duft der Magnolien auch immer noch so schön an mich?» Blanford wußte nicht, wie er reagieren sollte. Obwohl sie offensichtlich eine Patientin war, sprach sie, oberflächlich gesehen, durchaus zusammenhängend und war von einer auffallenden blassen Schönheit.

Sie starrten einander einen Moment lang schweigend an, während er nach einem Wort, einem Satz suchte, der zu einer so seltsamen Situation passen könnte. Sie lächelte ihn mit zärtlicher Vertrautheit an und streckte die Hand aus, um sie auf seinen Ellbogen zu legen, und sagte: «Natürlich haben Sie ihn getroffen. Sie müssen ihn dort getroffen haben.» Blanford nickte, es schien im Augenblick das richtige zu sein. Sie gingen ein paar Schritte nebeneinander her, und auf der anderen Seite des Blumenbeets sah er eine offene Glastür, die in ein Zimmer führte, das in einem altmodischen luxuriösen Stil eingerichtet war. Ein Gobelin hing an der Wand, und in der einen Ecke stand ein Konzertflügel. Eine Schere und eine Schale mit Blumen auf der Terrasse verrieten, womit sie beschäftigt gewesen war, als das Geräusch seiner Schritte auf dem Kies sie aufgeschreckt hatte. «Ich wußte es die ganze Zeit», sagte sie wieder. «Ich wußte, daß Sie von ihm kommen würden, von Piers.» In diesem Augenblick flog ein Vogelschwarm knapp über ihre Köpfe hinweg, und das Schwirren der Flügel versetzte sie in Panik. Ihr Gesicht umwölkte sich, und ihre Augen weiteten sich und glitzerten vor Angst. «Es sind nur Vögel», sagte er, in der

Hoffnung, sie zu beruhigen, doch sie starrte ihn wild an und wiederholte heiser: «*Nur* Vögel? Was meinen Sie damit?» Sie hüllte ihre schmalen Schultern in den Schal ein und lief hastig davon, auf die Terrasse und die offene Balkontür zu. Er stand still da, bis er das Schloß einschnappen hörte. Dann ging er nachdenklich zu der Stelle zurück, wo die beiden grunzenden Männer wie Affen auf dem Boden herumkrochen und ihre wunderbaren Modellzüge mit großem Geschick und ungetrübter Freude umherfahren ließen.

Es dauerte zwei volle Stunden, bis Galen wieder zu sich kam; es war, als erwachte er endlich aus einer tiefen Trance vollkommenen, überirdischen Glücks. Seufzend nahm er von Imhof Abschied, der ihn mit leerem Blick ansah, beobachtete, wie er wegging, und sich dann wieder resolut über seine Eisenbahn beugte. Von dem Tonfall des Gymnasiasten war keine Rede gewesen. Es hatte wenig Gelegenheit gegeben, Gebrauch davon zu machen, so stumm war die Harmonie der beiden Eisenbahnliebhaber gewesen, so groß ihre Konzentration. Als sie abfuhren, sagte Galen mit einem zufriedenen Seufzer: «Armer, alter Imhof. Ich denke so oft an ihn. Er hat nur einen großen Fehler gemacht – und puff! Es schlug auf seinen Verstand zurück. Einen schrecklichen Fehler! Soll ich es Ihnen erzählen? Es war während einer Wasserknappheit in England. Ein Skandal. Alle Zeitungen waren voll davon, und die Regierung rief die Bevölkerung auf, so sparsam wie möglich mit dem Wasser umzugehen. Dann schrieben die Zeitungen, das tägliche Bad der Engländer sei an allem schuld, und sie veröffentlichen Statistiken über die Millionen Tonnen Wasser, die wir vergeuden. Da hatte Imhof die Idee, lauter Bidets zu kaufen – Hunderttausende. Er sagte, wenn man die Engländer dazu bringen könne, das

Bidet zu akzeptieren, dann kämen wir alle mit einem Bad in der Woche aus. So könnten enorme Mengen Wasser gespart werden. Ich habe die Einzelheiten vergessen, aber er gab Millionen aus, um für seine Idee Reklame zu machen, und gleichzeitig kaufte er, um nicht in Lieferschwierigkeiten zu kommen, alle Bidets, die er auftreiben konnte. Eine gewaltige Investition – alle aufgereiht in Lagerhäusern an der Küste, wo sie auf die Invasion über den Kanal hinweg warteten.» Er lachte traurig. «Sie liegen immer noch dort. Er hat offensichtlich nicht erkannt, daß nichts schwieriger ist, als eine nationale Gewohnheit zu ändern. Bidets!»

Blanford, der sich an den Besuch erinnerte, dachte voller Mitleid an Imhof und seine Bidets, während der alte Mann umständlich seine Zigarre beschnitt und ein Streichholz anstrich, um sie in Brand zu setzen. Er lehnte sich in seinen Stuhl zurück und blickte lächelnd in die Runde. Er hatte seine Schuld durch seine Offenheit abgebüßt und seine innere Ruhe wiedergewonnen, auch wenn er natürlich immer noch betrübt war über die ganze Affäre. Constance und Sam sagten wenig, und es war anzunehmen, daß sie mit sich selbst beschäftigt waren und taub gegen die Appelle bloßer Geselligkeit. Aber Constance litt auch an einer bleiernen Apathie und Schwäche, über die sie selbst erstaunt war. Sie waren wie Menschen, die auf den Hängen eines Vulkans lebten – Vesuv oder Ätna – und sich mit dem Wissen abgefunden hatten, daß eines Tages, niemand wußte wann, die ganze Welt, die sie kannten, durch Kräfte jenseits ihrer Vorstellung in Stücke gerissen würde. Und doch hielten sie an den gesellschaftlichen Formen fest wie Automaten, wie die Römer des Silbernen Zeitalters, als die Goten schon an den Wällen der zivilisierten Welt nagten. Lord Galen tätschelte ihre

Hand, als hätte er dieses Gefühl reuiger Apathie in ihr intuitiv erkannt, und seufzte tief. «Wenn das so weitergeht», sagte er, und jeder wußte, was er damit meinte, «ja, dann wird Geld eines Tages vollkommen wertlos sein.» Er blickte in die Tischrunde. «Und das wäre sehr schade. Es hat uns so viel Freude verschafft. Es ist nun einmal so, Geld hat etwas sehr Anregendes.» Es war seltsam ausgedrückt, aber man verstand, was er meinte. Geld, dachte der arme Felix und krümmte die Zehen in seinen Abendschuhen. Er hatte sich bei seinen einsamen Wanderungen durch die Stadt eine Hammerzehe angelaufen. Geld – wenn er nur einmal welches in die Finger bekäme. Blanford zuckte erschreckt zusammen. «Ich nehme an, dann werden alle Anlagen flöten gehen», sagte er beunruhigt. Der Prinz nickte. «Es kommt darauf an», sagte er, «einige bestimmt. Aber falls Sie Aktien der Rüstungsindustrie haben . . .» Lord Galen rief Max zu, er solle das alte Trichtergrammophon aufziehen und den Walzer aus der *Lustigen Witwe* auflegen, der jede seiner Abendgesellschaften beschloß. Sie begaben sich auf die stille Terrasse, wo sie mit schweren und leichten Getränken und mit Tabak für Sams Pfeife versorgt wurden. Es war seltsam, daß keine Bemerkung über Livia gefallen war, und Blanford fragte sich plötzlich, ob die anderen etwas von ihr wußten – hatten sie vielleicht aus Takt geschwiegen? Andererseits hatte auch niemand von Hilary gesprochen. Der Mond schien auf ihre Gläser. Es war kein Wind, aber weit weg, hinter den Hügeln, war zuckendes Wetterleuchten zu sehen, als fände in der Ferne ein Bombenangriff statt. Es war wohl der Vorbote eines jener Gewitter, die üblicherweise die Ernte und den Herbst ankündigten. Der Prinz fragte Blanford, ob er nicht Lust hätte, Ägypten zu besuchen. «Ich würde mich glücklich schätzen, Sie als meinen persönlichen Privatsekretär einzustellen, wenn das der Fall wäre. Sie würden im Palast leben und die interessantesten Leute kennenlernen, die *crème*. Ägypten ist ein sehr malerisches Land.»

Der Vorschlag kam unerwartet und war verblüffend und reizte die Phantasie des jungen Mannes. Er erbat sich Bedenkzeit. Denn noch waren seine eigenen persönlichen Angelegenheiten nicht hinreichend geordnet, jedenfalls empfand er es so, als daß er sich auf etwas hätte einlassen können, was so aufregend und bereichernd zu werden versprach wie die Laufbahn des Privatsekretärs eines Prinzen.

Nun wandte sich der Prinz zur anderen Seite und richtete das Wort an Felix Chatto. Sie standen auf und gingen Arm in Arm die Terrasse auf und ab und über den Rasen. Felix fühlte sich geschmeichelt, daß er mit der gleichen Achtung behandelt wurde wie sonst nur höhere Diplomaten – als wäre er im Besitz von höchst wichtigen Staatsgeheimnissen. Der Prinz gab einen kurzen Überblick über die politische und militärische Lage und bat ihn reizend bescheiden und zugleich lebhaft interessiert um seinen Kommentar. Felix zeigte sich der Lage gewachsen und tat sein Bestes, um eine jener ausgewogenen Analysen vorzutragen, die Diplomaten und Leitartiklern so lieb und teuer sind. Wie üblich hing alles von vielen Wenns und Abers ab. Der Prinz dankte ihm herzlich. «In ein paar Tagen», sagte er, «werde ich ein kleines Gelage geben. Nachdem Lord Galen abgereist ist. Bitte, seien Sie nicht gekränkt, wenn ich Ihnen keine Einladung schicke, mein Lieber. Es wird ein ziemlich fortschrittliches Gelage werden, und Sie müssen auf Ihren Ruf achten in dieser schönen, aber etwas trüben kleinen Stadt. Bitte, seien Sie deshalb nicht gekränkt. Sie werden alles verstehen, wenn

Sie mit Ihrem Freund Quatrefages sprechen.» Doch Felix brauchte keine Erklärung, er konnte sich sehr gut vorstellen, was es mit dem kleinen Gelage auf sich haben würde. «Ich muß mich bei meinen neuen Freunden für einige Aufmerksamkeiten revanchieren», erklärte der kleine Mann. Und der junge Konsul sah vor seinem inneren Auge all diese Krokodils- und Ameisenbär- und Affengesichter, alle in schwarzen Anzügen, mit den unwahrscheinlichsten Krawatten, und mit Fingern, auf denen schwarzes Haar zwischen den Ringen hervorsproß. «Ich verstehe sehr wohl», sagte er ernst, «und ich empfinde es als Kompliment, Sir, daß Sie sich die Mühe gegeben haben, mir die Situation zu erklären.» Der Prinz drückte seinen Arm und gab ein geisterhaftes Kichern von sich.

Sie brachen verhältnismäßig früh auf an diesem Abend, durchdrungen von einem Gefühl der Resignation und des Verlustes. Vielleicht weil er das Gefühl hatte, daß sie zum letztenmal um seinen Tisch versammelt waren, versuchte der alte Lord Galen dem Abend die feierliche Note einer Abschiedszeremonie zu geben. Er erhob sich zu einem Toast auf den Prinzen und auf Ägypten, dem sich alle willig anschlossen und der, weil er so unerwartet kam, den Prinzen sehr erfreute. Er antwortete darauf seinerseits mit einem Toast auf Seine Majestät den König von England. Er sprang auf, als er lebhaft und voller ehrlicher Begeisterung den Toast aussprach. Er war bei Hofe mit großer Freundlichkeit empfangen worden, einer Freundlichkeit, die ihm sehr natürlich und ungekünstelt vorgekommen war. Außerdem hatte sich eines der jüngeren Mitglieder des königlichen Haushalts zu seiner Mentorin und Muse erklärt. Was er so sehr an England bewundere, sagte er zu Chatto, sei, daß man sich fast alles leisten könne, ohne in die Zeitung zu kommen. Man fühle sich so sicher, während in Ägypten diese entsetzlichen sozialistischen und kommunistischen Zeitungen immer nach Skandalen Ausschau hielten. «Sie mißgönnen der Oberschicht jedes kleine Vergnügen. Warum sind Marxisten solche Spielverderber? Ich habe das nie verstehen können, besonders wenn Sie an die Moral von Engels denken.»

Der Wagen fuhr vor, mit einem tränenüberströmten Max am Steuer, und sie alle sagten dem Prinzen mit echtem Schmerz Lebewohl. Wann würden sie sich wiedersehen? Niemand konnte es wissen, niemand konnte es sagen.

Die Bewohner von Tu Duc stiegen zu Max in das alte, rumpelnde und staubige Gefährt Lord Galens. Quatrefages und Felix mußten beide wie der Prinz in die Stadt und erhielten das Angebot, in seiner Kutsche mitzufahren. Die Fahrt verlief in freundlichem Schweigen; der Prinz verbrachte die meiste Zeit damit, die Lücken zwischen seinen Zähnen mit einem silbernen Zahnstocher von großer Eleganz zu erforschen. Er sprach erst wieder über sein Gelage, als das veränderte Geräusch der Pferdehufe auf den kopfsteingepflasterten Straßen der Stadt ihnen sagte, daß sie fast zu Hause waren. «Das kleine Gelage, von dem ich sprach», sagte er zu Quatrefages, «wird Ende der Woche stattfinden, vielleicht wenn Lord Galen das Land verlassen hat.» Quatrefages fragte, ob er in dieser Angelegenheit von irgendwelchem Nutzen sein könne, und erhielt die Antwort, daß alles bereits auf offizieller Ebene arrangiert werde. «Es ist sicherer so. Aber ich hoffe, Sie werden uns mit Ihrer Anwesenheit beehren. Ich glaube, es wird ein denkwürdiges Ereignis werden – in dieser schrecklichen Kriegsunentschlossenheit, die uns alle vom Nachdenken und Plänemachen abhält. Man ruft mich ständig vom Abdin-Palast an, mit immer neuen Gerüchten und

Schreckensnachrichten, und erklärt mir, ich solle nach Hause kommen. Die Palast-Jacht steht schon in Marseille unter Dampf und wartet auf mich. Aber ich glaube, das alles ist etwas verfrüht.»

Die anderen ließen sich in Tubain absetzen und gingen das letzte Stück des Weges durch den tiefen, mondbeschienenen Staub der langen Platanen- und Lindenalleen zu Fuß. Schweigend, zur Abwechslung. Es war nicht unbedingt das Schweigen der Verzweiflung, sondern eher ein Schweigen, das die ganze ungeklärte Zukunft der Welt enthielt, das Schweigen, in dem man darauf wartet, daß ein Orchester zu spielen anhebt. Constance hakte sich mit dem kleinen Finger bei ihnen ein und ging, das Gesicht zum Mond erhoben, weiter. Unterwegs kam, unruhig zwischen den Bäumen aufflackernd wie ein Glühwürmchen, eine Fahrradlampe auf sie zugeflattert und hielt vor ihnen. Es war der Sohn des Postmeisters von Tubain, der oben beim Haus gewesen war, um ein spätes Telegramm abzuliefern, und niemanden angetroffen hatte. Es war für Sam, und sie alle wußten, was darin stand. Nur das Datum seiner Rückberufung war noch fraglich. Er gab dem Jungen ein Trinkgeld und sagte ihm gute Nacht, bevor er das zusammengefaltete blaue Formular öffnete. Blanford strich ein Zündholz an, das einen gelben wabernden Lichtschein gab, gerade hell genug, daß Sam den Inhalt lesen konnte. Er stieß einen Seufzer aus. «Ich fahre Sonntag», sagte er mit beschwingter Stimme; es war verständlich. Es war sehr viel besser zu wissen, woran man war – wenigstens konnte man sich dann auf das Unvermeidliche vorbereiten. Ja, sie alle fühlten sich auf diese Weise besser gegen die Zukunft gewappnet. Sie konnten noch ein paar gemeinsame Tage verbringen, ehe sie abreisten. Constance würde nach Genf zu ihrer Arbeit zurückkehren. Sie würde sich in Paris von Sam trennen müssen. Blanford würde noch eine Weile bleiben, mit seinem kleinen Wagen (der im Moment in einer Werkstatt war und repariert und durchgesehen wurde), und die Ereignisse abwarten. Nie war er sich nutzloser vorgekommen, nie unentschiedener, was er tun sollte. Der ägyptische Plan war äußerst verlockend, aber würde ein Krieg ihn nicht zunichte machen? Er nahm an, er würde eingezogen werden, und da er sich nicht aus Gewissensgründen verweigern konnte, würde er sich bald in Uniform wiederfinden, wie Sam.

Sie gingen im Gänsemarsch durch den Garten, unter den Korkeichen mit ihren schneeigen Wipfeln hindurch, und drehten den quietschenden Schlüssel in der großen Eingangstür. Der vertraute Geruch des Hauses begrüßte sie in der Dunkelheit: Es roch nach längst vergessenen Mahlzeiten, nach Kräutern und Gartenblumen, es roch nach Spinnweben und ausgepusteten Kerzen. Plötzlich schien es ihnen ein Jammer, gleich zu Bett zu gehen, ohne einen Schlaftrunk. In der Küche zündeten sie eine Petroleumlampe an, und in ihrem milden, ruhigen gelben Licht setzten sie sich an den geschrubbten und gescheuerten Tisch, um sich Tee zu kochen und eine Runde Rommé zu spielen. Blanford entschied sich jedoch für ein Glas Rotwein, trotz der vorgeschrittenen Stunde und seiner sonstigen Enthaltsamkeit. Es war spät, als sie sich schließlich gute Nacht sagten. Aber auch jetzt noch schien es bei dem schönen Mondlicht draußen ein Jammer, zu Bett zu gehen, und so ging er zum Teich hinunter und schwamm in dem stillen, eisigen Wasser, dessen rauschende Schwingen er wie Regen über sich hingleiten ließ. Er schloß die Augen, und es war ihm, als sähe er in der Erinnerung all den schwarzen Magnetismus des dunklen Lichts, das aus der Erde hervorbrach, ob hier, zwischen den Bäumen und

Rebstöcken, oder aus dem nackten steinigen Ödland und den mit Kieseln bedeckten Hügeln mit ihren zerbröckelnden Schiefertälern. Und zwischen diesen weiträumigen Schlafsälen aus Gesteinsbrocken hatte van Gogh den Dämon seiner schwarzen Mittagssonne gesucht – und ihn im Wahnsinn gefunden. Nur wenn man hier war, sah man, wie genau seine Darstellung der Gegend war. Er begann, den Unterschied zwischen den beiden Künsten, dem Malen und dem Schreiben, zu begreifen.

Malerei überzeugt durch gleichzeitige Erregung des Geistes und der Sehnerven, während Wörter bezeichnen, etwas bedeuten, wenn auch immer nur annähernd, und beeinflußt sind durch ihren assoziativen Wert. Der Zauber, der von ihnen ausgeht, will die Dinge beherrschen – ihm fehlt die Unschuld. Die Wörter sind die Werkzeuge Merlins oder Fausts. Die Malerei ist frei von dieser Art Verrat – sie ist eine unschuldige Verherrlichung der Dinge, sucht nur zu inspirieren und nicht zu zwingen. Zufrieden mit diesen etwas schweifenden Bewertungen sauste er auf das Haus zu und ins Bett, zitternd vor Kälte plötzlich, so daß er sich gezwungen sah, mit seinen Socken an den Füßen zwischen die Laken zu kriechen. Er hätte gern noch einen kleinen Moment gelesen, so köstlich war der Mondglanz draußen, aber der Schlaf beharrte auf seinem Recht. Er sank auf das Kissen – wie geköpft.

Unten in der schlafenden Stadt schritt der stellvertretende Konsul seinen langen Leidensweg von Bastion zu dunkler Bastion ab; das Mondlicht betonte noch die Schatten, schuf tiefe Höhlen purer Dunkelheit, aus denen vielleicht, so träumte er, eine buntgekleidete Zigeunerin hervorkommen würde, um sich auf ihn zu stürzen. Aber eher würde es ein Straßenräuber sein. Seine Finger schlossen sich um das kleine Pfadfindermesser, das er bei sich trug, weniger um seiner Sicherheit willen, als vielmehr für lästige Konsulspflichten wie das Abschneiden von Bindfaden, wenn er Pakete packte. Die Aussicht auf den Krieg beschwingte ihn seltsamerweise, was ihm irgendwie peinlich war. Natürlich hätte er so etwas nie offen zugegeben, denn er wünschte niemandem Böses und war selbst viel zu feige, um sich nach Feuerwaffen zu sehnen – er hatte sogar eine ziemliche Scheu vor Gewehren. Aber die Realität des Krieges, falls es dazu kam . . .

Hätte er sich der Imitation der reichlich prätentiösen Formulierungen Blanfords schuldig gemacht, hätte er sich wohl gesagt, daß die Realität des Krieges (Todes), falls es dazu kam, dem schal gewordenen, weil zu behüteten Leben die köstliche Ungewißheit zurückgeben würde. Es ging nicht darum, wie Schwimmer *à la* Brooke in die Reinheit zu springen, sondern nur um einen Atemzug frische Luft in einem muffigen, erstickenden Zeitalter. Falls es dazu kam, würde er sich sofort freiwillig melden. Er würde mit Freuden alle Beschränkungen auf sich nehmen, die die Uniform mit sich brachte. Er würde die ruppige Disziplin rühmen, denn zuviel Freiheit macht dich schwindlig – du blickst ganz plötzlich in ein Nichts. Das Nichts – dein eigenes Gesicht! Jahre später sollte ihm klarwerden, daß die ganze Nazijugend von dem gleichen Gefühl beseelt war!

Abgesehen davon nahm er an einem Kurs für körperliche Ertüchtigung teil, mit der vagen Idee, sich für den Kampf zu stählen. Er las ein billiges Bändchen über Yoga und erkannte, daß er falsch ging – sein Atemrhythmus stimmte nicht mit seinen Schritten überein. Das gab seinem Gang etwas Unsicheres, Gestelztes, sobald ihm die Anweisungen in dem Bändchen wieder einfielen: «Der Durchschnittsmensch atmet achtzehnmal in der Minute, aber wenn du fleißig Yoga praktizierst, kommst du auf weniger als zehn, und das genügt. Aber drei in einer Minute, das ist wirklich gut!» Drei in einer Minute? Er ertappte sich dabei, daß er die Pflastersteine zählte und den Atem anhielt – nur um ihn prustend auszustoßen, wenn die Anstrengung zu groß wurde. Nein, das konnte nicht richtig sein.

Doch in der Morgendämmerung fand er sogar Erleichterung in seiner Müdigkeit, als er durch die leeren Straßen, die jetzt auch noch des Mondlichts beraubt waren, nach Hause eilte. Die Zeit war noch da, eine langsam blutende Wunde, die das Tageslicht lindern würde. Aber erst einmal ein wenig Ruhe. Auch er kletterte ins Bett und schlief ein – nicht ohne vorher den Schlaf der anderen, den er sich so genau ausmalen konnte, vor seinem inneren Auge Revue passieren zu lassen. Blanford, ganz zerzaust, mit dem Kopf unter dem Kissen, Sam schnarchend, Constance unsichtbar. Irgendwo ganz in der Nähe lag der Prinz mit einem kleinen Stück Musselin über dem Gesicht, um sich vor Motten zu schützen – er lebte in der tödlichen Angst, von einer Motte zerfressen zu werden wie ein alter Gobelin. Er hatte seinen einen falschen Zahn in Silberpapier gewickelt, um ihn nicht versehentlich im Schlaf herunterzuschlucken. Er lag neben ihm, zusammen mit seinem schönen, in Elfenbein gebundenen Heiligen Buch. Oben in Balmoral schlummerte Max in einer Art Schrank, in dem es nach toten Mäusen roch. Der arme kleine Sekretär zog eine Hängematte im Garten vor. Lord Galen lag friedlich in seinem großen Bett. Er trug ein Nachthemd mit gekräuselten weißen Manschetten, das er bei Mannering gekauft hatte. Es trug auf der Brust sein Monogramm. Er schlief mit offenem Mund, und hin und wieder entrang sich ihm ein mächtiger Schnarcher, der sich phonetisch mit «Gronk-fu» hätte umschreiben lassen. Felix erinnerte sich, daß der Prinz gesagt hatte: «Er ist ein so guter Mensch, daß er leicht zu beschwindeln ist.» Und nun kam Krieg.

Einst hieß es: Spiele und Brot,
Jetzt heißt es: Schrecken und Tod.

Wo hatte er das gelesen?

Ja, Blanford schlief, aber in seiner Aufregung wachte er früh auf, als die anderen noch schliefen. Er ging auf Zehenspitzen in die Küche, um sich Kaffee zu kochen. Er nahm ihn mit an sein Bett, wo er in wohligem Halbschlaf seine Gedanken umherwandern ließ, wie Felix es getan hatte, um seine Freunde in ihrem verschiedenen Schlaf zu besuchen und, durch Projektion, den Versuch zu machen, sich klarer über sie zu werden. Wußte er, was sie empfanden, oder hatte er lediglich das Privileg, es sich vorzustellen – die Krankheit des Schriftstellers? Er wußte es nicht. Und doch war es ihm so klar, daß das Mädchen, das jetzt in der Nachglut von Sams Umarmungen schlief, ihnen allen in einem bestimmten Bereich, von dessen realer Existenz sie bisher kaum etwas ahnten, weit voraus war. Bei Sam, der noch trunken war von der übergroßen Honigwabe dieser ersten Küsse, gab es wenig zu erwägen, wenig zu bewerten, was über Tod und Trennung hinausging. Er hatte plötzlich zu begreifen begonnen, daß er jetzt starb, ganz sanft starb. Oh, es würde eine Zeitlang dauern, aber es war unwiderruflich. Die meisten Menschen verhüllten ihre Gesichter und weigerten sich, diesem Moment der Erkenntnis ins Auge zu sehen. Er schlief triumphierend ein, in einem Kegel des Schweigens. Die Erkenntnis selbst war ein Sieg, und sie hatte nichts mit dem Krieg zu tun. Sie wäre ihm so oder so gekommen, einfach wegen seiner Bindung an Constance – sie hatte ihn zu einem erwachsenen Mann gemacht, auch wenn es ihm schwergefallen wäre, zu beschreiben, wie und warum.

Sogar die Vorstellung vom Tod verschaffte ihm eine geheime Lust – er war überwunden! Diese ganze absurde und rätselhafte Angelegenheit war ausgelöst worden durch ein harmloses Gespräch, bei dem das Mädchen gesagt hatte: «Es kommt dir vielleicht völlig verrückt vor, aber schon in meiner frühen Jugend habe ich mir so etwas wie eine Aufgabe gestellt. Ich versuchte, nur das zu wollen, was geschah, und mich ohne Bedauern von Dingen zu trennen. Das stellte mich sozusagen mit dem Tod auf eine Stufe – ich erkannte, daß es ihn nicht gab. Ich spürte, daß ich begonnen hatte, am Unvermeidlichen teilzuhaben. Da wußte ich plötzlich, was Glück ist. Ich begann in einer wunderbaren Parenthese zu leben. Ich wußte auch, daß es nicht richtig war, so jung soviel zu wissen . . .» Die Wirkung dieser Worte auf Sam war unbeschreiblich. Er war wie vor den Kopf geschlagen. Es war, als verstünde er genau, was sie meinte, aber als wären die Worte an seinem Denken vorbeigegangen. Später, sehr viel später, in einem Brief an Blanford, vermochte sie dem noch etwas hinzuzufügen, indem sie sagte: «Ein übergroßer Durst nach dem Guten ist eine gefährliche Sache und sollte gehindert werden. Ich suchte nicht nach einem Ethos, sondern nach der mathematischen Kurve vollkommener Freiheit, befrachtet mit Wahrheit – wie bestürzend auch die reine Wahrheit sein mochte! Ich war ein Alchimist, ohne es zu wissen. Idiotisch!»

Da lagen sie alle und schliefen, ohne zu wissen, daß ihre Träume Vorbilder und Ausdruck ihres künftigen Handelns waren. Er, Blanford, war wieder eingeschlafen, und diesmal machte es Sam einige Mühe, ihn zu wecken. «Wir dürfen keine Zeit verlieren», sagte Sam, «diese letzten paar Tage sind kostbar. Auf, auf!»

In einer alten Aphorismensammlung hatte er zu seiner Überraschung die Bemerkung gefunden: «Ein exzeptioneller Tod kostet nichts. Die geringeren sind die kostspieligeren.» War es Montaigne? Er konnte sich nicht mehr erinnern.

IX
Das Gelage

Des Prinzen kleines Gelage versprach königliche Größe anzunehmen. Und als Quatrefages die näheren Einzelheiten von den Bewohnern ihres Bordells erfuhr – ihres gemeinsamen Bordells, sozusagen –, lieh er sich sofort ein Fahrrad und dampfte nach Tu Duc ab (die Metapher ist eine durchaus treffende, denn es war Mittagszeit), um aufgeregt die Neuigkeit zu verkünden. Irgendwie müßten sie es sich ansehen, allen Rücksichten auf die Etikette zum Trotz, sagte er, und sei es auch nur aus der Ferne. Er selber war natürlich eingeladen, aber aus Gründen des Takts hatte der Prinz beschlossen, die Namen der Bewohner Tu Ducs nicht auf die Liste der unvergleichlichen Gauner zu setzen – was vielleicht auch besser war. Aber . . . er hatte den ganzen Pont du Gard gemietet und mit ihm die ganze daran angrenzende alte Auberge des Aubergines. Er war bereits eifrig dabei, das Hotel so zu verwandeln, daß es seinen Vorstellungen von einem Gelage gerecht wurde.

Die Auberge war ein seltsames, weitläufiges altes Anwesen, herrlich geeignet für diese Art von Unternehmungen mit seiner Sammlung von schweizerischen Chalets, die in den Klippen des Gardon hockten, im Schatten von Platanen versteckt lagen oder praktisch über dem grünen Wasser hingen. Zwar war es kein Hotel für Dauergäste, doch gab es im ersten Stock mehrere ineinandergehende große Räume, wo im Sommer Touristengruppen oder Clubs untergebracht werden konnten, die sich der Archäologie oder römischen Geschichte widmeten und das Baudenkmal als Treffpunkt gewählt hatten und manchmal auch in den nahen grünen Lichtungen am Flußufer zelteten. Berühmt geworden war die Auberge durch ihre Küche, und das war natürlich ein wichtiges Detail, was das Gelage betraf. Aber das war nicht alles, denn der Prinz als Mann von Welt kannte seine Franzosen. Er wußte, daß sich in dieser lebensprühenden Republik jeder Bürger an den *préfet* jeder Region wenden kann, um gegen eine rein nominelle Gebühr ein denkwürdiges Bauwerk anstrahlen zu lassen, und sei es nur, um seiner Abendgesellschaft Glanz zu verleihen. Als junger Mann hatte er hier, rasend verliebt in seine Prinzessin Fawzia, ein Diner für sie gegeben. Er hatte es oben auf dem Pont von seinen livrierten Dienern servieren lassen – nur für sie beide ganz allein. Er dachte immer mit Rührung an diese frühe Zeit seiner Ehe zurück. Und nun sollte die große goldene Wölbung des römischen Aquädukts über den Lustbarkeiten des Gelages schweben, während die honiggelben Bögen im samtenen Himmel der Provence entschwanden. Sein Herz schlug höher, wenn er daran dachte. Er wurde ganz konkav vor Freude. Keine Einzelheit durfte dem Zufall überlassen bleiben.

Quatrefages hatte als Freund und Helfer an einigen der Besprechungen teilgenommen und wußte die Umsicht des Prinzen zu bezeugen. Er berichtete von diesen Szenen auf eine amüsante ironische Art und imitierte dabei sogar den Tonfall des Prinzen bis zur Perfektion. Als er gefragt wurde: *«Et le gibier?»,* hatte der Prinz ihm eine Antwort gegeben, die direkt aus dem Herzen Kairos kam: *«Ne t'en fais pas, Bouboule»,* ein Zitat aus irgendeiner alten Operette, die mit der Zeit in die Folklore Kairos eingegangen war. Seine Helfer waren bereits zu ihren Botengängen ausgeschwärmt. Sogar das *gibier,* das Wildbret, für das Fest kam aus den verschiedensten Ecken des Landes, hauptsächlich jedoch aus Marseille und Toulouse. Der Prinz hatte bekanntgegeben, daß er Mädchen schätzte, die *plantureuses, bien en chair* seien – was die riesige Sammlung von lebenden Karikaturen Rubensscher Gestalten erklärte, die schließlich am Pont du Gard eintrafen. Wann je hatte man das zu sehen bekommen, eine so zauberhafte Kollektion schläfriger Zuckerpuppen in voller Pracht und Kriegsbemalung, klimpernd mit falschen Juwelen und glitzernd vor *toc* – die Verwirklichung eines arabischen Traums? Es war ganz offenkundig, daß ererbte Erinnerungen an Khediven-Feste im Kairo des vergangenen Jahrhunderts den alten Prinzen angeregt hatten.

Quatrefages war von seinen Ausführungen so in Anspruch genommen, daß er das herannahende Auto nicht hörte, in dem Felix kerzengerade, mit einem Strohhut auf dem Kopf, hinter dem Steuer saß. Er sah aus wie ein Kaninchen und zitterte vor Unsicherheit. Er war immer noch nicht recht vertraut mit dem Stahltier. Jetzt mußte für ihn alles noch einmal wiederholt werden, und beim Zuhören beschlich ihn Neid, einfach weil es eine so pittoreske Vorstellung war, hier, im Herzen des Landes, ein solches Fest zu geben. Die Vorbereitungen waren schon weit gediehen; Stilmöbel, überall in Avignon für teures Geld ausgeliehen, wurden auf Lastwagen verstaut und in die Auberge verfrachtet. Insgesamt würden sie nicht mehr als hundert Personen sein. «Aber die fünfzig Mädchen sind alle *en or massif*», sagte Quatrefages und befeuchtete sich unwillkürlich die Lippen. «Marseille hat sich bei der Beschaffung üppiger Puppen wirklich selbst übertroffen.»

«Und wo bleiben wir?» fragte Constance, die allmählich auch das Gefühl hatte, daß sie Gefahr liefen, ein großes Vergnügen zu versäumen, nur weil sie für zu tugendhaft gehalten wurden, um daran teilzunehmen. «So?» sagte Blanford. Und Quatrefages kicherte und sagte: «Die Straßen werden auf Bitten seiner Hoheit ab acht Uhr von der Gendarmerie für den allgemeinen Verkehr gesperrt. Sie können also gar nicht hinkommen. Aber ich habe eine Idee. Sie können alles oben vom Pont du Gard aus beobachten – die Fenster des Ballsaals gehen auf diese Seite hinaus, und Sie können direkt in den Saal sehen. Ich weiß es, ich habe nämlich selbst einmal dort oben mit einem Fernglas gesessen, als ich einem Mädchen nachspionierte, von dem ich glaubte, daß es mich betrog. Sie aß mit dem Mann zu Abend, den ich im Verdacht hatte. Ich sah sie beide ganz deutlich. Wenn Sie Ihre kleinen Operngläser mitnehmen, werden Sie von da oben auch alles sehen können.»

«Ja, aber wie kommt man da rauf . . .?»

Er schüttelte ungeduldig den Kopf und zog seinen Füllfederhalter aus der Tasche. Mit schnellen Strichen skizzierte er auf der Lokalzeitung einen Lageplan des Aquädukts – eine Skizze, die sofort Erinnerungen bei ihnen wachrief, weil sie dort schon spazierengegangen waren. «Muß ich es noch näher erklären?» fragte er. «Hier ist der Hohlweg in der Nähe von Vers. Sie klettern diesen Hang hinauf, folgen den Bogen und dem Mauerwerk. Dann kommen Sie plötzlich um eine Ecke und . . .»

Ja, plötzlich spazierte man hinaus in den Himmel, und der Aquädukt mit seiner tiefen Wasserrinne lag vor einem. Tatsächlich konnte man ganz oben über ihn hinübergehen wie über eine Brücke.

«Ich verstehe», sagte Blanford nachdenklich. «Ja, das müßte möglich sein.»

«Natürlich ist es möglich», sagte der Buchhalter ungeduldig, gereizt von dieser Langsamkeit, dieser englischen Pedanterie, diesem Wiederkäuen. «Sie haben Logensitze.»

«Und wann soll es sein?»

«Morgen. Sie werden es *nie* bereuen!» Sein feierlicher Ernst war belustigend.

Er fuhr fort, ihnen die Einzelheiten zu schildern, und sie sahen, daß es tatsächlich kein alltägliches Vergnügen werden würde, sondern eines, das dieser großartigen Kulisse – und auch so . . . nun ja, prächtiger Gäste – würdig war. Ja, sie mußten es sich wirklich ansehen! Zumindest würde es sie von den ständigen nagenden Gedanken an den Krieg und an die bevorstehenden Trennungen und von allen Zweifeln ablenken. Was für ein schöner Abschluß der Sommerferien wäre ein solches Fest in normalen Zeiten gewesen, wie gut auch hätte es zu dieser Jahreszeit gepaßt, mit der Ernte auf ihrem Höhepunkt und der Vorfreude auf die sie beschließenden Weinfeste und Stierkämpfe! Aber einerlei. Hingehen mußten sie.

Und so machten sie sich am nächsten Tag nach dem Abendessen bei einem niedrig stehenden und ziemlich ausgehungerten Mond – der sich spät erhob und früh unterging – auf den Weg. Ein dichter herbstlicher Dunst lag über dem Land, das hier herum der Toskana glich mit seinen runden Formen und hingetuschten Zypressen, seinen Weilern und Dörfern, die noch den Maßstäben des Menschen entsprachen, und seinen kleinen, aber kräftigen Flüssen, die voller Forellen waren. Bald würde das Grün dem staubigeren Hochland der Garrigue weichen, das nur aus Steinen und Schiefer bestand und über lange Zeit hin ausgedörrt und ohne Wasser war. Sie hielten sich sorgfältig an Quatrefages' Instruktionen, um nicht in die Verkehrssperren der Gendarmerie zu geraten. Als sie zum Beispiel nach Remoulins kamen, fuhren sie nicht über die Brücke – sie sahen Lichter und Gendarmen auf der anderen Seite –, sondern bogen nach rechts ab in Richtung Uzès und rollten über verlassene Straßen, die am Flußufer entlangführten und von einer Seite zur anderen schwingend die weiten Windungen des Gardon mitmachten. Der Pont du Gard war bereits für das Fest angestrahlt, ein riesiges, bronzefarbenes Gebilde, das wie ein gestrandeter Wal am Himmel lag. Unterhalb davon, auf einer flachen moosbewachsenen Stelle zwischen den Felsen, hatte der Prinz ein buntes Zeltdach aufschlagen lassen, unter dem er auf einem seiner Theatersessel saß, um seine Gäste zu empfangen. Diese wurden von ihren Autos zwischen den Weidenhainen ausgespien und gingen die letzten erregenden fünfzig Meter, die vom Licht großer Scheinwerfer gesprenkelt waren, zu Fuß und näherten sich dabei dramatisch dem theatralischen, hoch über ihnen schwebenden Aquädukt.

Auch die Auberge strahlte in warmem Licht, und das ganze obere Stockwerk war in eine Art Harem verwandelt worden. Unbezahlbare Teppiche, gemietete oder geborgte, bedeckten die Wände, und die Schränke und die niedrigen Tische und die Filigranspiegel hätten dem Großen Serail zur Zierde gereicht. Alle Antiquitätenhändler Avignons hatten ihr Teil zu dieser eindrucksvollen Schaustellung beigetragen. An einem Vorhang war ein kunstvoll beschriftetes Schild befestigt, das verkündete: DAMEN-BOUDOIR, POUDRERIE, WATER CLOSET. Das war verständlich, überließ nichts dem Zufall. Am nächsten Morgen würde Quatrefages es stehlen und Blanford schenken, der es draußen am Plumpsklo von Tu Duc anbrachte und sich jedesmal freute, wenn er auf diese glückliche Prägung des Kairo-Französisch aufmerksam machen konnte, denn «poudrerie» heißt nicht «Puderraum», das heißt Damentoilette, sondern «Pulverfabrik». Im großen Kamin der Auberge loderten trockene Weinstockgabeln – sie prasselten und zuckten zurück wie riesige Schneckenhörner. Irgendwo im Innern des Hauses stimmte eine Kapelle leise ihre Instrumente, was auf das Vorhandensein einer Tanzfläche oder eines Ballsaals schließen ließ. Für alles war gesorgt.

Um die Sache nicht zu kompliziert zu machen, hatten sie beschlossen, in nur einem Wagen zu fahren, trotz der Enge; das hatte den weiteren Vorteil, daß Felix den Konsulatswagen seinem geladenen Freund für die Fahrt überlassen konnte. Quatrefages in *tenue de ville* sah prächtig aus, wenn auch etwas nervös. Er hatte bereits einige der frisch eingetroffenen Damen aus Marseille gesehen, die am nächsten Morgen im Hotel untergebracht werden mußten. Er war hingerissen. «Sie sehen alle aus, als ob ihre Periode überfällig wäre – das gibt Frauen so eine wunderbare neurotische Anziehungskraft. Ich habe mindestens zwei tolle Puppen gesehen – wie große, mit Pollen bedeckte Raupen.» Felix war leicht schockiert von den Vorlieben seines Freundes. Quatrefages hatte bereits ein oder zwei Whisky mit dem Majordomus des Prinzen getrunken und befand sich in Hochstimmung. «Erinnern Sie sich an die Botschaft der Karyatiden?» fragte er und fuchtelte mit dem Zeigefinger vor dem verlegenen Konsul herum, in dessen Wagen er sich gerade hineingezwängt hatte. «Ein Mädchen sollte sich stets bemühen, immer ein bißchen schwanger auszusehen.» Es war ein alter, einst von Blanford erfundener Witz; er hatte Quatrefages immerhin so weit amüsiert, daß er ihn im Gedächtnis behalten hatte.

«Was immer geschehen mag, lieber Felix», sagte er, «verpassen Sie es nicht.»

Und hier fuhren sie nun durch die lieblichen Lichtungen zwischen Kirsch- und Maulbeerbäumen; hin und wieder erschien in der Schwärze zu ihrer Linken der angestrahlte Aquädukt und wurde alsbald wieder vom Laub verschluckt. Tief unten zu ihrer Rechten konnten sie den Fluß mit den Zähnen knirschen hören. Dann kam die Linkskurve, die sie normalerweise direkt auf die Brücke geführt hätte, aber hier stand ein Polizist mit frommer Miene an einer weißen Schranke, die er auf der Straße aufgebaut hatte. Doch sie taten jetzt so, als wollten sie nach Uzès, und fuhren winkend an ihm vorbei, die sich abwärts windende lange kühle Platanenenallee hinunter, bis sie den Hohlweg bei Vers erreichten. Mit äußerster Vorsicht holperten sie weiter, bis sie zu einem Olivenhain kamen, der die Hänge krönte. Hier mußten sie den Wagen stehenlassen. Sie machten sich zu Fuß auf den Weg über die schiefrigen Hänge zwischen den nach ihnen schnappenden Stacheln von Steineichen und Dornensträuchern. Es war schwieriger, in der Dunkelheit zu navigieren, als bei Tageslicht.

Der Hügel war ein Wirrwarr von sich teilenden Pfaden und Brandschneisen, doch vor ihnen war das diffuse weiße Licht der Scheinwerfer, und sie hielten darauf zu, bis sie mit dem jähen Erstaunen von Schauspielern, die unwissentlich auf eine hellerleuchtete Bühne geraten, den Durchlaß oberhalb des ersten Bogens erreichten. Und nun begann der schwierige Abstieg zur Krone des Aquädukts mit ihrer metertiefen Rinne – dem Kanal, durch den zu Zeiten der Römer das Schmelzwasser von Vers nach Nîmes befördert wurde. Hier konnten sie sich niederlassen wie Vögel auf einem hohen Baum und die Ellbogen auf den Rand der Rinne stützen, um hinabzuschauen und die Lustbarkeiten zu beobachten. Auch die Idee, Operngläser mitzunehmen, war genial gewesen. Sie waren ursprünglich für Besuche in der Marseiller Oper gekauft worden, hatten aber schon seit langer Zeit unbenutzt im Haus herumgelegen. Jetzt stellten sie sie wie Scharfschützen auf die Auberge dort unten ein und fanden heraus, daß sie, wie Quatrefages gesagt hatte, eine ausgezeichnete Sicht auf die Hälfte des großen Speisesaals hatten, der auf einer Seite in eine Art Sonnenveranda überging.

Das Fest hatte bereits mit einer gewissen prunkvollen Förmlichkeit seinen Anfang genommen; die männlichen Gäste, alle ohne Begleitung, waren im Pavillon empfangen worden und hatten einen Aperitif angeboten bekommen, eine Komposition des Prinzen – möglicherweise mit einem Hauch Cantharidin? Quatrefages fragte es sich allen Ernstes, als er das scharfe farblose Gebräu herunterschluckte. Die Gäste sahen bei Nacht noch seltsamer aus als bei Tag. Alle trugen dunkle Anzüge, die zu warm waren für die Jahreszeit, und sie wirkten so, als würden sie niedergedrückt von ihren Krawatten und schweren Ringen und von ihrem pomadisierten Haar. Bisher war noch keine Frau zu sehen. Doch schließlich, als alle versammelt waren, bat der Prinz seine Gäste, ihm zu folgen, und er führte sie, als wären sie eine Kricketmannschaft, durch die grünen Lichtungen zu der Auberge, die jetzt die ganze Zeit über in fast völliger Dunkelheit dagelegen hatte – nur ein Kerzenschimmer hier und da verriet Leben. Der Prinz hielt in der einen Hand seinen kleinen vergoldeten Fliegenwedel mit dem langen herunterhängenden Schweifhaar einer weißen Stute, der ein wenig wie der Taktstock eines Dirigenten aussah. Er schlug mit ihm an die geschlossene Tür der Auberge, und die beiden Flügel sprangen auf sein Geheiß weit auf. Im selben Augenblick gingen im Speisesaal die Lichter an, und die vorrückende Kohorte der Gäste gab einen kollektiven Laut des Entzückens von sich. Zur rechten eines jeden Gastes würde eine *nackte Freudendame!* sitzen. Die Damen, die schon an ihren Plätzen saßen, klatschten in die Hände und riefen und schrien auf damenhafte Art, als die dunkelgekleideten Männer sich mit dürstender Miene näherten, jeder die Tischkarte mit seinem Namen darauf suchend.

Mit Phantasie war hier nicht gespart worden, soviel stand fest. Constance kicherte fast ständig über das, was sie sah, wenn sie ihr Opernglas bald auf diese und bald auf jene Ecke des Ballsaals richtete. Die Männer saßen, wie es dem überlegenen Geschlecht gebührte, auf Stühlen mit hohen vergoldeten Rückenlehnen, die wie Thronsessel aussahen, die Mädchen auf samtbezogenen Klavierhockern. Der Prinz saß der Tafel vor, wie es sich für einen guten Gastgeber gehörte. Hinter seinem Stuhl standen drei hohe Würdenträger in den wunderbarsten scharlachroten und goldenen, mit grünen Biesen verzierten Amtsroben. Einer war der offizielle Vorkoster, dessen Dienst an diesem Abend nicht benötigt wurde; die beiden anderen, die zu beiden Seiten seines Sessels standen, trugen auf dem rechten Handgelenk einen mit einer Kapuze bedeckten großen Falken. Der Rang des Prinzen berechtigte ihn zu dieser Ehre, so wie ein schottischer Aristokrat ein Recht auf seinen Dudelsackpfeifer hatte. Das Diner begann – Stimmengewirr, knallende Korken, gespannte Erwartung . . . ein wenig gezwungen noch, trotz des feurigen Aperitifs.

Die Männer sahen aus wie schüchterne Teddybären in der Sonntagsschule. «Aber nicht mehr lange, nehme ich an», sagte Constance, die diesen Vergleich den anderen gegenüber geäußert hatte. Die Szene war abwechslungsreich und voller Zauber. Im strahlenden Glanz der Kerzen sahen die Frauen so üppig und so grandios aus, wie der Prinz es sich ausbedungen hatte. *«J'aime les grands balcons arrondis»*, hatte er gesagt – und dabei vielleicht seine Gäste im Sinn gehabt. Und hier saßen sie, die großen runden Balkone in all ihrer Pracht, geschmückt mit frischen Veilchen und Juwelen und duftend nach tausend extravaganten Wohlgerüchen. Nur langsam stellte sich Fröhlichkeit ein, aber vielleicht war es besser so, denn eine Abendgesellschaft wie diese, bei der die köstlichen Speisen einen so großen Teil des Vergnügens ausmachen, sollte in einer Atmosphäre aufmerksamer Ehrerbietung beginnen. Dieses Fest bildete da keine Ausnahme. Schließlich waren sie alle Franzosen, was bedeutete, daß sie eine natürliche Eßkultur und ebenso Herzenstakt und Würde besaßen. Selbst die griesgrämigsten und brummigsten der Gäste waren geborene Kenner der *bonne chère* und hoben von Zeit zu Zeit verzückt die Augen zum Himmel; manche warfen auch Kußhände in Richtung der *cuisine* und des Kochs. Als schließlich die Servietten in die Kragen gesteckt wurden, machte sich eine allgemeine Ungezwungenheit breit, und die Gespräche flossen in schöner Harmonie mit den vorzüglichen Weinen dahin. Quatrefages, der sich von Balkons nicht sonderlich angezogen fühlte, fand sich neben einer großen schüchternen runden Puppe mit vulgärem Lachen, aber doch den richtigen Instinkten wieder, denn sie preßte vibrierend sein Knie und gab ihm unzählige Meeresfrüchte zum Aussaugen. Leicht berauscht wie er war, wurde ihm doch klar, daß er noch nie im Leben so exquisite und dabei so einfache Speisen gegessen hatte. Der Schatten Brillat-Savarins mußte sich beifällig murmelnd im Grabe gedreht haben, um die Tafel des Prinzen zu segnen. Ja, sie war so außergewöhnlich, daß er einen Moment lang mit dem Gedanken spielte, die Menükarte aufzuheben und Constance zu schenken, doch dann sagte er sich, daß es sinnlos war – genau wie wenn er das Programmheft von einer großartigen Theateraufführung einem Freund gegeben hätte. Was konnten sich die anderen schon vorstellen, wenn sie die nackte Aufzählung der Elemente dieses göttlichen Mahls lasen?* Wo zum Teufel hatte der alte Knabe diesen Champagner aufgetrieben? Verloren vor Staunen und Ekstase ließ er sich bereitwillig zwicken und kitzeln und stopfen wie eine Straßburger Gans. Die Zuschauer oben auf dem Aquädukt waren äußerst amüsiert über seinen reizenden Ausdruck hilfloser Zufriedenheit.

Es zog sich lange hin, das Bankett, aber es gab so viele faszinierende Einzelheiten zu beobachten, daß sie des Zusehens nicht müde wurden. Gegen Ende unternahmen einzelne einen kleinen Ausflug ins Freie, was einigen Paaren Gelegenheit gab, ein oder zwei gemessene Schreittänze auf den dunklen Balkon draußen zu tanzen. Die etwas lächerliche Förmlichkeit, mit der das geschah, deutete darauf hin, daß die Tänzer nicht allzu sicher auf den Füßen standen. Die Kapelle blieb unsichtbar, aber die Walzer, Tangos und langsamen Foxtrotts gehörten zu einem Repertoire, das eigens zusammengestellt war, um Menschen nach einem solchen Mammutdiner nicht zu sehr anzustrengen. Doch zum Bedauern der Zuschauer wurde die Beleuchtung nach und nach immer diskreter – ein letztes höhlenartiges Aufflackern wie aus dem Schlund der Hölle fand bei den *crêpes flambées* statt und lieh allen bärtigen Gesichtern jenes dunkle Licht, das Rembrandt für sich in Anspruch genommen hat. Ein mächtiger Er-

* Sehen Sie trotzdem im Appendix nach.

folg war das Ziehen von Knallbonbons und, ein genialer Einfall, das Tragen von Papierhüten, das die bisher nur pittoreske Szene in eine absolut zwerchfellerschütternde Posse umschlagen ließ. Ältliche Ratten mit seltsamen Papierhüten, die mit ihren Zigarren dem Universum zuwinkten! Ein simpler kleiner Einfall, aber welch wunderbaren Hauch von Verrücktheit verlieh er dem Fest. Und das Tanzen wurde eine Spur sirupartiger – die Damen schmiegten sich noch enger, noch liebeshungriger an ihre Partner oder spreizten weit die Arme wie voll aufgetakelte Galeonen – oder wie Mähdrescher, um Felix zu zitieren, der diese Metapher wegen der bevorstehenden *vendanges* passender fand.

So nahmen die Dinge in einer etwas gefühlvolleren Tonart ihren Lauf – selbst der Prinz drehte sich wie ein Vogel im Tanz, doch seine Sympathien schienen ziemlich oft zu wechseln; mehrere stattliche, ungepflückt aussehende Mädchen wetteiferten um seine Aufmerksamkeit. All das Geld! All das Essen! «Er hat ein hübsches Wort für sich entdeckt», sagte Felix. «Er sagt ‹schnieke›, wenn er ‹piekfein› meint.»

Ihre Stimmung flaute ein wenig ab – vielleicht, weil sie wußten, daß der sichtbare Teil der Lustbarkeiten zu Ende war. Constance dachte voller Sehnsucht an die Thermosflasche voll heißen Weins und an die Sandwiches, die sie im Auto erwarteten. Dann plötzlich war das Universum ausgelöscht, und die ganze Finsternis des Himmels stürzte auf sie nieder, so gewaltsam, so spürbar fast, wie ein Deckel. Sie konnten nicht einmal mehr einer den andern sehen, und das Gelage schien plötzlich in weite Ferne gerückt, so daß sie das Gefühl hatten, meilenhoch im Himmel zu schweben, als säßen sie in einem Flugzeug. Auch war Vorsicht geboten, denn ein Scherz hier oben in der Dunkelheit konnte das Leben oder ein Glied kosten. Sie warteten, damit ihre Augen sich an das Dunkel gewöhnten, doch bevor das geschah, wurden sie von einer anderen Art Licht überfallen.

Eine Folge von Explosionen, und eine Reihe bunter Schlangen zischte in die Luft rings um sie her empor, nur um ihre heißen bunten Sterne und Federn auszuspeien und wieder abwärts zu sinken. Sie zeichneten ihre wunderschönen Schweife in den dunklen, sanft leuchtenden Himmel, und ihre stotternde, prasselnde Flugbahn trug sie unmittelbar über die Brücke hinweg, auf der sie lagen. Für ein Feuerwerk war es ein verhältnismäßig kurzes Vergnügen, aber die Farben und Formen waren einzigartig, während tief unten, in Höhe des Wassers, ein paar große gelbe Feuerräder sprühten und ein kunstvolles Gebilde aus mehreren Feuerwerkskörpern, das ein wenig so aussah wie ein *santon* der Provence, der mit der Geschwindigkeit des heiligen Veit Oliven schluckte. Wie aus weiter Ferne hörten sie den gedämpften Jubel und Applaus, und da die neu hereingebrochene Dunkelheit nun zu dauern schien, krochen sie durch den Steintunnel zurück und dann den Hügel hinauf. Es war eine ziemliche Kletterei, aber jenseits der Hügelkuppe kamen sie mit Hilfe einer Taschenlampe schneller voran. Es hatte sich gelohnt!

Dichter Tau war gefallen und kündigte die Erntezeit an. Er tropfte von dem stillen Olivenbaum, unter dem sie das Auto geparkt hatten. Wie gut der Wein ihnen jetzt tat! Doch von nun an behinderte schwerer Nebel die Sicht. Während sie tranken, erschien eine Art sekundärer Wolke. Sie kam den Hügel herauf, auf sie zu, und sie vernahmen das charakteristische Klappern von Hufen und das Bimmeln von kleinen Glocken, das einen Schäfer ankündigte. Er kam herüber, um sie um Feuer für seine

Zigarette zu bitten, und war dankbar für einen Schluck Wein. Er sprach in dem singenden Tonfall der Südfranzosen. Während er seine Zigarette paffte und seine Hände an dem Becher wärmte, lagerten sich seine Hunde wachsam neben ihm, und die Schafe verteilten sich über den Hügel hinter ihm. Ihre Hufe zertraten den Salbei, so daß ein kräftiger Duft in dem windstillen Gehölz aufstieg. Der alte Mann sagte: «Der Krieg ist ausgebrochen.» Aber er sagte es in einem so verständnislosen und unbeteiligten Ton, daß sie es zuerst kaum ernst nehmen konnten. Woher wußte er das? Er hatte es in der Mairie gehört, um Mitternacht. Aber in einem Land, das so spärlich mit telegrafischen Einrichtungen ausgerüstet ist, müssen Gerüchte weitgehend für Tatsachen herhalten – und dieses spezielle Gerücht hatten sie schon oft gehört. Und doch . . . Es war beunruhigend. Sie sagten ihm Lebewohl, schüttelten seine rauhe Hand und klemmten sich wieder in das kleine Auto, das eine Weile brauchte, bis es ansprang.

Der dichte Bodennebel hob sich, nachdem sie Remoulins hinter sich gelassen hatten und sicher auf der Landstraße nach Avignon gelandet waren; zehn Minuten lang etwa waren sie nahe daran, einzudösen, doch als sie den letzten Hügel vor der berühmten Brücke vor sich sahen, waren sie alle wieder hellwach und begannen darüber zu debattieren, ob sie heimfahren oder ob sie noch in die Stadt fahren sollten – vielleicht bekämen sie irgendwo Kaffee und Croissants und einen einigermaßen zuverlässigen Bericht über das, was in der Außenwelt geschah. «Es ist zu spät, um zu Bett zu gehen, und zu früh, um aufzustehen», sagte Blanford, «und Felix ist der einzige, für den dies eine normale Zeit ist.» Tatsächlich war Felix in bester Laune – endlich einmal hatte er eine ganze Nacht auf höchst unterhaltsame Weise verbracht, und nun saß er hier, glücklich und putzmunter – nur ein wenig beunruhigt über die Bemerkung des Hirten, daß der Krieg ausgebrochen sei.

In die Stadt also. Aber Avignon war wie ausgestorben – selbst die Bäcker hatten noch nicht angefangen, ihre Öfen anzuheizen, und kein Café war geöffnet, nicht einmal das Buffet am Bahnhof. Sie machten noch einen letzten Versuch und gingen zu Fuß durch Les Balances, vorbei an den trostlosen, von Zigeunern wimmelnden Behausungen, die eher nach Kairo paßten als in eine europäische Stadt. Sie parkten den Wagen auf dem Platz der Päpste. Aber das gleiche leider auch hier – die kleine Bar de la Navigation war fest verschlossen. Sie verloren allmählich den Mut.

Aber in einer der Seitenstraßen in der Nähe der alten Gerbereien mit ihrem fauligen Netzwerk von Kanälen hörten sie das Pochen und Pulsen eines kraftvollen Motors oder einer Turbine. Es klang wie eine Schiffsmaschine. «Das ist ein alter Freund von mir», erläuterte Felix. «Kommt mit und seht ihn euch an! Er folgt mir bei meinen nächtlichen Wanderungen. In der ersten Woche des Monats alle sechs Monate ‹bearbeitet› er dieses Viertel in den Stunden der Dunkelheit. Dann geht es am nächsten Abend weiter.» Der alte Freund sah für sie wie eine Art Feuerwehrauto aus, und an seinen schmutzigen Flanken trug er, in Gold aufgemalt, das Wappen der Stadt. «Was ist das?» fragte Constance, und Felix antwortete mit der Miene des Eingeweihten: «Es ist die *pompe à merde*. Versteht ihr, es hat hier nie eine Kanalisation gegeben, all die Häuser hier haben nur Sickergruben, Trockenklos – das sind die einzigen sanitären Anlagen. Und diese Gruben werden bei Nacht von diesem alten Mastodon von Gerät ausgepumpt. Sie sind alle sehr stolz darauf. Sie nennen es ‹Marius›.»

Mastodon war das treffende Wort, obwohl das Ungeheuer einen langen Gummirüssel hatte wie ein Elefant, der durch die Eingangstür eingedrungen und in den Keller hinabgetaucht war, wo sich die Klos befanden. Das Saugen und Schlabbern hörte sich fürchterlich an, und das Schuddern und Stampfen der Pumpen war fürchterlich anzusehen – es war wie ein plumpes Tier, das schwitzend und schuftend seine Arbeit verrichtete, dachte Blanford. «Es saugt die intellektuellen Exkremente des zwanzigsten Jahrhunderts aus – in einer Stadt, die einst Rom war. Die Jauchegrube der menschlichen Imagination, die sich ständig wieder auffüllt mit den Überresten halbverdauter Hoffnungen und Ängste, Wünsche und Beschlüsse.» Es war ein schlechtes Zeichen, dachte er stirnrunzelnd, überall Metaphern zu sehen; doch war er nicht der einzige. Constance sagte leise: «Eine anal-orale Maschine, außerordentlich geeignet für unsere Zeit. Wie der Freudsche Kinderreim.»

Doch von plötzlicher Zurückhaltung befallen, beschloß sie, ihn nicht laut herzusagen; statt dessen flüsterte sie ihn vor sich hin.

Und als der Darm gefüllet war, da
hoben die Vögel an zu singen
Wir haben einen Leckerbissen
Dem König auf den Tisch zu bringen!

Sie sahen Licht in einem nahen Bistro, wo der Fahrer von «Marius» bereits seinen Kaffee bestellte und einen kleinen *marc,* um die Fäkaliendüfte zu vertreiben, mit denen er zu leben gezwungen war. Nun, es war ein Beruf wie jeder andere . . . Die anderen stellten sich zu ihm an den *zinc,* doch Blanford blieb zurück, fasziniert von der alten Maschine, die sich durch die Jahrhunderte saugte und schlabberte. Auf der einen Seite kam die alte runzlige Dämmerung korallenrot und perlmuttfarben herauf, und hier unten breitete sich gleichzeitig der Kotgestank über das ganze Viertel aus. Bald würde es an der Zeit sein, den Gummischlauch hochzuwinden und «Marius» in seinen Stall zu fahren, denn diese Art der Senkgruben-Reinigung wurde nur nachts vorgenommen – aus Gründen der Schicklichkeit, vermutete er.

Doch jetzt war er wirklich müde. Ein Zitat kam ihm in den Sinn: *Inter faesces et urinam nascimur.* Ja, fürwahr, sehr passend. Es war immerhin Augustinus' «Gottesstaat» gewesen, einst, vor langer Zeit, in dieses grüne unschuldige Land verpflanzt.

Appendix

Seite 30: *Voller Wortlaut der 12 Gebote*

1. *Faut pomper la momie allégoriquement.*
2. *Faut situer le cataplasme de l'art chauve.*
3. *Faut analyser le carburant dans les baisers blondes.*
4. *Faut faire faire, faute de mieux et au fur et à mesure faire forger.*
5. *Faut oindre le gorgonzola du Grand Maître.*
6. *Faut respecter le poireau avec son regard déficitaire.*
7. *Faut scander les débiles sentimentales avec leurs décalcomanies.*
8. *Faut sauter le Pont Neuf pour serrer la main d'une asperge qu'on trouve belle.*
9. *Faut caresser inéluctablement la Grande Aubergine de notre jour.*
10. *Faut pondre des lettres gardées en instance, tombées en rebut, Poste Restante, l'Amour O crème renversée.*
11. *Faute dévisager la réalité à force de supposer.*
12. *Faut cracher les tièdes et décendre les incohérents.*

Seite 280: Leser, die leichte Abweichungen zwischen der sogenannten «wirklichen» Geschichte und der in diesem Roman gewählten Reihenfolge der Ereignisse bemerken, werden, so steht zu hoffen, dem Autor dichterische Freiheit zugestehen.

Seite 342: *MENU POUR LE BANQUET DE PRINCE HASSAD AU PONT DU GARD*

Consommé glacé à la tortue
Gratin de crevettes roses en bouquet fait
Darne de saumon sauce Léda
Cailles aux pêches du Pont Romain
Médaillons de veau Sarah Bernhardt
Gigot d'agneau Grand Pétrarque
Aubergines en bohémienne
Champignons truffés Sautebrau
Salade Olympio
Plateau de fromages des douze Césars
Fruits rafraîchis des premières cueilles
Crêpes flambées à la façon de Madame Viala du Pont Romain de Sommières
Café et Marc du Grand Daudet

Blanc Aligoté 1927
Rosé de Pierre-feu
Morgon 1937
Champagne Mouton Rothschild
Quinze liqueurs

Inhalt